Zu diesem Buch

Gin Blancos Erzfeindin, die Feuer-Elementarmagierin Mab Monroe, wurde schon vor langer Zeit besiegt. Trotzdem versucht immer wieder jemand, Gin zu töten. Und als eine neue Feindin mit dem mysteriösen Namen M. M. Monroe in Ashland auftaucht, ist Gin nicht das einzige Ziel der listigen, grausamen Killerin: Auch Gins Freunde werden immer wieder – scheinbar zufällig – in Unfälle verwickelt. Gin weiß, dass mehr dahinter steckt und M. M. Monroe versucht, die sprichwörtliche Schlinge mit jedem »Unglück« enger zuzuziehen. Wird Gin mehr brauchen als ihre mächtige Eis- und Steinmagie, um M. M. Monroes Mordplänen zu entkommen?

Jennifer Estep ist *SPIEGEL*-Bestsellerautorin und lebt in Tennessee. Sie schloss ihr Studium mit einem Bachelor in Englischer Literatur und Journalismus und einem Master in Professional Communications ab. Bei Piper erscheinen ihre Young-Adult-Serien um die »Mythos Academy«, »Mythos Academy Colorado« und »Black Blade« sowie die Urban-Fantasy-Reihen »Elemental Assassin« und »Bigtime«.

Jennifer Estep

Spinnenfunke

Elemental Assassin 12

Aus dem Amerikanischen
von Vanessa Lamatsch

Entdecke die Welt der Piper Fantasy:

Piper Fantasy.de

Von Jennifer Estep liegen bei Piper und ivi vor:
Mythos Academy (Serie)
Mythos Academy Colorado (Serie)
Black Blade (Serie)
Bigtime (Serie)
Spinnenkuss. Elemental Assassin 1
Spinnentanz. Elemental Assassin 2
Spinnenjagd. Elemental Assassin 3
Spinnenfieber. Elemental Assassin 4
Spinnenbeute. Elemental Assassin 5
Spinnenzauber. Elemental Assassin 5.5 (E-Book-Kurzgeschichte)
Spinnenfeuer. Elemental Assassin 6
Spinnengift. Elemental Assassin 7
Spinnenfalle. Elemental Assassin 8
Spinnenherz. Elemental Assassin 9
Spinnenzeit. Elemental Assassin 10
Spinnenglut. Elemental Assassin 11
Spinnenfunke. Elemental Assassin 12

MIX
Papier aus verantwortungsvollen Quellen
FSC® C083411

Deutsche Erstausgabe
ISBN 978-3-492-28152-2
1. Auflage Juli 2019
2. Auflage Juli 2019

Titel der amerikanischen Originalausgabe:
»Black Widow« bei Pocket Books, a division of Simon & Schuster, Inc., New York 2014

Umschlaggestaltung: zero-media.net, München
Umschlagabbildung: FinePic®, München
Satz: Satz für Satz, Wangen im Allgäu
Gesetzt aus der Whitman
Druck und Bindung: CPI books GmbH, Leck
Printed in the EU

Für meine Mom, meine Grandma und Andre –
für eure Liebe, eure Geduld und alles andere,
was ihr mir über die Jahre geschenkt habt.
Für meine Großmutter (mal wieder) –
die niemals eine gewöhnliche Alte ist.
Für meinen Großvater – ich werde dich vermissen.

Danksagung

Wieder einmal möchte ich mich bei all denjenigen bedanken, die mir dabei geholfen haben, meine Idee in ein Buch zu verwandeln:

Ich danke meiner Agentin Annelise Robey, meinem Lektor Adam Wilson und meiner Lektorin Lauren McKenna für ihre hilfreichen Ratschläge, ihre Unterstützung und Aufmunterung. Außerdem danke ich Trey Bidinger.

Ich danke Tony Mauro für den Entwurf eines weiteren tollen Buchcovers und Louise Burke, Lisa Litwack und allen anderen bei Pocket Books und Simon & Schuster für ihre Arbeit am Cover, am Buch und an der Serie.

Und schließlich möchte ich von Herzen meinen Lesern danken. Zu wissen, dass Leute meine Bücher lesen und lieben, erfüllt mich mit Demut und ich bin froh, dass ihr so viel Spaß an Gin und ihren Abenteuern habt. Ich weiß das mehr zu schätzen, als ihr euch vorstellen könnt.

Viel Spaß beim Lesen!

1

Es war pure Folter.

Die eigene Todfeindin dabei zu beobachten, wie sie alles bekam, was sie wollte, war die reinste Folter, ganz einfach.

Madeline Magda Monroe stand neben einem hölzernen Podium, die Hände vor ihrem starken, schlanken Körper verschränkt und eine ernste, nachdenkliche Miene auf ihrem schönen Gesicht. Neben ihr stand ein Beamter der Stadt mit grauem Schnurrbart in einem braun karierten Jackett und redete und redete und *redete* über all die guten Dinge, die ihre Mutter in Ashland bewirkt hatte.

Bitte. Das einzig Gute, was Mab in ihrem ganzen Leben getan hatte, war zu sterben. Wobei ich ihr nur zu gern behilflich gewesen war.

Andererseits taten das Profikiller nun einmal – und ich war die Beste, die Spinne.

Madelines scharlachrote Lippen verzogen sich zu einem leichten Lächeln, sodass für einen Moment ihre leuchtend weißen Zähne aufblitzten, als fände sie die Worte des Redners genauso ironisch wie ich. Sie wusste genau, was für ein sadistisches Miststück ihre Mutter gewesen war, besonders, da sie aus genau demselben, blutbesudelten Holz geschnitzt war.

Trotzdem musste selbst ich zugeben, dass Madeline eine engelsgleiche Figur abgab, wie sie da so ruhig und gelassen in ihrem weißen Hosenanzug stand, als genieße sie es tatsächlich, dem Gerede über Mabs angebliche wohltätige Werke zuzuhören. Es war zwölf Uhr mittags und die gleißende Sonne ließ die kupferfarbenen Strähnen in Madelines kastanienbraunem Haar aufleuchten, sodass es aussah, als beständen ihre fließenden Locken aus aneinandergebundenen Kohlestücken, die jeden Moment in Flammen aufgehen konnten. Doch Madeline besaß nicht die berühmte Feuermagie ihrer Frau Mama. Sie besaß etwas viel Selteneres und viel Gefährlicheres: Säuremagie.

Madeline verlagerte ihr Gewicht in ihren weißen Stilettos, was dafür sorgte, dass die Sonne den Steinsilber-Anhänger an ihrem Hals aufleuchten ließ – eine Krone mit einem flammenförmigen Smaragd in ihrer Mitte. Ein Ring an ihrer rechten Hand zeigte dasselbe Design. Madelines persönliche Rune, das Symbol für rohe, zerstörerische Macht, die auf gespenstische Art an die Rubin-Sonne erinnerte, die Mab getragen hatte, bevor ich das Schmuckstück vernichtet hatte – genau wie sie selbst.

Allein der Anblick von Madelines Rune sorgte dafür, dass ich die Hände zu Fäusten ballte und die Fingernägel in die Narben auf meinen Handflächen bohrte – ein kleiner Kreis umgeben von acht dünnen Strahlen. Eine Spinnenrune, das Symbol für Geduld.

Mab hatte mir diese Narben vor Jahren verpasst, als sie meinen Spinnenrunen-Anhänger in meine Handfläche eingeschmolzen und mich so für immer gezeichnet hatte. Ich fragte mich nur, wie viele Narben ihre Tochter meiner Kollektion hinzufügen würde, bevor unsere Familienfehde endlich ein Ende fand.

»Ich würde sagen, sie sieht so zufrieden aus wie eine Katze, die einen Kanarienvogel gefressen hat … aber wir wissen beide, dass sie nur ihre Säuremagie einsetzen würde, um das arme Wesen zu vernichten.« Die kultivierte Stimme, die diese Worte formulierte, ließ die Aussage irgendwie noch bissiger klingen.

Ich sah nach links, zu dem Mann, der an dem Ahornbaum lehnte, in dessen Schatten wir beide standen, die Schultern entspannt, die Hände in den Hosentaschen, die langen Beine an den Knöcheln verschränkt. Sein Haar war von einem dunklen Walnussbraun, das fast mit dem Stamm verschmolz, doch in seinen grünen Augen glitzerte Erheiterung, sodass ich sie trotz der Schatten, die über sein Gesicht huschten, genau erkennen konnte. Sein aschgrauer Fiona-Fine-Anzug betonte perfekt seine muskulöse Gestalt und verlieh ihm eine lässige Eleganz, die in vollkommenem Kontrast zu meiner angespannten, wachsamen Haltung stand.

Andererseits wirkte Finnegan Lane, mein Ziehbruder, immer so cool wie ein Eisbecher, egal, ob er nur durch den Park schlenderte, gerade als Investmentbanker Geschäfte abschloss oder durch das Zielfernrohr eines Scharfschützengewehrs spähte, bereit, jemandem eine Kugel in den Kopf zu jagen.

Finn zog eine Augenbraue hoch. »Also, Gin? Was sagst du?«

Ich schnaubte. »Oh, Madeline würde ihre Säuremagie nicht auf diese Art einsetzen. Sie würde jemand anderen so manipulieren, dass er für sie den Vogel *und* die Katze umbringt – während der arme Narr davon überzeugt ist, dass die ganze Idee nur auf seinem eigenen Mist gewachsen ist.«

Finn lachte leise. »Nun, irgendwie muss man das an ihr bewundern.«

Ich schnaubte wieder. »Dass sie eine meisterhafte Manipulatorin ist, die gerne alle Leute tanzen lässt wie Marionetten an Fäden, in die sie sie einwickelt, bevor ihnen auch nur aufgeht, was passiert? Bitte. Das Einzige, was ich an ihr bewundere, ist, dass sie es geschafft hat, während dieser gesamten Dankesrede keine Miene zu verziehen.«

Finn und ich standen ganz hinten in der Menge, die sich in einem Park in Northtown versammelt hatte – dem reichen, schicken, teuren Teil von Ashland, in dem die Wohlhabenden, die Mächtigen und die extrem Gefährlichen wohnten. Der Park war genau das, was man in diesem Teil von Northtown erwartete: jede Menge perfekt gepflegte, grüne Rasenflächen und hoch aufragende Bäume mit weit ausladenden Ästen sowie ein weitläufiger Spielplatz mit Sandkasten, Wippen, Schaukeln und einem kleinen Karussell. Es war ein pittoresker Anblick an diesem wunderschönen Oktobertag, an dem die Sonne vom blauen Himmel strahlte und der vielschichtige Duft des Herbstes die Luft erfüllte. Doch die angenehmen Temperaturen und die fröhlichen Sonnenstrahlen, die durch das herbstlich rote Blätterdach über mir drangen, konnten meine Laune nicht im Geringsten bessern.

Bei meinen harschen Worten drehten sich ein paar Leute in der Menge um und warfen mir genervte Blicke zu, doch ein kalter Blick von mir sorgte dafür, dass sie sich ein Stück entfernten, bevor sie sich wieder dem Podium zuwandten.

Erneut gluckste Finn in sich hinein. »Deine umfassende Sozialkompetenz erstaunt mich immer wieder.«

»Halt die Klappe«, murmelte ich.

Während der Sprecher weiter seinen Text herunterleierte, ließ ich meinen wintergrauen Blick über den Park gleiten und dachte dabei an das letzte Mal, als ich hier gewesen war – und an die Männer, die ich getötet hatte. Ein Vampir und ein paar Riesen, einige von Mabs Handlangern, die gerade einen unschuldigen Barkeeper folterten und ihn umbringen wollten, als ich mich eingemischt hatte. Die Wippen, die Schaukeln, das Karussell, die Rasenflächen. Überall in diesem Park waren Männer gestorben. Ich hatte sogar meine Rune in einen der Sandkästen gezeichnet, um Mab zu verspotten und sie aufzufordern, mich zu suchen – die Spinne, die schwer greifbare Killerin, die ihr solchen Ärger bereitete.

Und hier stand ich jetzt, Monate später, konfrontiert mit der nächsten Monroe, die mich erledigen wollte.

Manchmal fragte ich mich, ob ich der Vergangenheit mit all ihren Konsequenzen wohl jemals wirklich entkommen würde. Mab hatte meine Mutter und meine ältere Schwester ermordet, bevor sie versucht hatte, auch mich und meine jüngere Schwester Bria umzubringen. Ich war allein, verletzt und obdachlos zurückgeblieben. Fletcher Lane, Finns Dad, hatte mich aufgenommen und zur Profikillerin ausgebildet. Letztendlich hatte ich Mab letztes Jahr getötet. Und seitdem hatten alle Unterweltbosse versucht, mich zu ermorden.

Der Beamte kam langsam zum Ende seiner ermüdenden Rede und machte eine Geste in Richtung Madeline. Sie trat vor, hob die Hand und packte eine lange, schwarze Kordel, die ein riesiges weißes Tuch an einem der Eisentore um den Park festhielt. Madeline lächelte in die Menge und zögerte einen Moment, um die Dramatik zu erhöhen, dann riss sie an dem Seil und zog das Tuch herunter, begleitet von einer theatralischen Geste ihrer freien Hand.

Schicke, geschwungene Buchstaben aus Eisen verkündeten über dem Halbrund des Tores den neuen Namen des Parks: *Monroe Memorial Park.*

Ich starrte die Schrift böse an und wünschte mir, ich hätte einen der Hämmer, die mein Liebhaber, Owen Grayson, in seiner Schmiede verwendete, um das Tor umzuhauen und jeden einzelnen dieser verdammten Buchstaben zu Schrott zu schlagen. Besonders diejenigen, die *Monroe* bildeten. Doch natürlich konnte ich das nicht tun. Nicht jetzt. Vielleicht heute Nacht, wenn der Park schön leer war und niemand sehen konnte, wie ich meine aufgestaute Wut an einem unschuldigen Schriftzug ausließ.

Das war nicht die erste Einweihungsfeier, die ich in den letzten Wochen besucht hatte. Nachdem Madeline im September endlich ihren großen Auftritt in Ashland hingelegt hatte, hatte sie keine Zeit verschwendet, um als M. M. Monroe ihr Erbe einzufordern, in Mabs Herrenhaus zu ziehen und alle wissen zu lassen, dass sie vorhatte, die Geschäfte ihrer Mutter zu übernehmen, die legalen wie die illegalen.

Ich wusste nicht genau, wie ihr Masterplan aussah, aber Madeline hatte sofort begonnen, sich bei verschiedensten Arten von bürgerlichen, kommunalen oder wolhltätigen Organisationen einzuschleimen, unter dem Vorwand, sie wolle die guten Werke fortführen, die ihre Mutter zu Lebzeiten vorangetrieben hatte. Natürlich log sie dabei nach Strich und Faden, denn Madeline war keinen Deut wohltätiger als ihre verstorbene Frau Mama. Doch wenn es eines gab, worauf Leute in Ashland reagierten, dann war das kaltes, hartes Geld – oder zumindest das Versprechen darauf.

Und so hatten die Einweihungsfeiern ihren Anfang genommen. Ein Flügel des Briartop Museums, der neue Bahnhof, mehrere Brücken, ein ordentliches Stück der Schnellstraße, die um die Innenstadt herumführte, und jetzt dieser Park. Auf die tränenreiche Bitte ihrer lieben und pflichtbewussten Tochter Madeline hin schien alle paar Tage jemand irgendetwas Mab zu widmen. So wurden Bilder von ihr gemalt und Büsten von ihr gemeißelt, ihr Name wurde in Dinge eingraviert oder laut verkündet.

Und ich war bei jedem einzelnen Frühstück, Mittagessen und Abendessen gewesen, bei jeder Teeparty, Cocktailstunde, jedem Kaffeeklatsch und Grillabend – in dem Versuch, herauszufinden, was meine neue Feindin plante. Doch Madeline war eine herausragende Schauspielerin; sie tat nichts anderes als lächeln, Small Talk betreiben und sich für die Kameras in Pose zu werfen. Hin und wieder ertappte ich sie dabei, wie sie mich anstarrte, ein leichtes Lächeln auf den Lippen, als amüsierte sie meine offensichtliche Observation. Nun, das galt nur für sie.

Natürlich hatte ich Finn gebeten, alles über Madeline herauszufinden, über ihre Vergangenheit, ihr Privatleben und ihre Finanzen – in der Hoffnung, irgendwo einen Hinweis darauf zu entdecken, was sie plante, in Bezug auf mich und den Rest der Unterwelt von Ashland. Doch bisher hatte Finn absolut nichts Ungewöhnliches aufdecken können. Genauso wenig wie Silvio, mein selbst ernannter persönlicher Assistent.

Madeline hatte keine kriminelle Vorgeschichte. Keine riesigen Schuldenberge. Es gab keine großen Abhebungen von ihren Konten. Es hatte keine feindlichen Übernahmen von Geschäften gegeben – weder legalen noch illegalen –, die früher einmal Mab gehört hatten. Und, vielleicht am aufschlussreichsten, es hatte auch keine heimlichen Treffen mit den Unterweltbossen gegeben.

Noch nicht.

Trotzdem wusste ich, dass Madeline irgendetwas für mich plante. Drohende Gefahr sorgte immer dafür, dass meine Spinnenrunen-Narben kribbelten – um mich zu warnen und in Vorfreude darauf, den Spieß umzudrehen, sodass meine Feinde in Gefahr waren.

Gewöhnlich ignorierte Madeline mich bei den Einweihungsfeiern, aber anscheinend wollte sie heute ein Schwätzchen halten, weil sie, nachdem sie dem städtischen Beamten die Hand geschüttelt hatte, in meine Richtung schlenderte. Und sie war nicht allein.

Zwei Personen folgten Madeline. Die eine war eine Riesen-Leibwächterin, gekleidet in eine weiße Seidenbluse und einen schwarzen Hosenanzug, fast zwei Meter zehn groß, mit hellbraunen Augen und einem schicken Bob goldener Haare, die sich an den Spitzen leicht lockten. Die Sonne hatte ihre hellen

Wangen gerötet, sodass die leichten Sommersprossen noch deutlicher hervortraten. Die andere Person war ein viel kleinerer Mann, der sich einen Steinsilber-Aktenkoffer an die Brust drückte. Sein grauer Anzug war noch schicker und teurer als der von Finn. Eine Löwenmähne grauen Haares wippte auf seinem Kopf, so hübsch und perfekt wie Zuckerguss auf einem Kuchen. Die elegante, silberne Farbe verriet sein Alter – er war Mitte sechzig – im Gegensatz zu seinem glatten, gebräunten Gesicht.

Emery Slater und Jonah McAllister. Emery war die Nichte von Elliot Slater, der Mabs rechte Hand und ihr Vollstrecker gewesen war, bevor ich den Ruhm dafür eingeheimst hatte, ihn getötet zu haben. Jonah hingegen war Mabs persönlicher Anwalt gewesen und jemand, dessen viele Verbrechen ich letzten Sommer nur zu gerne hatte auffliegen lassen. Unnötig zu erwähnen, dass wir vier uns gegenseitig von Herzen verabscheuten.

»Im Landeanflug«, murmelte Finn. Zugleich stieß er sich vom Baum ab, richtete sich auf und stellte sich neben mich.

Madeline hielt vor mir an, mit Emery und Jonah zu ihren beiden Seiten. Der Riese und der Rechtsanwalt warfen mir böse Blicke zu, doch Madeline wirkte fast erfreut, als sie noch einen kleinen Schritt nach vorne machte. Dann glitt ein Lächeln über ihre Lippen.

»Wen haben wir denn da? Gin Blanco«, schnurrte sie, »wie schön, dass du heute zu meiner Einweihungsfeier gekommen bist. Und du siehst so … schick aus.«

Ich trug, was ich immer trug: schwarze Stiefel, dunkle Jeans, ein langärmliges, schwarzes T-Shirt. Neben Madeline und ihrem leuchtend weißen Anzug sah ich eher aus wie einer der Obdachlosen, die im Park übernachteten. Madeline wirkte nach außen so süß und freundlich, aber ich wusste, dass ihr Herz genauso voller Gift und Bösartigkeit war wie meines.

»Nein, Madeline«, antwortete ich gedehnt. »Du weißt doch, dass ich das um nichts in der Welt hätte verpassen wollen.«

»Ja«, murmelte sie. »Du scheinst gern überall aufzutauchen, wo ich bin.«

»Nun, das kannst du mir kaum übel nehmen. Es ist immer so wunderbar, zu sehen, dass jemand von Mabs Format auf so rührende Art geehrt wird.«

Madelines Lippen zuckten erneut, als hätte sie Mühe, bei meiner krassen Lüge ihr Lachen zurückzuhalten. Genau. Mir ging es genauso.

»Allerdings finde ich etwas sehr witzig«, meinte ich. »Weißt du, was mir aufgefallen ist? Eigentlich ist es gar nicht Mabs Name, der verewigt wird. Es ist immer ›Monroe Memorial‹ hier und ›Monroe Memorial‹ da. Wenn ich es nicht besser wüsste, könnte ich fast annehmen, dass du durch die Stadt wanderst und allem *deinen* Namen aufdrückst. Statt dem deiner lieben, verstorbenen Frau Mama.«

Finn gluckste. Emery und Jonah richteten ihre kalten Blicke auf ihn, doch Finn lachte einfach weiter, vollkommen immun gegen ihr fieses Starren. Er war in dieser Hinsicht ziemlich unverbesserlich.

Kleine Fältchen bildeten sich in den Winkeln von Madelines grünen Augen, als würde es ihr Mühe bereiten, ihr freundliches Lächeln zu halten. »Ich glaube, du irrst dich, Gin. Ich ehre meine Mutter auf genau die Weise, wie sie es sich gewünscht hätte.«

»Und ich glaube, du hast deine liebe Frau Mama ungefähr genauso sehr geliebt wie ich«, antwortete ich. »Dir ist vollkommen egal, was sie gewollt hätte.«

Wut blitzte in Madelines Augen auf, sodass sie in noch hellerem Grün leuchteten – in derselben brennenden Farbe wie die Säure, die sie mit einer Bewegung ihrer gepflegten Hand heraufbeschwören konnte. Sie mochte es nicht, dass ich sie in Bezug auf ihre wahren Gefühle ihrer Mutter gegenüber zur Rede stellte. Und besonders gefiel ihr nicht, dass ich darauf hingewiesen hatte, dass es bei all diesen Einweihungsfeiern um ihr Ego ging, nicht um das von Mab.

Gut. Ich wollte sie wütend machen. Ich wollte, dass sie so richtig sauer war. Ich wollte sie so sehr zur Weißglut bringen, dass sie nicht mal mehr klar sehen, geschweige denn klar denken konnte – besonders, wenn es um mich ging. Denn dann würde sie einen Fehler machen und ich konnte endlich herausfinden, wie ihr Masterplan aussah. Und sie aufhalten, bevor sie alles und jeden zerstörte, der mir etwas bedeutete.

»Aber es steht mir wahrscheinlich nicht zu, ein Urteil zu fällen«, sprach ich weiter. »Mir wäre es wahrscheinlich auch egal. Sie war ja nicht meine Mutter. Ich nehme an, das ist einer der Punkte, wo wir uns darauf einigen müssen, dass wir uns nicht einig sind.«

Madeline blinzelte, dann zwang sie ihre scharlachroten Lippen zu einem noch breiteren Lächeln. »Weißt du, ich glaube, da hast du recht. Wir sind einfach dazu bestimmt, uns nicht einig zu sein – in Bezug auf unzählige Dinge.«

Wir starrten einander an, unsere Haltung war locker und unsere Mienen waren freundlich, doch in unseren Augen glänzte eine gefährliche, tödliche Kälte.

»Auf jeden Fall muss ich jetzt gehen«, sagte Madeline, um das Schweigen zu brechen. »Ich muss für morgen eine weitere kleine Einweihung vorbereiten. Diesmal in der Bibliothek in der Innenstadt.«

»Ich werde dort sein.«

»Nein«, sagte sie freundlich. »Ich glaube nicht, dass du kommen wirst. Aber ich danke dir dafür, dass du heute da warst, Gin. Wie du schon sagtest, es ist immer schön, dich zu sehen.«

Madeline grinste mich an, dann wirbelte sie auf einem hohen Absatz herum und stöckelte zurück zum Podium, um noch ein paar Hände zu schütteln und allen für ihre Unterstützung und die guten Wünsche zu danken. Emery und Jonah schenkten mir jeweils noch einen feindseligen Blick, dann folgten sie ihr. Bald befanden sie sich mitten in der Menge, während Finn und ich unter dem Ahorn zurückblieben.

»Sie ist wirklich unglaublich«, sagte Finn bewundernd, den Blick auf Madelines schlanke, atemberaubende Gestalt gerichtet.

Obwohl mein Ziehbruder mit Bria liiert war, blieb Finn ein schamloser Frauenheld, der gerne mit jeder Frau flirtete, die ihm in die Quere kam. Aus offensichtlichen Gründen war Madeline die Ausnahme von dieser Regel, aber das hielt ihn nicht davon ab, sie zu begaffen. Schnaubend verdrehte ich die Augen.

»Was?«, protestierte er. »Sie ist wie diese Spinne ... die Schwarze Witwe. Ich kann die Schönheit einer solchen Kreatur bewundern, auch wenn ich weiß, wie tödlich sie ist.«

»Nur du würdest denken, dass es die Sache wert wäre, bei deinem postkoitalen Schläfchen aufgefressen zu werden.«

Finn zuckte mit den Achseln, dann schenkte er mir ein verschlagenes Lächeln. »Aber was für eine Art zu sterben.«

Er starrte Madeline noch einen Moment an, bevor er den Rest der Menge musterte. Anscheinend hatte er jemanden entdeckt, den er kannte, weil er winkte, mir eine kurze Entschuldigung zumurmelte und in Richtung einer verschrumpelten alten Zwergin loszog, die einen riesigen, rosafarbenen Sonnenhut und eine noch größere Diamantbrosche trug, die ihre eigene Postleitzahl verdient gehabt hätte. Finn verpasste nie eine Gelegenheit, Geschäft mit Vergnügen zu vermischen. Einen Moment später stand er bereits neben der Zwergin, nachdem er sich an der Riesin vorbeigeschoben hatte, die als ihre

Personenschützerin arbeitete. Finn schenkte der älteren Frau ein charmantes Lächeln, dann beugte er sich vor und drückte ihr einen Kuss auf die braune, faltige Hand. Nun, zumindest flirtete er wirklich mit *jeder* Frau.

Doch ich beobachtete weiter Madeline, die immer noch Hände schüttelte und inzwischen direkt unter dem Torbogen stand, auf dem ihr Familienname prangte. Vielleicht lag es daran, wie die Sonne auf das Metall traf, doch das Wort Monroe schien in einem besonders unheilvollen Licht zu flackern und zu glühen, als beständen die Buchstaben aus schwarzem Feuer statt aus stabilem Eisen.

Madeline bemerkte, dass ich sie anstarrte, und schenkte mir ein weiteres hochmütiges, zufriedenes Lächeln, bevor sie mir den Rücken zuwandte und mich vollkommen ignorierte. Emery und Jonah taten dasselbe, indem sie sich erneut rechts und links von ihrer Chefin einreihten.

Ich konnte nichts anderes tun, als dort zu stehen und zu beobachten, wie meine Feindin eine tolle Zeit hatte, indem sie im warmen Schein der Gunst aller Versammelten badete.

Vielleicht hatte ich mich geirrt, als ich Finn erklärt hatte, es wäre das Schlimmste, gefressen zu werden.

Darauf zu *warten*, dass einen die Schwarze Witwe fraß, das war vermutlich die schlimmste Folter.

2

Die Park-Einweihung endete kurz darauf. Madeline, Emery und Jonah stiegen in einen schwarzen Audi und fuhren davon, wahrscheinlich zum Familienanwesen der Monroes, um den Rest des Tages mit Intrigen und Verschwörungen zu verbringen.

Ich blieb neben dem Ahorn stehen und starrte abwechselnd böse auf den davonbrausenden Audi und den Schriftzug über dem Tor, der mich jetzt ständig an Mab, Madeline und all die schrecklichen Dinge erinnern würde, die sie mir und den Leuten, die ich liebte, angetan hatte. Ich ballte erneut die Hände zu Fäusten, grub meine Nägel noch tiefer in die Spinnenrunen-Narben, während kalte Wut aus meinem Herzen bis in meinen Magen ausstrahlte.

Finn hörte auf, mit der älteren Zwergin und ihrer Leibwächterin zu flirten, und wanderte zu mir zurück.

»Ich brauche einen Drink«, knurrte ich.

Finn wurde sofort munter. »Das ist mal ein Wort.«

Wir verließen den neu ernannten Monroe Memorial Park und wanderten einen knappen Kilometer, bis wir ein graues, nichtssagendes Gebäude erreichten, das aussah, als wären darin irgendwelche Büros untergebracht. Ein großes Neonschild in Form eines Herzens, das von einem Pfeil durchbohrt wurde, hing über dem Eingang – der einzige Hinweis darauf, dass hinter diesem Laden mehr steckte, als man auf Anhieb erkennen konnte. Das *Northern Aggression*, Ashlands dekadentester Nachtclub, wurde von Roslyn Phillips geführt, einer Vampir-Freundin von uns.

Es war gerade mal ein Uhr nachmittags, also war das Neonschild dunkel. Sobald die Sonne unterging, würde es allerdings aufleuchten, ein Signalfeuer in Rot, Orange und Gelb, das Leute von nah und fern einlud, einzutreten und sich allen hedonistischen Vergnügungen hinzugeben, die der Club anbot: Blut, Alkohol, Sex, Rauchwaren. Im *Northern Aggression* konnte man all das bekommen, je nach Wunsch in kleiner oder großer Menge, solange man genug Geld hatte, um dafür zu bezahlen.

Roslyn wusste, dass Finn und ich zu der Einweihung gehen wollten, also hatte sie uns eingeladen, hinterher bei ihr vorbeizuschauen. Ich klopfte an eine der Türen, aber niemand reagierte. Außerdem klingelte ich, nur für den Fall, dass Roslyn mein lautes Pochen nicht gehört hatte. Immer noch keine Reaktion.

»Glaubst du, irgendetwas ist nicht in Ordnung?«, fragte ich. Sorge verdrängte die Wut, die mich bis dahin beherrscht hatte. »Dass jemand Roslyn da drin gefangen hält?«

Genau das war vor ein paar Wochen passiert, als Beauregard Benson, ein Vampir-Drogenhändler, Roslyn als Geisel genommen und sie gezwungen hatte, mich in den Nachtclub zu locken.

»Ich bin mir sicher, Roslyn geht es gut«, sagte Finn. »Nicht alles ist Teil einer bösartigen Intrige gegen dich, Gin.«

Ich warf ihm nur einen ausdruckslosen Blick zu.

Er seufzte. »Aber angesichts deiner bisherigen Erfahrungen kann es wahrscheinlich nicht schaden nachzusehen, ob wirklich alles paletti ist.« Er streckte mir eine Hand entgegen. »Wenn du so freundlich wärst?«

Genau wie Madeline war ich eine Elementarmagierin mit mächtiger Magie. Und genau wie Madeline besaß ich ein seltenes Talent: Ich konnte nicht nur eines, sondern gleich zwei der Hauptelemente kontrollieren. In meinem Fall waren das Eis und Stein. Also hob ich ebenfalls meine Hand und rief die kühle Macht, die durch meine Adern floss. Ein silbernes Licht flackerte auf, direkt über der Spinnenrunen-Narbe in meiner Handfläche, dann verblasste es wieder. Eine Sekunde später reichte ich Finn zwei schmale, lange Dietriche aus Eis.

Er beugte sich vor und steckte die Dietriche ins Schloss. Zehn Sekunden später hörte man ein leises *Klick-klick-klick* und die Tür öffnete sich. Finn warf die Eisdietriche zum Schmelzen auf den Asphalt.

Er grinste. »Kinderspiel.«

Ich schüttelte den Kopf, bevor ich ihm in den Club folgte.

Im Inneren des *Northern Aggression* herrschte nur dämmriges Licht, das von ein paar einzelnen Lampen hier und dort ausstrahlte. Der seitlich liegende VIP-Bereich war vollkommen dunkel. Finn schlenderte weiter und trat auf das federnde Bambusparkett der Tanzfläche in der Mitte des Clubs, doch ich wählte eine etwas vorsichtigere Route, immer an den dicken, roten Samtvorhängen an den Wänden entlang, während ich in die Schatten spähte und nach möglichen Gefahren Ausschau hielt. Außerdem ließ ich eines meiner Steinsilber-Messer in meine Hand gleiten, aus dem Fünfer-Arsenal, das ich immer am Körper trug – eines in jedem Ärmel, eines an meinem Kreuz und jeweils eines in jedem Stiefel.

Ich ging nicht davon aus, dass Madeline mich an einem Ort wie dem *Northern Aggression* ins Visier nehmen würde. Doch das machte einen Angriff hier nur umso wahrscheinlicher. Oder zumindest vermutete ich das, bei dem Pech, das ich in letzter Zeit hatte. Ich rechnete stark mit irgendeinem Angriff aus dem Hinterhalt, bei dem das sprichwörtliche Messer aus der Dunkelheit schoss und wieder und wieder in meinen Rücken gerammt wurde, bis ich verblutend auf dem Boden lag. Dass Madeline sich inzwischen seit mehr als einem Monat in der Stadt aufhielt und immer noch keinen offensichtlichen Angriff auf mich gestartet hatte, machte mich nur umso nervöser.

O ja, darauf zu warten, dass die Schwarze Witwe endlich zuschlug, war definitiv die schlimmste Art der Folter.

»Was soll das heißen, es gibt da ein Problem?«, erklang plötzlich eine laute, wütende Stimme.

Finn und ich stoppten beide, als eine Tür in der hinteren Wand so heftig aufgerissen wurde, dass die Vorhänge daneben ins Schwingen gerieten, und Roslyn Phillips durch den Rahmen stiefelte, ein Handy ans Ohr gedrückt. Sie trug einen eng anliegenden, fahlgrünen Hosenanzug, der zugleich die warme, schokoladenbraune Färbung ihrer Haut und ihrer Augen betonte und ihre perfekte Figur hervorhob. Ein dünnes Stirnband mit durchsichtigen, quadratischen Kristallen hielt das schwarze Haar aus ihrem Gesicht, doch die angewiderte Miene, die sie zog, lenkte ein wenig von der perfekten Schönheit ihrer symmetrischen Züge ab.

Roslyn entdeckte Finn und deutete mit dem Finger auf die Bar aus elementarem Eis, die sich an einer Wand entlangzog, womit sie ihm sagte, er solle es sich bequem machen. Finn stiefelte sofort los, doch ich sah mich noch einmal genau um, bevor ich das Messer zurück in den Ärmel schob, zu ihm ging und mich auf den Hocker neben ihm setzte. Roslyn marschierte hinter die Eisbar und fing an, auf und ab zu tigern, sodass das Bambusparkett unter ihren schnellen Schritten knirschte.

»*Ich* soll *Sie* verstehen? Natürlich verstehe ich *Sie*. Aber noch wichtiger, ich verstehe die *Situation* – wir haben einen Vertrag«, blaffte Roslyn ins Telefon. »Und wenn Sie sich nicht daran halten, dann werde ich Sie auf jeden Tropfen Alkohol und auf jede einzelne Kröte verklagen, die ich aus Ihnen herauspressen kann. Das sollten *Sie* verstehen.«

Damit legte sie auf und klatschte das Telefon so heftig auf die Bar, dass ein paar Splitter elementares Eis abbrachen. Roslyn starrte das Gerät böse an, bevor sie sich den Nasenrücken massierte. Sie zog eine Grimasse, bei der die kleinen Fangzähne in ihrem Mund sichtbar wurden, dann stieß sie ein langes, müdes Seufzen aus und senkte die Hand wieder.

»Tut mir leid, Leute«, sagte sie. »Wie ihr sicher bemerkt habt, habe ich ein kleines Problem. Ich habe die Klingel schon gehört und wollte euch gerade aufmachen. Doch wie ich sehe, konnte Finn nicht so lange warten.«

Er zwinkerte ihr zu. »Ich lasse niemals zu, dass eine solche Kleinigkeit wie eine verschlossene Tür zwischen mir und einem kostenlosen Drink steht.«

Roslyn lachte, doch mir lief ein kleiner, nervöser Schauder über den Rücken.

»Was für ein Problem?«, fragte ich.

Sie schüttelte den Kopf. »Obwohl wir einen narrensicheren Vertrag haben und seit Jahren zusammenarbeiten, hat mein Getränkehändler plötzlich beschlossen, seine Preise zu verdreifachen. Er droht damit, den Club gar nicht mehr zu beliefern, wenn ich seinen Forderungen nicht nachgebe. Geldgieriger Mistkerl.«

Roslyn griff unter die Bar, um Stift und Zettel herauszuziehen. Sie blätterte zu einer leeren Seite, dann wandte sie uns den Rücken zu und fing an, die bunten Flaschen mit Alkoholika auf dem verspiegelten Regal hinter der Bar zu zählen.

»Was glaubst du, wieso er das tut?«, fragte ich. »Und wieso jetzt?«

Sie zuckte nur mit den Achseln und zählte weiter. »Wahrscheinlich ist ihm bewusst geworden, wie viel Geld ich allein mit dem Verkauf von Drinks mache und er will einfach ein größeres Stück des Kuchens abhaben.«

»Also glaubst du nicht, dass etwas anderes dahintersteckt?«, beharrte ich. »Dass jemand ihn aufgehetzt hat?«

Finn schnaubte, glitt von seinem Stuhl und ging hinter die Bar.

Roslyn hielt mit ihrer Inventur inne und sah über die Schulter zu mir zurück, die Stirn vor Verwirrung gerunzelt. »Wer sollte ihn denn aufhetzen?«

Finn schnappte sich eine Flasche teuren Gin von einem der Regale und musterte sie fast bewundernd. »Oh, zweifellos denkt Gin, dass das Teil eines hinterhältigen Plans von Madeline Magda Monroe ist.«

»Madeline Monroe?«, fragte Roslyn. »Wieso sollte sie sich für meinen Getränkelieferanten interessieren?«

Ich seufzte. »Weil du mit mir befreundet bist. Weil sie mich hasst. Weil sie böse ist. Weil sie es genießt, kleinlich und grausam zu sein und das Leiden anderer zu beobachten, egal, wie klein und scheinbar trivial die Probleme auch sein mögen, die sie ihnen verursacht.«

Roslyn warf Finn einen Blick zu, an dem ich deutlich ablesen konnte, dass sie mich für komplett paranoid hielt, auch wenn sie zu höflich war, das laut auszusprechen.

Finn stimmte ihr nur mit einem Achselzucken zu, dann machte er sich daran, einen Gin einzugießen. Er dekorierte das Glas noch mit einer dicken Limettenscheibe, bevor er es über die Bar zu mir schob. »Hier. Trink das. Ist ein Doppelter. Vielleicht vertreibt das ein paar deiner Wahnvorstellungen.«

Ich starrte ihn finster an, doch seine Antwort bestand nur darin, mich aus großen Augen anzusehen, bevor er weitere Gin Tonics für Roslyn und sich mixte.

Die Vampirin wedelte wegwerfend mit der Hand. »Finn hat recht. Solche Dinge geschehen einfach hin und wieder. Mein

Lieferant hat in letzter Zeit immer mal wieder angedeutet, dass er unseren Vertrag neu verhandeln will. Das ist nichts. Einfach nur der Preis, den man zahlt, wenn man ein Geschäft führt ... besonders in Ashland.«

»Wie gut ich das weiß«, stimmte ihr Finn zu. »Darauf trinke ich.«

Die beiden stießen miteinander an, dann begannen sie, sich über all die betrügerischen Geschäftsleute zu unterhalten, die sie kannten, und all die Tricks, mit denen diese über die Jahre versucht hatten, sie über den Tisch zu ziehen. Doch ich saß einfach nur da, ließ ihr fröhliches Gespräch an mir vorbeirauschen, die Ellbogen auf die kalte Oberfläche der Bar gestützt, mein Glas in der Hand, und brütete vor mich hin. Normalerweise hätte ich es genossen, mich mit Finn und Roslyn zu unterhalten, im Moment aber fehlte mir sogar die Energie, um an meinem Drink zu nippen.

Vielleicht waren Roslyns Probleme mit ihrem Lieferanten wirklich nur Zufall. Vielleicht hatte es absolut nichts mit mir zu tun, dass der Kerl ausgerechnet heute beschlossen hatte, seine Preise zu erhöhen. Vielleicht hatten meine Freunde recht und das war einfach der Preis, den man zahlen musste, wenn man in unserer korrupten Südstaaten-Stadt Geschäfte machen wollte.

Das einzige Problem daran war, dass ich nicht an Zufälle glaubte. Nicht wirklich und besonders nicht jetzt, da Madeline sich in der Stadt aufhielt. Nicht, wenn die Möglichkeit bestand, so klein sie auch sein mochte, dass Madeline im Hintergrund die Fäden zog, um statt mir Roslyn Probleme zu bereiten.

Dann war da noch Madelines nicht gerade versteckte Drohung bei der Einweihung gewesen – als sie gesagt hatte, dass ich es wohl nicht schaffen würde, morgen der Veranstaltung in der Bibliothek beizuwohnen. Hatte sie damit gemeint, dass ich nicht dort sein würde, weil ich damit beschäftigt wäre, Roslyn zu helfen? Doch Finn hatte recht. Das erschien absurd, egal, wie hoch mein Paranoia-Level auch sein mochte. Roslyn brauchte keine Hilfe beim Umgang mit ihren Lieferanten. Um so etwas konnte sie sich problemlos selbst kümmern, so wie sie es in all den Jahren getan hatte, die sie ihren Club schon führte. Ehrlich, der Kerl wäre ein Narr, würde er riskieren, sie als Kundin zu verlieren, bei der Menge an Alkohol, die sie jede Woche bei ihm bestellte.

Finn und Roslyn plauderten weiter. Ich beteiligte mich am Gespräch, wann immer sie mir eine direkte Frage stellten, die meiste Zeit aber saß ich einfach nur an der Bar und versuchte herauszufinden, was Madeline davon hätte, Roslyn zu belästigen – abgesehen von der Befriedigung, der Vampirin das Leben schwer zu machen. Für Madeline würde diese Motivation wahrscheinlich schon ausreichen. Aber vielleicht hatten meine Freunde recht. Vielleicht war ich wirklich zu paranoid und malte den Teufel an die Wand, obwohl es gar nichts gab, worum man sich Sorgen machen musste.

Doch auch wenn ich unnötig den Teufel an die Wand malte, war die Gefahr trotzdem immer real und wartete darauf, einen hinterrücks zu verschlingen.

Trotz der beruhigenden Worte von Finn und Roslyn konnte ich mich des Gefühls einfach nicht erwehren, dass Madeline endlich die erste Salve abgefeuert und damit unseren bisher kalten Krieg in einen heißen verwandelt hatte.

Finn und ich plauderten ungefähr eine Stunde lang mit Roslyn, bis die ersten Angestellten im Club auftauchten, um alle Vorbereitungen für den Abend zu treffen. Wir wanderten zurück zu unseren Autos, die wir auf dem Parkplatz des *Northern Aggression* abgestellt hatten, dann trennten sich unsere Wege.

Finn fuhr in die Innenstadt zu seiner Bank, um wenigstens so zu tun, als hätte er heute gearbeitet. Ich dagegen hatte mir im Pork Pit, meinem Barbecue-Restaurant, den Nachmittag freigenommen, um zu der Park-Einweihung zu gehen. Da ich keine anderen Verpflichtungen hatte, fuhr ich zum Anwesen der Monroes.

Ja, wahrscheinlich war ich paranoid, aber genau diese Eigenschaft hatte lange Zeit dafür gesorgt, dass ich am Leben blieb. Es gab keinen guten Grund, jetzt davon abzurücken.

Eigentlich fuhr ich gar nicht wirklich zum Monroe-Familienanwesen, sondern parkte in der Nähe. Ich lenkte meinen neuesten Aston Martin an den Rand der Straße vor dem benachbarten Herrenhaus, einer sechsstöckigen Villa, die Charlotte Vaughn gehörte. Ich stoppte meinen Wagen ungefähr einen halben Kilometer vor dem offenen Tor, das zum Anwesen der Vaughns führte, und hängte eine weiße Tüte in das Fahrerfenster, als wäre etwas mit dem Auto nicht in Ordnung und ich wäre Hilfe holen gegangen.

Ich konnte schlecht am Herrenhaus von Madeline vorbeifahren, zumindest nicht, ohne von einer der Riesenwachen entdeckt zu werden, die das Tor im Blick behielten. Aber das Vaughn-Grundstück hatte ich schon unzählige Male betreten. Es war einfach, über die Steinmauer zu steigen, auf der anderen Seite nach unten zu springen und unter den dichtstehenden Bäumen am Rand der Rasenfläche unterzutauchen. Danach ging es nur noch darum, vorsichtig durch den nachmittäglichen Schatten zu schleichen, bis ich das Waldstück erreicht hatte, welches das Vaughn-Grundstück von Madelines trennte.

Kurz bevor ich im Wald verschwand, hielt ich an und sah zur Vaughn-Villa auf. Die weißen Spitzenvorhänge vor den Fenstern der Bibliothek im dritten Stock waren zurückgezogen und gaben den Blick frei auf eine Frau mit schwarzem

Haar, die an einem Schreibtisch saß, einen Telefonhörer zwischen Kopf und Schulter eingeklemmt, während sie auf einer Tastatur herumtippte. Charlotte Vaughn – der ich vor Jahren einerseits geholfen und die ich andererseits tief verletzt hatte. Doch ich war nicht hier, um mich mit Charlotte zu beschäftigen, also glitt ich in den Wald und eilte weiter.

Charlotte mochte Madelines nächste Nachbarin sein, aber ihre jeweiligen Villen lagen trotzdem noch ein paar Kilometer voneinander entfernt, also brauchte ich fast eine Stunde, um mein Ziel zu erreichen: ein paar alte, graue und verwitterte Bretter, die ich zehn Meter hoch in einen stattlichen Ahornbaum genagelt und mit einem verschlissenen Tarnnetz abgedeckt hatte, das schon bessere Tage gesehen hatte.

Auf den ersten Blick wirkte das Konstrukt wie ein Hochsitz, den ein engagierter Jäger errichtet und dann vergessen hatte. Doch ich war erst vor ein paar Wochen tief in der Nacht hier erschienen, um mein improvisiertes Baumhaus anzubringen. Madeline besaß jede Menge anonymer, austauschbarer Lakaien, die sie jederzeit ins Pork Pit schicken konnte, um mich auszuspionieren – daher wollte ich auch eine Möglichkeit haben, sie im Blick zu behalten.

Ich kontrollierte den Boden um das Baumhaus herum, auf der Suche nach Fußabdrücken, abgebrochenen Ästen oder Zweigen. Dann überprüfte ich, ob die kleinen Steinstapel, die ich errichtet hatte, noch standen. Als letzte Vorsichtsmaßnahme schickte ich meine Magie aus – diesmal meine Steinmacht – und lauschte auf die Vibrationen der Felsen, die unter der Blätterschicht begraben lagen.

Doch die Steine flüsterten nur von kälter werdenden Nächten und dem langsamen Näherrücken des Winters. Ich schickte meine Magie weiter aus, vernahm jedoch kein finsteres, verschlagenes Murmeln, kein besorgtes Zischen und auch keine Angst. Dem Baumhaus hatte sich nichts Größeres als ein

Kaninchen genähert, seitdem ich vor drei Nächten das letzte Mal hier gewesen war.

Zufrieden kletterte ich den Stamm nach oben, zog mich auf die Bretter und kontrollierte die schwarze Sporttasche mit Ausrüstung, die ich vor ein paar Tagen hier hinterlassen hatte. Feldstecher, Flaschen mit Wasser, Müsliriegel, eine Digitalkamera, ein Richtmikrofon, ein paar Zielfernrohre. Alles, was eine Profikillerin brauchte, um eine Zielperson ordentlich auszuspähen.

Und Madeline war definitiv meine Zielperson – so wie ich ihre war.

Ich setzte mich gemütlich hin, griff nach dem Fernstecher und spähte hindurch. Mein Baum stand auf einem Hügel und mein kleines Haus lag hoch genug, um mir einen guten Blick auf die Hinterseite der Monroe-Villa zu verschaffen, wo sich ein olympiatauglicher Pool befand, der von einer Terrasse umgeben war. Obwohl wir schon Oktober hatten, war das Schwimmbad noch nicht abgedeckt und das blaue Wasser bildete einen schönen Kontrast zu dem ganzen grauen Granit außen herum.

Das Einzige, was den eleganten Ausblick störte, waren die hölzernen Latten, orangefarbenen Verlängerungskabel, Stapel von Elektrowerkzeugen und die kräftigen Zwerge, die ins Herrenhaus gingen, daraus hervortraten oder um das Gebäude herumliefen. Obwohl ich mich mehr als hundertfünfzig Meter von der Terrasse entfernt aufhielt, konnte ich die dichten Wolken Sägestaub sehen, die aus den offenen Türen und Fenstern drangen und sich dann in der Luft verteilten, begleitet vom scharfen Geruch nach Farbe.

Madeline renovierte eifrig, sowohl innen wie auch außen. Die Bauarbeiter hatten sich jedes Mal hier herumgetrieben, wenn ich in den letzten Wochen hergekommen war, um sie zu bespitzeln. Ich hatte sogar darüber nachgedacht, mich als Arbeiterin zu verkleiden, nur um zu sehen, was im Inneren des Hauses eigentlich vor sich ging, aber das Risiko war zu groß. Mir war es egal, wie Madeline ihr Haus umgestaltete. Ich wollte einfach wissen, wie ihre Pläne für mich und meine Familie aussahen.

Trotzdem, als ich die Bauarbeiter beobachtete und hörte, wie sie sich gegenseitig Anweisungen zubrüllten, konnte ich nicht anders, als an die Nacht zu denken, als ich zuletzt dem Herrenhaus so nahe gewesen war – damals, als ich versucht hatte, Mab zu ermorden, indem ich mich aufs Grundstück geschlichen hatte, auf eines der Vordächer geklettert war und durchs Fenster des Speisezimmers mit einer Armbrust auf sie geschossen hatte. Ich hatte allerdings nicht gewusst, dass Mab just an diesem Abend ein Essen für eine Gruppe Kopfgeldjäger gegeben hatte, die sie angeheuert hatte, um mich zur Strecke zu bringen. Statt mit Mabs Tod hatte die Sache damit geendet, dass ich angeschossen worden und in den Wäldern um mein Leben gerannt war.

Andererseits endeten eine Menge meiner Nächte so.

Also war ich nicht allzu scharf darauf, einen weiteren Mordanschlag im Herrenhaus zu riskieren. Zumindest noch nicht. So wie ich mein Glück kannte, würde ich entdeckt werden, bevor ich nahe genug war, um auch nur zu versuchen, Madeline zu töten. Ein weiteres Gegenargument waren die Riesen, die um das Herrenhaus patrouillierten und die Bauarbeiter im Blick behielten. Alle Wachen waren mit Handys und Pistolen bewaffnet, zusätzlich zu ihren massiven Fäusten.

Weitere bewaffnete Riesen trampelten auf den Rasenflächen hin und her, wobei sie immer wieder auch bis zum Waldrand vordrangen. Doch sie traten nicht zwischen die Bäume und kamen nicht mal in die Nähe meines Verstecks. Das hätte einfach keinen Sinn gemacht, zumindest nicht tagsüber, denn sie würden sowieso jeden entdecken, der aus dem Wald kam und versuchte, über die Rasenfläche auf das Haus zuzulaufen – und sie könnten diese Person erschießen, bevor sie auch nur die Hälfte der Strecke zurückgelegt hätte.

Trotzdem fand ich es ein wenig schlampig von Madeline, ihre Sicherheitsparameter nicht weiter zu fassen. Als Mab noch lebte, hatten die Riesen auch zu allen Tages- und Nachtzeiten die Wälder kontrolliert und fiese Überraschungen wie Sonnenrunen waren in die Baumstämme geritzt gewesen, bereit, jeden mit elementarem Feuer zu beschießen, der das Pech hatte, sie auszulösen. Ganz zu schweigen von den Stolperdrähten, Bomben und anderen gemeinen Fallen, die jeden erwartet hatten, der auch nur in die Nähe von Mabs Anwesen kam.

Aber Madeline schien damit zufrieden zu sein, nur das Herrenhaus selbst zu schützen, zusammen mit dem gepflegten Garten. Ich fragte mich, ob sie wirklich so sehr auf Emery Slater vertraute – und auf die Fähigkeiten der Riesin, sie zu schützen. Vielleicht machte Madelines eigene Säuremagie sie aber auch so zuversichtlich, gepaart mit dem Riesenblut, das dank ihres Vaters, Elliot Slater, in ihren Adern floss.

Auf jeden Fall lehnte ich mich gegen den Baumstamm, spähte durch meinen Feldstecher und tat mich an einem Müsliriegel gütlich, da ich im *Northern Aggression* ja nur ein flüssiges Mittagessen genossen hatte. Um ehrlich zu sein, war diese Bewachung im Wald nicht die unangenehmste Art, den Nachmittag zu verbringen. Erinnerte mich ein wenig an die Wanderungen, die ich mit Fletcher unternommen hatte. Und zumindest hatte ich so das Gefühl, ich *täte* tatsächlich etwas, um herauszufinden, was Madeline plante, statt nur Däumchen zu drehen und darauf zu warten, dass sie mich unter den scharfen Absätzen ihrer weißen Stilettos zerquetschte.

Trotzdem schrieb ich zusätzlich noch Nachrichten an alle meine Freunde, um mich bei ihnen zu melden und sicherzustellen, dass bei ihnen nicht – wie bei Roslyn – plötzliche, verdächtige Probleme aufgetreten waren.

Owen saß in einem Meeting, während Eva Grayson, seine kleine Schwester, und Violet Fox, ihre beste Freundin, gerade ihre gewohnten Kurse am Community College besuchten. Violets Großvater, Warren T. Fox, stand in seinem Laden, dem *Country Daze*, oben in den Bergen über der Stadt.

Jolene »Jo-Jo« Deveraux war eifrig damit beschäftigt, Haare zu schneiden und zu färben, Dauerwellen zu legen und ihre Kunden in ihrem Schönheitssalon zu stylen, während ihre Schwester Sophia für mich im Pork Pit stand, zusammen mit Catalina Vasquez, meiner besten Kellnerin. Catalinas Onkel, Silvio Sanchez, war unterwegs und tat, was persönliche Assistenten von Profikillerinnen wie mir eben taten.

Phillip Kincaid und Cooper Stills – der Erste war Owens bester Freund, der Zweite sein Mentor – spielten Poker auf Phillips Flussschiff, der *Delta Queen*. Detective Bria Coolidge schließlich, meine Schwester, war genauso wie ihr Partner Xavier mit dem endlosen Papierkram beschäftigt, der unvermeidbar war, wenn man zu den wenigen guten Cops in Ashland gehörte.

Also waren alle mit ihrem eigenen Leben beschäftigt und zufrieden. Ich war die Einzige, die sich zwanghaft mit Madeline und ihren möglichen Plänen auseinandersetzte.

Andererseits, so war es ja meistens.

Schließlich, eine Stunde, zwei Müsliriegel und eine Flasche Wasser später, wurde meine Geduld belohnt. Eine der Hintertüren des Herrenhauses öffnete sich und Madeline schlenderte auf die Terrasse, gefolgt von Emery und Jonah. Madeline sah aus, als hätte sie gerade trainiert, mit ihrer engen, weißen Yogahose und dem dazu passenden Tanktop. Ihr kastanienbraunes Haar war zu einem Pferdeschwanz gebunden und um ihren Hals lag ein Handtuch, sodass ihre Steinsilber-Kette mit dem Krone-mit-Flamme-Anhänger nicht zu sehen war. Emery und Jonah trugen immer noch dieselbe Kleidung wie im Park.

Madeline warf das Handtuch zur Seite und ließ sich in einen riesigen, weißen Korbsessel sinken, der zum Pool ausgerichtet war. Ein Hausmädchen mit leuchtend rotem Haar, das in eine Uniform aus weißer Bluse und schwarzer Hose gekleidet war, brachte ein silbernes Tablett mit einer Kanne Limonade und mehreren Gläsern. Emery und Jonah warteten beide, bis Madeline ein gekühltes Glas Limonade in der Hand hielt, bevor sie sich ihr gegenüber in weitere Sessel setzten.

Zu meiner Freude bemerkte ich, dass Jonah unruhig wirkte. Er hielt seinen Koffer aufrecht auf dem Schoß, als könnte er sich damit vor Madelines Säuremagie schützen, sollte sie ihn damit beschießen wollen. Außerdem zerrte Jonah ständig an seiner Krawatte, als säße das Stoffband zu eng um seinen Hals, und beäugte Emery voller Misstrauen, als rechnete er jeden Moment damit, von ihr zu Tode geprügelt zu werden.

Dem verschlagenen Rechtsanwalt geschähe es nur recht, wenn Madeline ihn umbrachte. Schließlich hatte er versucht, ihr Erbe zu stehlen, und er hatte schon Jahre zuvor Geld von Mab hinterzogen. Madeline hatte genauso viele gute Gründe wie ich, ihn tot sehen zu wollen, wenn nicht sogar mehr. Ich bezweifelte allerdings, dass sie mir diese Aufgabe abnehmen würde. Nicht, solange sie noch glaubte, McAllister könnte ihr von Nutzen sein.

Madeline und Emery nippten an ihrer Limonade, also legte ich den Feldstecher zur Seite, griff nach dem Richtungsmikrofon und schaltete es an. Silvio hatte dieses schicke Spielzeug vor ein paar Wochen für mich besorgt. Ich hatte ihm gesagt, was ich wollte, und er war schon am nächsten Tag damit im Pork Pit aufgetaucht. Und er hatte nur leicht die Augenbrauen hochgezogen, als er es mir gegeben hatte. Ich hätte ihm das nie gestanden, aber irgendwie mochte ich es, einen Assistenten zu haben – besonders einen so stillen, diskreten und effizienten Assistenten wie Silvio.

Sobald ich das Mikrofon angeschaltet hatte, begann ich, an den Knöpfen herumzuspielen, um die Reichweite und die Empfangsqualität zu optimieren. Vor allem hörte ich das dauerhafte, hohe Heulen der Elektrosägen der Bauarbeiter, gepaart mit dem schweren *Bumm-bumm-bumm* von Nägeln, die in Bretter geschlagen wurden. Was auch immer die Handwerker da im Herrenhaus taten, es klang laut, groß und eindrucksvoll. Genau das, was ich erwartet hatte, wenn man bedachte, was für einen Aufruhr Madelines Rückkehr nach Ashland ausgelöst hatte.

Nach ungefähr zehn Minuten machten ein paar der Arbeiter eine Trinkpause, sodass das Geräusch von Sägen und Hämmern ein wenig verklang. Ich beugte mich vor und drehte noch ein bisschen am Mikrofon herum, bevor ich es wieder auf die Terrasse ausrichtete, um so viel wie möglich aus dem Moment herauszuholen. Es kostete mich ungefähr dreißig Sekunden, aber schließlich gelang es mir, das Gespräch aufzufangen. Zusätzlich hob ich den Feldstecher wieder und spähte hindurch.

»… wie geht es voran?«, fragte Madeline.

Emery kippte ihre Limonade hinunter, stellte das Glas auf den Tisch, zog ihr Handy heraus und fing an, Nachrichten zu schreiben. »Alles ist bereit.«

Madeline wandte sich an Jonah. »Und bei dir?«

Er räusperte sich, dann rückte er noch einmal seine Krawatte zurecht. »Auch bei mir ist alles vorbereitet. Ich habe alle wichtigen Leute erreicht. Besonders Dobson ist schon ganz scharf darauf, endlich loszulegen.«

Ich runzelte die Stirn. Dobson? Wer war das? Und worauf war er so scharf? Ich zog mein eigenes Handy heraus und schrieb mir eine Notiz, damit ich den Namen nicht vergaß.

Dann frischte der Wind auf und wehte weitere Sägemehl-Wolken über den Garten. Ich bewegte mein Richtmikrofon von einer Seite meines improvisierten Baumhauses zur anderen, aber die Böen verhinderten, dass ich viel mehr hörte als statisches Knistern.

Doch das spielte auch keine Rolle, weil Madeline den letzten Schluck Limonade trank und aufstand. Sie lächelte Emery verschwörerisch zu, sah Jonah, der immer noch mit einer Hand sein volles Glas und mit der anderen seinen Aktenkoffer umklammerte, aber nicht mal an.

»Gut«, schnurrte sie förmlich. »Freut mich, dass endlich alles so weit ist. Ich musste lange darauf warten, doch jetzt wird es Zeit, meine Anwesenheit kundzutun – allen in Ashland.«

Madeline strahlte Emery noch einen Moment an, bevor sie sich umdrehte und ins Haus rauschte.

Jonah stand auf und machte Anstalten, ihr zu folgen, doch Emery trat ihm in den Weg und bedachte den Anwalt mit demselben kalten Blick, den sie eigentlich jedem schenkte.

»Vermassel das nicht«, knurrte sie. »Oder du wirst dir wünschen, Blanco hätte dich umgebracht, als sie die Chance dazu hatte.«

Jonah lächelte, in dem Versuch, die Anspannung zu lösen, doch der Ausdruck erreichte seine braunen Augen nicht und seine glatte Haut wirkte noch angespannter als gewöhnlich, als bisse er die Zähne aufeinander, damit sie nicht vor Angst klapperten. Ich fragte mich, wie ihm seine neuen Herrinnen wohl gefielen. Ich hätte gewettet, dass Madeline sogar ein noch größerer Albtraum war als Mab zu ihrer Zeit jemals, so gern wie sie mit Leuten spielte.

Emery bedachte Jonah mit einem letzten harschen Blick, bevor auch sie im Herrenhaus verschwand.

Der Anwalt blieb, wo er war. Er schwankte leicht, als stünde er kurz davor, ohnmächtig zu Boden zu sinken. Er sah sich um, vergewisserte sich, dass niemand auf ihn achtete, dann stellte er sein Glas ab, öffnete seinen Aktenkoffer, griff hinein und zog einen nicht allzu kleinen Flachmann heraus. Er warf den Kopf in den Nacken und kippte den Inhalt des kleinen Fläschchens, wie auch immer der aussehen mochte, hinunter.

Ich lachte leise. Der arme Jonah. Er arbeitete erst einen Monat für Madeline und hing bereits an der Flasche. Oh, wie leid er mir doch tat.

Sobald der Flachmann leer war, stopfte McAllister ihn zurück in den Aktenkoffer, ließ die Verschlüsse einrasten, nahm die Schultern zurück und wanderte ins Herrenhaus, wo er alles ertragen würde, was Madeline und Emery für den Rest des Tages noch geplant hatten …

Knack.

Ich erstarrte bei dem unerwarteten Geräusch. Doch noch schlimmer waren die Stimmen, die eine Sekunde später erklangen – tiefe, heisere Stimmen, die lauter und lauter wurden und sich meinem Versteck unaufhaltsam näherten.

3

Ich hielt so still wie eine Leiche und wagte kaum zu atmen, während ich wartete und lauschte, um herauszufinden, ob ich entdeckt worden war.

»Glaubst du wirklich, hier draußen ist jemand?«, brummte ein Riese, seine tiefe Stimme klang erschreckend nah.

»Ich weiß es nicht«, murmelte ein anderer zurück. »Aber Emery glaubte eine Lichtreflexion im Wald gesehen zu haben. Sie hat mir eine Nachricht geschrieben und mich angewiesen, kurz nachzusehen.«

Da sie mich bisher nicht entdeckt hatten, schaltete ich vorsichtig und leise das Richtmikrofon aus, damit das statische Knistern mich nicht verriet, dann legte ich es ab, zusammen mit dem Feldstecher. Anschließend rollte ich mich auf den Bauch, ohne mich um die Splitter zu kümmern, die durch mein T-Shirt in meinen Bauch stachen, und schob mich an den Rand meines Baumhauses, um durch einen Riss im Tarnnetz nach unten zu spähen.

Und tatsächlich, ungefähr fünf Meter entfernt bewegten sich die Äste eines großen Rhododendron-Busches und zwei Riesen drängten sich daran vorbei.

Schlampig, schlampig, Gin! Im Stillen verfluchte ich mich selbst. Ich hatte mich so darauf konzentriert, am Mikrofon herumzudrehen, um zu hören, was Madeline und die anderen sprachen, dass ich nicht auf die Wachen auf dem Rasen geachtet hatte. Zwei von ihnen hatten ihren Posten verlassen und schlichen jetzt durch den Wald auf mich zu. Sie hatten die Waffen gezogen und hielten Ausschau nach der kleinsten Bewegung, um sofort zu schießen und die Gefahr auszuschalten.

Emery musste das Glitzern der Sonne auf meinem Feldstecher gesehen haben, als ich ihre kleine Limonadenparty beobachtet hatte. Doch statt laut Alarm zu schlagen und ein ganzes Bataillon von Riesen in meine Richtung zu jagen, war sie diskret an die Sache herangegangen und hatte ihre Männer heimlich losgeschickt, in der Hoffnung, mich auf frischer Tat zu ertappen – und zu ermorden.

Ich blieb absolut bewegungslos und still liegen, während die Riesen den Wald unter mir durchsuchten. Natürlich hätte ich ein Messer in meine Hand gleiten und mich von meinem Hochsitz auf ihre Rücken fallen lassen können, um sie beide zu töten. Doch ich bezweifelte, dass ich dabei so leise vorgehen konnte, dass nicht sofort alle anderen Riesen in meine Richtung rannten. Und wenn die Wachen in meine Richtung stürmten, nun, dann würde mir eine Flucht schwerfallen, besonders da Emery die Truppe zweifelsohne persönlich anführen würde. Sie wäre nicht zufrieden, bis ich gefangen war – oder tot.

Vor allem aber wollte ich nicht preisgeben, dass ich das Herrenhaus beobachtete. Vielleicht würde ich hierher zurückkehren müssen, also wollte ich, dass mein Versteck unentdeckt blieb. Damit kam es nicht infrage, die Riesen zu töten, es sei denn, es ging wirklich nicht anders.

Doch ich konnte mich auch nicht davonschleichen, während die Wachen sich direkt unter mir herumtrieben. Ich konnte nur still liegen bleiben, warten und hoffen, dass sie nicht auf die clevere Idee kommen würden, nach oben zu sehen, um herauszufinden, ob sich vielleicht etwas in den Ästen über ihnen versteckte.

»Das ist sinnlos«, murmelte einer der beiden schließlich. Er steckte seine Pistole ein und lehnte sich ausgerechnet gegen den Baum, auf dem ich kauerte. »Hier draußen ist niemand. Emery ist paranoid wie immer.«

Der andere Riese hielt ebenfalls an, doch er steckte seine Waffe nicht weg. »Na ja, du weißt, dass sie sich Sorgen um Blanco machen und sich fragen, was sie unternimmt, wenn die Dinge ins Laufen kommen. Sie rechnen auf jeden Fall damit, dass sie zurückschlägt. Oder es zumindest versucht. Nicht, dass sie eine große Chance hätte, zumindest nicht, wenn alles nach Madelines Plan läuft.«

Ich kniff die Augen zusammen. Was genau sollte ins *Laufen* kommen? Madeline konnte eine Menge schreckliche Szenarios anstoßen, die mich wütend genug machen würden, um unseren momentanen Waffenstillstand zu brechen und mich auf sie zu stürzen.

Aber das hier … das klang nach etwas *Großem*. Meine Sorgen wuchsen noch ein bisschen.

»Und dann ist da noch die Party«, fuhr der Riese fort. »Alle sind deswegen nervös. Wenn es mit Blanco so läuft, wie Madeline erwartet, wird das schon. Wenn nicht, nun …«

Seine Worte verklangen und die beiden Männer wechselten einen angespannten, wissenden Blick.

Ich runzelte die Stirn. Madeline schmiss eine Party? Wann? Und wieso? Wollte sie versuchen, das Herrenhaus der Monroes zu einer Art historischem Denkmal der Stadt erklären zu lassen? Das würde allerdings die ganzen Umbaumaßnahmen erklären … und es wäre genau die Art von bizarrer, egozentrischer Idee, wie ich sie nach den letzten Wochen von ihr erwartete.

»Na ja, auf jeden Fall hast du recht«, sagte der zweite Riese und steckte seine Waffe ebenfalls weg. »Hier draußen gibt es nichts außer Bäumen und Eichhörnchen. Lass uns zurückgehen.«

Zur Abwechslung einmal war mir das Glück hold. Die beiden Riesen drehten sich um und kehrten zum Herrenhaus zurück, ohne aufzusehen und mich zu entdecken.

Sobald sie außer Hörweite waren, glitt ich am Baumstamm nach unten und landete in der Hocke. Ich griff nach einem Messer und sah mich in der Umgebung um, nur für den Fall, dass ein zweites Team im Gebüsch lauerte, doch alles war ruhig. Anscheinend waren das die einzigen Riesen, die Emery in den Wald geschickt hatte.

Ich ließ meine Ausrüstung, wo sie war, versteckt unter dem Tarnnetz im Baumhaus, schließlich konnte keiner der Gegenstände zu mir zurückverfolgt werden. Außerdem würde ich das Zeug vielleicht noch einmal brauchen.

Als ich sichergestellt hatte, dass der Wald sicher war, schob ich die Klinge wieder in meinen Ärmel, stand auf und wanderte zurück zum Vaughn-Anwesen, um mein Auto zu holen und nach Hause zu fahren.

Auf dem Weg zu meinem Fahrzeug dachte ich über alles nach, was die Wachmänner gesagt hatten, doch ihre kryptischen Worte warfen nur noch mehr Fragen auf. Ich würde Finn und Silvio darauf ansetzen müssen herauszufinden, wer der mysteriöse Dobson war und ob es Gerüchte über die Party gab, die Madeline plante – wer eingeladen war und was der Anlass war.

Ich hatte heute allerdings eine wichtige Lektion gelernt. Egal, wie vorsichtig und klug ich meiner Meinung nach auch vorging, Madeline und Emery übertrafen mich da noch. Ich musste wirklich voll auf der Höhe sein, um den Sturm zu überleben, den sie offensichtlich gegen mich entfesseln wollten.

Ohne weitere Vorfälle erreichte ich mein Auto und schließlich Fletchers Haus. Erneut nahm ich Kontakt zu all meinen Freunden auf und bemühte mich dabei, es wie einen Zufall aussehen zu lassen. Doch es ging nach wie vor allen gut. Was auch immer Madeline plante, heute Abend würde es nicht mehr passieren.

Ich ging früh ins Bett und versuchte, meine Sorgen zu verdrängen, doch den Großteil der Nacht wälzte ich mich nur herum. Selbst in den kurzen Abschnitten, in denen ich wirklich schlief, träumte ich von Madeline, die in ihrem weißen Hosenanzug fast wie ein Engel aussah, auch wenn der Smaragd in ihrer Krone-mit-Flamme-Kette warnend pulsierte, schneller und heller als ein Stroboskop. Ihre scharlachroten Lippen verzogen sich zu einem grausamen Lächeln, selbst ihre Augen begannen, neongrün zu leuchten und zwei Kugeln aus elementarer Säure bildeten sich auf ihren Handflächen. Dann riss sie die Arme zurück und warf ihre Magie auf mich. Die Säure explodierte auf meiner Haut wie zwei Bomben; ließ jeden Teil meines Körpers, den sie berührte, schmelzen; brannte sich durch meine Muskeln und Sehnen, bis selbst meine Knochen begannen, Blasen zu werfen und sich aufzulösen …

Ich erwachte mit einem unterdrückten Schrei, danach versuchte ich nicht einmal mehr, wieder einzuschlafen.

Stattdessen setzte ich mich auf, schaltete die Lampe auf meinem Nachttisch an und griff nach der schwarzen Samtschatulle, die daneben stand. Ich öffnete das Etui und gab damit den Blick frei auf ein wunderschönes Schmuckstück. Das Kernstück war ein Anhänger in Form meiner Spinnenrune, mit einer Kette, deren einzelne, kleine Glieder ebenfalls eine kleinere Version des Symbols darstellten. Ein Geburtstagsgeschenk von Owen, der dieses Kunstwerk in seiner Schmiede selbst geschaffen hatte.

Abgesehen von ihrem emotionalen Wert war das Wichtigste an dieser Kette, dass sie aus Steinsilber bestand, genau wie der Ring an meinem rechten Zeigfinger, in den ebenfalls meine Spinnenrune eingestanzt war. Steinsilber kann alle Formen von Magie aufnehmen und speichern. Viele Elementare ließen sich Schmuck daraus anfertigen, um eine zusätzliche Machtreserve zu besitzen, für den Fall, dass so was wichtig wurde – wie in einem elementaren Duell.

Mehr als einmal hatte ich darüber nachgedacht, einfach zum Monroe-Herrenhaus zu gehen, an die Eingangstür zu klopfen und Madeline zu einem Duell herauszufordern. Das wäre ein Weg, unsere Differenzen beizulegen und unsere Familienfehde ein für alle Mal zu beenden. Aber ich wusste nicht, ob ich wirklich mehr reine Magie besaß als sie, und es wäre lebensmüde gewesen, mich ihr auf diese Weise zum Kampf zu stellen, wenn ich keine Chance auf den Sieg hatte. Außerdem würde sie eine solche Herausforderung niemals annehmen. Madeline mochte ihre hinterhältigen Intrigen mehr als alles andere.

Trotzdem übertrug ich immer wieder meine Eis- und Steinmagie in die Glieder und den Anhänger, seitdem Owen mir die Kette geschenkt hatte. Ebenso in meinen Ring. Nur für den Fall, dass Madeline das Unerwartete tat und mich doch direkt angriff.

Ich mochte nicht in der Lage sein, meine Albträume zu unterbinden, aber ich konnte Pläne für die kommende Schlacht schmieden. Außerdem hatte Fletcher immer gesagt, dass gute Vorbereitung der Schlüssel zum Sieg war.

Also griff ich nach meiner Magie und sah zu, wie das kühle, silberne Licht in meiner Handfläche aufflackerte, genau über meinen Spinnenrunen-Narben. Dann nahm ich die Kette in eine Hand und den Ring in die andere und beobachtete, wie das Metall das Licht – die Magie – langsam aufsaugte wie ein trockener Schwamm Wasser. Als das letzte Licht verschwand, wusste ich, dass das Steinsilber die erste Welle Magie aufgenommen hatte, und rief die nächste, gefolgt von einer weiteren.

Ich blieb im Bett sitzen und übertrug mehr und mehr meiner Macht in den Schmuck, bis es Zeit wurde, aufzustehen, unter die Dusche zu gehen und zum Pork Pit zu fahren.

Ich erreichte das Restaurant recht früh, kurz nach neun Uhr. Nachdem ich die Eingangstür und die umgebenden Fenster auf Runenfallen und andere Sprengfallen kontrolliert hatte, ging ich hinein und schaltete das Licht an. Direkt hinter dem Eingang blieb ich stehen und sah über die Sitznischen an den Fenstern hinweg, über die Stühle und Tische dahinter, den langen Tresen mit den gepolsterten Hockern an der hinteren Wand und die verblassten, abblätternden blauen und pinken Schweineklauenspuren, die sich über den Boden zogen.

Normalerweise reichte der Anblick meines Restaurants mit seiner einfachen, abgewetzten Einrichtung und der gemütlichen Ausstrahlung aus, um mich selbst bei finsterster Laune aufzumuntern. Aber nicht heute. Nicht nach meinen Albträumen. Und besonders nicht, solange ich keine Ahnung hatte, was Madeline eigentlich plante.

Doch ich konnte nichts gegen meine zunehmenden Sorgen tun, also schloss ich die Tür hinter mir und machte mich an die Arbeit. Schaltete alle Geräte an, wischte die Tische und den Tresen ab, wusch Töpfe und Pfannen aus, fuhr mit dem Mopp über den Boden und füllte alle Ketchup-Flaschen auf. Ich rührte sogar einen Topf mit Fletchers geheimer Barbecue-Soße zusammen, mit ein bisschen viel Kreuzkümmel und schwarzem Pfeffer für besonders viel Würze, und stellte ihn auf den Herd, damit er vor sich hinköchelte.

Als ich endlich mit diesen morgendlichen Aufgaben fertig war, fühlte ich mich um einiges ruhiger. Madeline mochte Intrigen gegen mich spinnen, aber ich konnte mit allem klarkommen, was sie mir servierte, genauso wie ich mich vor all diesen Monaten um Mab gekümmert hatte – indem ich ihr mein Messer in ihr schwarzes Herz gerammt hatte. Wie die Mutter, so die Tochter … das wäre für mich in diesem speziellen Fall vollkommen in Ordnung.

Schließlich blieb nur noch die Aufgabe, den Müll rauszubringen – was ein viel gefährlicherer Job war, als es eigentlich sein sollte. Ich schwang mir den Müllsack über die Schulter und öffnete vorsichtig die Hintertür des Restaurants.

Mehr als eine Person hatte versucht, mich in der Gasse hinter dem Pork Pit umzubringen. Alle Unterweltbosse wollten mich tot sehen, weil derjenige, der mich tatsächlich unter die Erde brachte, damit klar Anspruch auf Mabs leeren Thron als Herrscher über die Unterwelt von Ashland erheben würde. Daher kamen all die Lakaien, die in den letzten Monaten ausgeschickt worden waren, um mir aufzulauern.

Doch seit ich vor ein paar Wochen Beauregard Benson direkt auf der Straße vor seiner Villa in Southtown erledigt hatte, hatten sich die Dinge etwas beruhigt. Seitdem hatte ich nur zwei Leichen verschwinden lassen müssen. Das war etwas, was mir ebenfalls Sorgen machte. Denn wenn die Gangsterbosse keine Leute ausschickten, um mich anzugreifen, dann bedeutete das, dass sie irgendetwas anderes für mich planten. Ich hatte mit Madeline schon genug Probleme. Ich brauchte wirklich nicht noch mehr davon.

Doch niemand lauerte mit geballten Fäusten neben der Hintertür oder kauerte mit einer Pistole in der Hand neben den Müllcontainern oder hielt einen elementaren Feuerball in der Hand, bereit, ihn vom anderen Ende der Gasse auf mich zu werfen und mich bei lebendigem Leib zu rösten.

Ich verweilte eine Zeit lang in der Gasse, sah mich genau um, doch sie war wirklich leer. Ich hörte nicht einmal die üblichen Ratten, Katzen oder streunenden Hunde über den Asphalt eilen, auf der Suche nach Müll, der aus den Containern quoll und den sie fressen konnten.

Also warf ich meinen Müllsack weg, ging zurück ins Restaurant und schob die Schwingtüren auf, die wieder in den eigentlichen Gastraum führten …

Und eine schmiedeeiserne Bratpfanne sauste auf meinen Kopf zu.

Ich duckte mich augenblicklich, sodass die Pfanne hinter mir gegen die Wand knallte, statt mir den Schädel zu spalten. Im Anschluss wirbelte ich sofort herum, um mich meinem Angreifer zu stellen. Es war eine Frau, ungefähr so groß wie ich, um die eins siebzig, mit Mordlust in den Augen und leuchtend rotem Haar, das zu einem Dutt gebunden war.

Als ich an ihr vorbeispähte, erkannte ich, dass die Eingangstür einen Spalt offen stand. Ich hatte mir solche Sorgen um Madeline gemacht, dass ich vergessen hatte, sie zu verschließen, als ich heute Morgen zur Arbeit gekommen war – womit ich meiner Möchtegern-Killerin mühelosen Zugang zu meinem Restaurant gewährt hatte. Ich verfluchte einen Moment lang meine eigene Schlampigkeit, bevor ich mich wieder auf meine Angreiferin konzentrierte.

Ihre geknöpfte, weiße Bluse, die schwarze Hose und die schwarzen Turnschuhe waren genauso nichtssagend wie ihr gewöhnliches Gesicht. Mein Blick schoss immer wieder zu ihrem kupferroten Haar, ihrem einzigen Erkennungsmerkmal. Ich hatte dieses Haar, diesen ordentlichen, engen Dutt, schon einmal gesehen, erst vor Kurzem … auch wenn ich mich nicht erinnern konnte, wo. Aber es spielte eigentlich auch keine große Rolle, wer diese Frau war, für wen sie arbeitete oder warum sie und ihr Boss mich tot sehen wollten. Sie war hierhergekommen, um mich umzubringen, und sie würde dieses Restaurant auf eine ganz bestimmte Art verlassen – blutig.

»Stirb, du Miststück!«, kreischte die Frau.

»Nach dir«, zischte ich zurück.

Sie hatte offensichtlich die Küche durchsucht, während ich den Müll rausgebracht hatte, denn neben ihr standen verschiedene Töpfe und Pfannen auf dem Tresen aufgereiht. Sie hob die Pfanne, die sie bereits hielt – eine alte, aus schwerem Schmiedeeisen, ein Geschenk von Jo-Jo, zum Backen von Maisbrot –, und stürzte sich erneut auf mich.

Es war eine Sache, in meinem eigenen Restaurant angegriffen zu werden. Damit rechnete ich dieser Tage jederzeit. Aber meine Lieblingspfanne gegen mich einzusetzen? Das war einfach nur *unhöflich*.

Ich wich auch dem zweiten Angriff der Frau aus, doch statt herumzuwirbeln und es ein drittes Mal zu versuchen, lief sie einfach weiter ans Ende des Tresens, wo ein Block mit schweren Messern stand. Sie schnappte sich die größte Klinge aus dem Messerblock, drehte sich um sich selbst und wedelte mit dem Utensil vor mir herum.

»Ich werde dich mit einem deiner eigenen Messer filetieren«, knurrte sie.

Ich verdrehte die Augen. Als hätte ich das nicht schon hundert Mal gehört. Die Leute sollten ihre Todesdrohungen wirklich ein wenig kreativer gestalten.

Die Frau stieß einen lauten Schlachtruf aus und sprang nach vorn, die Klinge in der einen, die schwere Pfanne in der anderen Hand. Bisher hatte mich noch nie jemand mit meinen eigenen Küchenutensilien angegriffen, also war es eine neue Erfahrung für mich, Messern und Pfannen auszuweichen statt Kugeln und Magie. Aber ich schaffte es.

Mit einer Hand parierte ich den Schlag von oben mit der Pfanne. Die andere ließ ich auf das Handgelenk der Frau niedersausen, sodass sie den Halt am Messer verlor. Als besonderen Bonus rief ich in der letzten Sekunde noch meine Steinmagie und setzte sie ein, um meine Hand zu verhärten, bis sie so schwer war wie Beton. Ihre Knochen brachen wie Zweige. Die Frau heulte vor Schmerz auf und stolperte rückwärts, womit sich mir die Chance bot, nach vorne zu springen und das auf dem Boden liegende Messer zur Seite zu treten, sodass es unter den Tresen schlitterte.

Mit der unverletzten Hand schlug meine Gegnerin erneut mit der Pfanne nach mir, doch dieses Mal machte ich einen großen Schritt vorwärts, drehte mich, schob meine Hüfte gegen sie und riss ihr die schwere Pfanne mit so viel Schwung aus der Hand, dass die Frau an mir vorbeistolperte. Doch ich ließ sie nicht weit kommen. Stattdessen eilte ich hinter ihr her, packte ihre Schulter und riss sie zu mir zurück, wobei ich im selben Moment mit aller Kraft die schwere Pfanne schwang.

KRACH!

Man konnte mit einer schmiedeeisernen Pfanne viel mehr tun als nur kochen. Dieser eine Schlag reichte aus, um den Hinterkopf der Frau einzuschlagen. Jegliche Bewegungen ihres Körpers stoppten abrupt, dann fiel sie zu Boden wie ein Ziegelstein, den jemand aus dem Fenster geworfen hatte.

Bumm.

Blut quoll aus der tiefen, hässlichen Wunde, die ich in ihren Schädel geschlagen hatte, wie der Saft aus einer frisch geöffneten Kokosnuss. Die Schwerkraft sorgte dafür, dass ihr Kopf zur Seite rollte, sodass ihre leeren, haselnussbraunen Augen auf die Eingangstür gerichtet waren – fast, als könnte sie noch sehen und würde sich wünschen, auf der anderen Seite geblieben zu sein, statt das Restaurant zu betreten und so früh am Morgen ihren Tod zu finden.

Ich ließ die Pfanne auf den Boden gleiten, dann stemmte ich die Hände gegen die Knie und bemühte mich keuchend, wieder zu Atem zu kommen. Der Kampf hatte gar nicht so lange gedauert, aber das eiserne Küchenutensil war schwerer, als es aussah, und es hatte doch einige Kraft gekostet, es so zu schwingen.

Doch selbst in dieser Stellung sah ich zu den Fenstern und fragte mich, ob jemand wohl meinen Kampf auf Leben und Tod mit der Frau beobachtet hatte. Doch die Pendler saßen bereits an ihren Arbeitsplätzen und es war noch zu früh, um an Mittagessen zu denken. Die paar Leute, die tatsächlich auf der Straße vorbeigingen, taten das mit gesenktem Kopf, weil sie sich mehr für das Display ihrer Handys interessierten als für ihre Umgebung.

Also richtete ich mich auf, ging zum Eingang und verriegelte die Tür, bevor ich an allen Fenstern die Jalousien herunterließ. Dann wandte ich meine Aufmerksamkeit wieder der Frau zu. Immer noch drang Blut aus ihrer Wunde, das die blauen und pinken Schweineklauenspuren in ein grelles Scharlachrot färbte. Weiteres Blut klebte an der Pfanne, zusammen mit Haaren, Hautfetzen, Hirnmasse und kleinen Knochensplittern.

Ich seufzte. Verdammt. Wieso hatte sie sich nicht einfach in der Gasse auf mich stürzen können wie gewöhnlich? Jetzt würde ich quasi alle Töpfe und Pfannen sowie das Messer spülen und den Boden wischen müssen – schon wieder.

Manchmal lohnte es sich einfach nicht, früher zur Arbeit zu kommen.

4

Normalerweise hätte ich den Körper der Frau in die Gasse gezerrt, ihn unter ein paar Mülltüten versteckt und dann darauf gewartet, dass Sophia kam, damit sie die Leiche während einer ihrer Pausen verschwinden ließ. Aber ich wollte keinen toten Körper direkt neben dem Restaurant ablegen, nicht jetzt, da ich mir solche Sorgen wegen Madeline machte. Es wäre typisch für sie gewesen, ausgerechnet heute ihre fiesen Pläne in Gang zu setzen. Also brauchte ich ein besseres Versteck für die Leiche. Das wäre dann zumindest ein Punkt weniger, um den ich mir Sorgen machen musste. Aus den Augen, aus dem Sinn und so.

Also packte ich die tote Frau unter den Achseln und zerrte sie in den hinteren Teil des Restaurants, direkt vor eine der Tiefkühltruhen an der hinteren Wand. Dann ließ ich mich auf die Knie sinken und tastete sie ab. Doch sie trug weder einen Geldbeutel noch irgendeine Art von Ausweis bei sich und hatte auch keine Runen-Tätowierungen auf Händen, Armen oder dem Hals, die mir verraten hätten, welcher Gang sie eventuell angehörte. Sie hatte nicht mal ein Handy dabei.

Ich runzelte die Stirn. Seltsam. Heutzutage lief eigentlich niemand ohne sein Handy herum. Also hatte ich keine Ahnung, wer sie war oder für wen sie vielleicht arbeitete. Doch positiv betrachtet, bedeuteten kein Ausweis und kein Handy auch, dass es keine Gegenstände gab, die ich verschwinden lassen musste.

Also öffnete ich den Deckel der Truhe und hob die tote Frau über den Rand, um sie in den eisigen Tiefen zu versenken. Ich ging sogar so weit, mehrere Tüten Eis und ein halbes Dutzend Kartons mit gefrorenen Erbsen auf sie zu stapeln, um die Leiche besser zu verbergen. Ich hasste Erbsen und bot sie im Restaurant niemals an, aber für solche Gelegenheiten wie jetzt hatte ich trotzdem immer welche auf Lager. Denn ehrlich, wer würde schon nachsehen, was sich unter einem Stapel gefrorener Erbsen befand?

Sobald die Leiche verstaut war, angelte ich das Messer unter dem Tresen heraus und wusch es ab, zusammen mit allen Töpfen und Pfannen, die die tote Frau aus den Schränken gezerrt hatte.

Ich wischte alles noch einmal mit Bleiche aus, um auch noch die letzten Reste Blut zu beseitigen, und zog gerade ein weiteres Mal den Mopp über den Boden, als sich ein Schlüssel im Schloss der Eingangstür drehte und Sophia Deveraux das Restaurant betrat.

Ich mochte ja mit meiner schwarzen Jeans und dem immer gegenwärtigen T-Shirt etwas anonym auftreten, Sophia hingegen fiel in jeder Menge auf. Sie trug dieselbe Art schwarze Stiefel wie ich, doch ihre Jeans waren heute tatsächlich weiß und kombiniert mit einem schwarzen T-Shirt, in dessen Mitte ein violetter Schmollmund prangte. Darüber zog sich in silbernen Pailletten der Schriftzug *Kiss off, fool!*, In Sophias schwarzem Haar leuchteten passende, violette Strähnen zusammen mit silbernem Glitzer. Fahlrosa Lidschatten und silberne Mascara ließen ihre Augen noch schwärzer erscheinen als sonst. An ihren Handgelenken prangten silberne Armbänder und ein schwarzes Lederhalsband mit silbernen Herzen um ihren Hals komplettierte den schicken Grufti-Look.

Als sie mich mit dem Mopp in der Hand sah, blieb Sophia stehen, um dann das rosa Wasser in meinem Eimer zu mustern.

»Problem?«, krächzte sie mit ihrer heiseren, unheimlichen, brüchigen Stimme.

Ich zuckte mit den Achseln. »Nicht mehr. Sie liegt im Tiefkühler, bei den Erbsen.«

Sophia nickte, denn sie wusste genau, wovon ich sprach. Sobald sie die Leiche beseitigt hatte, würde ich die Tiefkühltruhe abtauen müssen, um all die Blutflecken zu entfernen. Und ich musste neue, gefrorene Erbsen bestellen. Ich seufzte. Manchmal war das Umbringen von Leuten den Ärger der Putzaktion hinterher einfach nicht wert.

Während ich den Boden fertig wischte, fing Sophia an zu kochen, dann öffneten wir das Restaurant. Um uns beim mittäglichen Ansturm zu helfen und an den Tischen zu bedienen, kam Catalina Vasquez in Begleitung ihres Onkels.

Silvio Sanchez war ein kleiner, schlanker und ruhiger Mann, der in seinen konservativen, grauen Anzügen und Krawatten mit dem Hintergrund zu verschmelzen schien. Anders als bei Jonah McAllister war Silvios silbernes Haar kurz geschnitten und ordentlich gekämmt und er versuchte auch nicht, die leichten Falten zu verbergen, die sich in seine bronzene Haut gegraben hatten. Ich fand, der Vampir war immer noch ein wenig zu dünn, nachdem Beauregard Benson ihm vor ein paar Wochen eine Menge Blut und Gefühle abgesaugt hatte, aber bisher widerstand Silvio all meinen Versuchen, ihn mit der leckeren Hausmannskost des Pork Pit aufzupäppeln.

Wie es inzwischen seine Gewohnheit war, setzte sich Silvio auf den dritten Hocker neben der Registrierkasse, öffnete seine Steinsilber-Aktentasche und zog Handy und Tablet heraus. Er schrieb ständig Nachrichten, tippte oder notierte irgendetwas, obwohl ich mir nicht vorstellen konnte, was er am

Kommen und Gehen im Restaurant so faszinierend fand, dass er alles dokumentieren musste.

»Hallo, Gin. Ich bin für das morgendliche Briefing da«, sagte Silvio, während er sich durch mehrere Apps auf seinem Tablet wischte.

Ich beugte mich vor und schnappte mir ein Spültuch aus der Nische unter dem Tresen, damit er mein Seufzen nicht hören konnte. Ich fand nicht, dass mein Leben so stressig oder kompliziert war, dass ich morgendliche Briefings nötig hatte – ganz zu schweigen von den nachmittäglichen Besprechungen, die Silvio in unseren sogenannten Terminplan aufnehmen wollte –, trotzdem setzte ich mich auf meinen Hocker und hörte zu, als er mir alles berichtete, was er von seinen Kontakten so erfahren hatte. Wer darauf aus war, seine verschiedenen Geschäfte mit Drogen, Waffen und anderen illegalen Waren auszuweiten; wer versuchte, in das Revier eines Rivalen einzudringen; wer seiner Konkurrenz als Reaktion auf eine angebliche Beleidigung mit dem Tod gedroht hatte.

Als er fertig war, gab ich die Informationen weiter, die ich gestern im Wald bekommen hatte – den Namen Dobson und das mit der Party, die Madeline schmeißen wollte.

»Schau bitte, was du darüber herausfinden kannst«, sagte ich. »Vor allem, wann diese Fete stattfindet und wer eingeladen ist. Ich will wissen, ob das eine weitere schicke Teeparty für die Society-Ladys wird oder etwas Wichtigeres.«

Silvio warf mir einen strengen Blick zu. »Und woher kommt diese Information? Ich habe nicht das Geringste davon gehört, dass Madeline irgendeine Party vorbereitet oder besuchen will, abgesehen von der Bibliothekseinweihung heute Nachmittag.«

Ich wedelte mit der Hand. »Ein kleines Vögelchen hat es mir gezwitschert.«

Silvio runzelte die Stirn und kniff anklagend die grauen

Augen zusammen. »Du hast dich nicht selbst dazu herabgelassen, Madeline zu bespitzeln, oder? Denn das wäre wirklich dumm, Gin, Richtmikrofon hin oder her. Ich dachte, wir hätten letzten Freitag bei unserem Morgen-Briefing darüber gesprochen.«

Er mochte das Mikrofon ja nur für mich gekauft haben, aber Silvio hatte darüber hinaus auch sofort verstanden, was ich damit anfangen wollte. Letzten Freitag hatte Silvio mich vor dem Öffnen des Restaurants dazu gezwungen, das Licht auszuschalten, damit er mir eine Powerpoint-Präsentation zeigen konnte, die Punkt für Punkt auflistete, auf welche Arten ich gefangen und getötet werden konnte, falls Madeline mich beim Spionieren erwischte.

Ich hatte gelächelt und genickt, hatte ihm aber nichts von meinem Baumhaus auf dem Monroe-Anwesen erzählt. Ich wollte ihm nicht noch zusätzliche Munition liefern, damit ich mir nicht noch weitere Vorträge über die Risiken anhören musste, die ich einging – und darüber, dass er stattdessen derjenige sein sollte, der die Spionagetätigkeit übernahm. Er hatte sogar angeboten, Sophia dabei zu helfen, die Leichen verschwinden zu lassen. Allerdings hatte die Grufti-Zwergin da nur gekichert und dann solo weitergemacht wie bisher.

Anscheinend wollte Silvio sich keinen neuen Boss suchen müssen, denn er hielt mir ständig Vorträge über die Risiken der Spionage, die richtige Art, Leichen zu entsorgen, und andere Dinge dieser Art … als hätte ich nicht mein gesamtes Erwachsenenleben als Profikillerin verbracht, die von einer gefährlichen Situation in die nächste schlitterte. Seine Sorge war rührend, ehrlich, aber ich hatte so lange allein auf mich aufgepasst, dass ich sie auch als ein wenig … erdrückend empfand. Meistens fühlte ich mich wie ein abenteuerlustiges Entenküken, das Vater Silvio wieder zurück auf Linie bringen wollte.

»Natürlich würde ich Madeline niemals nachspionieren«, verkündete ich fröhlich. »Wie du schon sagtest, würde ich damit ein viel zu großes Risiko eingehen.«

Der Vamp musterte mich weiter, also flüchtete ich vor seinem misstrauischen Blick zu dem Tisch, den Catalina gerade abräumte.

»Hat er dich schon wieder ermahnt, vorsichtig zu sein?«, fragte sie amüsiert, da sie schon mehr als ein Gespräch mit ihrem Onkel belauscht hatte.

Seufzend nahm ich ihr einen Stapel dreckige Teller ab. »Etwas in der Art.«

Sie lachte leise. »Nun, ich bin froh, dass er endlich noch jemanden gefunden hat, um den er sich Sorgen machen kann. Das nimmt ein wenig Druck von meinen Schultern.«

Ich streckte ihr die Zunge heraus. Doch Catalina kicherte nur.

Der Mittagsandrang kam und ebbte ohne Probleme wieder ab, auch wenn ich einen meiner Kellner davon abhalten musste, die Kühltruhe mit der Leiche zu öffnen. Er dachte irrtümlicherweise, darin befände sich noch etwas anderes als Blut, Eis und gefrorene Erbsen.

Kurz nach ein Uhr öffnete sich die Eingangstür und die Glocke bimmelte, um einen neuen und sehr willkommenen Gast anzukündigen – Owen Grayson.

Während er auf mich zuschlenderte, blickte ich ihn konzentriert an und nahm die harsche Schönheit seines schwarzen Haares, seiner violetten Augen und der leicht schiefen Nase in mir auf. Owen beugte sich über den Tresen und ließ seine Lippen über meine gleiten. Ich erwiderte den Kuss und atmete ein, um seinen reichhaltigen, metallischen Duft tief in mich zu saugen, bevor er sich zurückzog.

»Schön, dich zu sehen«, murmelte ich.

Er grinste. »Schön, gesehen zu werden.«

Owen war die letzte Woche über mit einem großen Geschäftsabschluss beschäftigt gewesen, also hatten wir nicht viel Zeit miteinander verbracht. Einerseits hatte mir die Trennung nicht viel ausgemacht, weil ich damit mehr Zeit hatte, um Madeline nachzuspionieren. Aber ich vermisste Owen immer, wenn er nicht in der Gegend war. Natürlich hatten wir ein paar Mal täglich telefoniert, aber das war nicht dasselbe, wie mit ihm zusammen zu sein, sein Lächeln zu sehen, sein Lachen zu hören und seinen Arm um mich zu spüren. Also war es wirklich schön, ihn zu sehen, und es bedeutete mir mehr, als er ahnte. Denn wenn er sich hier bei mir im Restaurant aufhielt, wusste ich, dass er in Sicherheit war.

»Was ist mit mir?«, rief eine andere, weinerliche Stimme.

Finn trat neben Owen. Ihre Büros waren nicht allzu weit voneinander entfernt, also hatten sie sich wohl getroffen und waren gemeinsam herübergekommen, um hier zu Mittag zu essen.

»Also?«, drängte Finn und verschränkte die Arme vor der Brust, das Gesicht genervt verzogen. »Bekomme ich keine Begrüßung?«

Ich wedelte wegwerfend mit der Hand, einfach nur, um ihn zu ärgern. »Du? Dich habe ich doch erst gestern gesehen. Hey, du bist einfach der übliche Kram.«

Fletcher hatte das immer gesagt, wenn er das Ego seines Sohnes ein wenig dämpfen wollte. Nicht, dass das je für längere Zeit geholfen hätte.

Finn schnaubte und stemmte die Hände in die Hüften. »Üblicher Kram? *Üblicher Kram*? Ich bin *getroffen*, Gin. *Tief* getroffen.«

Owen zwinkerte mir zu, wie immer amüsiert von Finns Theater. Ich dagegen ignorierte meinen Ziehbruder, beugte mich über den Tresen und küsste Owen noch einmal.

Finn mochte *tief* getroffen sein, aber seine verletzten Gefühle hielten ihn nicht davon ab, sich neben Silvio auf einen Hocker fallen zu lassen. Owen setzte sich auf den Stuhl direkt vor der Registrierkasse. Owen und Finn begrüßten den Vamp, der gerade auf dem Handy Nachrichten schrieb und seine Quellen anzapfte, um meiner Bitte nachzukommen und etwas über Dobson herauszufinden und über Madelines mysteriöse Party. Silvio murmelte ein höfliches Hallo, ohne jedoch die Augen auch nur kurz von dem kleinen Bildschirm abzuwenden.

Sophia und Catalina kümmerten sich um den Rest der Gäste, während ich meinen Freunden ihr Essen zubereitete: ein überbackenes Käsesandwich mit Süßkartoffel-Pommes für Silvio, einen Salat mit frittiertem Hühnchen und Honig-Senf-Dressing für Finn und einen Cheeseburger mit doppelt Bacon und Zwiebelringen für Owen, außerdem dreifache Schokoladen-Milchshakes für alle.

Ich hatte das Essen gerade vor ihnen auf dem Tresen abgestellt, als etwas absolut Unerwartetes geschah. Die Eingangstür schwang auf und Madeline schlenderte ins Restaurant, mit Emery hinter sich.

Madeline sah aus wie immer – kastanienbraunes Haar, grüne Augen über purpurroten Lippen, weißer Hosenanzug. Ihr Krone-mit-Flamme-Anhänger aus Steinsilber glänzte an ihrem Hals wie ein Reif aus Eis und an ihrem Finger blitzte der dazu passende Ring. Emery trug ihren üblichen schwarzen Anzug mit einem weißen Shirt, gerade so, als wollte sie mit ihrer Kleidung einen Gegensatz zu den Klamotten ihrer Chefin darstellen.

Catalina führte sie zu einer Sitznische am Fenster, die fast direkt gegenüber meiner Position an der Registrierkasse lag. Madeline winkte mir kurz fröhlich zu, als sie sich hinsetzte, dann beugte sie sich vor und begann sich intensiv mit Emery zu unterhalten, kaum dass Catalina ihre Getränkebestellung aufgenommen und sich entfernt hatte.

Es überraschte mich nicht, dass Madeline hier war. Sie war seit ihrer Rückkehr nach Ashland mindestens einmal die Woche – meistens öfter – zum Essen ins Pork Pit gekommen. Auf ihre eigene Art behielt Madeline mich wahrscheinlich genauso im Blick, wie ich es mithilfe des Baumhauses auf ihrem Anwesen tat.

Trotzdem wirkte ihr Lächeln heute besonders selbstgefällig und ihre Stimmung unheimlich gut. Ich warf einen Blick auf die Uhr. Es war schon fast halb zwei. Die Bibliothekseinweihung – das Event, von dem sie behauptet hatte, ich könnte es aus irgendeinem mysteriösen Grund nicht besuchen – war um drei.

Sorge verkrampfte mir den Magen. Ich hob die Hand und berührte den Spinnenrunen-Anhänger, der um meinen Hals hing, versteckt unter T-Shirt und Schürze. Ich trug heute sowohl Kette als auch Ring, genau wie Madeline, und das Gefühl meiner Eis- und Steinmagie, die leise im Steinsilber pulsierten, beruhigte mich.

Owen, Finn und Silvio hatten unsere neuesten Gäste natürlich bemerkt. Alle drei starrten Madeline und Emery ein paar Sekunden lang an, bevor sie sich wieder zu mir umdrehten. Silvio begann erneut, Nachrichten auf seinem Handy zu schreiben, wobei seine Finger sich noch schneller bewegten als bisher.

»Was führt sie im Schilde?«, murmelte Owen.

»Abgesehen davon, Gin allein durch ihre Anwesenheit zu foltern?«, antwortete Finn bissig. »Ich glaube, das reicht ihr schon.«

Ich schüttelte den Kopf. »Oh, das bezweifle ich.«

Doch es gab nichts, was ich gegen Madeline unternehmen konnte, außer sie rauszuwerfen und damit einen Aufruhr zu erzeugen, der meine anderen Gäste stören würde. Was vielleicht genau das war, was sie wollte. Also widerstand ich dem Drang, sie zum Verlassen meines Restaurants aufzufordern, und bereitete schweigend ihr Essen zu. Sowohl sie als auch Emery hatten Barbecue-Sandwiches mit gebackenen Bohnen, frittierten grünen Tomaten und Kartoffelsalat bestellt.

Wie jedes Mal, wenn sie im Pork Pit aßen, dachte ich darüber nach, ihr Essen zu vergiften – widerstand aber auch dieser Versuchung. Es wäre sicherlich sehr unterhaltsam, zu beobachten, wie Madeline mit dem Gesicht in einen Teller mit Grillfleisch fiel, aber gleichzeitig wäre es auch ziemlich verdächtig. Und es würde viel zu viel Aufmerksamkeit auf mich lenken. Außerdem war mir aufgefallen, dass Emery ihr Essen immer vorkostete, auf der Hut vor Giften, wie es sich für eine gute Personenschützerin gehörte.

Also übergab ich die Teller mit heißem und giftfreiem Essen Catalina, die die beiden bediente, dann setzte ich mich wieder auf meinen Hocker. Ich warf einen Blick zu der Ausgabe von *James Bond, im Dienste Ihrer Majestät* von Ian Fleming, die ich eigentlich für den Spionageliteratur-Kurs lesen sollte, den ich am Community College belegt hatte, griff aber nicht nach dem Buch. Ich hätte mich sowieso nicht darauf konzentrieren können. Nicht, solange Madeline und Emery hier waren.

Owens Handy piepte. Er zog es aus der Tasche und runzelte die Stirn, als er die Nachricht auf dem Display las.

Wieder einmal lief mir ein kalter Schauder über den Rücken. »Stimmt etwas nicht?«

Er seufzte. »Es geht um dieses Geschäft, das ich abzuschließen versuche. Vor zwei Wochen waren wir eigentlich so weit, dass wir nur noch den Vertrag unterschreiben mussten. Alles war in trockenen Tüchern. Aber seitdem stellt sich der Kerl wegen jeder Kleinigkeit unglaublich an. Jetzt erklärt er mir gerade, er hätte ein besseres Angebot von jemand anderem bekommen … obwohl er gestern in meinem Büro behauptet hat, er wäre endlich bereit, den Vertrag zu unterzeichnen. Entschuldige mich, aber ich muss versuchen, ihn zu überzeugen – mal wieder.«

Owen glitt von seinem Hocker, trat an die Wand neben der Registrierkasse und fing an, Nachrichten zu schreiben.

»Denk das nicht mal«, warnte Finn, als er meine angespannte Miene bemerkte.

»Was?«

»Dass das irgendeine Intrige von Madeline ist. Geschäfte gehen ständig den Bach runter. Vertrau mir. Ich muss es wissen.«

Silvio sah von seinem Handy auf und schüttelte den Kopf. »Ich weiß nicht. In diesem Punkt bin ich eher Gins Meinung. Madeline kommt ins Restaurant und plötzlich erhält Owen eine schlechte Nachricht? Das wirkt ein wenig verdächtig auf mich.«

Finn schlug dem dünnen Mann so heftig auf die Schulter, dass er fast vom Hocker geworfen wurde. »So denkst du nur, weil du den Großteil deines Lebens für einen psychotischen Vampir gearbeitet hast, der es genossen hat, bei der kleinsten Provokation den Leuten ihre Gefühle auszusaugen. Entspann dich, Silvio. Du und Gin seid paranoid genug für *alle* anderen.«

Silvio und ich schenkten Finn beide einen schlecht gelaunten Blick, doch keiner von uns sagte ein Wort. Vielleicht hatte er recht und wir litten an übersteigerter Paranoia, aber das war einer der Gründe, wieso wir überhaupt so lange überlebt hatten. Tatsächlich war Silvios Paranoia eines der Dinge, die ich am meisten an ihm bewunderte, zusammen mit seiner Aufmerksamkeit für Details. Der Vampir schnaubte und strich sich die Krawatte glatt, sodass die kleine Steinsilber-Spinnenrune in der Mitte der grauen Seide im Licht glitzerte.

Jetzt, da er Silvio ausreichend aufgezogen hatte, leerte Finn seinen Milchshake und kontrollierte gleichzeitig sein eigenes Handy auf Nachrichten.

»Keine Sorge«, sagte ich leise, als ich Silvio einen Teller voller Chocolate-Chip-Cookies zuschob, die ich vorhin gebacken hatte. »Du wirst dich noch an Finn gewöhnen ... irgendwann.«

»Das bezweifle ich wirklich«, antwortete Silvio trocken.

Ich unterdrückte ein Lächeln.

Meine Unruhe nahm zwar immer noch zu, Madeline und Emery aber blieben in ihrer Sitznische und genossen ihr Essen, während ich mich mit meinen Freunden unterhielt. In den folgenden zehn Minuten war alles in Ordnung, wenn auch ein wenig angespannt ... bis die Eingangstür sich öffnete und eine atemberaubende Frau ins Restaurant schlenderte.

Sie war so perfekt, wie man nur sein konnte – glattes schwarzes Haar, hellbraune Augen, porzellanweiße Haut. Ihr pflaumenfarbener Rock war so kurz, dass er fast schon verboten gehörte, und die dazu passenden Stilettos mit den zehn Zentimeter hohen Absätzen ließen ihre wohlgeformten Beine noch länger wirken, als sie sowieso schon waren. Rauchiger, grauer Lidschatten und violetter Lippenstift betonten ihre Gesichtszüge, während um ihren Hals eine dünne goldene Kette glänzte.

Alle Köpfe – egal, ob von Männern oder Frauen – drehten sich in ihre Richtung, als sie zum Tresen stolzierte. Doch so hübsch sie auch sein mochte, irgendetwas an ihr störte mich, also sah ich nach unten und stellte sicher, dass ein Messer in einem der Fächer unter der Kasse in Griffweite lag.

Doch die Frau war nicht an mir interessiert. Sie sah mich nicht einmal an, als sie sich neben Finn schob und sich auf den Hocker setzte, den Owen aufgegeben hatte. Er lehnte immer noch an der Wand und tauschte Nachrichten mit dem zögerlichen Geschäftspartner aus.

Silvio warf der Frau ebenfalls einen wachsamen Blick zu, doch Finn lächelte breit, als sie einen Ellbogen auf den Tresen stemmte und sich vorlehnte, sodass er einen guten Blick auf ihr großzügiges Dekolleté in dem engen Jackett bekam.

»Sind Sie Finnegan Lane?«, schnurrte sie mit verführerischer Stimme.

Finn fuhr sofort schwere Geschütze auf und schenkte ihr sein breitestes, charmantestes Grinsen – das Lächeln, das schon mehr als eine Frau quasi hatte zerfließen lassen und das dafür sorgen konnte, dass Unterhöschen einfach so zu Boden rutschten. »Aber natürlich bin ich Mr Finnegan Lane. Was kann ich zu meinem großen Vergnügen für Sie tun?«

Die Frau schenkte Finn ein sexy Lächeln und lehnte sich noch ein wenig näher an ihn heran. Er folgte ihrem Beispiel, bis er fast auf ihrem Schoß saß. Die Frau seufzte tief, sodass ihr Dekolleté unter Finns anerkennendem Blick wogte. Dann griff sie in ihr Jackett, zog ein gefaltetes Stück Papier aus ihrem Spitzen-BH und klatschte es ihm in die Hand.

»Das Dokument wurde zugestellt«, flötete sie, glitt vom Hocker und stiefelte davon. »Schönen Tag auch!«

Finn fiel fast vom Hocker, doch in der letzten Sekunde schaffte er es, sich am Tresen festzuklammern und wieder aufzurichten. Er starrte auf das Dokument in seiner Hand, dann zur Tür, durch die die Frau verschwunden war, als könnte er die Geschehnisse der letzten Minuten einfach nicht verarbeiten.

Vielleicht war das falsch, aber ich lachte – laut – über seine offensichtliche Verwirrung. Es war das erste Mal seit Ewigkeiten, dass jemand ihn so übers Ohr gehauen hatte. Ich war immer der Meinung gewesen, dass Finns ständige Flirterei ihm noch einmal Probleme bereiten würde und anscheinend war heute der große Tag.

Finn riss sich aus seiner Erstarrung und faltete das Papier auf, um das Dokument dann zu überfliegen. Seine grünen Augen wurden mit jeder Zeile größer und größer.

»Probleme?«, fragte ich bissig.

»Ich werde … ich … ich werde *verklagt*!«, geiferte er, wobei er so heftig mit dem Papier wedelte, dass es flatterte wie eine Flagge in einem Tornado.

»Weswegen?«

Finn hielt lang genug still, um das Dokument ein wenig genauer zu lesen. »Misswirtschaft mit Geldern meiner Bank.«

Ich runzelte die Stirn. Bei all den Vorwürfen, die man gegen Finn erheben konnte, hätte dieser eigentlich relativ weit unten auf der Liste stehen müssen. Finn mochte keine Skrupel haben, die Steuerbehörden und ihre Regeln auszutricksen, aber er war sehr gut darin, die Gelder seiner Klienten zu investieren, zu schützen und zu vermehren.

Finns Miene wurde finsterer und finsterer, je länger er sich mit dem Dokument beschäftigte. »Oh, das ist von diesem Trottel. Das hätte ich mir denken können. Er war letztes Quartal total sauer auf mich, weil ich nur zehn Prozent Rendite erzielt habe, obwohl er zwölf haben wollte. Weiß er nicht, wie vollkommen im Arsch der Markt gerade ist? Misswirtschaft von Geldern, Quatsch. Ich habe allein dieses Jahr ein Vermögen für diesen Idioten verdient. Ein Vermögen!«

Finn tobte weiter, doch ich blendete ihn aus und sah zu Madeline. Sie unterhielt sich immer noch mit Emery, auch wenn sie den Aufruhr um Finn natürlich bemerkt hatte, schließlich sahen ihn inzwischen fast alle im Restaurant an, als hätte er nicht alle Bananen im Obstsalat.

Roslyn und ihr gieriger Getränkelieferant. Owen und sein wankelmütiger Geschäftspartner. Finn und ein drohender

Prozess. Drei scheinbar vollkommen voneinander unabhängige Probleme, die innerhalb von vierundzwanzig Stunden in meinem Freundeskreis auftraten. Eisige Sorge ballte sich in meinem Bauch zusammen.

Ich riss meinen Blick von Madeline. Gerade wollte ich Finn eine weitere Frage stellen, doch ich kam nicht mehr dazu. Die Tür zum Restaurant wurde so heftig aufgerissen, dass die Glocke über der Tür fast vom Rahmen flog, dann stürmte Eva Grayson ins Pork Pit, einen Rucksack und ein zerknülltes Stück Papier in der Hand und Tränen der Wut in den blauen Augen.

»Owen!«, schrie sie. »Endlich!«

Owen sah von seinem Handy auf. »Eva? Was ist los?«

Sie marschierte zu ihrem großen Bruder und streckte ihm das Papier entgegen, mit einer so heftigen Bewegung, dass ihr Pferdeschwanz wild um ihre Schultern peitschte. »Ich wurde vom Unterricht ausgeschlossen.«

»Was? Warum?« Owen nahm ihr das Papier ab und entfaltete es.

»Wegen Betrugs«, stieß Eva hervor. »Jemand hat dem Dekan erzählt, ich würde Antworten für die Chemieprüfung verkaufen. Ich wurde heute Morgen ins Verwaltungsbüro bestellt. Der Chemie-Professor und die Campus-Polizei waren ebenfalls anwesend. Sie haben mich vollkommen unvorbereitet erwischt. Ich hatte diesen dämlichen Test noch nie gesehen und habe sicherlich keine Antworten dafür verkauft. Ich weiß nicht mal, wie die Antworten lauten. Aber egal, was ich gesagt habe oder wie heftig ich alles geleugnet habe, sie haben mich nur angestarrt und mir immer wieder erklärt, wie viel besser es wäre, wenn ich einfach alles zugebe. Ich bin so sauer geworden, dass ich ihnen gesagt habe, sie könnten sich ins Knie ficken. Sie haben erwidert, sie müssten die Vorwürfe untersuchen und ich wäre vom Unterricht ausgeschlossen, bis alles geklärt wäre.«

Eva presste die Lippen aufeinander, doch sie konnte nicht verhindern, dass ein paar Tränen über ihre geröteten Wangen liefen. Owen legte den Arm um ihre Schultern und flüsterte seiner Schwester beruhigende Worte ins Ohr.

Evas Kummer sorgte dafür, dass Finn seine eigenen Probleme für den Moment vergaß. Er sah sie und Owen an, dann schaute er kurz zu Madeline, bevor er sich mir zuwandte.

»Denkst du immer noch, ich wäre paranoid?«, fuhr ich ihn an.

Er bekam keine Chance, mir zu antworten.

Die Eingangstür schwang erneut auf und ein Riese mit breiten Schultern und einer ziemlichen Wampe watschelte herein. Sein grau meliertes Haar war kurz rasiert, was ihn nicht davon abgehalten hatte, Gel darin zu verteilen, seine Wangen zeigten hingegen eine Röte, wie man sie gewöhnlich bei Leuten fand, die entweder sehr viel tranken oder nur einen Cheeseburger vom Herzinfarkt entfernt waren. Doch was meine Aufmerksamkeit besonders erregte, war die goldene Dienstmarke, die an der Tasche seines marineblauen Jacketts prangte, genau über seinem Herzen.

Ein Polizist – und zwar einer, der in der Hackordnung ziemlich weit oben rangierte, nach seiner teuren Kleidung und dem selbstgefälligen Auftreten zu urteilen.

Und er war nicht allein.

Zwei uniformierte Beamte, ebenfalls Riesen, traten hinter ihm ins Restaurant, gemeinsam mit einer kleinen Frau in einem pinkfarbenen Hosenanzug, die ein offiziell wirkendes Klemmbrett hielt.

Der Cop marschierte herein und baute sich vor der Registrierkasse auf. Hinter ihm konnte ich erkennen, wie Madeline mich anlächelte.

Jetzt breitete sich die kalte Sorge in meinem gesamten Körper aus, ließ mich förmlich von innen heraus gefrieren. Das war es. Das war der Anfang von Madelines Plan für mich, wie auch immer er aussehen mochte.

Der Cop warf mir einen harten, ausdruckslosen Blick zu, genauso eisig, wie sich mein Herz gerade anfühlte.

»Sind Sie Gin Blanco?«, blaffte er, als wüsste er die Antwort nicht bereits.

»Die einzig Wahre«, antwortete ich gedehnt.

»Ich bin Captain Lou Dobson vom Ashland Police Department«, sagte er und seine heisere Stimme hallte durchs Restaurant. »Und Sie werden wegen Mordes gesucht.«

5

Das letzte Echo von Dobsons Stimme verklang und eine unheimliche, absolute Stille legte sich über das Pork Pit.

Alle hörten mit dem auf, was sie gerade getan hatten. Die Gäste erstarrten, ihre Barbecue-Sandwiches, Pommes und halb gegessenen Zwiebelringe noch in den Händen, während Catalina und der Rest der Bedienungen neben ihnen standen, Kannen mit Wasser, Limonade und Eistee an die Brust gedrückt. Owen zog Eva noch ein wenig enger an sich, zeitgleich drehte sich Finn auf seinem Hocker herum, um Dobson anzusehen. Silvio hörte auf, Nachrichten zu schreiben, und drehte stattdessen unauffällig sein Handy so, dass er Fotos von den drei Cops und der Frau neben ihnen schießen konnte. Sophia warf das Tuch, mit dem sie gerade den Tresen abgewischt hatte, zur Seite und verschränkte die Arme vor der voluminösen Brust.

Vor allem sahen aber alle mich aus großen Augen an, während sie sich fragten, wie ich wohl auf Dobsons Anschuldigung reagieren würde.

Nun, eigentlich war es nicht so sehr eine Anschuldigung als vielmehr die kalte, harte Wahrheit. Ich hatte über die Jahre unzählige Leute getötet, aus den verschiedensten Gründen – für Geld, aus Rache, um zu überleben. Der Captain würde schon ein wenig konkreter werden müssen und mir sagen, wen ich denn ermordet haben sollte.

Allerdings fragte ich mich unwillkürlich, ob er wohl von Beauregard Benson sprach. Vor ein paar Wochen war ich zur Villa des Vampirs in Southtown gegangen und hatte seinen geliebten Oldtimer-Bentley mit einem von Owens Schmiedehämmern bearbeitet, bevor ich Benson dazu aufgefordert hatte, sich mir zum Kampf zu stellen. Unsere Auseinandersetzung hatte damit geendet, dass Benson mitten auf der Straße verblutet war, nachdem ich ihm eines meiner Messer in sein verdorbenes Herz gerammt hatte. Nichts Außergewöhnliches, nur dass ein Publikum aus Gangmitgliedern, Vampirnutten, ihren Zuhältern, Obdachlosen und anderen Einwohnern von Southtown sich versammelt hatte, um unseren Kampf zu beobachten. Das war definitiv das öffentlichste all meiner Verbrechen gewesen, aber bisher hatte niemand mich deswegen bei der Bullerei verpfiffen. Doch anscheinend hatte diese Glückssträhne gerade ein Ende gefunden.

Also nein, das hier kam nicht vollkommen unerwartet, war aber trotzdem beunruhigend. Als Profikillerin – als die Spinne – war ich es gewohnt, meine Feinde aus dem Schatten heraus zu attackieren, um dann wieder in der Dunkelheit zu verschwinden, ohne eine Spur zurückzulassen, der man folgen konnte. Doch bei Benson hatte ich das nicht getan, aus verschiedenen Gründen, und anscheinend sollte sich das jetzt rächen.

Ich sah an Dobson vorbei zu meinen wahren Feinden. Emery schien fast glücklich oder zumindest das, was bei ihr so als dieses Gefühl durchging, denn ihre Miene war nicht ganz so finster wie gewöhnlich. Ich meinte fast, den Anflug eines Lächelns auf ihren Lippen zu erkennen. Madeline dagegen strahlte förmlich. Ihre grünen Augen funkelten vor Begeisterung über mein Leid und meinen drohenden Untergang.

Ich starrte sie noch eine Sekunde an und prägte mir ihr selbstgefälliges Grinsen ein. Ich würde es genießen, ihr diesen

Ausdruck vom Gesicht zu prügeln, wenn das alles vorbei war. Doch für den Moment musste ich mich dem aktuellen Problem stellen – und einen Weg finden, wie ich dieser Falle entkommen konnte.

Ich glitt von meinem Hocker.

»Und wieso sollte ich wegen Mordes gesucht werden?«, fragte ich als Antwort auf die Anschuldigung des Riesen, wobei ich sorgfältig darauf achtete, meine Stimme ruhig zu halten. »Ich bin nur eine einfache Geschäftsfrau, die wie alle anderen versucht, sich ihren täglichen Unterhalt zu verdienen.«

Dobson lächelte, wobei er leicht schief stehende, viel zu weiße Zähne enthüllte. »Weil Sie diejenige sind, die das Verbrechen begangen hat, Miss Blanco. Jemand wird vermisst und Sie haben sie ermordet, das ist so sicher, wie ich hier stehe.«

Alle im Pork Pit keuchten bei seinen Worten auf, doch ich hielt meine Miene ausdruckslos, als wäre es nichts Außergewöhnliches, in meinem eigenen Laden des Mordes beschuldigt zu werden. Doch meine Gedanken rasten. Ich konzentrierte mich auf das wichtigste Wort, das der Captain gesagt hatte – *sie*. Was bedeutete, dass es hier überhaupt nicht um Benson ging, sondern vielmehr um eine Frau. Aber um wen?

»Wirklich?«, fragte ich. »Und wer behauptet, ich hätte jemanden ermordet?«

Dobson wedelte nur wegwerfend mit der Hand. »Oh, das ist im Moment nicht wichtig. Aber seien Sie versichert, dass wir einen Zeugen für Ihr Verbrechen haben.«

»Oh, das bezweifle ich.«

Sein kalter Blick wurde schärfer. »Und was meinen Sie damit?«

Ich zuckte mit den Achseln, dann schenkte ich ihm mein bestes, breitestes, unschuldigstes Lächeln. »Weil in Southtown niemand redet.«

Mehr als ein paar Leute glucksten erheitert. Natürlich war Finn derjenige, der am lautesten und längsten lachte. Dobson starrte die Gäste, die es wagten, sich von meinem Witzchen amüsieren zu lassen, böse an und sofort verklang das Kichern. Plötzlich interessierten sich alle wieder für ihr Essen statt für das Drama, das an der Registrierkasse aufgeführt wurde.

Dobson knöpfte sein marineblaues Jackett auf und schob den Stoff zur Seite, um die Hände in die Hüften zu stemmen. Die Geste war vor allem dafür gedacht, die Waffe zu enthüllen, die er an seinem breiten Ledergürtel trug – eine klare Warnung, dass er mich bei der leisesten Provokation – inklusive weiterer Scherze auf seine Kosten – erschießen würde. Doch die Bewegung sorgte auch dafür, dass sein Ärmel nach oben rutschte und den Blick freigab auf eine Platinuhr mit Diamanten an seinem Handgelenk. Ein hübsches Schmuckstück. Ich fragte mich, ob es wohl Teil der Bezahlung von Madeline gewesen war, dafür, dass er hierherkam und mich des Mordes bezichtigte.

»Nette Uhr«, merkte Finn gedehnt an und fasste damit meine Gedanken in Worte. »Besonders bei dem Gehalt eines Captains.«

Röte kroch an Dobsons breitem Hals nach oben, bis auch seine Wangen so rot wie ein Feuerwehrauto glühten. Wieder hörte man leises Kichern im Hintergrund. Alle in Ashland wussten, dass der Großteil der Cops sogar noch krimineller war als die Verbrecher der Stadt. Ich sah an den Riesen vorbei zu den zwei Uniformierten und der Frau mit dem Klemmbrett. Keiner von ihnen trug irgendwelche offensichtlichen, teuren Schmuckstücke wie ihr Boss, aber alle drei bewegten sich unruhig. Das nannte man wohl Mitwisserschaft.

»Ich habe etwas gegen Ihre Unterstellungen, Miss Blanco«, blaffte Dobson. »Ich arbeite für die guten Bürger von Ashland.

Diejenigen, die Sie seit Jahren bedrohen, terrorisieren und ermorden.«

Nun, in einem von drei Punkten hatte er recht.

»Aber dann haben Sie keinen allzu guten Job gemacht, oder?«, fragte ich, meine Stimme trügerisch sanft. »Wenn ich all das tatsächlich schon seit Jahren tue, wie Sie behaupten. Scheint, als hätte da jemand im Job gepennt, obwohl er doch von den anständigen Bürgern von Ashland dafür bezahlt wird, gute Arbeit zu leisten. Und scheinbar werden Sie ja sehr gut bezahlt, wenn ich mir die Uhr an Ihrem Handgelenk so ansehe, wie mein Ziehbruder schon gesagt hat. Wer hätte geahnt, dass es *so* lohnend ist, im öffentlichen Dienst zu arbeiten?«

Wieder hörte man leises Glucksen im Hintergrund, was dafür sorgte, dass Dobsons Gesicht noch heißer brannte als bisher. Ich rechnete fast damit, dass ihm Dampf aus den Ohren kommen würde wie einer Zeichentrickfigur, aber natürlich passierte das nicht. Nach ein paar Sekunden bekam Dobson seine Wut wieder unter Kontrolle. Die Röte ließ ein wenig nach und gleichzeitig wurde der Blick in seinen braunen Augen noch kälter.

»Egal, welche charmanten Meinungen Sie auch hegen mögen, Sie müssen mich jetzt begleiten«, blaffte er. »Ich habe Ihnen auf dem Revier ein paar Fragen zu stellen.«

Er machte eine Geste in Richtung der uniformierten Beamten. Die beiden, ein Mann und eine Frau, wechselten hinter Dobsons Rücken einen unsicheren Blick. Sie wollten nicht in meine Nähe kommen, nicht bei dem Ruf, den ich hatte. Kluge Kerlchen. Aber sie hatten mehr Angst vor ihrem Captain als vor mir, denn als er sich umdrehte und ihnen einen bösen Blick zuwarf, schlurften sie vorwärts und die Frau griff nach den Handschellen an ihrem breiten Utensiliengürtel

»Sparen Sie sich die Mühe«, erklärte ich ihr. »Ich gehe nirgendwo mit Ihnen hin. Ich kenne meine Rechte. Wenn Sie keinen Haftbefehl für mich haben, bleibe ich genau hier in meinem Restaurant, wo ich hingehöre.«

»Das ist keine Option«, knurrte Dobson. »Sie werden uns begleiten und dabei bleibt es, Miss Blanco.«

»Vergessen Sie es«, blaffte ich zurück. »Besonders, da Sie mir immer noch nicht mitgeteilt haben, wen ich angeblich ermordet haben soll.«

Seine Lippen verzogen sich zu einem Lächeln. »Also, ich dachte schon, Sie fragen nie. Sie heißt Shanna Bannister.«

Er griff in die Innentasche seines Jacketts, zog sein Handy heraus und tippte darauf herum. Dann drehte er das Display so, dass ich das Bild sehen konnte, das er aufgerufen hatte: ein Foto der rothaarigen Frau, die ich heute Morgen getötet hatte.

Auf dem Bild trug Shanna Bannister eine weiße Bluse zu einer schwarzen Hose und ihr Haar war zu einem strengen Dutt hochgesteckt. Es war dieselbe Art von Outfit, wie sie es getragen hatte, als sie mich angegriffen hatte. Doch ihre Kleidung und ihre steife Haltung erinnerten mich an etwas anderes, an eine Art Uniform …

Und plötzlich wurde mir klar, wer sie war – die Hausangestellte, die Madeline, Emery und Jonah gestern am Herrenhaus die Limonade serviert hatte.

Aus irgendeinem Grund war das rothaarige Dienstmädchen hierhergekommen und hatte versucht, mich umzubringen. Zweifellos hatte Madeline die ganze Sache arrangiert, entweder indem sie Shanna irgendwie unter Druck gesetzt hatte oder indem sie ihr für den Fall, dass es ihr gelang, mich umzubringen, viel Geld versprochen hatte. Doch Madeline war auch klar gewesen, dass die Wahrscheinlichkeit groß war, dass ich stattdessen die Frau ausschaltete, und jetzt versuchte die Säuremagierin, mich mit meinem eigenen Überleben in die Falle zu locken. Clever.

»Erkennen Sie sie?«, fragte Dobson. »Ihr Arbeitgeber hat sie vermisst gemeldet, als sie heute nicht zur Arbeit erschienen ist.«

Obwohl die Zahnräder in meinem Kopf bei dieser Enthüllung begannen, sich heftig zu drehen, hielt ich meine Miene unbeweglich, sah ihn an und zog eine Augenbraue hoch. »Und Sie haben sofort daraus geschlossen, dass ich sie ermordet habe?«

»Shanna Bannister wurde heute Morgen dabei beobachtet, wie sie Ihr Restaurant betreten hat. Und Sie ist nie wieder herausgekommen.« Ein dünnes Lächeln verzog Dobsons Gesicht. »Bei Ihrem Ruf fiel es nicht schwer, eins und eins zusammenzuzählen.«

Ein paar meiner Gäste keuchten auf, doch die meisten nickten und murmelten sich gegenseitig etwas zu. Alle in der Unterwelt wussten, dass ich die Spinne war – und da waren sie nicht die Einzigen. Meine Angestellten hatten die Gerüchte ebenfalls gehört und die paar Gäste, die noch nichts mitbekommen hatten, hatten nicht aufgepasst.

»Also zwingen Sie mich nicht, den Rest meiner Männer reinzuholen, um Sie hier rauszuzerren«, sagte Dobson. »Diese Peinlichkeit sollten Sie sich ersparen.«

Er deutete Richtung Fenster. Bisher war es mir noch nicht aufgefallen, aber auf der Straße vor dem Restaurant parkten vier Streifenwagen und auf dem Gehweg warteten sechs weitere uniformierte Beamte. Alle Cops starrten mich durch die Scheiben an, ihre Hände an den Waffen, bereit, in den Laden zu stürmen und mich zu überwältigen, sollte ich etwas so unendlich Befriedigendes, aber ausgesprochen Dämliches tun, wie Dobson hier und jetzt die Kehle aufzuschlitzen.

Doch wenn ich das Pork Pit verließ und in einen dieser Streifenwagen stieg, würde ich ihn niemals wieder lebend verlassen. Das wusste ich instinktiv, so wie ich wusste, dass

Madeline diese ganze Sache hier arrangiert hatte. Ihre Hausangestellte war ihr vollkommen egal und nachdem es der Frau nicht gelungen war, mich umzubringen, hatte Madeline beschlossen, dass es doch eine schöne Art von Folter wäre, mich wegen Mordes verhaften zu lassen, bevor sie mich umbringen ließ. Wenn das nicht von Anfang an ihr Plan gewesen war.

Wenn ich die Cops begleitete, würde der gute alte Captain Lou Dobson mir auf dem Weg zum Revier ein gesamtes Magazin Kugeln in die Brust jagen und behaupten, ich hätte einen Fluchtversuch gestartet. Dann wäre ich tot und mein Name besudelt ... und Madeline könnte weitermachen mit ihren Plänen für die Unterwelt von Ashland, wie auch immer die aussehen mochten.

»Machen Sie sich die Sache nicht schwerer, als sie schon ist, Blanco«, bellte Dobson. »Sie können freiwillig mitkommen ...«

Er fügte das *oder* nicht hinzu. Musste er nicht.

»Wenn Sie Ihre Hand nur noch einmal auf mich legen, rufe ich meinen Anwalt an und verklage Ihren jämmerlichen Hintern wegen Belästigung«, blaffte ich.

Er kniff die Augen zusammen. »Dann sollten Sie besser anfangen, die Nummer zu wählen, weil Sie mitkommen werden – so oder so.«

»Tatsächlich muss Gin überhaupt niemanden anrufen«, meldete sich Silvio zu Wort. »Ich bin ihr Anwalt und ich bin bereits hier.«

Der schlanke Vampir sprang von seinem Hocker und trat ans Ende des Tresens, sodass er neben mir stand. Mit seinem grauen Anzug und der steifen Körperhaltung sah er wirklich aus wie ein Anwalt, bis hin zu dem hochmütigen Blick, den er Dobson schenkte. Der Riese baute sich vor Silvio auf, als wollte er den kleineren Mann schlagen, dann hielt er sich doch zurück und entfernte sich ein kleines Stück, obwohl ich sehen konnte, wie schwer ihm das fiel.

Silvio warf mir einen Blick zu. Ich hob in einer stummen Frage die Augenbrauen. Er zuckte mit den Achseln. Ich wusste nicht, ob er wirklich Anwalt war oder nicht, aber er war bereit, diese Rolle vor Dobson zu spielen. Mein neuer Assistent hatte sich definitiv eine Gehaltserhöhung verdient – sollte ich diese Sache überleben.

Aus dem Augenwinkel heraus konnte ich sehen, wie Madeline die Stirn runzelte. Anscheinend war sie davon ausgegangen, dass Dobson mich problemlos abtransportieren und ermorden konnte. Silvio hatte sie in ihrer ausgetüftelten Kalkulation übersehen.

»Nun, jetzt, wo das geregelt ist, würde ich vorschlagen, dass Sie schnell aus meinem Restaurant verschwinden«, sagte ich mit einer Stimme, die so kalt war wie eine Winternacht. »Bevor ich Sie verklage, die Polizei und jeden anderen, der mir einfällt.«

Dobson drehte leicht den Kopf, als wollte er zur weiteren Orientierung über die Schulter zu Madeline und Emery schauen, doch dann bemerkte er, dass ich ihn beobachtete, und hielt in der Bewegung inne. Er wandte sich wieder mir zu, allerdings nahm er sich ein paar Sekunden Zeit, sein Handy wegzustecken, sein Jackett zu schließen und sich insgesamt zu beruhigen und zu überlegen, wie er weiter mit der Situation umgehen sollte. Doch offenbar hatte er noch ein Ass im Ärmel, denn sein Gesicht verzog sich wieder zu einem breiten Lächeln. »Ich fürchte, das wird nicht möglich sein, Miss Blanco«, erklärte Dobson, seine heisere, tiefe Stimme klang fast fröhlich. »Weil zusätzlich zu meinen Fragen Miss Winona Wright hier eine der leitenden Inspektorinnen des Gesundheitsamtes von Ashland ist und sie hat einige beunruhigende Beschwerden über Ihr Restaurant bekommen.«

Er winkte. Die Frau mit dem Klemmbrett trat langsam nach vorne, doch statt mich anzusehen, blieb ihr Blick auf die Schweineklauenabdrücke auf dem Boden gerichtet. Offensichtlich wollte sie nicht hier sein. Ich fragte mich, wie Dobson sie wohl bestochen oder unter Druck gesetzt hatte, hier zu erscheinen. Das spielte aber eigentlich keine Rolle. Sie würde mir gleich Probleme bereiten.

»Welche Art von Beschwerden?«, fragte ich eisig.

»Käfer im Essen, Kakerlaken im Lager, dreckige Klos, unsichere Arbeitsbedingungen ...«, murmelte die Inspektorin, wobei ihre Stimme bei jedem angeblichen Missstand leiser wurde.

Schließlich war sie fertig und Dobson starrte mich an. »Also dürfte klar sein, dass Miss Wright eine komplette Inspektion durchführen muss, um die Richtigkeit dieser Vorwürfe zu untersuchen«, flötete er, in dem sicheren Wissen, dass er mich überlistet hatte.

Dobson hob die Finger an die Lippen. Bei dem scharfen Pfiff, den er ausstieß, verzog sogar Sophia das Gesicht. »Kommt rein, Jungs!«, rief er.

Die Cops auf dem Gehweg setzten sich in Richtung Eingangstür in Bewegung und die offizielle Invasion des Pork Pit begann.

6

Ich musste vielleicht nicht mit Dobson aufs Revier für eine Befragung, aber es gab absolut nichts, was ich gegen die Gesundheitsinspektorin tun konnte, die das gesetzlich verbriefte Recht hatte, jede Ecke meines Restaurants zu kontrollieren, wann immer ihr der Sinn danach stand.

Auch genau jetzt.

Bei der Anspannung, den Beschuldigungen und der Feindseligkeit, die in der Luft lagen, waren alle plötzlich ganz scharf darauf, ihre Teller von sich zu schieben, zu zahlen und zu verschwinden, besonders bei dem Gedanken, dass Käfer in ihrem Essen sein oder Schaben durch die Ecken kriechen könnten. Natürlich zeigten sich die echten Kakerlaken ganz offen, wo jeder sie sehen konnte – Dobson, Madeline und Emery –, aber es wäre mir schwergefallen, die Restaurantgäste davon zu überzeugen.

Also gab ich den Kellnern den Rest des Tages bei voller Bezahlung frei, positionierte Catalina an der Registrierkasse und wies sie an, allen nur den halben Preis zu berechnen, wenn sie denn überhaupt bereit wären, so viel für mein angeblich verdorbenes Essen zu bezahlen. Heute würde ich mich nicht über Geld streiten. Nein, ich hatte viel größere Probleme.

»Was soll ich tun?«, fragte Owen leise, als er neben mich trat. »Was auch immer du brauchst, ich bin für dich da, Gin.«

Ich schüttelte den Kopf. »Du kannst nichts machen. Geh und kümmere dich um Evas Problem am College und um das mit deinem Geschäftspartner. Das ist das Beste, was du im Moment für mich tun kannst. Madeline spielt mit uns und ich will wissen, dass ihr beide in Sicherheit seid.«

Außerdem konnte hier jederzeit etwas schrecklich schieflaufen, mit diesen vielen bewaffneten Cops überall, und ich wollte, dass die beiden aus der Schusslinie waren, sollte es so weit kommen.

»Bist du dir sicher?«, fragte Owen. »Ich kann bleiben. Ich will bleiben.«

Seine violetten Augen brannten vor Wut und er beäugte Dobson mit offener Feindseligkeit. Außerdem ballte Owen die Hände immer wieder zu Fäusten, als wünschte er sich, er hätte einen seiner Schmiedehämmer dabei, um dem Riesen für mich die Kniescheiben zu zerschmettern. Owens Beschützerinstinkt und seine offensichtliche Sorge rührten mich, wie sie es immer taten – sie sorgten aber auch dafür, dass ich nur umso entschlossener wurde, ihn und Eva aus dem Laden zu bekommen, bevor etwas Schlimmeres geschah.

»Ich bin mir sicher.«

»Ich ruf dich später an«, versprach er, »sobald wir am College fertig sind.«

Ich nickte.

Owen schlang die Arme um mich und gab mir einen sanften, zärtlichen Kuss.

Ich umarmte ihn, so fest ich konnte, und erwiderte seine Zärtlichkeit voller Leidenschaft, um ihn wissen zu lassen, wie viel er mir bedeutete. Schließlich lösten wir uns voneinander und Owen drückte seine Stirn an meine.

»Was auch immer geschieht, pass auf dich auf«, flüsterte er.

»Immer.«

Ich trat zurück. Eva kam und umarmte mich ebenfalls.

»Ich weiß, dass du dieses Miststück für all das hier zahlen lassen wirst«, flüsterte sie mir ins Ohr.

Ich zog mich zurück und zwinkerte ihr zu. »Da kannst du dir sicher sein«, sagte ich, wobei ich um einiges selbstbewusster klang, als ich mich tatsächlich fühlte.

Doch mein fröhlicher Tonfall und meine aufgesetzte Tapferkeit überzeugten Eva. Sie stieß ein leises Lachen aus und wirkte schon ein wenig entspannter. Owen legte den Arm um ihre Schultern, dann verließen die beiden das Restaurant. Die Glocke über der Tür bimmelte fast klagend, als sie auf die Straße traten und aus meinem Sichtfeld verschwanden.

»Was ist mit mir?«, fragte Finn, während er Owens Platz neben mir einnahm.

»Du verschwindest ebenfalls«, sagte ich. »Geh in deine Bank und bring dort alles in Ordnung. Prüf die Klage und schau, was du deswegen unternehmen musst. Wie ich schon sagte, Madeline spielt mit uns. Sie will, dass wir reagieren. Sie will, dass wir uns wehren. Sie will, dass wir uns so aufregen, dass wir etwas Dämliches tun, was uns noch mehr Ärger einbringt. Also bleiben wir jetzt am besten ruhig, benehmen uns anständig und halten uns an die Regeln.«

Finn rümpfte die Nase. »Regeln sind etwas für die *anderen*.«

Ich warf ihm einen langen Blick zu.

»Okay, okay«, sagte er. »Ich werde mal schauen, ob ich herausfinden kann, was sie sonst noch so in der Hinterhand hat. Oder zumindest, wer noch auf ihrer Gehaltsliste steht.«

»Check auch Dobson für mich ab. Ich will wissen, wieso er Madeline hilft und wie viel Einfluss er genau bei der Bullerei hat.« Mir kam ein Gedanke, bei dem sich mein Magen vor Sorge sofort noch mehr verkrampfte. »Und schau, ob du Bria erreichen kannst. Sie hätte sich auf keinen Fall ferngehalten, wenn sie gewusst hätte, was Dobson plant. Er muss sie irgendwie kaltgestellt haben und ich will wissen, dass es ihr gut geht.«

Finn nickte, versprach ebenfalls, mich später anzurufen, und verließ das Pork Pit.

Die Registrierkasse bimmelte, als Catalina bei der langen Schlange von Kunden abrechnete. Nachdem der Rest der Angestellten bereits durch die Hintertür verschwunden war, blieben sonst nur ich, Silvio und Sophia mit Dobson, Winona Wright und den anderen Cops im Restaurant zurück. Und natürlich Madeline und Emery.

Dobson sah mich an, als wünschte er sich, dass ich mich wegen der Inspektion mehr aufregte, wahrscheinlich, um so einen Vorwand zu bekommen, unter dem er mich doch noch verhaften konnte. Doch ich schenkte ihm nur einen kalten, ausdruckslosen Blick. Er zog ein langes Gesicht, als ihm klar wurde, dass ich nicht protestieren würde, aber dann kam er über seine Enttäuschung hinweg.

»Also dann«, sagte er und rieb sich voller Vorfreude die Hände. »Lasst uns anfangen.«

Dobson marschierte zur Herrentoilette, riss die Tür auf und sah hinein. »Verdreckt«, verkündete er. »Total verdreckt.«

Ich trat hinter ihn und spähte um seinen breiten Körper herum. Die Toilettenräume waren nicht dreckig, denn ich hatte sie erst heute Morgen geputzt. Tatsächlich war alles in Ordnung, außer man zählte das einsame, verknitterte Papierhandtuch mit, das jemand in Richtung Müll geworfen hatte. Es hatte sein Ziel verfehlt und lag jetzt vielleicht dreißig Zentimeter neben dem Eimer.

Dobson schüttelte den Kopf. »Ich würde hier nicht mal mit dem Pimmel eines anderen pissen wollen. Stellen Sie sicher, dass Sie das notieren, Miss Wright.«

Der einzige Pimmel hier war er. Ich musste die Zähne zusammenbeißen, um ihn nicht in die Kniekehlen zu treten, durch eine Kabinentür zu schubsen und in einer der Toiletten zu ertränken.

Der Riese wanderte von den Toiletten in den Kochbereich, der sich an der hinteren Wand entlangzog. Sophia stand vor einem der Öfen. Sie hatte keinen Muskel bewegt, seitdem Dobson das Restaurant betreten hatte, und ihre Arme waren immer noch vor ihrer Brust verschränkt, sodass man nur die Worte *Kiss off* auf ihrem T-Shirt lesen konnte. Jepp, das fasste meine Laune im Moment ziemlich gut zusammen.

Beim Anblick der Grufti-Zwergin zuckte Dobson leicht zusammen, doch er war weise genug, sich um sie herum zu schieben, statt ihr zu befehlen, den Weg freizugeben oder seinen massiven Körper einzusetzen, um sie zur Seite zu schieben. Solange sie ihn so böse anstarrte, hätte er es nicht geschafft, sie zu bewegen, nicht einmal mit seiner Riesenstärke. Doch der gute Captain sorgte dafür, dass er mit dem Ellbogen gegen eine Kanne mit Eistee stieß, sodass diese umkippte und die klebrige Flüssigkeit sich über den Boden ergoss.

»Ups«, sagte Dobson voller Schadenfreude. »Aber hey, gehört ein nasser Boden nicht in die Rubrik unsichere Arbeitsbedingungen? Und stellt zusätzlich eine Gefährdung für die Kunden da? Was denken Sie, Miss Wright?«

Die Gesundheitsinspektorin seufzte und schloss einen Moment die Augen, als würde sie sich schämen, Teil dieser offensichtlichen Hexenjagd zu sein, doch dann notierte sie pflichtbewusst etwas auf ihrem Klemmbrett.

Nachdem er absichtlich die Limonade verschüttet hatte, stürmte Dobson in den hinteren Teil des Restaurants, wo er an allem etwas auszusetzen fand – von der Temperatur der begehbaren Kühlschränke (zu warm) über die Ketchup-Flaschen auf den Metallregalen (zu unordentlich) bis hin zu den ungeöffneten Schachteln mit Mehl und Maismehl in einem der Schränke (zu viele unsichtbare Kakerlaken). Und die ganze Zeit über benahm er sich wie ein Elefant im Porzellanladen, warf Dinge um, verschüttete Flüssigkeiten und zerbrach alles, was er mit seinen riesigen Ellbogen, Hüften und Knien erreichen konnte.

Die Gesundheitsinspektorin folgte ihm, duckte sich unter den fliegenden Scherben zerstörter Teller hindurch und wich den großen Pfützen verschütteter Getränke aus, so gut sie konnte, während sie immer mehr angebliche Verstöße auf ihrem Klemmbrett notierte. Silvio, Sophia und ich folgten ihr, hinter uns gingen die restlichen Cops, vermutlich sollten sie verhindern, dass ich ihren Boss angriff, nur weil er vermeintlich seinen Job machte.

Trotzdem war Dobsons Benehmen eigentlich nur irritierend, bis er das andere Ende des Vorratsraums erreichte.

»Hey«, rief er, »was ist da drin?«

Er deutete auf die Tiefkühltruhen an den Wänden – und damit auch auf die ganz hinten, in der unter gefrorenen Erbsen aktuell die Leiche meiner pfannenschwingenden Angreiferin von heute Morgen ruhte.

Und da wurde mir schließlich klar, warum Dobson die Gesundheitsinspektorin mitgebracht hatte. Nachdem Madeline ihre Angestellte ausgeschickt hatte, damit sie mich angriff, und die Frau mein Restaurant nicht mehr verlassen hatte, hatte die Säuremagierin gewusst, dass ich Shanna getötet hatte und ihre Leiche hier irgendwo herumliegen musste. Also hatte sie Dobson losgeschickt, den Körper zu finden.

Wenn die Gesundheitsinspektorin die Truhe öffnete, dann konnte Dobson genau das tun, weswegen er in erster Linie hierhergekommen war: mich wegen Mordes verhaften, mit mir Richtung Gefängnis fahren und mich auf dem Weg dorthin umbringen – genau, wie Madeline es wollte.

Allerdings konnte ich ihn auf keinen Fall davon abhalten, die Gefriertruhe zu öffnen. Jeder Widerspruch von meiner

Seite würde nur dafür sorgen, dass er umso entschlossener war, sich den Inhalt anzusehen. Ich klebte so richtig in Madelines finsterem Spinnennetz fest. Und es gab nichts, was ich tun konnte, außer mir auszurechnen, wie viele Cops ich beschäftigt halten konnte, während ich Sophia und Silvio zuschrie, dass sie sich in Sicherheit bringen sollten.

Trotzdem zuckte ich so lässig wie möglich mit den Achseln, weil ich gegen jede Vernunft hoffte, dass ich mich noch irgendwie mit einem Bluff aus der Affäre ziehen konnte. »Nichts Besonderes. Nur Eis, gefrorene Lebensmittel, solche Dinge eben.«

»Nun, dann machen wir sie doch mal auf«, krähte Dobson. »Das will ich selbst sehen. Wahrscheinlich ist das alles vergammelt, wie alles andere hier drin.«

Ich hielt meine Miene ausdruckslos, als er zur ersten Truhe ging. Dobson schenkte mir ein fieses Grinsen, hob den Deckel, spähte hinein und fand … mehrere Tüten Eis, genau, wie ich gesagt hatte.

Diesmal gab der Riese keine abfälligen Kommentare von sich, sondern warf mir stattdessen einen bösen Blick zu. Er ließ den schweren Deckel mit einem lauten Knall wieder fallen und ging zur nächsten Truhe, als suchte er nach etwas Bestimmtem.

Wie zum Beispiel einer Leiche.

Der Leiche, von der er wusste, dass sie hier irgendwo sein musste.

Dobson trat vor die zweite Gefriertruhe. In diesem Moment lehnte ich mich leicht zur Seite und fragte Silvio leise: »Bist du wirklich Anwalt?«

»Natürlich bin ich das«, flüsterte er zurück. »Was glaubst du, wer Beaus Drogendealer auf Kaution rausgeholt hat, wenn sie von den Cops erwischt wurden? Es war einfacher und effizienter, mir meine Zulassung zu holen und mich um solche

Dinge zu kümmern, als jedes Mal darauf zu warten, dass ein Anwalt auftaucht. Wieso fragst du?«

»Weil ich einen Anwalt brauchen werde«, murmelte ich.

Sophia hörte den letzten Teil unseres Gesprächs und warf mir einen nachdenklichen Blick zu. Sie wusste genauso gut wie ich, was sich in der letzten Truhe befand.

Dobson schnaubte angewidert und ließ auch den Deckel der zweiten Truhe fallen, da sie mit unschuldigen Dingen wie gefrorenen Maiskörnern, Tüten voller Cranberrys und Behältern voller Erdbeeren gefüllt war, die Jo-Jo mit ein wenig Zucker als Vorrat für die Wintermonate eingefroren hatte. Sein Blick saugte sich an der letzten Truhe fest und ein erwartungsvolles Grinsen erschien auf seinem Gesicht. Er wusste, dass er gleich den Jackpot knacken würde, eilte vorwärts …

In der letzten Sekunde, bevor Dobson den Griff am Deckel der Gefriertruhe packen konnte, schlenderte Sophia zwei Schritte vorwärts, streckte den Stiefel nach vorne und stellte Dobson ein Bein. Der Riese stolperte und knallte mit dem Kopf gegen die Seite der Truhe, dann verlor er ganz den Halt und krachte auf den Boden.

Dobson stieß ein leises Stöhnen aus und ich musste die Lippen zusammenpressen, um ein Kichern zu unterdrücken. Sophia zwinkerte mir zu. In ihren schwarzen Augen glitzerten Rachlust und Freude.

Ein paar Polizisten eilten heran und versuchten, ihrem Boss zu helfen, aber Dobson schob sie zur Seite und stand alleine auf. Er hatte eine Platzwunde über der rechten Augenbraue, doch die bereits anschwellende Beule auf seiner Stirn hielt ihn nicht davon ab, Sophia böse anzustarren.

»Das hast du absichtlich gemacht«, murmelte Dobson.

Sophia grinste, ein Ausdruck, der allerdings eher bedrohlich als freundlich wirkte. »Hoppla«, krächzte sie.

Wut brachte Dobsons Wangen zum Brennen, im selben Farbton wie das Blut, das an seiner Schläfe nach unten rann.

»Verhaftet sie!«, brüllte er. »Wegen Angriffs auf einen Polizeibeamten!«

Einer der Uniformierten trat vor. »Ich bin mir sicher, dass es nur ein Unfall war«, sagte er vorsichtig. »Es ist ziemlich eng hier, mit so vielen Leuten im Raum ...«

»Legt diesem Miststück Handschellen an!«, blaffte Dobson. »Jetzt!«

Die Beamten waren nicht glücklich darüber, aber sie hatten keine andere Wahl. Vorsichtig näherten sie sich Sophia, die ihnen lammfromm die Handgelenke entgegenstreckte und sich Handschellen anlegen ließ, obwohl sie ihnen mühelos hätte das Genick brechen können, wenn sie das gewollt hätte. Aber Sophia war sich nicht zu fein, ihre gefesselten Hände an die Lippen zu heben und dem Captain einen übertriebenen Luftkuss zuzuwerfen.

»Schafft sie hier raus!«, brüllte Dobson wieder.

Silvio sah mich an. Ich nickte ihm zu, um ihm zu bedeuten, er solle Sophia begleiten. Die Polizisten führten sie in den vorderen Teil des Restaurants und Silvio folgte ihnen.

Dobson unterbrach seine lächerliche Inspektion lange genug, um sich ein paar Servietten von einem Metallschrank zu schnappen und sich das Blut vom Gesicht zu wischen.

»Und jetzt«, knurrte er, während er die dreckigen Papiertücher zusammenknüllte und einfach auf den Boden warf, »lasst uns schauen, was in dieser Kühltruhe ...«

Doch Miss Wright war ihm zuvorgekommen. Sie hob den Deckel an und spähte kurz in den Innenraum. »Nichts Interessantes. Nur gefrorene Erbsen.« Sie ließ den Deckel wieder fallen und vermerkte etwas auf ihrem Formular.

»Sind Sie sich sicher?«, fragte Dobson mit einem misstrauischen Blick zu mir.

»Ich kann gut genug sehen, um meine Arbeit zu erledigen, Captain«, erklärte Miss Wright scharf. Es war das erste Mal, seitdem sie hier aufgetaucht war, dass sie einen gewissen Mumm zeigte.

Dobson sah erneut zur Tiefkühltruhe, als wollte er sich an der Gesundheitsinspektorin vorbeischieben, den Deckel öffnen und selbst nachschauen, doch letztendlich nickte er nur abgehackt. Schließlich war angeblich sie es, die diese Inspektion durchführte.

Ich starrte Wright an. Sie schaute nicht einmal in meine Richtung, aber ihre Hand zitterte, als sie eine weitere Notiz machte. Ich wusste nicht, ob sie die Leiche unter dem ganzen gefrorenen Essen wirklich nicht gesehen hatte oder ob sie einfach nur Dobson ein Schnippchen schlagen wollte, indem sie ihn nicht in die Truhe schauen ließ. Doch ich hatte bestimmt nicht vor, mein kleines bisschen Glück infrage zu stellen.

Nachdem die sogenannte Inspektion damit abgeschlossen war, wirbelte Dobson herum und wuchtete sich erneut durch die Doppeltüren, die Uniformierten hinter sich. Wright ging ebenfalls in diese Richtung, auch wenn sie ein paar Schritte von mir entfernt anhielt und den Kopf senkte, als wolle sie die Ketchup-Flaschen mustern, die Dobson überall verteilt hatte.

»Danken Sie Bria noch mal dafür, dass sie mir mit meinem Ex-Mann geholfen hat«, flüsterte sie. »Er wird niemals wieder rauskommen und mich auch nie wieder schlagen. Und das verdanke ich ihr.«

Also war es nicht mein Glück, das mich gerettet hatte – sondern Brias Freundlichkeit gegenüber dieser Frau. Ich fragte mich, vor welcher Art von Albtraum meine Schwester sie gerettet hatte. Es musste schlimm gewesen sein, wenn sie bereit war, den Gefallen hier und heute zu erwidern und damit Dobsons Zorn zu erregen.

Damit eilte die Frau hinter den Polizisten her. Ich wartete noch mehrere Sekunden, dann folgte ich ihr in den Gastraum.

Inzwischen hatte Catalina alle Gäste abkassiert bis auf zwei – Madeline und Emery, die immer noch in ihrer Tischnische saßen und in aller Ruhe den Rest ihres Essens verzehrten. Natürlich taten sie das. Sie wussten ja, dass damit alles in Ordnung war und das Einzige, was hier drin schlecht und verrottet war, sie selbst waren plus ihr Lakai Dobson.

Hätten sich nur wir drei im Restaurant aufgehalten, hätte ich eines meiner Messer in meine Hand gleiten lassen und sie angegriffen – zum Teufel mit den Konsequenzen. Aber genau das wollte Madeline – dass ich die Kontrolle verlor, einen Wutausbruch bekam und sie und Emery vor den Augen der Polizei angriff.

Also zwang ich mich dazu, ruhig zu bleiben. Ich drückte meine Fingerspitzen gegen die Narben in meinen Handflächen und ließ mich von dem Gefühl der Runen erden. Ich war die Spinne … und Fletcher hatte mir vor allem anderen beigebracht, geduldig zu sein.

»Also, wie ist die Beurteilung?«, fragte Dobson Miss Wright, als wüsste er nicht bereits, was sie auf seinen Druck hin sagen musste.

Die Gesundheitsinspektorin seufzte, riss das oberste Blatt von ihrem Klemmbrett und gab es ihm. Dobson gab vor, das Papier zu lesen, obwohl alle wussten, dass er hier das Sagen hatte – nicht Wright.

»Nun, zu meinem großen Leidwesen scheinen sich die Hinweise bestätigt zu haben«, sagte er in einem selbstgefälligen Tonfall, der allen verriet, dass es ihm nicht im Geringsten leidtat. »Ich fürchte, Ihr Restaurant ist bei der Inspektion in allen Punkten durchgefallen, Miss Blanco.«

»Und wie hoch wird die Strafe sein?«, fragte ich.

Ich rechnete damit, dass er eine lächerlich hohe Summe

nannte, bis hin zu hunderttausend Dollar, von denen wahrscheinlich der Großteil in seiner eigenen Tasche landen würde. Doch stattdessen schenkte er mir ein kaltes, kalkuliertes Lächeln, das erneut dafür sorgte, dass sich eisige Besorgnis in mir ausbreitete.

»Oh, es gibt keine Geldstrafe«, flötete Dobson. »Ich fürchte, dafür sind die Verstöße einfach zu gravierend.«

Ich wusste genau, was er als Nächstes sagen würde, aber das milderte die Wirkung seiner harschen Worte kein bisschen.

»Das Pork Pit wird geschlossen.«

7

Seine Worte trafen mich wie ein Schuss ins Herz – hart, brutal und absolut gnadenlos.

Es war eine Sache, mich vor meinen Gästen als Mörderin zu bezeichnen. Eigentlich war das gar nichts, wenn man bedachte, wie viele Leute ich über die Jahre unter die Erde gebracht hatte. Das war eigentlich keine Anschuldigung, sondern eine Feststellung von Tatsachen.

Aber das Pork Pit zu schließen, meinen Laden, das war, als würde mir ein Stück meiner Seele herausgeschnitten – weil ich mir mein Leben einfach nicht ohne das Restaurant vorstellen konnte.

Und Madeline wusste das genau, wenn man sich das breite Lächeln so ansah, das sie zur Schau trug, während sie an ihrem Eistee nippte.

Doch ich hielt meine Miene ausdruckslos und den Mund geschlossen, als die Gesundheitsinspektorin den Bullen mehrere Zettel gab, die sie auf Dobsons selbstgefällige Anweisung hin an alle Fenster kleben sollten. Es waren nur dünne, gelbe DIN-A4-Seiten, aber irgendwie schienen diese Aushänge die Nachmittagssonne vollkommen auszuschließen und das Innere des Restaurants in finsteren Schatten zu tauchen. Ein uniformierter Beamter klebte einen der Zettel an das Fenster gegenüber der Registrierkasse, sodass die warmen Strahlen der Sonne plötzlich nicht mehr mein Gesicht wärmten. Ich fühlte mich, als hätte mir jemand einen Eimer Eiswasser über den Kopf geschüttet.

Nein, nicht irgendjemand – die verdammte Madeline Magda Monroe.

Als alle Zettel ihren Platz gefunden hatten, schlenderte Dobson zurück zur Registrierkasse, hinter der ich stand.

»Ach, schauen Sie nicht so finster drein, Miss Blanco. Sie können immer noch versuchen, die Mängel zu beheben und bei der nächsten Inspektion zu bestehen.« Er grinste.

Er erklärte mir nicht, dass ich niemals bestehen würde, egal, wie viel ich schrubbte und putzte oder wie viele Bestechungsgelder ich auch bezahlte. Es war offensichtlich, was er meinte.

Also verdrängte ich meinen Herzschmerz und grinste zurück. »Ich weiß nicht, was Madeline Ihnen zahlt, aber eines kann ich Ihnen sagen: Es ist nicht genug.«

Dobson kniff die Augen zusammen. »Ist das eine Drohung, Blanco?«

»Oh, Süßer«, antwortete ich gedehnt. »Ich spreche keine Drohungen aus. Ich gebe *Versprechen.*«

Zum ersten Mal, seitdem er mein Restaurant betreten hatte, wirkte der Riese verunsichert. So verunsichert, dass er endlich einen Blick zu Emery warf, als suche er eine Bestätigung, dass sie nicht zulassen würde, dass ich ihn für seine aggressive Dummheit umbrachte. Sie nickte und sofort entspannte sich Dobson. Trottel. Er würde für das hier zahlen, genau wie Emery und Madeline.

Dobson griff in sein Jackett, zog eine Visitenkarte heraus und schmiss sie in meine Richtung. Ich ließ meine Hand nach vorne schießen und fing die Karte aus der Luft. Dobson blinzelte überrascht.

»Rufen Sie mich an, wenn Sie bereit sind, über die vermisste Frau zu reden«, sagte er. »Aber seien Sie vorgewarnt. Je länger Sie warten, desto geringer sind Ihre Chancen auf einen Deal.«

Statt auf seine Stichelei zu reagieren, zerknüllte ich seine Visitenkarte und warf sie in den Mülleimer hinter dem Tresen. Erster Punkt für mich.

Dobsons Wangen brannten vor Wut tomatenrot, doch er wirbelte herum und verließ das Restaurant, wobei er die Eingangstür mit unnötig viel Kraft aufriss. Miss Wright und die anderen Beamten folgten ihm.

Durch die Zettel an den Fenstern konnte ich sehen, dass Sophia neben einem der Streifenwagen stand. Ihre Hände waren immer noch vor dem Körper mit Handschellen gefesselt, während sie darauf wartete, aufs Revier gebracht zu werden. Catalina sprach mit ihr und Sophia nickte immer wieder. Silvio stand ein paar Schritte entfernt und unterhielt sich mit einem der Polizisten über irgendetwas. Wahrscheinlich darüber, was für ein korruptes Arschloch Dobson war.

Als ihr Lakai verschwunden und dessen Mission erfüllt war, ließ Madeline sich endlich dazu herab, mit einem Stück Brot die letzten Reste Barbecue-Soße von ihrem Teller zu wischen, sich das Stück in den Mund zu stecken und den leeren Teller nach hinten zu schieben. Nachdem sie noch langsam und schlürfend einen Schluck von ihrem Eistee genommen hatte, glitt sie von der Bank und schlenderte auf ihren klackernden Stilettos zu mir. Emery stand ebenfalls auf, ging nach draußen und baute sich neben der Eingangstür auf, um von dort aus finster Sophia anzustarren, die ihren Blick genauso böse erwiderte.

Madeline legte ihre weißen Belege auf den Tresen, zusammen mit einem Hundert-Dollar-Schein, der mehr als ausreichte für alles, was sie und Emery bestellt hatten.

»Es tut mir wirklich leid zu hören, dass dein Restaurant

geschlossen wurde, Gin. Ich fand das Essen eigentlich ziemlich gut. Nur ein wenig zu salzig.« Sie zuckte mit den Achseln. »Aber du kennst ja das System. Ein kleiner Fehler und ab da ist es, als hätte man eine Lawine ausgelöst.«

Ich erwiderte ihren Blick unverwandt, ohne das geringste Gefühl zu zeigen und ohne ein Wort zu sprechen. Das war ihr Moment, sich zu brüsten, und den wollte ich ihr zugestehen.

Jede zum Tod verurteilte Person bekam ein letztes Essen und durfte ein paar letzte Worte sprechen.

Madeline beugte sich vor. »Siehst du? Ich hatte dir doch gesagt, dass du es nicht zur Einweihung der Bibliothek schaffen würdest. Das nächste Mal solltest du wirklich auf mich hören. Ich fürchte, du wirst den Rest des Nachmittags damit verbringen, deine Freundin auf Kaution aus dem Knast zu holen. Und du solltest besser versuchen, sie vor heute Abend rauszubekommen. Ich fände es sehr bedauerlich, wenn ihr … etwas Unangenehmes zustoßen würde, während sie in der Zelle sitzt.«

Vielleicht hatte Madelines Plan für mich so ausgesehen. Vielleicht hatte Dobson mich gar nicht auf dem Weg zum Revier erschießen wollen. Vielleicht hätte er mich einfach mit dem übelsten Abschaum in eine Zelle gesperrt und gewartet, bis die Dinge ihren natürlichen Lauf nahmen. Selbst ich konnte mich nur gegen eine gewisse Anzahl von Feinden gleichzeitig wehren, besonders in einer so beengten Umgebung wie einer Zelle.

Madeline starrte mich weiter an. Dieses selbstgefällige, zufriedene Lächeln auf ihrem Gesicht ließ ihre Mundwinkel höher und höher rutschen. Ich senkte meinen Blick auf den Beleg und das Geld auf dem Tresen. Kalte Wut durchfuhr mich, also schnappte ich mir beide Gegenstände, einen in jeder Hand.

Ein scharfes, schmerzhaftes Brennen durchfuhr meine Finger, kaum dass ich das Papier berührt hatte – als würden meine Hände gleich in Flammen aufgehen. Meine Haut allerdings blieb vollkommen unversehrt. Denn hier war keine elementare Feuermacht am Werk und weder auf dem Beleg noch auf dem Geldschein leuchteten Runen auf. Als Madeline beides berührt hatte, waren unsichtbare Wellen ihrer Säuremagie in das Papier eingezogen, da sie zu den Elementaren gehörte, die ständig Magie von sich gaben, selbst wenn sie ihre Macht gerade nicht benutzten. Allerdings vermutete ich, dass sie sich in diesem Fall durchaus Mühe gegeben hatte, die Papiere mit ihrer Magie zu überziehen, in dem Wissen, dass ich danach greifen würde – und sei es nur, um das Geld in die Registrierkasse zu legen. Das sollte ein weiterer kleiner Tritt sein, den sie mir heute verpassen konnte.

Madelines Lächeln wurde noch ein wenig breiter, als rechne sie damit, dass ich sofort zu schreien anfing, sobald ich das Papier berührte und ihre Macht spürte. Aber ich schrie nicht. Ich keuchte nicht. Fluchte nicht und warf die Papiere auch nicht überrascht, schmerzerfüllt oder wütend von mir. Ich ignorierte das schreckliche, sengende Gefühl ihrer Säuremagie, so gut es eben möglich war. Ich griff nicht einmal nach meiner eigenen Eismagie, um meine Hände zu betäuben und den Schmerz zu dämpfen.

Stattdessen sah ich Madeline in die Augen, dabei waren meine grauen Augen kälter als die kälteste Winternacht. Dann knüllte ich ihren Beleg langsam zu einem festen Ball zusammen, bis meine Knöchel von der Anstrengung weiß hervortraten. Ich hielt ihn fest, mehrere Sekunden länger als nötig, einfach nur, um ihr zu zeigen, dass ich es konnte, obwohl jedes Nervenende in meiner Hand mich anflehte, endlich loszulassen. Schließlich warf ich die Papierkugel in den Mülleimer, genau wie ich es mit Dobsons Visitenkarte getan hatte. Ein weiterer Punkt für mich.

In der anderen Hand hielt ich immer noch den Hundert-Dollar-Schein. Ich hob ihn hoch in die Luft, direkt vor Madelines selbstgefälliges Gesicht, und riss ihn in zwei Hälften. Das Geräusch reißenden Papiers hallte laut wie ein Schuss durch die Stille des leeren Restaurants.

Doch damit nicht genug. Ich legte die zwei Hälften des Scheins übereinander und riss sie erneut durch, bis ich vier Teile hatte.

Ratsch-ratsch-ratsch-ratsch.

Ich wiederholte den Vorgang wieder und wieder, bis ich den Schein in winzige Stücke gerissen hatte. Dann ließ ich alles nach unten rieseln und klopfte meine Hände ab, sodass sich die Papierfetzen auf dem Tresen verteilten wie Konfetti.

Zu diesem Zeitpunkt fühlten sich meine Finger an, als bestünden sie nur noch aus morschen Knochen, die jeden Moment unter der sengenden Stärke von Madelines Säuremagie zerschmelzen konnten, obwohl meine Haut keine Blasen warf und vollkommen normal aussah. Aber der brennende Schmerz war nichts im Vergleich zu der kalten Wut, die in perfektem Einklang mit meinem Herzschlag in mir pulsierte.

Zum ersten Mal, seitdem ich ihr begegnet war, flackerte Unsicherheit in Madelines Augen auf. Sie hatte das Geld und den Beleg absichtlich mit ihrer Säuremagie überzogen – eine weitere ihrer kleinen Fallen. Aber ich reagierte nicht, wie sie erwartet hatte. Sie mochte gern Spielchen spielen, allerdings konnte ich das auch.

»Du hast einen Fehler gemacht«, erklärte ich ruhig. »Mehrere, um genau zu sein.«

Madeline zog eine wohlgeformte, dunkle Augenbraue hoch. »Wirklich? Und die wären?«

»Du hast meine Freunde und meine Familie in diese Sache mit hineingezogen. Roslyn. Finn. Owen. Eva. Das hättest du besser nicht tun sollen.«

Sie zuckte mit den Achseln, ohne sich von meiner eisigen Stimme beeindrucken zu lassen. »Es ist nicht meine Schuld, dass deine Freunde solche … Schwierigkeiten haben.«

»Natürlich nicht. Du würdest dich niemals dazu herablassen, dir selbst die Hände dreckig zu machen, außer es geht absolut nicht mehr anders. Deswegen hat es auch so lange gedauert, bis du mich ins Visier genommen hast. Du musstest erst all diese kleinen Zahnräder in Bewegung setzen, um mich und alle Leute, die mir etwas bedeuten, fertigzumachen. Du musstest erst Dobson schmieren und ihn dazu bringen, diese arme Gesundheitsinspektorin zu zwingen, diese Farce heute mitzuspielen.«

»Du traust mir viel zu viel zu, Gin. Ich mag ein paar neue Freundschaften geschlossen haben, seitdem ich wieder in der Stadt bin, aber bei dir klingt es nach einer großen Verschwörung. Ich bin nur eine Arbeitgeberin, die sich Sorgen um eine Angestellte gemacht hat. Deswegen habe ich heute Morgen meine Hausangestellte vermisst gemeldet. Emery war so freundlich, Captain Dobson für mich zu kontaktieren, der ein alter Freund ihres Onkels Elliot war. Dobson hat versprochen, der Sache nachzugehen, und er hat aus den Informationen, die ich ihm geliefert habe, seine eigenen Schlüsse gezogen.«

»Natürlich hat er das.«

Madeline sprach einfach weiter. »Ich weise dich ja nur ungern darauf hin, Liebes, aber du klingst ein wenig … paranoid. Als hätte sich die ganze Welt gegen dich verschworen. Vielleicht solltest du dir ein wenig Freizeit gönnen, solange das Restaurant geschlossen ist. Rede doch mal mit jemandem über diesen Verfolgungswahn, der dich quält.«

»Du hast recht«, sagte ich. Meine Stimme troff förmlich vor Verachtung. »Ich habe dir viel zu viel Anerkennung gezollt. Ich dachte, du würdest etwas Großartiges, Beeindruckendes planen. Aber das hier« – ich machte eine Geste, die das gesamte Restaurant einschloss – »ist nichts. Eigentlich ist es sogar echt enttäuschend. Mab wäre viel direkter an die Sache herangegangen. Hey, deine Mama hätte diesen Laden bereits mit eigenen Händen bis auf die Grundmauern niedergebrannt, statt ihre gesamte Zeit und Energie darauf zu konzentrieren, Leute zu bestechen, zu nerven und mit den Wimpern zu klimpern, bis ein korrupter Cop das Restaurant dichtmacht.«

»Ich bin nicht im *Mindesten* wie meine Mutter«, blaffte Madeline, deren ruhige Fassade bei der Erwähnung von Mab deutliche Risse bekam. »Sie war eine Närrin.«

»Mab war vieles, aber sie war nie, wirklich niemals eine Närrin. Nicht, wenn es um mich ging. Sie hat mal einen ganzen Haufen von Kopfgeldjägern dafür angeheuert, nach Ashland zu kommen und mich zu jagen. Und als sie endlich herausgefunden hatte, wer ich war, nun, da hat sie mich direkt herausgefordert, Elementar gegen Elementar, Schurkin gegen Schurkin. Du hättest dasselbe tun können. Du hättest dasselbe tun *sollen*. Mich zu einem Duell herausfordern und versuchen, mich persönlich mit deiner Säuremagie zu töten.«

Ich schnaubte und wedelte ein weiteres Mal wegwerfend mit der Hand. »Aber du? Mit deinen hinterhältigen, kleinen Intrigen? Du bist nur ein schwacher, jämmerlicher Abklatsch deiner Mutter, Süße.«

Madeline konnte sich nicht davon abhalten, bei meiner Beleidigung nach Luft zu schnappen, dabei war ich noch gar nicht fertig.

Ich beugte mich über den Tresen, bis unsere Gesichter nur noch Zentimeter voneinander entfernt waren. »Du hättest mich in der Sekunde umbringen sollen, wo sich dir die Chance dazu geboten hat. Das ist der andere Fehler, den du gemacht hast, und das ist der Fehler, der dich einiges kosten wird – *alles*, um genau zu sein.«

Madelines grüne Augen brannten vor Wut und ich konnte förmlich sehen, wie sich die Zahnräder in ihrem Kopf drehten, während sie darüber nachdachte, ob sie ihre Säuremagie rufen und versuchen sollte, mich auszuschalten, jetzt und hier, zum Teufel mit ihren aufwendigen Intrigen. Aber einen Augenblick später blinzelte sie, dann blinzelte sie noch einmal und die heiße Wut in ihrem Blick kühlte sich ab, gerann und kristallisierte zu eisigem, verschlagenem Hass. Jepp. Mir ging es genauso.

Ich hielt meine Stellung noch ein paar Sekunden, um sie wissen zu lassen, dass ich ihr Zögern bemerkt hatte, dann zog ich mich wieder hinter die Registrierkasse zurück. »Du hättest mich offen herausfordern sollen, aber du musstest ja unbedingt ein kleines Spielchen mit mir anzetteln.«

»Vielleicht mag ich meine Spielchen«, antwortete Madeline, ihre Stimme und ihre Miene waren wieder mild und kontrolliert.

»Oh, das weiß ich. Aber es gibt ein Problem mit Spielchen.«

Erneut zog sie eine Augenbraue hoch. »Ach, wirklich? Und zwar?«

Ich lächelte, wobei ich ihr alle Zähne und die eisige Bosheit meines Herzens zeigte. »Es besteht immer die Gefahr, zu verlieren.«

Wieder blitzte kurz Unsicherheit in ihrem Blick auf, bevor sie sich kontrollieren konnte. »Ich verliere nie, Gin. Und ich habe nicht vor, jetzt damit anzufangen.«

»Vorhaben sind etwas für Narren. Man tut es oder man tut es nicht. Oder in deinem Fall … *stirbt* man einfach.«

Ihre scharlachroten Lippen verzogen sich zu einem Lächeln, das noch breiter und strahlender war als meines und noch mehr Zähne zeigte. »Oh, ich glaube, im Moment redest du eher über dich selbst, Gin. Schließlich bist du diejenige, die Ärger mit dem Gesetz hat. Nicht ich.«

»Wir werden sehen.«

»Ja, das werden wir«, murmelte sie. »O ja, das *werden* wir.«

Wir starrten uns noch ein paar Sekunden lang an, bevor Madeline mir zunickte.

»Sosehr ich unseren kleinen Plausch auch genieße, ich fürchte, ich muss jetzt los. Ich muss immer noch dieser Einweihung beiwohnen. Und du …« Sie sah sich im verlassenen Restaurant um. »Nun, du hast eigene Probleme, um die du dich kümmern musst, nicht wahr?«

Ich antwortete nicht.

»Aber lass dich von diesen Unannehmlichkeiten nicht runterziehen. Ich hoffe, du genießt den Rest des Tages, Gin. Ich weiß, dass ich es tun werde.«

Damit grinste Madeline mich ein letztes Mal arrogant an, bevor sie sich auf ihrem weißen Stiletto-Absatz umdrehte und aus dem Pork Pit rauschte.

8

Ich wünschte mir nichts mehr, als ein Messer in meine Hand gleiten zu lassen, um den Tresen zu rennen und die Klinge bis zum Heft in Madelines Rücken zu vergraben. Aber das konnte ich nicht machen. Nicht, ohne mich noch mehr in ihrem Netz zu verheddern, als ich es sowieso schon war.

Außerdem spähten Emery und Dobson durch die Fenster und warteten nur darauf, dass ich Madeline angriff. Versuchter Mord würde mich in null Komma nichts in eine Gefängniszelle befördern, und wenn das geschah, hätte die Säuremagierin bekommen, was sie wollte.

Ich hatte nicht vor, in diese Falle zu tappen, also ließ ich sie gehen – vorerst.

Ein paar Sekunden später öffnete sich die Eingangstür erneut und Silvio betrat den Raum.

Ich löste meine Schürze, zog sie aus und warf sie auf den Tresen. »Und was jetzt?«

Er kam zu mir, schnappte sich seine Steinsilber-Aktentasche von ihrem Platz auf dem Tresen, öffnete sie und schob sein Tablet hinein. »Sie bringen Sophia aufs Polizeipräsidium, um sie wegen des Angriffs auf Dobson festzunehmen. In Anbetracht der Situation würde ich vorschlagen, wir folgen ihnen und stehen bereit, sobald die Formalien erledigt sind, um so schnell wie möglich eine Kaution für sie zu hinterlegen.«

Ich nickte. Dann ließ ich meinen Blick durch das Restaurant gleiten, doch Catalina war sehr effizient vorgegangen. Nicht nur hatte sie die Kunden abkassiert, sie hatte zusätzlich bereits alle Geräte ausgeschaltet, das überschüssige Essen weggeräumt und die dreckigen Teller in Plastikwannen gestellt. Ich musste nur noch durch die Tür gehen und sie hinter mir verriegeln, dann wäre das Restaurant geschlossen.

Der einzige, ungeklärte Punkt war die tote Frau in der Tiefkühltruhe, aber es war ja nicht so, als könnte ich ihre Leiche im Moment an einen besseren Ort bringen. Nicht, solange Dobson und die Cops draußen herumhingen und immer wieder durch die Fenster spähten. Ich traute mich nicht einmal, nach hinten zu gehen und noch ein paar Kisten Lebensmittel auf der Truhe zu stapeln. Das hätten die Cops vielleicht bemerkt, wären dann zurückgekehrt und hätten das Restaurant ein weiteres Mal durchsucht.

Doch statt sofort aufzubrechen, richtete ich meinen Blick auf die gerahmte, blutbefleckte Ausgabe von *Eigentlich hätte es ein herrlicher Sommertag werden können*, die an der Wand hinter der Registrierkasse hing. Mein kleiner Tribut an Fletcher, weil er dieses Buch an dem Abend gelesen hatte, an dem er im Pork Pit zu Tode gefoltert worden war.

Ich hatte es nicht geschafft, Fletcher zu retten, aber ich würde nicht auch noch das Restaurant verlieren. Ich würde einen Weg finden, Madeline in ihrem eigenen Spiel zu schlagen, so finster, gefährlich und verdreht es auch sein mochte. Ich würde nichts dem Zufall überlassen, jetzt nicht mehr, also hob ich die Arme und nahm den Rahmen von der Wand, zusammen mit einem Bild von Fletcher und seinem Freund Warren T. Fox, das in ihrer Jugendzeit entstanden war.

»Gin?«, fragte Silvio, der sich wunderte, was ich da tat.

Ich trat um den Tresen herum und übergab ihm die beiden Rahmen. »Hier. Pass für mich darauf auf. Bitte.«

Die meisten Leute hätten es seltsam gefunden, dass ich mir solche Sorgen um ein zerfleddertes Buch und ein altes Foto machte, doch Silvio nickte nur, nahm beides ohne ein weiteres Wort entgegen und verstaute die Sachen in seiner Aktentasche.

»Mein Auto steht eine Straße weiter«, sagte er. »Ich werde dort auf dich warten.«

Mit einem Nicken drehte er sich um und verließ das Restaurant, wobei er die Tür so vorsichtig öffnete und schloss, dass die Glocke kaum ein Geräusch von sich gab.

Ich ging zur Tür, um ihm zu folgen, doch dann drehte ich mich noch einmal um.

Mein Blick glitt über den Innenraum des Restaurants, der so vertraut war mit seinen Sitznischen und Tischen und den Schweineklauenspuren, die sich über den Boden zogen. Doch im Moment war der Anblick auch so fremd, mit den leeren Plätzen, den dreckigen Tellern und den zerknüllten Servietten überall. Obwohl die Sonne draußen hell vom Himmel schien und die gelben Zettel beleuchtete, die in den Fenstern hingen, wirkte der Innenraum doch düster, dämmrig und traurig.

Leer, genau wie mein Herz.

Doch im Moment gab es nichts, was ich dagegen tun konnte, und Sophia brauchte meine Hilfe.

Also schaltete ich das Licht aus, drehte das Schild an der Tür auf *Geschlossen* und verließ das Pork Pit.

Ich sperrte die Eingangstür hinter mir zu, eilte den Gehweg entlang und glitt wenig später auf den Beifahrersitz von Silvios marineblauem Audi. Eine blau- und pinkfarbene Ansteckнадel in Form des Schweins, das auch über dem Restauranteingang prangte, baumelte vom Rückspiegel des Wagens. Natürlich war das echte Schild im Moment dunkel, schließlich hatte ich alle Lichter ausgeschaltet, aber die Kristalle in der Nadel funkelten in der Nachmittagssonne, so hell, farbenfroh und lebendig wie immer. Das tröstete mich irgendwie.

Silvio startete den Motor und beschleunigte. Während er zum Polizeirevier fuhr, zog ich mein Handy aus der Jeanstasche und wählte eine der Schnellwahl-Nummern.

Sie hob beim dritten Klingeln ab. »Ja, Liebes?«

Jolene »Jo-Jo« Deverauxs Stimme erklang an meinem Ohr, doch es war nicht der weiche, süße Südstaatentonfall, den ich erwartet hatte. Stattdessen klang Jo-Jos Stimme harsch, abgehakt und wütend. Ich öffnete den Mund, um ihr zu antworten, doch ein lautes *Kreisch-kreisch-kreisch* schnitt mir das Wort ab, gefolgt von einem lauten Hämmern.

Ich runzelte die Stirn. »Jo-Jo? Was ist das für ein Lärm? Stimmt etwas nicht?«

Sie schnaubte in mein Ohr. »Anscheinend hat einem Weib die Dauerwelle nicht gefallen, die ich ihr letzte Woche verpasst habe. Sie behauptet, ich hätte ihr die Kopfhaut verbrannt und so dafür gesorgt, dass ihr alle Haare ausgefallen sind. Im Moment treiben sich hier ein paar Beamte des Gesundheitsamtes herum, pflügen durch den Salon, kratzen Farbe von den Wänden und richten insgesamt Chaos an. Inzwischen behaupten sie, ich hätte überall schwarzen Schimmel, obwohl ich den gesamten Salon erst vor ein paar Monaten renoviert habe.«

Ich packte mein Handy fester. Also hatte Madeline das Gesundheitsamt auch auf Jo-Jo gehetzt – und so wie es klang, nahmen sie gerade den Schönheitssalon der Zwergin im hinteren Teil ihrer alten Südstaatenvilla vollkommen auseinander. Ich hatte mich gefragt, wieso Madeline so viel Zeit damit verbracht hatte, sich mit allen Behörden und anderen Gesellschaften der Stadt gutzustellen. Jetzt setzte sie all diese Verbindungen und das Geld, das sie verteilt hatte, zu ihrem Vorteil ein.

»Und als wäre das noch nicht genug, sind auch noch ein paar hochmütige Snobs von der Historischen Gesellschaft hier aufgetaucht«, sprach Jo-Jo weiter. Ihre Stimme wurde mit jedem Wort härter, schärfer und wütender. »Sie behaupten, ich hätte mich nicht anständig um mein Haus gekümmert – das Haus, das seit mehr als hundertfünfzig Jahren im Besitz meiner Familie ist – und dass es irgendeine dämliche Rechtsverordnung gibt, in der festgelegt ist, dass ich das Haus entweder innerhalb von dreißig Tagen entsprechend der Bauvorschriften renovieren muss oder die Historische Gesellschaft mich sonst enteignen kann. Nur über meine Leiche, das ist es, was ich dazu sage.«

»Jo-Jo, hör mir zu …«, setzte ich an, weil ich sie warnen wollte und bitten, für den Moment einfach mitzuspielen, doch diese Chance bekam ich nicht.

»Hey!«, blaffte sie. »In dieser Wand gibt es sicherlich keinen Schimmel. Wagen Sie es nicht, mit diesem Vorschlaghammer meine neue Wandverkleidung einzuschlagen!«

Bumm-bumm-bumm.

Krach-krach-krach.

Beng-beng-beng.

Immer mehr Abrissgeräusche erklangen, zusammen mit dem unverwechselbaren Klirren zerbrechenden Glases.

»Super. Jetzt klafft ein riesiges Loch in meiner Wand und einer dieser Trottel hat es geschafft, einen ganzen Eimer Nagellack umzuwerfen und auf dem Boden zu verteilen. Tut mir leid, Gin, aber ich muss auflegen. Ich rufe dich zurück, sobald ich diese Schwachköpfe losgeworden bin.«

Sie legte auf, bevor ich ihr erzählen konnte, welchen Ärger Sophia gerade hatte – oder dass es Madeline war, die uns heute all diese Probleme bereitete, unter anderem auch ihr.

Ich dachte darüber nach, sie noch mal anzurufen, aber wahrscheinlich würde sie gar nicht rangehen. Außerdem befand sich Sophia im Moment in größerer Gefahr als Jo-Jo. Trotzdem schickte ich eine Nachricht an Finn und bat ihn, bei Jo-Jo nachzuhaken, sobald er die Zeit dafür fand. Ich wartete ab, doch mein Handy bimmelte nicht. Anscheinend war Finn mit seinen eigenen Problemen beschäftigt. Mit einem Seufzen legte ich mein Handy in die Mittelkonsole.

Silvio räusperte sich. »Ich entnehme dem, dass Miss Deveraux ebenfalls Probleme hat?«

»Ein weiterer Überraschungsbesuch vom Gesundheitsamt«, murmelte ich, »und von der Historischen Gesellschaft. Madeline hat ihr gleich einen doppelten Schlag verpasst.«

»Sie hat es in jedem Fall sehr gut geschafft, ihre Attacken so zu planen, dass ihr alle gleichzeitig getroffen werdet. Eine klassische Teile-und-herrsche-Strategie.«

»Ich weiß«, murmelte ich wieder. »Und ich habe es nicht einmal kommen sehen. Ich dachte, sie würde einen Haufen Riesen ins Restaurant schicken oder eine Schar Profikiller anheuern, um mich umzubringen. Schließlich befinden wir uns in Ashland. Stattdessen versucht das Miststück, mich totzuklagen.«

»Das Recht ist eine genauso effektive Waffe wie viele andere«, erklärte Silvio irritierend ruhig. »Manchmal sogar eine bessere als brutale Gewalt oder die rein zahlenmäßige Überlegenheit.«

Ich sackte im Ledersitz zusammen, ließ meinen Kopf nach hinten sinken und schloss die Augen, in dem Versuch, gegen meine Wut und meine wachsende Frustration anzukämpfen. Ich hielt nichts von *legal*. Ich war ein Mädchen für Aus-den-Schatten-springen-und-Kehle-durchschneiden-Attacken. Mit diesen … politischen *Manövern* konnte ich einfach nichts anfangen.

Es widerte mich an, dass Madeline sich mir nicht einfach stellte, Elementar gegen Elementar, doch es gab nichts, was ich dagegen tun konnte. Im Moment war sie im Vorteil und meine Freunde und ich kämpften darum, mit ihr Schritt zu halten. Nein, vergesst das. Wir hielten nicht mit ihr Schritt. Wir führten nicht mal mehr einen Abwehrkampf. Madeline hatte uns alle aus dem Hinterhalt erwischt und jetzt lagen wir überall verteilt auf dem Schlachtfeld und versuchten, die Kraft zu finden, uns von den schmerzhaften, markerschütternden Schlägen zu erholen, die sie uns, einem nach dem anderen, verpasst hatte.

Ich brütete die gesamte Fahrt zum Revier vor mich hin. Wie viele Gebäude in der Innenstadt war auch das Polizeipräsidium des Ashland Police Department in einem großen, weitläufigen Gebäude aus der Zeit vor dem Bürgerkrieg untergebracht, das einen gesamten Block einnahm. Mit seinen Säulen, Verzierungen und aufwendigen Steinfriesen in Form von Blättern und Ranken war es ein schönes Bauwerk, trotz der Hässlichkeit, die jeden Tag durch seine Türen schritt.

Silvio fuhr auf den Parkplatz neben dem Gebäude und stellte den Wagen ab. Doch statt auszusteigen und sofort hineinzueilen, blieb ich im Auto sitzen.

Und dachte nach.

Wenn es eines gab, was ich über Madeline wusste, dann, dass sie immer einen Plan B in der Tasche hatte, gewöhnlich sogar zwei oder drei oder vier oder noch mehr. Dobson hatte es zwar nicht geschafft, mich in Handschellen aus dem Pork Pit zu zerren, trotzdem war ich jetzt hier, beim Polizeirevier. Wenn das der Ort war, wo der nächste Teil ihrer Falle – wie auch immer sie aussehen mochte – zuschnappen sollte, dann hatte Madeline ihre Pläne sicherlich bereits an die aktuellen Gegebenheiten angepasst. Irgendetwas Schlimmes wartete im Revier auf mich – ich wusste nur noch nicht genau, was.

Also ging ich im Kopf verschiedene Szenarien durch, von denen die meisten damit endeten, dass ich entweder in einer

Zelle landete oder mitten im Revier erschossen wurde, während die korrupten Cops von Ashland zusahen und Beifall klatschten. Doch eines war sicher: Ich konnte dieses Gebäude nicht bewaffnet betreten. Nicht bei all den Metalldetektoren und Körperscannern. Das wäre der schnellste Weg, verhaftet zu werden und in dieser Zelle zu laden, die sicher schon auf mich wartete.

Sosehr es mich also schmerzte, ließ ich doch zuerst eines meiner Messer aus dem Ärmel in meine Hand gleiten, dann das andere, um sie beide neben mein Handy in die Mittelkonsole zu legen. Ich beugte mich vor und zog die Klinge aus meinem Kreuz, bevor ich auch die beiden Messer aus meinen Stiefeln entfernte.

»Hier«, sagte ich, richtete mich wieder auf und streckte die drei Messer Silvio entgegen. »Nimm die und pass für mich auf sie auf. Bitte.«

Mit einem Nicken nahm er mir die Messer ab, wobei er darauf achtete, die scharfen Schneiden nicht zu berühren, dann hob er auch die beiden anderen Klingen von der Konsole. »Ich habe ein Geheimfach im Kofferraum einbauen lassen. Dort lege ich sie hinein.«

Ich nickte, dann zog ich den Ring von meinem rechten Zeigefinger und gab ihn ebenfalls Silvio. Dann kam die letzte, schwerste Handlung – die Kette von meinem Hals zu lösen.

Ich zog das Schmuckstück unter meinem T-Shirt heraus und starrte den Spinnenrunen-Anhänger an: diesen kleinen Kreis, umgeben von acht dünnen Strahlen. Das Symbol für Geduld. Etwas, was ich jetzt mehr brauchte als jemals zuvor.

Ich schloss meine Finger um die Rune und drückte sie gegen die entsprechende Narbe, die tief in meine Handfläche eingebrannt war. Das leichte Gewicht beruhigte mich, genauso wie das kalte, solide Gefühl meiner Eis- und Steinmagie, die unter der Oberfläche des Metalls wogte, bereit, genutzt zu werden. Doch genau deswegen wollte ich den Ring und die Kette bei Silvio lassen. Sie enthielten viel zu viel von meiner Magie, als dass ich zulassen konnnte, dass sie in die falschen Hände fielen, sollten die Dinge auf dem Revier richtig schieflaufen … so wie ich es befürchtete. Falls die Cops mich verhafteten, würden sie mir alle persönlichen Gegenstände abnehmen. Madeline hatte bereits das Pork Pit schließen lassen. Sie würde auf keinen Fall auch noch meinen Schmuck in die Finger bekommen. Dafür bedeutete er mir viel zu viel – und zwar nicht nur wegen der darin gespeicherten Macht.

»Soll ich das auch nehmen?«, fragte Silvio.

Für einen Moment schloss ich die Finger noch fester um meine Rune. Doch dann zwang ich mich zu nicken, meine Hand zu entspannen und die Kette an Silvio zu übergeben.

Wir stiegen aus dem Auto, dann stand ich Wache, indem ich meinen Blick auf der Suche nach Madelines Spionen über den Parkplatz gleiten ließ, während Silvio den Kofferraum öffnete und meine Waffen und den Schmuck verstaute. Ich fühlte mich nackt, entblößt und verletzlich ohne das leichte, beruhigende Gewicht meiner Messer an meinem Körper – und traurig und leer ohne das Gefühl meines Rings und meiner Kette sowie der Reserve an Eis- und Steinmagie an meiner Haut.

Ich war eine starke Elementarmagierin, aber ich wusste nicht, ob ich Madelines Säuremacht ohne meine Messer oder die zusätzlichen Magiereserven – die ich gerade freiwillig aufgegeben hatte – überwältigen konnte. Doch Sophia steckte in Schwierigkeiten und brauchte meine Hilfe – die sie kaum bekommen würde, wenn ich hier auf dem Parkplatz herumtrödelte. Also atmete ich tief durch und machte mich auf den Weg ins Revier. Silvio schlug den Kofferraum zu, verriegelte den Wagen und reihte sich neben mir ein.

Das Innere des Präsidiums war viel schöner, als man erwartet hätte. Andererseits konnte es sich die Bullerei auch leisten, alles im Topzustand zu halten, bei den Bestechungsgeldern, die sie annahm. Ein schmaler Flur führte ungefähr dreißig Meter ins Gebäude hinein, bevor er sich zu einem riesigen Raum öffnete, der das bürokratische Herz der Wache bildete. Der Boden und die Wände bestanden aus wunderschönem, grauem Marmor, während die Bleiglasscheiben in den hohen, breiten Fenstern so sauber waren, dass man sie fast nicht wahrnahm. Lüster aus Kristall und Messing hingen von der mit Mosaikrosen aus Rosenquarz verzierten Decke, die sich gute dreißig Meter über unseren Köpfen wölbte. Die Eleganz des Raums wurde nur von den Überwachungskameras an den Wänden gestört, deren rote Lichter wie teuflische Glühwürmchen blinkten, während sie sich langsam und gleichmäßig drehten.

Eine Messingplakette an einer der Säulen neben dem Eingang verriet, dass der Innenraum mithilfe der Ashland Historical Society zu alter Pracht restauriert worden war. Captain Lou Dobsons Name stand ebenfalls auf der Plakette; er war als Verbindungsmann zwischen der Polizei und der Historischen Gesellschaft aufgeführt. Nun, das erklärte, wie er Madeline dabei geholfen hatte, die Gruppe auf Jo-Jo zu hetzen. Er hätte nur ein paar Anrufe machen und ein paar Gefallen einfordern müssen.

Silvio und ich passierten einen Metalldetektor am Ende des Flurs, wo ein gelangweilt wirkender Beamter Silvios Aktentasche durch ein Röntgengerät schob. Dobson war anscheinend noch nicht dazu gekommen, alle anzuweisen, nach uns Ausschau zu halten, weil der Officer uns ohne einen zweiten Blick durchwinkte.

»Lass uns zur Aufnahme gehen«, sagte Silvio, sobald er seine Aktentasche wiederhatte. »Da wird Sophia wahrscheinlich sein.«

Ich nickte und folgte ihm aus dem Empfangsbereich des Reviers.

Silvio musste mehr Zeit damit verbracht haben, Bensons Drogendealer auszulösen, als ich gedacht hatte, weil er sich mühelos durch das Revier bewegte und gewissen Menschenansammlungen und abgesperrten Bereichen auswich, als hätte er sich schon vor langer Zeit eingeprägt, wo sich die Problemzonen befanden. Noch aufschlussreicher war, dass einige Beamte dem schlanken Vampir winkten und ihm freundliche Begrüßungen zuriefen.

Silvio nickte zurück und hielt sogar ein paar Mal an, um mit Beamten zu reden, die er besser kannte. Ich trudelte hinter ihm her und fühlte mich wie das sprichwörtliche fünfte Rad am Wagen, aber ich vertraute Silvio genug, um mir bewusst zu sein, dass er nur mit den Leuten redete, um mehr Informationen über Dobson einzuholen und darüber, wie die Pläne des Captains für Sophia aussahen – und für mich.

Irgendwann erreichten wir den hinteren Teil des Raums, wo Dutzende Schreibtische zusammenstanden, alle aus Chrom und Stahl, mit Computern, Monitoren und klingelnden Telefonen darauf. Detectives in Anzügen und Krawatten lungerten in ihren teuren, lederbezogenen Bürostühlen herum und führten Telefonate, während andere sich um die Espressomaschinen drängten, die an einer Wand aufgereiht standen, neben Tischen, auf denen Platten mit frischen Früchten, Buttercroissants und verschiedenen Plunderstücken standen. Ich schnaubte. Hier gab es keinen schlechten Kaffee und keine alten Donuts. Die Bullerei war besser versorgt als mancher Karrierist in den Hochhäusern der Innenstadt.

Trotzdem ging es hier nicht nur um Erdbeeren und Kekse. Uniformierte Beamte bewegten sich zwischen den Schreibtischen der Detectives umher, trugen Aktenstapel, murmelten in ihre Funkgeräte und eskortierten unglücklich wirkende Gestalten von einer Seite des Reviers auf die andere. Drei Vampir-Nutten saßen zusammengesackt auf einer Holzbank neben den Espressomaschinen. Ihre Röcke waren hoch- und ihre Tops heruntergerutscht, sodass sie unangemessen viel Bein und Dekolleté zeigten, während sie darauf warteten, ins System aufgenommen zu werden. Ein paar Schritte entfernt führte ein Torbogen in einen weiteren Raum, in dem Fingerabdrücke genommen und Polizeifotos geschossen wurden.

Sophia saß am Ende der Bank. Sie wirkte ruhig und gelassen, trotz der Handschellen, die immer noch um ihre Gelenke lagen. Dasselbe konnte man von den Nutten nicht behaupten, die sie mit offensichtlicher Neugier beäugten.

»Buh«, krächzte Sophia, womit sie die Nutte direkt neben sich dazu brachte, zu kreischen und fast von der Bank zu fallen.

Als ich sah, dass es Sophia gut ging, fiel mir einer von vielen Steinen vom Herzen. Silvio ging zum diensthabenden Offizier, um zu schauen, was er tun konnte, um ihr zu helfen. Ich dagegen ließ meinen Blick durch den Raum gleiten, auf der Suche nach Dobson.

Ich brauchte nicht lange, um den Riesen zu finden. Sobald ich ihn entdeckt hatte, wurde mein Herz wieder schwer, weil er neben zwei Schreibtischen stand, wo er sich vor zwei sehr vertrauten Personen aufgebaut hatte. Eine von ihnen war eine Frau, mit ungefähr meiner Größe, wallendem blondem Haar und blauen Augen. Der andere war ein Riese, knapp über zwei Meter groß, mit festen Muskeln, ebenholzschwarzer Haut und einer Pilotenbrille, die er auf seinen geschorenen Kopf geschoben hatte. Meine kleine Schwester, Detective Bria Coolidge, und ihr Partner Xavier, der außerdem Roslyns fester Freund war.

Die Dinge wurden offensichtlich immer schlimmer, genau, wie ich es befürchtet hatte.

Ich sah zu Silvio und stellte fest, dass er dem zuständigen Beamten gerade ein paar Hundert-Dollar-Scheine in die Hand drückte. Eine Sekunde später zog der Polizist auch schon die Schlüssel heraus und öffnete die Schellen um Sophias Handgelenke. Erleichtert, dass Silvio sich um sie kümmerte, eilte ich zu Bria und Xavier.

Dobson sah auf, als er meine eiligen Schritte hörte, dann erschien ein breites Grinsen auf seinem Gesicht. Meine Brust wurde noch enger. Ich war so sehr mit den Geschehnissen im Pork Pit beschäftigt gewesen, dass ich vergessen hatte, dass es eine Person gab, von der ich heute noch nichts gehört hatte: Bria.

Doch geschlossen aus Dobsons selbstgefälliger Miene kam ich gerade rechtzeitig, um zu bezeugen, was auch immer Madeline für meine Schwester und Xavier geplant hatte.

Bria drehte sich, um zu sehen, wen Dobson anstarrte, und zuckte überrascht zusammen, als sie mich entdeckte. Angesichts meiner nächtlichen Aktivitäten als die Spinne verbrachte ich nicht viel Zeit auf dem Polizeirevier. Tatsächlich war das der eine Ort in Ashland, den ich gezielt mied, besonders, da Bria und ich versuchten, unsere Berufsleben so gut wie möglich getrennt zu halten. Doch es schien, als hätte Madeline sichergestellt, dass sie sich heute überlappten – auf die schlimmstmögliche Art.

»Gin?«, fragte Bria fast schockiert. »Was tust du hier?«

»Hast du es noch nicht gehört?«, fragte ich mit ironischem Unterton. »Ich wurde beschuldigt, eine vermisste Frau ermordet zu haben, das Pork Pit wurde wegen Gesundheitsgefährdung geschlossen und Silvio und ich sind hier, um eine Kaution für Sophia zu hinterlegen, die angeblich den Polizisten angegriffen hat, der die Gesundheitsinspektion durchgeführt hat. In Wirklichkeit ist der ungeschickte Trottel allerdings von ganz alleine hingefallen. Nicht wahr, Dobson?«

Der Captain starrte mich böse an und erneut stieg Zornesröte an seinem Hals nach oben. Er öffnete den Mund – zweifellos, um einen bissigen Kommentar abzugeben –, doch in diesem Moment klingelte sein Handy und unterbrach ihn. Dobson sah auf das Display, dann winkte er zwei uniformierten Beamten hinter sich – denselben beiden, die ihn bei seinem Auftritt heute Nachmittag ins Pork Pit begleitet hatten.

»Passt auf sie auf«, blaffte er, dann entfernte er sich ein paar Schritte, um seinen Anruf anzunehmen.

Ich hätte meinen Arsch darauf verwettet, dass es Madeline war, die gerade anrief, um ihm letzte Anweisungen zu ihrem Plan zu übermitteln.

»Gin?«, fragte Bria. »Was ist los?«

»Finn hat dich nicht angerufen?«

Sie schüttelte den Kopf. »Wir waren den ganzen Tag in den Bergen unterwegs. Der Empfang dort oben ist schrecklich, also hatten wir unsere Handys ausgeschaltet, um die Akkus nicht zu belasten. Wir sind erst vor ein paar Minuten zurückgekommen.«

»Wieso seid ihr in die Berge gefahren?«

»Angeblich gab es eine Schießerei im Bone-Mountain-Landschaftsschutzgebiet«, brummte Xavier. »Zumindest hat Dobson das behauptet, als er uns heute Morgen losgeschickt hat. Doch es gab keinerlei Hinweise auf irgendetwas in der Art. Nur Wanderer und Vogelbeobachter.«

Also hatte Dobson die beiden unter einem Vorwand weggeschickt, um freie Bahn zu haben. Eine üble Vorahnung verkrampfte mir den Magen, verstärkte meine Anspannung und schnürte mir die Kehle zu, bis ich das Gefühl hatte, ersticken zu müssen. Denn Bria und Xavier waren jetzt hier, genau wie ich – gerade rechtzeitig, um mitzubekommen, welche Bösartigkeit Dobson für sie geplant hatte. Ein weiterer Teil der großen Intrige, die Madeline angeleiert hatte, bei dem ich ein weiteres Mal bezeugen sollte, wie meine Freunde litten.

»Gin?«, fragte Bria wieder. »Was ist los?«

Eilig und mit leisen Worten erzählte ich ihnen von den Problemen, die Madeline uns allen bereitet hatte, inklusive der Schließung des Restaurants.

»Das ist lächerlich!«, blaffte Bria, als ich fertig war. »Das Essen ist super und du verstößt gegen keinerlei Bestimmungen.«

»Madeline spinnt ihr Netz und spielt ihre Spielchen«, murmelte ich. »Und ich glaube nicht, dass sie schon fertig ist.«

»Was glaubst du, worauf sie abzielt?«, fragte Xavier. »Ich meine, das Pork Pit zu schließen ist schrecklich, aber auf keinen Fall von langer Dauer.«

Ich dachte an den Hass, der in Madelines Augen geflackert hatte, als wir uns im Pork Pit gegenübergestanden hatten. »Oh, ich bin mir sicher, sie arbeitet daran.«

Dobson beendete sein Telefonat und kam wieder zu uns, seine Miene erfüllt von aufgeregter Vorfreude. Während er gesprochen hatte, hatten sich immer mehr Detectives und uniformierte Beamte um uns herum versammelt, Espressobecher und Croissants in den Händen, während sie darauf warteten, was als Nächstes passieren würde. Viele der Beamten blickten genauso höhnisch wie Dobson, doch es gab auch ein paar unsichere oder feindselige Blicke in Richtung des Riesen und seiner Kumpanen.

»Gibt es hier jemanden, dem du vertrauen kannst?«, fragte ich Bria. »Jemand, der in der Rangfolge höher steht als Dobson, der dir und Xavier helfen kann?«

Meine kleine Schwester sah sich um, ließ ihren Blick von einem Gesicht zum anderen wandern, so wie ich es gerade getan hatte. Je länger sie das tat, desto grimmiger wurde ihre Miene. »Ein paar Leute. Nicht viele. Dobson hat den dritthöchsten Rang im Revier und er steht über allen Detectives, inklusive Xavier und mir. Außerdem warten die meisten immer erst ab, aus welcher Richtung der Wind weht, bevor sie sich für eine Seite entscheiden, egal, welchen Rang sie auch haben mögen.«

In Ashland war das vollkommen normal, es bedeutete aber auch, dass Bria und Xavier am Arsch waren. Jepp. Das war definitiv das Motto des Tages. Doch bevor ich ihnen sagen konnte, dass sie sich auf das Schlimmste vorbereiten sollten, passierte es auch schon.

»Treten Sie von Ihrem Schreibtisch zurück, Coolidge«, blaffte Dobson.

Bria blinzelte. »Was? Warum?«

Er streckte eine Hand aus. Einer der Beamten trat vor und gab ihm ein Stück Papier, das Dobson auf die Schreibtischkante klatschte. »Damit ich ihn durchsuchen kann«, erklärte er mit einem höhnischen Grinsen. »Wir haben einen Tipp bekommen, dass diverse Burn-Pillen aus der Asservatenkammer verschwunden sind. Jemand scheint zu glauben, dass sie in Ihrem Schreibtisch zu finden sind. Stellen Sie sich das mal vor. Ihre Schwester ist eine kaltblütige Killerin und Sie sind eine dreckige, drogensüchtige Polizistin. Muss wohl in der Familie liegen.«

Bria keuchte bei dieser harschen Beleidigung und ihr Gesicht wurde bleich.

Dobsons braune Augen huschten zu Xavier. »Außer Sie und Ihr Partner hängen gemeinsam in der Sache drin. Wir können genauso gut beide Tische durchsuchen, wenn wir schon dabei sind. Um den gesamten Müll auf einmal zu entsorgen.«

»Der einzige Müll hier sind Sie, Dobson«, knurrte Xavier und trat vor, bis er quasi Nase an Nase mit dem anderen Riesen stand. »Anders als der Rest von euch korrupten Mistkerlen stehlen Bria und ich keine Beweismittel und wir nehmen todsicher keine Drogen.«

Dobson grinste Xavier nur an, der seine Hände zu Fäusten ballte, als dächte er darüber nach, seinen Captain zu schlagen. *Dieses* Gefühl kannte ich nur zu gut.

Doch Bria trat vor und legte als stumme Warnung eine Hand auf die Schulter ihres Partners. »Es ist okay, Xavier. Lass sie suchen. Wir wissen doch beide, dass sie nichts finden werden.«

»Oh, da wäre ich mir nicht so sicher«, flötete Dobson.

Bria und Xavier sahen sich an. Ihre Mienen wurden hart, als sie beide erkannten, dass man ihnen etwas anhängen würde. Doch das Schlimmste war, dass sie absolut nichts dagegen unternehmen konnten, weil Dobson rangmäßig über ihnen stand. Also blieb ihnen keine andere Wahl, als langsam von ihren Schreibtischen zurückzutreten.

Der Captain machte eine große Show daraus, die ersten paar Schubladen an Brias Schreibtisch zu öffnen und sich durch die Papiere und Stifte darin zu wühlen. Die ganze Zeit über zog er eine Grimasse, als wäre er tief enttäuscht, noch nichts Belastendes gefunden zu haben. Die Spannung in der Luft baute sich immer mehr auf und ein paar der umstehenden Polizisten begannen, besorgt zu murmeln. Wahrscheinlich hofften sie, dass er nicht auch noch ihre Schreibtische durchsuchen und all die illegalen Dinge darin finden würde.

Schließlich hatte Dobson alle Schubladen bis auf eine durchsucht. Er hielt einen Moment inne und erneut huschte ein höhnisches Grinsen über sein Gesicht. Er wusste bereits, was sich in dieser letzten Schublade befand, weil er es selbst dort versteckt hatte, während Bria und Xavier oben auf dem Bone Mountain gewesen waren.

»Nein, also wirklich«, krähte Dobson, als er sich vorbeugte und seine breite Hand in der Schublade versenkte, als hätte er etwas vollkommen Unerwartetes gefunden. »Was haben wir denn hier?«

Er zog eine Plastiktüte voller roter und grüner Burn-Pillen aus der Schublade.

Er hob den Beutel hoch und stieß einen Pfiff aus. »Vergesst die Theorie mit den schlechten Angewohnheiten. Sieht aus, als hätten Sie beschlossen, sich selbstständig zu machen. Oder was sagen Sie dazu, Coolidge? Für wie viel wollten Sie diese Babys draußen auf der Straße verkaufen?«

Dobson warf die Pillen auf Brias Schreibtisch und bedachte sie mit einem arroganten Lächeln. »Eine Schwester wie die andere, nehme ich an. Auf jeden Fall sind Sie offiziell vom Dienst suspendiert, Detective Coolidge – ab sofort.«

9

Diesmal war es Bria, die ihre Hände zu Fäusten ballte. »Ich weiß nicht, woher diese Pillen kommen, aber ich habe sie nicht da reingetan.«

»Genau«, höhnte Dobson. »Und ich bin die Zahnfee.«

Er sah sich unter den Cops um, die sich versammelt hatten, doch alle Mienen wirkten verschlossen. Jepp, alle warteten erst einmal ab, wie sich die Situation weiter entwickelte. Bria wusste genauso gut wie ich, dass Dobson bereits gewonnen hatte, zumindest diese Runde. Doch sie wollte es noch nicht glauben. Stattdessen sah sie von einem Beamten zum nächsten, in der Hoffnung, jemand würde sich zu Wort melden und Dobson erklären, was für einen Dreck er redete; dass sie eine gute, ehrliche Polizistin war und auf keinen Fall jemals Beweismittel stehlen und noch weniger Drogen verkaufen würde.

Doch das tat niemand.

Stattdessen breitete sich Schweigen in der Menge aus, bis auch Unbeteiligte in der erkennungsdienstlichen Abteilung die Arbeit einstellten und sich umdrehten, um das Drama zu beobachten.

»Von diesem Moment an sind Sie ohne Bezahlung beurlaubt, Detective Coolidge«, verkündete Dobson laut, sodass seine Stimme durchs gesamte Revier hallte. »Natürlich wird noch eine Untersuchung Ihrer vielen Verbrechen folgen, aber wäre ich Sie, so würde ich schon einmal meinen Schreibtisch ausräumen. Wir wissen beide, dass Sie nicht zurückkehren werden – niemals.«

Mit jeder Lüge, die Dobson von sich gab, ballte Bria ihre Fäuste fester, ihre Augen brannten heißer und ihre Miene wurde angespannter. Die Arbeit als Polizistin hatte die gleiche Bedeutung für sie wie für mich das Pork Pit – sie war eine Möglichkeit, ihren Adoptivvater zu ehren und in seine Fußstapfen zu treten. Der Beruf war Teil dessen, was sie ausmachte, und sie hätte nie etwas anderes tun können, was sie auch nur ansatzweise so erfüllte. Dass Dobson ihr das alles nahm, aufgrund eines so lächerlichen, offensichtlich konstruierten Vorwurfs, machte sie mindestens so wütend, wie ich vorhin im Restaurant gewesen war – und Brias Reaktion war so kalt wie meine vorhin.

Sie trat näher an Dobson heran und sofort zogen sich die zwei Uniformierten rechts und links neben dem Captain ein wenig zurück. Genau wie alle anderen Cops, die sich versammelt hatten. Sie alle wussten, dass Bria eine mächtige Eismagierin war, und konnten die Mischung aus Magie und Wut in ihren Augen brennen sehen. Sie wollten auf keinen Fall ins Kreuzfeuer geraten, sollte sie sich entschließen, Dobson mit ihrer Magie zu beschießen. Sogar der gute Captain selbst schluckte schwer und trat einen Schritt zurück.

Bria bemerkte es und stieß ein höhnisches Schnauben aus. Eben doch: eine Schwester wie die andere.

»Feiglinge«, rief sie, ihre melodische Stimme ertönte noch lauter als Dobsons zuvor. »Alle, wie ihr hier steht.«

Erneut sah sie von einem zum anderen, ihr Gesicht angewidert verzogen. Ein paar der Cops besaßen genug Anstand, um beschämt die Köpfe zu senken, statt ihren vorwurfsvollen Blick aufzufangen.

Schließlich richtete Bria ihre Aufmerksamkeit wieder auf Dobson. »Damit werden Sie nicht durchkommen.« Sie spuckte die Worte förmlich aus, als wäre jedes davon ein Eiszapfen, der von ihren Lippen schoss, und sein selbstgefälliges Lächeln gefror.

»Scheint, als wäre ich das bereits, Coolidge«, höhnte er.

Bria trat vor und legte den Kopf in den Nacken, bis sie ihm direkt ins Gesicht sah. »Das ist Bullshit und das wissen wir alle, Dobson. Sie mochten mich nie, weil ich tatsächlich versuche, meinen *Job* zu machen – weil ich tatsächlich versuche, Leuten zu helfen und sie zu beschützen. Und sie nicht verletze, wie Sie es tun. Sie suchen jetzt schon seit langer Zeit nach einem Vorwand, um mich loszuwerden.«

Er beugte sich vor und lächelte ihr direkt ins Gesicht. »Nun, sieht aus, als hätte ich endlich einen gefunden, nicht wahr?«

Xavier trat neben meine Schwester. »Bria ist eine gute Polizistin. Das wissen alle. Und alle wissen, dass Sie nur ein Schläger sind, der sich gerne hinter seiner Dienstmarke und der Macht versteckt, die sie Ihnen Ihrer Meinung nach verleiht.«

Dobson richtete sich wieder auf und warf Xavier einen feindseligen Blick zu. »Und Sie sollten dankbar sein, dass ich Sie weiter hier arbeiten lasse. Aber nur fürs Protokoll, ab sofort fahren Sie wieder Streife, Xavier. Und zwar übernehmen Sie die Nachtschicht in Southtown. Viel Glück dabei.«

Xavier biss die Zähne so heftig zusammen, dass ein Muskel an seinem Kinn zuckte. Das war die schlimmste Schicht im übelsten Teil der Stadt. Xavier würde sich glücklich schätzen können, wenn er es durch die Woche schaffte, ohne dass auf ihn geschossen wurde – oder Schlimmeres. Doch vor allem war es der sprichwörtliche Schlag ins Gesicht nach all den Jahren, die er damit verbracht hatte, sich nach oben zu arbeiten, besonders weil er einfach nur das Richtige getan und zu seiner Partnerin gestanden hatte.

Doch Bria hatte keine Angst vor Dobson und seinen Drohungen. Sie trat noch näher an ihn heran, ihre Augen waren so kalt, wie ich sie noch nie gesehen hatte, nicht einmal dann, wenn sie gerade ihre volle Magie eingesetzt hatte.

»Damit werden Sie nicht durchkommen«, wiederholte sie mit eisiger Stimme. »Ich weiß nicht, was Madeline Monroe Ihnen gezahlt, versprochen oder wie sie Sie bearbeitet hat, um all das hier anzuleiern, aber ich hoffe, Sie hatten Spaß dabei. Denn sie wird Sie bei lebendigem Leib mit ihrer Säuremagie verbrennen, sobald sie keine Verwendung mehr für Sie hat. Wenn Sie das nächste Mal ins Revier kommen, wird es auf einer Bahre stattfinden, die Reste Ihres Körpers in einem schwarzen Leichensack.«

Alles an Dobson sträubte sich gegen ihre harschen Worte, selbst sein bereits in die Luft stehendes, grau meliertes Haar. »Wissen Sie was? Ich habe genug von Ihnen beiden und Ihren leeren Drohungen. Packen Sie Ihr Zeug zusammen, verschwinden Sie und kommen Sie nicht zurück. Das ist ein Befehl, Coolidge.«

Er wirbelte herum, um davonzustampfen, doch Bria streckte die Hand aus und packte ihn am Arm. Dobson schüttelte sie ab, so heftig er konnte. Wegen seiner Riesenstärke wurde Bria gute zwei Meter nach hinten gegen ihren Schreibtisch geschleudert, knallte gegen die Seite der glänzenden Stahlkonstruktion und fiel auf den Hintern. Aber meine Schwester sprang sofort wieder auf die Beine. Sie wollte sich erneut auf Dobson stürzen, doch Xavier hob einen Arm und stoppte sie.

Dobson allerdings hatte genug. Er stieß ein tiefes Knurren aus und hob eine riesige Faust. Er wollte Bria tatsächlich vor allen Anwesenden schlagen. Sein mörderischer, brauner Blick saugte sich am Gesicht meiner Schwester fest. Ich wusste einfach, dass er sie so hart schlagen wollte, wie er konnte – und dass er ihr mit einem Angriff mühelos das Genick brechen konnte.

Ich dachte nicht nach – ich handelte einfach nur.

Ich trat vor meine Schwester und schubste sie zurück Richtung Xavier, aus der Bahn von Dobson und seinem tödlichen Schlag. Noch in derselben Bewegung wirbelte ich zum Captain herum. Ich war nicht stark genug, um seinen Schlag mit der Hand abzufangen, also duckte ich mich unter seiner Faust hinweg, rammte ihm den Ellbogen in seinen Schmerbauch, hakte einen Fuß hinter seinen Knöchel und setzte seinen eigenen Schwung dazu ein, ihn zum Stolpern zu bringen, sodass der selbstgefällige Kerl hart auf den Boden knallte.

Lautes, entsetztes Keuchen hallte durch die Menge, doch die Geräusche verklangen schnell und dann herrschte wieder Stille im gesamten Revier.

Eins … zwei … drei …

Fünf … zehn … fünfzehn …

Die Sekunden vergingen, doch das einzige Geräusch war Dobsons schweres Keuchen, während er sich bemühte, wieder zu Atem zu kommen.

Dann hörte man ein leises Kratzen, weil eine der Nutten die Holzbank beim Aufstehen ein Stück nach hinten schob. Die Prostituierte zeigte mir ihre nach oben gestreckten Daumen, dann fing sie an zu klatschen.

»Juchhuu!«, rief sie. »Auf geht's, Mädchen! Weis den miesen Bastard in seine Schranken!«

Die zweite Nutte stand ebenfalls auf und schloss sich dem Applaus an. Genau wie die dritte, bis sie alle fröhlich lachend in einer Reihe standen, zusammen mit Sophia, die zusätzlich noch einen ohrenbetäubenden Pfiff ausstieß. Ihr Lachen war ansteckend und verbreitete sich durchs Revier, von einer Gruppe zur nächsten, bis alle Dobson auslachten.

Sein Gesicht verfärbte sich vor Wut von Rot zu Purpur zu

fast Schwarz, als er da auf dem Boden lag. Auf seiner Stirn prangte eine weitere Beule als Ergänzung zu der, die er sich an der Kühltruhe im Pork Pit geholt hatte. Er versuchte, auf die Beine zu kommen, doch seine Lederschuhe rutschten auf dem glatten Marmor weg, sodass er wieder auf die Knie fiel. Seine ungeschickten Versuche sorgten dafür, dass alle noch lauter lachten.

Dann packte Dobson einen der Schubladengriffe an Brias Schreibtisch und zog sich langsam auf die Füße. Er drehte sich erst in eine Richtung, dann in die andere. Sofort verklang das Lachen, die Stille kehrte zurück und die Luft wurde wieder schwer vor Anspannung. Selbst die drei Nutten ließen sich wieder auf die Bank sinken und zogen die Köpfe ein. Sophia allerdings blieb stehen, die Arme vor der Brust verschränkt, sodass auf ihrem T-Shirt erneut die Worte *Kiss off* zu sehen waren.

Dobson stampfte zu mir und riss die Faust zurück. Ich richtete mich hoch auf und blieb einfach stehen; wartete darauf, dass er mich ins Gesicht schlug oder es zumindest versuchte.

Doch im letzten Augenblick besann er sich eines Besseren und zeigte stattdessen mit dem Finger auf mich. »Verhaftet dieses Miststück«, knurrte er. »Wegen Angriffs auf einen Vollstreckungsbeamten.«

»Das scheint bei Ihnen eine beliebte Begründung zu sein«, höhnte ich. »Und das war ja wohl kaum ein Angriff. Vertrauen Sie mir. Wenn ich Sie angegriffen hätte, würden Sie jetzt schon verzweifelt nach Ihrer Mama schreien.«

»Schafft sie weg«, knurrte er. »Und zwar *sofort*.«

Grobe Hände packten mich und zogen mich von Bria und Xavier weg. Meine Schwester streckte den Arm nach mir aus, doch Dobson trat ihr in den Weg. Bria starrte ihn finster an. Ihre Hand sank auf die Pistole an ihrem schwarzen Ledergürtel, als dächte sie darüber nach, etwas Gewalttätiges, Dummes zu tun, so wie ich gerade.

»Es ist okay, Bria«, rief ich. »Er ist es nicht wert. Ich komme schon klar.«

Doch wir wussten beide, dass das eine Lüge war. Ihre Miene wurde immer besorgter.

»Ich werde dich rausholen«, versprach sie.

»Natürlich wirst du das«, antwortete ich locker.

Eine weitere Lüge, weil wir beide wussten, dass ich dieses Revier nur auf eine einzige Art verlassen würde: in einer Kiste aus Kiefernholz. Im Restaurant mochte ich Madelines Falle entkommen sein, die mich direkt in eine Zelle geführt hätte, aber jetzt hing ich trotzdem in ihrem klebrigen Netz fest. Sie hatte Dobson wahrscheinlich angewiesen, Bria irgendwann während der Konfrontation anzugreifen, in dem Wissen, dass ich mich einmischen würde. Einem Teil von mir war durchaus klar gewesen, dass ich Madeline genau das lieferte, was sie wollte, indem ich Dobson stoppte; dass er meine Einmischung als Vorwand nutzen würde, um mich zu verhaften. Aber zumindest hatte ich meine Schwester vor seinem Angriff bewahrt.

Die beiden Beamten, die mich hielten, packten meine Oberarme schmerzhaft fest, doch ich bewegte mich nicht, ich wehrte mich nicht und ich leistete keinen Widerstand. Das hätte alles nur noch schlimmer gemacht.

Silvio hatte neben Sophia gestanden. Jetzt kamen sie beide mit großen Schritten zu mir und der Vampir baute sich vor Dobson auf.

»Wohin bringen Sie meine Klientin?«, verlangte Silvio zu wissen. »Sie hat nichts falsch gemacht. Sie hat lediglich ihre Schwester verteidigt. Was um Himmels willen werfen Sie ihr vor?«

Dobson sah auf den anderen Mann herunter. »Angriff auf einen Vollstreckungsbeamten, für den Anfang. Was den Rest angeht, nun, geben Sie mir ein paar Minuten Zeit. Bei all den üblen Dingen, die dieses Miststück getan hat, fällt mir sicher noch etwas ein.« Er sah die Männer an, die mich immer noch festhielten. »Schafft sie weg.«

»Vergessen Sie es«, blaffte Silvio. »Sie bleibt hier. Lassen Sie uns meine Klientin ins System aufnehmen und dann eine Kaution festsetzen. Sofort.«

»Oh, es tut mir leid, Herr Rechtsanwalt, aber ich fürchte, dafür ist es inzwischen schon zu spät. Auf keinen Fall können wir sie rechtzeitig registrieren, um sie heute noch vor Dienstende wieder auf freien Fuß zu setzen. Zu meinem großen Bedauern wird Ihre Klientin wohl die Nacht in einer Zelle verbringen müssen.« Dobson breitete die Hände aus, als wäre er ein hilfloses Opfer der Umstände. »So lauten die Regeln. Ich bin mir sicher, das verstehen Sie.«

Es war kurz nach drei Uhr nachmittags, womit durchaus noch genug Zeit blieb, um eine Kaution für mich festzusetzen. Doch wir wussten alle, dass das nicht passieren würde. Jetzt, da Dobson mich in den Fingern hatte, würde er mich nicht wieder gehen lassen, bevor einer von uns tot war.

Silvios graue Augen glitzerten vor Wut. Er richtete sich zu seiner vollen Größe auf, womit er allerdings immer noch gute dreißig Zentimeter kleiner war als Dobson. »Was ich verstehe, ist, dass ich Sie, die Polizei von Ashland und jede Person in diesem Revier verklagen werde, wenn Miss Blanco sich im Polizeigewahrsam auch nur einen Fingernagel einreißt.«

»So viele leere Drohungen«, rief eine Stimme aus dem Hintergrund. »Nur gut, dass ich zufällig Experte für rechtliche Angelegenheiten wie diese bin.«

Jonah McAllister schob sich durch die Menge. Seine glänzenden Budapester klapperten über den Boden, als würde mein herannahender Untergang von einem Trommelwirbel begleitet.

»Oh, schaut nur«, höhnte ich. »Noch eine Kakerlake im hellen Tageslicht. Man höre und staune!«

Jonah biss die Zähne zusammen, doch der Rest seines übermäßig straffen Gesichts bewegte sich kein Stück. »Oh, Gin.« Er stieß ein fröhliches Glucksen aus. »Du weißt ja gar nicht, wie glücklich es mich macht, dich endlich hier zu sehen, wo du hingehörst.«

»Nun«, meinte ich gedehnt, »ich bin mir sicher, dass du mir ein paar Tipps geben kannst, wie ich mich in diesem großen Haus zurechtfinde. Besonders, wenn es darum geht, mich für alle zu bücken. Erzähl mal, wie läuft es mit diesem nervigen Prozess gegen dich? Du weißt schon, der, bei dem es um Verschwörung, Raubüberfälle und all diese verstörenden Morde geht? Hmmm?«

Jonah kniff die Augen zusammen und seine Lippen wurden so schmal, wie es eben möglich war, doch sonst reagierte er nicht auf meinen Spott. Spielte keine große Rolle. Ich kannte den wahren Grund, aus dem er hier war. Tatsächlich hatte ich darauf gewartet, dass er – oder sogar Madeline persönlich – auftauchten, seitdem ich das Revier betreten hatte. Doch sie war wahrscheinlich zu sehr mit der Bibliothekseinweihung im Namen ihrer lieben Mama beschäftigt, um herzukommen und nach mir zu sehen – noch.

Jonah sah Dobson an. »Seien Sie versichert, Captain, dass es Ihnen durchaus gestattet ist, diese Frau zu verhaften, wenn sie Sie angegriffen hat. Meiner Meinung als Experte nach haben Sie das Recht auf Ihrer Seite.«

»Das Einzige, worin du Experte bist, ist dich zu benehmen wie eine Ratte«, schaltete ich mich ein, ohne auf seine fadenscheinigen Erklärungen zu achten. »Wir wissen alle, dass Madeline dich als ihre Augen und Ohren hergeschickt hat. Schön, dass sie einen Nutzen für dich gefunden hat. Aber das wird nicht halten. Das weißt du besser als jeder andere. Sobald sie mit dir durch ist, wird Madeline ihre Säuremagie einsetzen, um dein glattes Gesicht in eine Pfütze geschmolzener Haut aufzulösen. Ich wette, das wird schon bald passieren. Wie, sagen wir, direkt nach dieser Party, die sie plant?«

Das war ein kalkulierter Schlag und zu meiner Befriedigung blinzelte Jonah überrascht. »Woher weißt du von der Krönung …«

Er klappte eilig den Mund zu, in dem Bewusstsein, dass er bereits zu viel gesagt hatte. Diesmal war ich es, die die Augen zusammenkniff. Krönung? Vielleicht ging es gar nicht so sehr um eine Party als darum, dass Madeline sich endlich durchsetzen und die Kontrolle über die Unterwelt übernehmen wollte, so wie Mab es vor so vielen Jahren getan hatte.

Und da wurde mir schließlich klar, womit Madeline ihren Herrschaftsanspruch zementieren wollte: mit dem Mord an mir.

Das war es. Das war ihr eigentliches Ziel. Alle Unterweltbosse hatten sich in den letzten Monaten verzweifelt darum bemüht, mich zu töten. Madeline war einfach nur klüger, hinterhältiger und motivierter gewesen, ihr Ziel zu erreichen. Sie allein hatte verstanden, dass es eine dämliche Verschwendung von Zeit und Ressourcen war, mir immer wieder ihre Lakaien auf den Hals zu hetzen, wie die anderen Bosse es getan hatten. Also hatte sie abgewartet, intrigiert und Pläne geschmiedet … und letztendlich beschlossen, mich dort zu treffen, wo es mir am meisten wehtat – indem sie meine Freunde ins Visier nahm. Roslyn. Owen. Eva. Finn. Jo-Jo. Und jetzt hatte das Chaos auch Sophia, Bria und Xavier verschlungen.

Silvio hatte mir einmal gesagt, dass Madeline erst meine Welt bis auf die Grundmauern niederbrennen wollte, bevor sie mich umbrachte. Nun, bisher stellte sie sich dabei ziemlich geschickt an und ich sah Flammen, wohin ich mich auch drehte und wendete. Meine Freunde fertigmachen, mich ermorden und sofort im Anschluss daran die Herrschaft über die Unterwelt übernehmen. Selbst ich musste zugeben, dass das ein ziemlich ehrgeiziger, gut geplanter Coup war, den sie bisher recht geschickt durchzog.

»Genug geredet«, knurrte Dobson. »Sie hat mich angegriffen und sie wurde verhaftet. Also stopft dieses Miststück in eine Zelle. *Sofort.*«

Silvio, Bria, Xavier und Sophia protestierten, erklärten immer lauter, dass ich unschuldig war; dass ich nichts falsch gemacht hatte; dass es sich hier offensichtlich um ein abgekartetes Spiel handelte. Doch das half alles nichts. Dobson hatte das Sagen und alle anderen Cops waren entweder zu korrupt oder hatten zu viel Angst vor ihm, um etwas anderes zu tun, als seinen geblafften Befehlen Folge zu leisten.

Also taten die aufrechten Jungs des Ashland Police Departments, wovon viele von ihnen wahrscheinlich schon seit einer Weile träumten – sie schafften meinen Hintern ins Gefängnis.

10

Immer mehr Cops drängten sich um mich und bildeten einen geschlossenen Ring, bevor die zwei Beamten, die mich festhielten, mich vorwärts schoben.

Ich sah über die Schulter zurück. Silvio, Bria, Xavier und Sophia stürmten vorwärts, doch Dobson ließ die Hand auf seine Waffe sinken – eine klare Warnung, dass er anfangen würde zu schießen, sollten sie sich einmischen oder mir auf irgendeine Weise helfen. Also waren meine Freunde gezwungen, abrupt stehen zu bleiben. Selbst wenn sie an Dobson vorbeigekommen wären, hätten sie sich auf keinen Fall durch den Rest der Cops kämpfen können, die mich umgaben.

»Gin! Gin!«, schrie Bria und stellte sich auf die Zehenspitzen, um mich über die Menge hinweg sehen zu können.

»Es ist okay!«, rief ich zurück. »Ich komme klar!«

Für einen kurzen Moment fing ihr panikerfüllter Blick meinen ein, bevor die Cops mich durch den Torbogen in der hinteren Wand schoben und Bria aus meinem Sichtfeld verschwand.

Hinter dem Raum, in dem Fingerabdrücke genommen und Fotos geschossen wurden, öffnete sich ein langer Flur, an dessen Wänden noch mehr hölzerne Bänke aufgereiht standen und von dem auf beiden Seiten Räume und Zellen abgingen.

Doch statt anzuhalten, eine der Zellen zu öffnen und mich hineinzustoßen, packten die zwei Cops meine Arme fester und führten mich ans Ende des Flurs und durch einen weiteren Torbogen.

Tiefer und tiefer drangen wir in das Gebäude ein, bogen mal in einen, mal in einen anderen Flur ab, während immer mehr Bullen ihre Posten verließen, um sich der Parade anzuschließen. Sie wollten auf keinen Fall riskieren, dass ich einen Fluchtversuch startete. Daher der Geleitschutz. Das konnte ich ihnen kaum übel nehmen, denn schließlich dachte ich genau darüber nach: ob ich einem meiner Bewacher den Ellbogen ins Gesicht rammen und mir eine Pistole schnappen sollte, um mir meinen Weg freizuschießen, mich freizukämpfen und dann meine Flucht mit Magie zu decken.

Aber es hätte nicht funktioniert. Hier gab es zu viele Cops mit zu vielen Waffen und viel zu vielen nervösen Fingern. Nein, im Moment musste ich abwarten und erst einmal sehen, worauf das alles letztendlich hinauslief. Denn ich konnte den nagenden Verdacht nicht unterdrücken, dass Madeline ihr Spielchen noch nicht beendet hatte. Sonst hätte Dobson mich mitten im Revier erschossen, nachdem ich ihn zu Fall gebracht hatte, statt seinen Männern zu befehlen, mich an einen unbekannten Ort zu bringen. Also würde ich geduldig sein und jede Folter erdulden, bis ich einen Weg fand, wie ich den Spieß mit Dobson und den anderen Cops umdrehen konnte.

Schließlich erreichten wir das Ende dieses speziellen Flurs, der von einer Stahltür abgeschlossen wurde. Einer der Beamten kramte einen Schlüssel aus dem Bund an seinem Gürtel, steckte ihn ins Schloss und öffnete die Tür. Dann schoben die beiden Beamten mich durch den Türrahmen, wo ein kurzer Flur in einen großen Raum führte, an dem nur eines auffiel: Er war eine riesige Gefängniszelle.

Die Zelle war vielleicht acht Meter im Quadrat, viel größer

als alle, an denen wir vorbeigekommen waren. Darin standen zwei lange Holzbänke, die an die Gitterstäbe geschoben worden waren, während an der hinteren Wand aus grauem Marmor zwei dreckige, verschmierte Toiletten befestigt waren. Der Rest des Raums war vollkommen leer, abgesehen von einem Dutzend Holzstühle, die außerhalb der Gitter standen. Eine Treppe führte zu einer umlaufenden Galerie im ersten Stock, die sich um die gesamte Zelle zog, als wäre sie eine Bühne. Doch am vielsagendsten war, dass ich nirgendwo Überwachungskameras entdecken konnte. Die Cops wollten offensichtlich nicht, dass irgendwer mitbekam, was hier so vor sich ging.

Obwohl ich noch nie hier gewesen war, wusste ich genau, wo ich mich befand.

Das war der Bullenpferch – der Ort, den Gefangene nie wieder verließen, wenn sie ihn einmal betreten hatten.

Doch ich konnte nur dastehen und warten, während der Beamte denselben Schlüssel noch einmal einsetzte, um die Gittertür aufzuschließen. Der zweite Kerl tastete mich ab, aber da ich meine Messer, den Schmuck und mein Handy in Silvios Auto gelassen hatte, gab es nichts, was sie mir abnehmen konnten. Sobald sie damit fertig waren, drückten sich Hände gegen meinen Rücken und schubsten mich in die Mitte der leeren Zelle.

Ich fing mich und wirbelte herum. Der Officer schlug eilig die Gittertür zu und verschloss sie wieder, nur für den Fall, dass ich einen Fluchtversuch startete. Sobald ich sicher verwahrt war, löste sich die Anspannung und die Cops musterten mich grinsend durch die Metallstäbe, als wäre ich ein Tiger im Käfig. Doch ich war hier nicht das Tier – sie waren Tiere wegen dem, was sie an diesem Ort taten.

»Ich frage mich, wie lange sie durchhalten wird.«

»Das Miststück ist angeblich ziemlich zäh.«

»Das werden wir ja sehen, wenn sie gegen die Gruppe antritt, die Dobson ausgesucht hat.«

»Wer führt das Wettbuch?«

»Osborne, glaube ich …«

Ich blendete ihr leises Murmeln aus und konzentrierte mich stattdessen auf ihre Gesichter, um mir so viele davon einzuprägen, wie ich konnte. Ich war noch nicht tot. Und wenn ich das hier überlebte, nun, dann würden sie sich alle wünschen, sie hätten nicht so fies gegrinst.

Ich hatte gedacht, die Grausamkeiten, die sie geplant hatten, würden sofort beginnen, doch nachdem sie noch einmal sichergestellt hatten, dass die Tür wirklich fest verschlossen war, zogen die Cops sich zurück und sperrten auch die Stahltür hinter sich ab – wahrscheinlich um Dobson Bericht zu erstatten, dass ich weggesperrt war. Ich fragte mich, ob der Captain wohl kommen würde, um mich zu verhöhnen, oder ob sogar Madeline selbst auftauchen würde, jetzt, da ich mich endlich genau dort befand, wo sie mich haben wollte. Ich wusste es nicht, aber im Moment hatte ich Wichtigeres zu tun, als darüber nachzudenken.

Wie zu fliehen.

Also tat ich, was jeder tun würde, der in einer Zelle festhing – ich fing an, mich damit zu beschäftigen, wie ich hier rauskommen konnte.

Doch die dicken, soliden Gitterstäbe bestanden aus Steinsilber und ich konnte sie nicht mal zum Zittern bringen. Ich mochte eine mächtige Elementarmagierin sein, aber selbst ich besaß nicht genug Macht, um so viel Metall zu durchdringen, nicht zuletzt, weil die Gitterstäbe jegliche Magie, die ich gegen sie anwendete, einfach aufsaugen würden. Der Boden bot ebenfalls keinen Ausweg, da er aus einem einzigen großen Stück Marmor bestand und wir uns im Erdgeschoss befanden. Selbst wenn ich den Boden mit meiner Steinmagie aufgebrochen hätte, wäre ich nur bei der nackten Erde gelandet. Also ging ich in den hinteren Teil des Raums und drückte meine Hände gegen die kühle Wand.

Der Marmor brummte leise, in einer Mischung aus Verzweiflung und Hoffnungslosigkeit – die Gefühle von allen, die in dieser Zelle gelandet waren. Doch unter diesem Chor der Verdammnis gab es auch noch schrille Töne. Echos der Schreie von denjenigen, die vor mir in diesen Käfig gesperrt worden waren und ihn mit blutigen, zerstörten Körpern wieder verlassen hatten.

Wenn ihnen denn überhaupt das Glück vergönnt gewesen war, die Zelle wieder zu verlassen.

Ich verdrängte die Schreie des Steins aus meinen Gedanken und musterte die Wand genauer. Der Marmor war mindestens dreißig Zentimeter dick und auf der glatten, glänzenden Oberfläche funkelten kleine Einschlüsse wie Diamanten. Das war definitiv eine Wand, die dafür gemacht war, Leute einzusperren, selbst Elementare wie mich. Oh, ich hätte den Marmor sprengen können, aber das hätte zu lange gedauert, zu viel Lärm erzeugt und viel zu viel von meiner Magie verbraucht. Es würde mir nicht helfen, aus dem Polizeirevier auszubrechen, nur um auf dem Parkplatz erschossen zu werden, weil mir die Energie zum Weglaufen fehlte.

Doch diese Wand war eine Außenwand und der einzige Teil der Zelle, der nicht von Steinsilbergittern begrenzt wurde, also zwang ich mich dazu, genauer hinzusehen. Es musste einen Weg geben, diese Wand zu durchdringen, selbst wenn es kein Fenster gab und sich an der Wand nur diese zwei Toiletten befanden …

Mein Blick saugte sich an den Toiletten fest. Irgendwann einmal war das Porzellan wahrscheinlich weiß gewesen. Jetzt waren die Schüsseln so dreckig, dass sie dunkler waren als der Boden. Blut und andere Dinge, die ich gar nicht genauer sehen wollte – und vor allem nicht riechen –, klebten daran. Ich atmete flach durch den Mund, um den Gestank nach Erbrochenem, Urin und Blut nicht wahrzunehmen, ging vor einer der Schüsseln in die Hocke und sah mir genauer an, wie sie an der Wand befestigt waren.

Und da kam mir eine Idee, die mich vielleicht tatsächlich aus dieser Zelle befreien konnte.

Es war ein verzweifelter Versuch, aber auch die einzige Chance, die ich hatte. Also bediente ich mit der äußersten Spitze meines Stiefels die Spülung und legte den Kopf schief, um auf das Rauschen des Wassers in den Rohren zu lauschen. Als ich zufrieden war, ging ich für kleine Königstigerinnen und spülte erneut, bevor ich die Hand auf die sauberste Stelle des Porzellans legte, die ich finden konnte, und nach meiner Magie griff. Elementare Eiskristalle bildeten sich in meiner Handfläche, breiteten sich dann aus, glitten über den Rand der Schüssel und übertrugen sich auf das Wasser darin.

Ich hielt meine Magie in einem sanften, aber stetigen Strom, schickte mehr und mehr Eis in die Toilette, bis ich überzeugt war, dass sie tun würde, was ich von ihr wollte. Als ich fertig war, wartete ich drei Minuten, weil ich mich fragte, ob vielleicht irgendjemand gespürt hatte, wie ich meine Magie eingesetzt hatte, und in den Raum stürmen würde, um nach mir zu sehen. Doch Dobson dachte offensichtlich, er hätte mich endlich sicher weggesperrt. Ich hörte nicht das leiseste Geräusch jenseits des Bullenpferchs. Also fühlte ich mich sicher genug, um den ganzen Prozess mit der zweiten Toilette zu wiederholen.

Nachdem ich meinen Plan vorbereitet hatte, gab es nichts mehr für mich zu tun, als darauf zu warten, dass Dobson oder jemand anderes zurückkehrte. Außerdem musste ich mich ausruhen, um die Magie zu regenerieren, die ich verwendet hatte. Ich mochte immer noch atmen, doch das war nur eine vorübergehende Ruhepause und ich würde jedes Fitzelchen Kraft für das brauchen, was mich erwartete.

Also rollte ich mich auf einer der harten Holzbänke zusammen, machte es mir so gemütlich wie möglich und döste ein.

Eigentlich war ich gar nicht so müde, schließlich war es erst etwa vier Uhr nachmittags, aber die emotionale Achterbahn des heutigen Tages hatte ihren Preis gefordert, sodass ich schnell einschlief, unterstützt von der fast unnatürlichen Stille in diesem Teil des Gebäudes. Doch es dauerte nicht lange, bis die Schwärze sich auflöste und ich anfing, von meiner Vergangenheit zu träumen, wie es ständig geschah, seitdem Fletcher letztes Jahr ermordet worden war.

Wir steckten in Schwierigkeiten.

Fletcher und ich rannten nebeneinander her, um aus dem Lagerhaus zu entkommen. Doch egal, wie schnell wir unsere Beine auch bewegten, es schien, als kämen wir kaum voran. Kein Wunder, da das riesige Gebäude fast drei Morgen Land überspannte. Kahle Glühbirnen hingen von der Decke und warfen mehr Schatten als Licht, während alte, leere Holzkisten den Betonboden bedeckten, zusammen mit irgendwelchen Metallstücken, langen Kabeldrähten und verrosteten Rohren.

Peng! Peng! Peng! Peng! Peng!

Doch am meisten Sorgen bereiteten mir all die Kugeln, die durch die Luft in unsere Richtung sausten.

Wusch! Wusch!

Und die Bälle aus elementarem Feuer.

Zing! Zing! Zing!

Und die spitzen Armbrustbolzen, die ständig Splitter aus den Holzkisten rissen, an denen wir vorbeieilten.

O ja. Der alte Mann und ich steckten in ernsthaften Schwierigkeiten.

Dabei hatte der Abend so gut angefangen.

Als Zinnsoldat – Fletchers Alias als Profikiller – hatte ihm jemand den Auftrag gegeben, Liza Malone auszuschalten, eine korrupte Polizistin, die gerne Schutzgelder von kleinen Geschäftsleuten in Southtown verlangte ... und dann absolut überhaupt nichts unternahm, wenn echte Gefahr drohte. Wie zum Beispiel von drei Gangmitgliedern, die absichtlich einen gestohlenen Wagen ins Schaufenster eines kleinen Krämerladens lenkten, um dann hineinzustürmen und im Laden herumzuballern und dabei gleich auch den dreizehnjährigen Sohn des Besitzers zu erschießen.

Der Junge war in den Armen seines großen Bruders gestorben. Ein Pressefotograf hatte diesen herzzerreißenden Anblick festgehalten und das Bild des jungen Mannes, der den leblosen, blutleeren Körper seines kleinen Bruders an die Brust drückte, war tagelang in den Nachrichten zu sehen gewesen.

Laut Fletcher hatte die Colson-Familie von Malone gefordert, die Verantwortlichen zu finden. Sie hatte ihnen versichert, dass sie das tun würde – für weitere fünfzigtausend Dollar. Im Voraus, natürlich. So viel Geld besaßen die Colsons nicht, aber sie hatten zusammengekratzt, was eben ging, und hatten es Malone gegeben. Im Gegenzug hatte die Polizistin nichts getan, außer auf ihrem fetten Hintern zu sitzen und die Preise für alle anderen in der Umgebung, die ihr Schutzgeld zahlten, noch mal ordentlich zu erhöhen.

Die Colsons hatten über die üblichen Umwege, tote Briefkästen und inoffizielle Kanäle, Kontakt zu Fletcher aufgenommen, um wenigstens ein bisschen Gerechtigkeit zu erfahren. Und der alte Mann hatte die Sache an mich übergeben, da ich inzwischen zweiundzwanzig war und viel agiler als er mit seinen alten Knochen. Ich hatte die drei Gangmitglieder vor drei Wochen gefunden und ausgeschaltet. Die Narren hatten in ganz Southtown damit angegeben, dass sie so tough gewesen waren, eine Familie auszurauben und einen kleinen Jungen zu töten. Ich musste nicht mal jemanden bestechen, um sie aufzuspüren. Der einfachste Job, den Fletcher mir je übertragen hatte. Und einer der befriedigendsten.

Doch die Gangtypen hatten mir einige sehr interessante Dinge erzählt, bevor sie gestorben waren – wie zum Beispiel, dass auch sie Schutzgeld an Liza Malone gezahlt hatten. Solange sie ihr einen Anteil von der Beute zukommen ließen, war Malone absolut bereit gewesen, in die andere Richtung zu sehen, während sie die Nachbarschaft terrorisierten. Natürlich war ein doppeltes oder sogar dreifaches Spiel zu treiben in Ashland nichts Neues. Eher eine anerkannte Tradition und ein beliebter Sport. Aber diesmal hatte ein unschuldiger Junge dadurch sein Leben verloren. Die Colsons wollten Vergeltung und ich war ausgeschickt worden, sie für sie durchzusetzen.

Also hatte ich angefangen, Malone heimlich zu beschatten, jede ihrer Bewegungen nachzuverfolgen, ihre Gewohnheiten zu analysieren und alles über sie in Erfahrung zu bringen, was ich konnte. Als ich einen Angriffsplan entwickelt hatte, von dem ich glaubte, dass er funktionieren könnte, machte ich den letzten Schritt und sprach alles mit Fletcher durch, wie ich es immer tat, obwohl ich inzwischen in meiner eigenen Wohnung wohnte und die meisten meiner Aufträge allein erledigte. Der alte Mann hatte meiner Einschätzung und meinem Plan zugestimmt. Und er hatte mich diesmal sogar begleitet, weil einen Cop auszuschalten – selbst einen korrupten – immer knifflig war.

Ich hatte erfahren, dass Malone nach dem Dienst gern eine Pokerrunde für Cops, Rechtsanwälte und jeden anderen schmiss, der genug Geld für den Zehntausend-Dollar-in-bar-Mindesteinsatz hatte. Fletcher und ich hatten beschlossen, den Anschlag hier in diesem leeren Lagerhaus zu verüben, in dem alle paar Wochen gespielt wurde – denn auf diese Art wären jede Menge anderer Bösewichter anwesend, die sich sicherlich gegenseitig die Schuld für den Tod von Malone geben würden. Außerdem lag das Lagerhaus wirklich in der Pampas, Kilometer von allem entfernt, sodass niemand in der Nähe wäre, der die Schüsse hören konnte, sollte es dazu kommen. Also hatten wir unsere Ausrüstung ins Auto geladen, waren zwei Stunden vor dem offiziellen Beginn des Spiels zum Lagerhaus gefahren und hatten unsere Positionen eingenommen, um auf die Ankunft unserer Zielperson zu warten.

Der Mord selbst war ziemlich einfach gewesen.

Ich hatte in einer der Kabinen in dem Raum gewartet, der hier als Toilette durchging, bis Liza Malone sich endlich einmal vom Pokertisch erhob und eine Klopause einlegte. Sie hatte sich gerade die Hände im angeknacksten, dreckigen Waschbecken gewaschen, als ich mich hinter sie geschoben, ihr eine Hand über den Mund gelegt und ihr die Kehle aufgeschlitzt hatte. Sie war schon tot, bevor ihr Körper den dreckigen Boden berührte.

Doch Fletcher und ich hatten nicht damit gerechnet, dass wir nicht die Einzigen waren, die sich für Malone interessierten.

Anscheinend hatten auch andere Leute von Malones Spiel gehört … und von dem ganzen Bargeld, das auf dem Tisch herumlag. Und sie hatten beschlossen, all das für sich *einzusacken. Ich hatte gerade mein Messer abgewischt, als das stetige Peng-Peng-Peng von Schüssen erklang. Ich öffnete die Toilettentür und entdeckte zwei Männer und zwei Frauen, die gerade die anderen fünf Cops am Pokertisch erschossen.*

Also hielt ich meine Position und wartete auf den richtigen Moment. Als sie endlich aufhörten zu schießen und sich dem blutbefleckten Tisch näherten, um zu schauen, wie viel Geld dort herumlag, glitt ich aus dem Waschraum und schlich durch das Lagerhaus. Fletcher war mit mir reingekommen, um mir Rückendeckung zu geben, falls es nötig sein sollte. Der alte Mann kauerte hinter einer zerkratzten Kiste, genau dort, wo ich ihn vor zwei Stunden zurückgelassen hatte, um in die Toilette zu schleichen und dort auf den Anfang des Spiels zu warten.

»Gin?«, flüsterte Fletcher. »Bist du okay? Hast du Malone erwischt?«

»Ja. Direkt, bevor diese Idioten beschlossen haben, die Pokerrunde zu sprengen. Komm. Ich glaube, wir können hier verschwinden, bevor sie uns entdecken …«

Ich hätte es besser wissen müssen, hätte so etwas gar nicht denken dürfen, geschweige denn laut aussprechen. Mein Pech sorgte dafür, dass bei mir nie etwas glattlief und dieser Auftrag bildete da keine Ausnahme.

Denn natürlich musste eine der Frauen just in diesem Moment in meine Richtung sehen. Ich war mir nicht ganz sicher, was ihre Aufmerksamkeit erregt hatte – vielleicht das Glitzern meines Messers oder die Hand, die ich ausstreckte, um Fletcher auf die Beine zu helfen –, doch sie entdeckte mich, obwohl ich halb versteckt hinter der Kiste stand. Sofort begann sie zu schreien.

»Hey! Hier ist noch jemand drin!«

Und das war der Moment, in dem die Kugeln zu fliegen begannen. Natürlich.

Trotzdem ging ich nicht davon aus, dass wir uns in ernsthafter Gefahr befanden, bis einer der Männer anfing, elementares Feuer nach uns zu werfen. Ich wusste nicht, wer er war, aber er besaß eine Menge Saft. Ich fühlte förmlich die Macht in den brennenden Bällen pulsieren, die an Fletcher und mir vorbeischossen. Falls einer davon uns in den Rücken treffen sollte, waren wir erledigt, trotz der Steinsilber-Westen, die wir beide trugen.

Und natürlich befanden wir uns am falschen Ende des Lagerhauses. Fletchers weißer Van stand hinter dem Gebäude, weil er nicht hatte riskieren wollen, dass jemand zum Spiel kam, den Wagen sah und sich fragte, wem er gehörte.

Doch unsere Feinde waren uns zahlenmäßig überlegen, also konnten wir nur rennen und hoffen, irgendwie zu entkommen.

Wir hätten es vielleicht sogar geschafft – wären die Türen nicht verbarrikadiert gewesen.

Ich hielt schlitternd an, wobei ich mir inständig wünschte, dass meine Augen mich im dämmrigen Licht täuschten. Aber das taten sie nicht.

Die große Doppeltür, durch die Fletcher und ich uns vorhin ins Gebäude geschlichen hatten, war mit zwei dicken Metallstangen verriegelt. Ich fluchte. Einer der Riesen-Cops, die zur Pokerrunde gekommen waren, musste sie dort angebracht haben, um sicherzustellen, dass niemand ins Lagerhaus eindrang und ihr Spiel störte.

»Gib mir Deckung!«, rief ich Fletcher zu.

Er nickte und zielte mit seiner Pistole auf unsere Verfolger, sodass sie auseinanderstoben und hinter Holzkisten Deckung suchten.

Peng! Peng! Peng!

Während Fletcher und die Diebe sich gegenseitig beschossen, sprang ich vorwärts, schob meine Schulter unter eine der Stangen und versuchte, sie anzuheben. Aber sie bestand aus massivem Eisen und ich konnte sie nicht einmal bewegen.

»Sinnlos!«, rief ich. »Ich kann sie nicht heben!«

Wir waren gefangen, also wirbelte ich zu unseren Angreifern herum und packte mein blutiges Messer fester, entschlossen, Fletcher zu beschützen und so viele von ihnen zu erledigen wie möglich, bevor sie uns umbrachten …

»Hier drüben!«, zischte Fletcher.

Er winkte mich heran. Er hatte in ungefähr zehn Metern Entfernung eine Tür entdeckt, die in einen weiteren Raum führte, und sich bereits daneben gestellt. Ich rannte zu ihm, während Fletcher eine weitere Salve Schüsse abgab, um mir Deckung zu geben. Ich eilte an ihm vorbei durch den Türrahmen. Er verschoss die letzten Kugeln aus seinem Magazin, dann sprang er in den Raum, knallte die Tür hinter uns zu und drehte ein paar Verriegelungen, die in das Metall eingelassen waren. Die Tür würde nicht lange halten, nicht gegen das Feuer des Elementars, also drehte ich mich um und wollte weiterlaufen …

Nur um festzustellen, dass wir in einer Sackgasse gelandet waren.

Keine Türen, keine Fenster, nicht einmal ein Oberlicht. Nur kahle Betonwände um uns herum. Gefangen. Wir saßen in der Falle, ohne Fluchtweg, Gefahr und Tod folgten uns auf den Fersen.

Während Fletcher seine Waffe nachlud, tigerte ich durch den Raum, auf der Suche nach etwas, irgendetwas, was mir eine Eingebung verschaffte, wie wir hier herauskommen sollten. Doch im Raum gab es nur ein paar leere, mit Graffiti überzogene Metallfässer – von der Art, in der Sophia in meiner Vorstellung immer die Leichen entsorgt hatte. Auf einem der Fässer prangte sogar ein grober, weißer Schädel mit gekreuzten Knochen. Das hätte unserer Grufti-Zwergin gefallen.

»Verdammt«, knurrte ich und trat dabei gegen eines der Fässer. Allerdings war es so schwer, dass es sich kaum bewegte. »Wir sind hier gefangen, wie Fische in einem Fass, und können nur darauf warten, dass sie reinkommen und uns erledigen.«

Fletcher schüttelte den Kopf und winkte mich mit einem Finger heran. Ich ging zur Tür und drückte genau wie er das Ohr gegen das Metall. Dahinter konnte ich leise ein Gespräch hören. Unseren Verfolgern war bewusst geworden, dass sie die Schlösser nicht mit ihren Pistolen aufschießen konnten, und sie versuchten jetzt herauszufinden, was sie tun sollten – genau wie wir.

»Wir können sie nicht abhauen lassen«, sagte eine der Frauen. »Sie haben gesehen, wie wir all diese Cops umgebracht haben.«

»Kannst du dich mit deiner Feuermagie durch die Tür brennen, Will?«, fragte ein Mann.

Der zweite Mann, Will, stieß ein enttäuschtes Seufzen aus. »Nah. Ist zu dick und ich hab bereits zu viel von meiner Macht verbraucht.«

»Will muss diese Tür nicht mit seinem Feuer öffnen«, meinte eine andere Frau. »Ich sage, lasst sie uns hier drin begraben, zusammen mit diesen Cops. Wir nehmen das Geld und jagen das Gebäude in die Luft, um die Leichen zu verstecken. Genau, wie wir es geplant hatten. Zwei Leichen mehr werden keine Rolle spielen … wenn man sie in den Trümmern überhaupt findet. Wir haben die Sprengladungen bereits angebracht. Ich hab noch eine *zusätzliche Ladung dabei, die ich hier vor der Tür anbringen werde. Dann sprengen wir alles gleichzeitig und verschwinden.«*

Die anderen hielten das offensichtlich für eine herausragende Idee. Ich hörte Schritte, die hin und her eilten, zweifellos, weil sie damit beschäftigt waren, den Sprengstoff zu holen und anzubringen, um uns und dieses gesamte Gebäude dem Erdboden gleichzumachen.

»Und was jetzt?«, flüsterte ich.

Fletcher sah sich im Raum um, in dem Versuch, sich etwas einfallen zu lassen, genau, wie ich es getan hatte. Doch er hatte mehr Erfolg als ich, denn seine grünen Augen saugten sich an den Fässern fest.

»Wenn wir nicht rauskommen, kommen wir nicht raus«, sagte er. »Daran wird sich nichts ändern, egal, wie heftig wir auch fluchen. Also sollten wir ihnen genau das geben, was sie sich wünschen – dass wir tot und begraben sind.«

Fletcher packte eines der Metallfässer, kippte es um und kroch hinein. Es war relativ eng, aber er faltete seinen Körper geschickt, bis die Metallwände ihn vollkommen verbargen.

Gut für ihn, da ich bereits die ersten Explosionen am anderen Ende des Lagerhauses hörte und der Beton anfing, wegen all des Feuers, der Hitze und der Explosionen, die ihn zerrissen und immer näher kamen, zu schreien.

Bumm … Bumm … BUMM!

Jede Explosion war lauter und näher als die letzte und das gesamte Gebäude begann zu zittern.

»Komm schon, Gin!«, rief Fletcher über den Lärm hinweg. »Setz dich in Bewegung.«

Mir blieb keine andere Wahl, als seinem Vorbild zu folgen, eines der anderen Fässer umzuwerfen und hinein-

zukriechen. Das Metall roch trocken und rauchig und ich spürte den Ruß, der sich auf meinem Körper verteilte – fast, als wäre der Behälter mit Kohle gefüllt gewesen.

Ich zog meine Füße gerade rechtzeitig an, um zu verhindern, dass sie von einem großen Betonbrocken zerquetscht wurden, der sich aus der Wand löste und mit lautem Knall zu Boden fiel. Eine Sekunde später explodierte die Tür in einem Feuerball. Die Schockwelle jagte gezackte Risse durch den Boden und durch die Wände nach oben, dann brach der Raum einfach in sich zusammen. Ein tödliches Chaos aus Betonsplittern, brennendem Holz und dicken Eisenstangen schoss durch die Luft und prasselte gegen das stabile Metall meines Fasses, als befände ich mich in der Mitte eines schrecklichen Hagelsturms. In gewisser Weise stimmte das ja sogar.

Als die Trümmer mehr und mehr Beulen in die Seiten meines improvisierten Kokons schlugen, fragte ich mich, ob das Metall wohl nachgeben und brechen würde. Es war nur eine fliegende Metallstange nötig, um mich aufzuspießen. Und dasselbe galt für Fletcher. Doch jetzt war es zu spät, um etwas anderes zu tun, als im Inneren zu kauern und zu hoffen, dass das Fass irgendwie den Steinbrocken standhalten würde, die um uns herum zu Boden regneten …

BUMM.

Für einen Moment befand ich mich noch im Lagerhaus, war immer noch in diesem rußverdreckten Fass gefangen, beobachtete weiterhin die Decke, wie sie einstürzte und begann, Fletcher und mich bei lebendigem Leib zu begraben …

BUMM.

Erneut erklang dieser Lärm und vertrieb die letzten Reste

meines Traums, meiner Erinnerung. Ich öffnete die Augen und setzte mich auf, lehnte mich mit dem Rücken gegen die Gitterstäbe und sah zur Zellentür.

Dobson stand auf der anderen Seite, einen dicken, langen, schwarzen Schlagstock in der Hand.

BUMM.

Er schlug das Holz ein drittes Mal gegen das Gitter, doch ich gönnte ihm nicht die Befriedigung, dass ich wegen des Lärms zusammenzuckte.

»Raus aus den Federn, Blanco«, sagte er höhnisch. »Du hast Besuch.«

11

Dobson trat zur Seite, damit ein Beamter einen Schlüssel ins Schloss der Zellentür schieben und sie öffnen konnte. Fünf Leute stampften in die vergitterte Arena, Männer und Frauen, alle in den aschegrauen Gefängnis-Overalls des Strafvollzugssystems von Ashland. Der Beamte trat ebenfalls in die Zelle, um die Steinsilber-Handschellen zu entfernen, die bisher die Stärke und elementare Magie der Gefangenen unter Kontrolle gehalten hatten, dann eilte er wieder aus dem Raum und verriegelte die Tür hinter sich.

Ich sah mir die Gefangenen ein paar Sekunden lang an, bevor ich meine Aufmerksamkeit den anderen Leuten zuwandte, die in den Raum drängten – alle außerhalb der Zelle.

Uniformierte Beamte, Detectives in Anzügen, selbst Hausmeister und Verwaltungsbeamte versammelten sich vor den drei vergitterten Seiten der Zelle. Sie starrten mich durch die Stäbe an und schätzten mich genauso ab wie ich sie. Dann begannen dicke Bündel von Geldscheinen von Hand zu Hand zu wandern und die Gespräche setzten ein: ein Chor aus Stimmen, die mit jeder Geldübergabe lauter und aufgeregter wurden.

»Tausend auf die Typen, die gegen Blanco kämpfen.«

»Setz zweitausend für mich.«

»Fünftausend, dass sie da drin nicht mal fünf Minuten durchhält.«

Also gab es zusätzlich zum heutigen Kampf auch noch einen ordentlichen Wettbetrieb.

Ich hatte nichts anderes vom Bullenpferch erwartet.

Ich hatte seit Jahren Geflüster über diesen Ort gehört und Fletcher hatte sogar eine Akte darüber in seinem Büro, auch wenn ich die Informationen darin nur überflogen hatte. Trotzdem wusste ich genug. Es gab da diese Zelle, tief im Polizeirevier versteckt, in welche die Cops regelmäßig besonders starke, sadistische und lästige Gefangene trieben, sie spätnachts aufeinanderhetzten und sich dann in kranker Faszination an dem folgenden Gemetzel erheiterten. Soweit ich gehört hatte, wurde der Kampf nicht beendet und die Cops öffneten die Zellentür nicht, bevor nicht mindestens ein Gefangener tot war.

Und heute wollten sie, dass ich dieses Opfer war.

Nach den Gerüchten fanden die meisten Kämpfe im Bullenpferch zwischen zwei Gefangenen statt, nicht in diesem Fünf-zu-eins-Verhältnis, dem ich mich gegenübersah. Doch Dobson hatte sich für mich offensichtlich etwas Besonderes ausgedacht, zweifellos auf Madelines Befehl hin. Trotzdem konnte ich, während die Geldbündel hin und her gereicht wurden, einfach nicht anders, als mich zu fragen, wie viele Leute wohl auf mich wetteten. Finn hätte das auf jeden Fall getan, wäre er hier gewesen. Doch angesichts des höhnischen Grinsens auf vielen Gesichtern schien es eher unwahrscheinlich, dass viele bereit waren, mir eine Chance zuzugestehen. Nicht, nachdem ich doch so offensichtlich dem Tode geweiht war. Ihr Verlust.

Dobson schlenderte durch die Menge, schüttelte Hände, schlug Leuten auf die Schulter und nahm Wetten entgegen – ganz wie der joviale Mann von Einfluss, der er seinem Selbstbild nach war. Auf jeden Fall war er der Direktor dieses kleinen Zirkus. Ich fragte mich, wie lange er wohl schon Gefangene hierher brachte, nur um zu beobachten, wie sie zu seiner persönlichen Bereicherung ausbluteten. Nun, ich hoffte, dass er die Show heute Abend genoss, weil es, wenn es nach mir ging, die letzte Vorstellung sein würde.

Eine Uhr an der Wand gegenüber der Zelle verriet mir, dass es in ein paar Minuten Mitternacht sein würde. Zweifellos sollte die Show dann beginnen. Also nutzte ich die verbleibende Zeit, um mich weiter umzusehen … und bemerkte erst in diesem Moment, dass auch die Galerie im ersten Stock besetzt war.

Von drei Leuten, um genau zu sein: Madeline, Emery und Jonah.

Madeline saß entspannt auf einem gepolsterten Stuhl hinter dem Geländer, genau in der Mitte des Raums, gegenüber der Zellentür, um die bestmögliche Sicht auf mein herannahendes Ableben zu haben. Emery saß wie immer ein kleines Stück nach hinten versetzt zu ihrer Rechten, während Jonah ein paar Schritte entfernt stand. Alle drei lächelten in kalter Befriedigung. Und vor ihnen stand eine Flasche mit Schnaps auf dem Geländer, als wollten sie auf meinen Tod anstoßen. Ich fragte mich, ob sie sich wohl auch Zigarren anzünden würden.

Ich starrte zu Madeline auf und unsere Blicke trafen sich, graue Augen begegneten grünen. Ihr Lächeln wurde breiter und sie winkte mir fröhlich zu, als wäre ich ein Ritter, der in den Kampf zog, um die Gunst einer holden Maid zu gewinnen, statt eine Gefangene, die kurz davor stand, ordentlich zusammengeschlagen und dann hingerichtet zu werden. Ich fragte mich, ob Madeline wohl runterkommen und die Tat selbst mit ihrer Säuremagie vollbringen würde oder ob sie einfach nur Dobson anweisen würde, mir ein paar Kugeln in den Schädel zu jagen.

Spielte eigentlich keine große Rolle, was sie plante – weil es sowieso nicht stattfinden würde.

Also senkte ich meinen Blick und konzentrierte mich auf die Leute, die im Moment am wichtigsten waren: die fünf Gefangenen bei mir in der Zelle.

Ein Riese, eine Riesin, ein Zwerg, eine Zwergin und eine Elementarmagierin, in deren Hand bereits ein Feuerball flackerte. Die Riesen waren groß und breit, die Zwerge klein und untersetzt. Und alle vier hatten steinharte Muskeln, die die Ärmel und Beine ihrer grauen Overalls dehnten. Zweifellos hatten sie ihre natürliche Stärke noch vergrößert, indem sie wie besessen Gewichte gehoben hatten, wie so viele Gefängnisinsassen es taten. Jeder von ihnen hätte mich mühelos mit bloßen Händen zu Tode prügeln oder erwürgen können.

Ich musterte die Elementarmagierin ein paar Sekunden lang, beobachtete das An- und Abschwellen der orangeroten Flammen auf ihrer Handfläche. Sie hatte durchaus Macht, aber sie spielte nicht in meiner Liga und ich könnte ihre Magie mühelos mit meiner Eis- und Steinmacht übertreffen. Das war es wahrscheinlich, worauf Dobson zählte: Dass die Magierin mich beschäftigt hielt, weil ich ihre brennende Magie abwehren musste, während die Riesen und Zwerge mich umzingelten und mit ihren Fäusten auf mich einschlugen, bis die schützende Hülle meiner Steinmagie brach. Dann würde die Natur ihren Lauf nehmen und mein Gesicht, meine Rippen und mein Schädel würden unter den schweren Schlägen brechen. Sobald ich einmal auf dem Boden lag, wäre alles vorbei – bis auf mein Schreien – und Dobson oder sogar Madeline konnten die Zelle betreten und mich töten, wann auch immer es ihnen gefiel.

Meine Hände ballten sich zu Fäusten, sodass meine Finger sich in die Spinnenrunen-Narben in meinen Handflächen gruben. Das würde nicht passieren. Nichts davon. Nicht heute Nacht.

Nicht mit der Spinne.

Schließlich waren alle Wetten gemacht und alles Geld war eingesammelt worden. Dobson schlug mit seinem Schlagstock gegen die Gitterstäbe und pfiff ein paar Mal laut, um die allgemeine Aufmerksamkeit auf sich zu ziehen. Die Menge beruhigte sich und die Leute setzten sich auf die Stühle, die an drei Seiten der Zelle aufgebaut waren. Die fünf Gefangenen im Bullenpferch stellten sich in einer Reihe vor der Tür auf. Ich stand endlich auch auf, stellte mich vor die Toiletten, sodass ich mich meinen Gegnern direkt gegenüber befand, und starrte sie an, dabei war meine Miene sogar noch kälter und härter als die ihrigen zusammengenommen.

»Nun, wie ihr alle sehen könnt, haben wir heute Abend eine neue, sagen wir mal, *Herausforderin* in der Arena«, verkündete Dobson, seine heisere Stimme klang rau vor Aufregung.

Johlen und Pfiffe erklangen bei seinen Worten, doch ich blendete das Gebrüll aus und starrte meine Feinde an, um ihre Stärken und Schwächen einzuschätzen und, noch wichtiger, herauszufinden, wie ich sie alle besiegen konnte. Während alle mit Jubeln beschäftigt waren, legte ich die Hand an die Marmorwand über einer der Toiletten, um sicherzustellen, dass mein Plan noch stand, meine Eismagie noch an Ort und Stelle war. Alles war, wie es sein sollte, also ließ ich die Hand sinken, bevor irgendjemand bemerken konnte, was ich tat.

Dobson laberte endlos, peitschte die Menge vor dem tödlichen Kampf auf. Er hätte wirklich Zirkusdirektor werden sollen, wenn man sich ansah, wie er seinen Schlagstock in der Hand herumwirbeln ließ wie einen Tambourstock. Anscheinend hatte der gute Captain sein Gelaber dazu gedacht, mich einzuschüchtern, denn als er endlich zum Schluss kam, spähte er durch die Gitterstäbe zu mir.

»Also, Blanco? Irgendwelche letzten Worte? Willst du vielleicht um dein Leben betteln?«

»Der Einzige, der hier betteln wird, wenn das vorbei ist,

bist du, Dobson.« Meine Stimme war so kalt wie der Tod. »Du solltest besser hoffen, dass Madeline oder Emery dich umbringen, bevor ich dich in die Finger bekomme. Sonst wird nicht mal genug von dir übrig bleiben, um es mit einem Strohhalm aufzusaugen.«

Dobson kniff seine braunen Augen zusammen, reagierte aber sonst nicht auf meine Drohung. Er dachte, er hätte bereits gewonnen. Genauso wie Madeline. Aber das hatten sie nicht. Nicht mal ansatzweise.

»Und jetzt«, sagte Dobson gedehnt, »lasst die Spiele beginnen!«

Überall um die Zelle herum klatschten die Leute, jubelten und pfiffen. Für einen Moment fühlte ich mich fast wieder wie in Southtown, als ich mich Beauregard Benson mitten auf der Straße vor einer Menge von Gangmitgliedern, Prostituierten und Obdachlosen gestellt hatte. Doch diese Leute waren eher auf meiner Seite gewesen. Das Einzige, nach dem diese Leute hier schrien, war mein nahender, blutiger, brutaler Tod.

Dobson ließ die Hand sinken. Anscheinend war das ein Signal an die fünf Gefangenen, weil sie alle gleichzeitig aufbrüllten und sich auf mich stürzten.

Fünf zu eins. Keine schlechte Quote. Ich hatte damit gerechnet, dass Dobson so viele Gefängnisinsassen in den Pferch sperrte, dass sie mich sofort in Stücke reißen konnten und ich nicht mal die Chance bekäme, mich zu wehren. Aber der Riese hatte mir jede Menge Bewegungsfreiheit gelassen – ein Fehler, den ich nach bestem Wissen und Gewissen ausnutzen wollte.

Für meine Familie, dachte ich. *Für mich.*

Dann stieß ich einen Kampfschrei aus und ging ebenfalls zum Angriff über.

12

Anders als die fünf Typen, die auf mich zustürmten, stürzte ich mich nicht einfach unkontrolliert auf meine Gegner, sondern hatte einen Plan im Kopf. Sobald ich schnell genug war, ließ ich mich auf die Knie fallen und schlitterte, schlitterte, schlitterte über den glatten Marmorboden. Noch im Rutschen rief ich meine Magie und formte einen breiten, gezackten Dolch aus elementarem Eis. Ich grinste. Mit einem Messer in der Hand fühlte ich mich doch gleich viel besser.

Ich glitt direkt in die Mitte der heranstürmenden Gruppe und stach zu, sodass ich den Dolch tief im Oberschenkel der Riesin vergrub. Sie schrie auf, verlor den Halt und landete flach auf dem Rücken. Ihr Kopf knallte auf den Boden und sie verdrehte die Augen. Doch sie war nur betäubt, nicht tot, und ich war noch nicht mit ihr fertig.

Genau in dem Moment, in dem die Feuermagierin stoppte und ihre Hand zurückriss, um einen Ball aus Flammen auf mich zu werfen, warf ich mich auf die betäubte Riesin, packte ihre Schulter und nutzte meinen Schwung, um ihren Körper über meine zu rollen.

Eine Sekunde später traf der Feuerball sie mitten am Rücken.

Die Feuermagierin musste den Befehl gehabt haben, mich so schnell wie möglich umzubringen, weil dieser erste Magiestoß durchaus tödlich gewesen wäre, hätte ich die Riesin nicht als Schild verwendet. Die Frau über mir schrie und schrie, als die Flammen durch den dünnen Stoff ihres Overalls und die Haut darunter drangen. Ihr blondes Haar verging in einem Rauchwölkchen und der Gestank von verbranntem Fleisch breitete sich im Raum aus. In der Ferne nahm ich das Jubeln, Pfeifen und Klatschen der zuschauenden Menge wahr, doch ich ignorierte die Geräusche und konzentrierte mich auf das Einzige, was im Moment zählte – mein Überleben.

Ich senkte die Hand und riss den Eisdolch aus dem Schenkel der Riesin, was dafür sorgte, dass sie umso lauter schrie. Dann vergrub ich die primitive Waffe in ihrem Hals, zerfetzte ihr die Hauptschlagader und erlöste sie damit von ihrem Elend.

Eine erledigt, vier übrig.

Blut ergoss sich aus der Wunde der Riesin wie Wasser aus einem Springbrunnen. Die Menge verstummte und Stille breitete sich über den Bullenpferch. Sie glaubten tatsächlich, ich wäre schon tot – bis ich mich unter der Leiche der Riesin herausschob und aufstand.

Die Feuermagierin stieß einen wütenden Schrei aus, weil sie mich nicht zu Tode verbrannt hatte, und griff erneut nach ihrer Magie, um einen weiteren Feuerball in ihrer Handfläche zu formen.

Arme schlossen sich von hinten um mich, fest wie ein Schraubstock, und pressten meine eigenen Arme eng an meinen Körper. Der Riese hatte sich von hinten an mich herangeschlichen. Aber das war okay, denn ich würde ihn genauso benutzen wie seine Kumpanin. Da ich scheinbar hilflos war, kam die Zwergin näher, ein böses Grinsen auf ihrem Gesicht. Sie hob die Hand und ich erkannte eine kleine Waffe darin, eine dolchartige Spitze, die aus dem Griff einer blauen Zahnbürste gefertigt war. Also hatte Dobson zumindest einen meiner Gegner mit einer Waffe ausgestattet, um ihnen einen Vorteil zu verschaffen. Doch ernsthaft, damit hatte er es mir nur umso leichter gemacht, die Zwergin zu töten, weil ich ihr ihren eigenen, improvisierten Dolch im Hals vergraben würde.

Statt sich mit ausgestreckter Waffe auf mich zu stürzen, hielt die Zwergin den blauen Dolch eng neben dem Körper. Sie würde sich nicht so einfach überwältigen lassen wie die Riesin.

»Hast du sie?«, knurrte die Zwergin.

Ich tat so, als würde ich mich gegen den Riesen wehren, in dem Versuch, den Halt seiner harten Arme zu lösen, obwohl das vollkommen unmöglich war.

»Ich habe sie«, knurrte er. »Mach schon und reiß ihr die Eingeweide raus.«

Die Zwergin grinste wieder, dann trat sie vor.

Ich wartete bis zum letzten Moment, dann setzte ich den Riesen als Hebel ein, hob die Füße vom Boden und trat die Zwergin mitten ins Gesicht. Einer meiner Stiefelabsätze traf sie genau auf die Nase, brach sie und ließ das Blut durch die Luft spritzen. Mein anderer Fuß traf ihre rechte Wange und glitt an dem festen Knochen ab. Allerdings blieb ein tiefroter Abdruck zurück, sodass sie aussah, als hätte sie einen seltsamen Hautausschlag.

Die Zwergin heulte auf und schlug die Hand vors Gesicht, in diesem Moment mehr auf ihre gebrochene Nase konzentriert als auf mich. Als meine Füße wieder nach unten fielen, nutzte ich die Bewegung nach unten, um meinen rechten Absatz so fest wie möglich auf den Fußrücken des Riesen zu rammen. Er stöhnte leise, gab mich aber nicht frei.

Die Zwergin wischte sich das Blut aus den Augen, hob ihren Dolch und stach damit nach mir. Ich rammte meinen Absatz wieder und wieder auf den Fuß des Riesen, bis er endlich ins Schwanken geriet, nur ein winziges bisschen. Seine Arme lockerten sich für den Bruchteil einer Sekunde, den ich nutzte, um mich mit meinem gesamten Gewicht zu Boden fallen zu lassen und so seinem festen, schmerzhaften Griff zu entkommen.

Der Zwergin wurde klar, was ich plante, doch es war zu spät und sie konnte ihren Angriff nicht mehr stoppen. Sie rammte den Zahnbürsten-Dolch mitten in die Brust des Riesen. Sie hatte ihre gesamte Kraft in den Schlag gelegt, sodass die improvisierte Waffe seine Rippen durchstieß und in seine Brusthöhle vordrang, wo es jede Menge lebenswichtiger Organe gab, die man treffen und durchbohren konnte.

Der Riese schrie und schrie, während Blut in warmen, metallisch riechenden Spritzern aus seiner Brust drang. Er stolperte nach hinten, riss den Plastikdolch aus seinem Körper und warf die Waffe zur Seite. Doch diese Aktion machte alles nur noch schlimmer. Er schwankte ein paar Sekunden lang hin und her, bevor seine Knie nachgaben, er zu Boden fiel und sich zu einem Ball zusammenrollte, beide Hände fest an die Brust gedrückt, um den Blutverlust zu stoppen. Doch dafür war es schon zu spät.

Zwei erledigt, drei übrig.

Die Zwergin starrte mit offenem Mund vor sich hin. Ich ließ ihr keine Chance, ihre Überraschung abzuschütteln. Ich stürzte mich nach vorne, schnappte mir die blutige Waffe vom Boden und warf mich auf meine Gegnerin.

Ich zielte tief und packte sie um die Knie, weil ich der unglaublichen Stärke ihres Oberkörpers nichts entgegenzusetzen hatte. Sie stand in der Nähe einer Zellenwand, also schubste ich sie schnell und hart nach hinten, sodass ihr Kopf gegen die Gitterstäbe knallte, fest genug, dass ihr Hirn im Schädel rappelte.

Ich lag halb auf dem Boden und umklammerte die Knie der Zwergin wie ein Kind, das sich an seine Mutter klammert.

Die Zwergin schüttelte ihre Betäubung ab und legte die Arme auf meine Schultern, in dem Versuch, mich wegzustoßen. Gerade als ihre Finger sich in meine Haut gruben, hob ich den blutigen Plastikdolch und rammte ihn tief in den fleischigen Teil ihres Oberschenkels. Ich drehte, drehte, drehte die Waffe so tief hinein, wie ich konnte, bevor ich sie erbarmungslos wieder herausriss.

Die Zwergin schrie vor Schmerz auf, also stach ich erneut zu, auf der Suche nach der Oberschenkelarterie, damit sie verblutete. Dieses Glück war mir nicht vergönnt, aber ich hatte mehr als genug Kraft in den Angriff gelegt, dass sie ihn wirklich spürte. Die Zwergin schrie und geriet aus dem Gleichgewicht. Ihre abgetretenen Turnschuhe rutschten in einer Pfütze ihres eigenen Blutes weg und ihre Beine verloren den Halt. Die Zwergin glitt an den Gitterstäben nach unten, bis sie wie ich auf dem Boden saß.

Und die ganze Zeit über stach ich auf sie ein.

Stich-stich-stich-stich.

Mit der improvisierten Zahnbürstenwaffe öffnete ich Wunden in ihren Beinen, ihrer Brust und ihren Armen. An jeder Stelle, die ich erreichen konnte. Ich war da nicht wählerisch. Dann, als sie sich auf Augenhöhe mit mir befand, trieb ich den dünnen Dolch so tief in ihre Kehle, dass nicht mehr genug Plastik herausstand, um die angespitzte Zahnbürste wieder herauszuziehen.

Ein Röcheln leitete den Todeskampf der Zwergin ein. Sie kippte zur Seite, wobei ihr Körper über die Gitterstäbe klapperte, als würde sie mit einem Blechnapf daran entlangfahren, um nach mehr Essen zu verlangen. Eine Sekunde später landete sie auf dem Boden und erstickte dort langsam an ihrem eigenen Blut.

Drei erledigt, zwei übrig.

Finger vergruben sich in meinem Haar, rissen mich von der

toten Frau herunter und ließen mich aufjaulen. Der Zwerg hatte sich ins Getümmel geworfen. Er zog mich auf die Beine, dann schubste er mich nach vorne, presste mein Gesicht gegen die Steinsilber-Gitter, als wolle er meinen gesamten Kopf hindurchzwingen. Mit einer Hand hielt er mich hoch und gegen die Stäbe gedrückt. Die andere ballte er zur Faust und schlug sie mir immer wieder in die Nieren.

Plock-plock-plock-plock.

Die Zuschauer des Kampfes hatten bis jetzt nicht viel zum Jubeln gehabt, aber jetzt johlten und pfiffen sie vor Begeisterung und sprangen von ihren Stühlen auf, als der Zwerg mich gegen die Stäbe drückte. Dobson schob sein Gesicht auf der anderen Seite des Gitters direkt vor meines.

»Wie fühlt es sich an, Blanco?«, zischte er, sodass Spucke von seinen Lippen spritzte. »Das Wissen, dass du heute Nacht hier sterben wirst?«

Statt zu antworten, schob ich einen Arm durch die Gitterstäbe und packte seine Seidenkrawatte. Dann riss ich mit aller Kraft daran, sodass sein Kopf gegen das Gitter knallte wie vorhin sein Schlagstock und eine dritte Beule auf seiner Stirn entstand. Dobson fiel stöhnend auf den Hintern, was die Menge nur noch lauter johlen ließ.

Ich hätte gerne noch einmal durchs Gitter gegriffen, mir Dobsons Knöchel geschnappt und ihn wieder in Reichweite gezogen, um ihn mit seiner eigenen Krawatte zu erwürgen, aber da war noch das kleine Problem des Zwerges und seiner Schläge, die unablässig auf mich niederregneten.

Also streckte ich den rechten Arm zur Seite und rief meine Magie. Eine Sekunde später hielt ich eine weitere Eisklinge. Ich drehte die krude Waffe herum und stach dem Zwerg damit in den Oberschenkel. Er stieß ein Brummen aus, brach seinen Angriff aber nicht ab.

Der Dolch brach in seinem Körper ab, also schlang ich die

Finger um das gezackte Ende und schickte einen weiteren Stoß meiner Eismagie aus. Diesmal jagte ich die kalte, eisige Macht tief in die Wunde, die ich in seinem Schenkel geöffnet hatte – und gleichzeitig zu gewissen, sehr empfindlichen Teilen höher an seinem Körper.

Das genügte, damit der Zwerg mich mit einem Aufschrei freigab. Ich hatte ihm gerade die schlimmste Frostbeule *seines Lebens* verschafft. Ich wirbelte herum und bohrte meine Finger in seine Augen, um ihm noch mehr Schmerzen zuzufügen. Der Zwerg schlug nach mir, aber er traf mich nur selten. Stattdessen knallten seine Hände gegen die Gitterstäbe. Hinter ihm konnte ich sehen, wie die Feuermagierin den Arm hob, einen weiteren knisternden Flammenball in der Hand. Also packte ich den Overall des Zwerges und zog ihn ganz eng an mich, um mich dann so gut wie möglich hinter seinen kurzen Körper zu ducken.

Eine Sekunde später explodierte der Feuerball an seinem Rücken. Der Zwerg schrie, genau wie die Leute, die sich hinter mir versammelt hatten, als sie sich duckten, um den Flammen zu entkommen, die durch die Lücken in den Gitterstäben drangen.

Der Zwerg war noch nicht ganz tot, aber fast, also stieß ich seinen verkohlten Körper von mir, sobald die Flammen erloschen waren, und trat auf die Elementarmagierin zu.

Vier erledigt, eine übrig.

Die Feuermagierin starrte mich aus zusammengekniffenen Augen an. Langsam bewegten wir uns in der Zelle im Kreis, ohne uns aus den Augen zu lassen. Schließlich stoppte ich, als ich genau vor den zwei Toiletten stand.

»Jetzt hast du niemanden mehr, hinter dem du dich verstecken kannst«, zischte meine Gegnerin.

»Ich brauche niemand anderen«, knurrte ich zurück und öffnete weit die Arme. »Gib dein Bestes, Miststück.«

Um die Zelle herum drängte das Publikum wieder heran, die Leute umklammerten die Gitterstäbe, weil sie spürten, dass dies mein Ende sein konnte. Selbst Dobson war wieder auf die Beine gekommen und trommelte mit seinem Schlagstock in einem treibenden Rhythmus gegen die Gitter. Seine Schreie, dass die Feuermagierin mich verdammt noch mal sofort umbringen sollte, gehörten zu den lautesten.

Ich sah zu der Galerie auf. Madeline, Emery und Jonah waren aufgestanden, hielten sich am Geländer fest und verharrten in gespannter Erwartung nach vorne gebeugt. Die Riesin und der Rechtsanwalt lächelten, offensichtlich waren sie der Meinung, dass ich nun endlich vor meinen Schöpfer treten würde. Doch Madelines Miene wirkte um einiges zurückhaltender, fast nachdenklich, als wäre ihr bewusst geworden, dass ich etwas plante.

Doch dann verdrängte ich Madeline aus meinen Gedanken und konzentrierte mich auf die unmittelbarere Bedrohung durch die Feuermagierin, die nur fünf Meter vor mir stand. Auf dem Boden zwischen uns stöhnten der verletzte Riese und der verbrannte Zwerg vor Schmerz, auch wenn die Geräusche immer leiser wurden, je näher der Tod heranrückte. Die Riesin und die Zwergin, die ich bereits getötet hatte, lagen dort, wo sie hingefallen waren, ihre leeren Augen in schweigender Anklage auf mich gerichtet.

Doch die Feuermagierin hatte noch keinen einzigen Kratzer und auch noch jede Menge Magie übrig, wenn man sich das heiße Glühen der orangeroten Flammen in ihrer Hand so ansah.

Wunderbar.

Große Pfützen Blut bedeckten den Boden und ließen die glatte, graue Oberfläche noch mehr glänzen. Dünne Rinnsale flossen in Richtung der Gitter. Überall um mich herum murmelte der Stein von der Gewalt, die ich gerade ausgeteilt hatte, sodass der Chor, der nach all den früheren Kämpfen in diesem Raum bereits in den Marmor eingesunken war, eine weitere, grausame Note erhielt. Der harsche, kalte Gesang des Steins passte perfekt zu meiner Laune.

Doch das hier war das Ende dieses speziellen Kampfes und ich dachte bereits darüber nach, wie ich die nächste Herausforderung meistern konnte – meine Flucht.

Wir standen da, Elementar gegen Elementar, und sahen uns an. Dieser Feuerball knisterte immer noch in ihrer Handfläche, doch ich griff nicht nach meiner Magie, nicht einmal nach meiner Steinmacht, um meine Haut zu verhärten und so ihrem hitzigen Angriff zu widerstehen.

Ich brauchte meine Magie nicht. Nicht für das hier.

Schließlich ging der Feuermagierin die Geduld aus. Sie wollte nicht mehr darauf warten, dass ich etwas unternahm. Angefeuert von der brüllenden Menge, die begonnen hatte, in Erwartung meines Endes gegen die Gitterstäbe zu schlagen, schenkte sie mir ein grausames Lächeln, dann riss sie die Hand zurück und warf den Flammenball auf mich. Sie legte ihre gesamte Macht in diesen letzten Angriff. Ich konnte spüren, wie sie noch die letzten Reste ihrer Magie in die brüllende Feuerkugel übertrug, bevor der knisternde Ball ihre Hand verließ und durch die Zelle auf mich zusauste.

Ich wartete und wartete … die Welt schien sich um mich zu verlangsamen, als die Flammen näher und näher kamen … als sie immer heller glühten … ich ihre Hitze immer deutlicher spüren konnte …

Und dann trat ich einfach einen Schritt zur Seite.

Die Flammen rasten an mir vorbei und trafen die Wand genau über den Toiletten, genau so, wie ich es gewollt hatte. Normalerweise wäre jetzt nicht viel passiert, mal abgesehen davon, dass die Porzellanschüsseln ordentlich verkohlt wären, bevor die Flammen verloschen wären.

Doch als ich vorhin meine Elementarmagie in die Toiletten geschickt hatte, hatte ich darauf geachtet, das gesamte Wasser darin zum Gefrieren zu bringen – genauso wie in allen Rohren, die sich dahinter durch die Marmorwand schlängelten.

Angesichts dessen, was ich über den Bullenpferch gehört hatte, war ich davon ausgegangen, dass es hier zu einer Art Duell auf Leben und Tod kommen würde und dass Dobson mindestens einen Elementar ausschicken würde, um mich umzubringen. Zur Abwechslung einmal hatte ich Glück gehabt und es war eine Feuermagierin gewesen. Nicht nur das, sondern sie war auch die Letzte, die noch auf den Beinen stand, genau, wie ich es mir gewünscht hatte.

Denn wenn es eines in meinem Leben gab, was mir wieder und wieder vor Augen geführt worden war, seit dem Moment, in dem Mab meine Familie ermordet hatte, dann das: Feuer und Eis vertragen sich *niemals*.

Ihre glühende Hitze traf auf meine eisige Kälte – und die Toiletten explodierten.

Ich wandte mich ab und duckte mich, schlug die Arme über den Kopf und rief schließlich doch meine Steinmagie, um meine Haut zu einer undurchdringlichen Hülle zu verhärten und so von den Porzellan- und Marmortrümmern, die durch die Luft schossen, nicht in Stücke zerfetzt zu werden.

Die Explosion schien ewig anzuhalten, auch wenn sie eigentlich nicht länger dauern konnte als ein paar Sekunden.

Die Menge schrie, zog sich zurück und begann, Richtung Ausgang zu rennen, wahrscheinlich, weil sie davon ausgingen, dass ich es irgendwie geschafft hatte, eine Bombe in die Zelle zu schmuggeln. Doch ihre heiseren Rufe und das Klatschen von Körpern, die zu Boden fielen, wurden von dem Rauschen des kalten Wassers übertönt, das aus den geplatzten Rohren schoss. Ich meinte, auch die Feuermagierin kreischen zu hören, doch sie interessierte mich nicht mehr. Ich wäre überrascht gewesen, wenn sie momentan auch nur eine Kerze hätte entzünden können, so nass, wie es inzwischen hier drin war.

Ich verdrängte all die Schreie, die Rufe und das *Gluck-gluck-gluck* des Wassers aus meinen Gedanken. Denn wenn ich hier nicht sofort verschwand, würde ich es nie schaffen, und ich hatte nicht vor, diese Gelegenheit zu verpassen.

Also rannte ich zur hinteren Wand der Zelle, legte beide Hände flach an den Stein und jagte einen ordentlichen Stoß meiner Magie in den Marmor. Die explodierenden Toiletten und geplatzten Rohre hatten große Stücke aus der Wand gerissen. Ich schickte meine Eismagie in all die klaffenden Löcher und gezackten Risse im Marmor, trieb mein Element so tief in den Stein, wie ich nur konnte. Dann, eine Sekunde später, schickte ich einen Stoß Steinmagie aus, um all diese Eisnester zum Platzen zu bringen.

Das tat ich wieder und wieder, sodass immer mehr Wasser auf mich herabregnete. Und irgendwann begann die gesamte Wand zu zerbrechen und zu zerfallen. Mein Blick huschte nach rechts und links, um die Reste der Wand abzuschätzen, dann schickte ich meine Magie aus, um nach der einen Schwachstelle zu suchen, die alles zum Einsturz bringen würde. Sie war genau … *da*!

Ich schickte einen letzten, heftigen Stoß meiner Magie aus und meine Eis- und Steinmagie rissen ein klaffendes Loch in die Wand. Diesmal füllte Staub die Luft, obwohl er schnell von all dem Wasser aufgenommen wurde. Doch ich hatte nur Augen für den sternenbedeckten Nachthimmel und die offene Fläche jenseits der Wand und stampfte los, um sie zu erreichen.

»Schnappt sie euch!«, schrie Madeline, ihre Stimme war schriller und wütender, als ich es je zuvor gehört hatte. Ganz anders als ihr sonst so ruhiger, selbstgefälliger Tonfall. »Tötet Blanco!«

Grinsend und lachend kletterte ich über die zerstörten Rohre und zerbröselten Steinbrocken in die Nacht hinaus.

13

Peng!

Peng! Peng!

Peng! Peng! Peng!

Einige der Cops erholten sich noch rechtzeitig, um Schusssalven in meine Richtung abzugeben, doch das spritzende Wasser machte das Zielen schwer und stoppte die meisten Projektile mitten im Flug. Ich stolperte nach draußen und trat zur Seite, weg von dem Loch und aus der Schusslinie. Das sähe mir ähnlich, aus dem Bullenpferch zu entkommen, nur um dann auf der Flucht von einem Glückstreffer in den Hinterkopf erledigt zu werden.

Ich rannte los und sah mir im Laufen meine Umgebung an: Ich befand mich auf dem Abschlepphof der Polizei.

Autos, Lieferwagen und SUVs aller Formen und Größen standen in ordentlichen Reihen auf dem glatten, weitläufigen Parkplatz. Ihre sauberen Windschutzscheiben und Chromspoiler glänzten unter den großen Laternen, die in den Asphalt eingelassen waren. In der Ferne standen Scheinwerfer gegen einen mattsilbernen Drahtzaun gelehnt, auf dem oben wie geschliffene Diamanten Stacheldraht glitzerte.

Ich drehte mich hierhin und dorthin, weil ich halb damit rechnete, dass uniformierte Beamte in meine Richtung rannten, aufgeschreckt von dem Lärm der Explosion und dem stetigen Knallen der Schüsse. Doch niemand erschien. Anscheinend glaubte die Bullerei, dass der Zaun ausreichte, um den Parkplatz und die Autos darauf zu schützen. Nun, mich würde er nicht festhalten. Zumindest nicht lange.

Ich hatte während des Kampfes im Bullenpferch durchaus einige Schläge eingesteckt, trotzdem zwang ich meine Beine dazu, mich so schnell wie möglich durch die Autoreihen zu tragen.

Ich musste mich im Schrottplatz-Bereich befinden, weil ich nur verrostete Klapperkisten entdeckte, die schon vor Jahren in die Presse gehört hätten. Ich stoppte beim ersten halbwegs akzeptabel wirkenden Wagen – einem neueren Dodge Charger –, schnappte mir ein Metallrohr, das aus einem nahe stehenden Mülleimer ragte, und schlug damit das Fahrerfenster ein. Eine Sekunde später saß ich auf dem Fahrersitz und riss die Kabel unter dem Lenkrad heraus.

Die ganze Aktion dauerte länger, als mir lieb war, weil ich mich nicht so gut mit Autos auskannte wie Finn – aber irgendwann sprang der Motor an.

Nur gut, denn die Cops hatten mich fast erreicht.

Sie ergossen sich aus dem Loch in der Wand, alle vollkommen durchnässt von den Wasserstrahlen, doch die meisten mit Pistolen in der Hand. Dobson rannte ganz vorne.

Ich legte den Gurt an, dann schaltete ich eilig in den Rückwärtsgang und rammte meinen Fuß aufs Gas, sodass ich aus dem Parkplatz und direkt auf die Wand zuschoss.

Den Cops wurde klar, dass ich auf sie zuraste. Sie schrien und warfen sich zur Seite. Ich hatte gehofft, Dobson an den Steinen zerquetschen zu können, doch er sprang gerade noch rechtzeitig aus dem Weg, bevor die rückwärtige Stoßstange des Dodge die Reste der hinteren Gebäudewand rammte.

Der Aufprall erschütterte mich, doch ich legte den Gang ein und trat erneut aufs Gas. Direkt mir gegenüber, vielleicht zweihundert Meter entfernt, lag das Tor, das aus dem Abschlepphof hinausführte.

Peng! Peng! Peng!

Peng! Peng! Peng!

Immer mehr Kugeln sausten in meine Richtung, als die Cops wieder auf die Beine kamen und auf meinen Wagen feuerten. Die Rückscheibe zerbarst in Scherben, der Seitenspiegel wurde abgesprengt und graues Polstermaterial ergoss sich aus der Beifahrer-Kopfstütze, doch das war mir egal. Ich wollte diesen Wagen nur dazu benutzen, von hier zu entkommen und mich so schnell wie möglich, so weit wie möglich vom Polizeirevier zu entfernen. Danach brauchte ich einen Ort, an dem ich mich ausruhen konnte, zumindest ein paar Minuten. Und ich musste einen Weg finden, meine Freunde wissen zu lassen, was vor sich ging. Ich zweifelte keinen Moment daran, dass sie den gesamten Tag auf dem Revier verbracht hatten, in dem Versuch, meine Freilassung zu erreichen. Doch die Informationen, die sie dort bekommen konnten, wären sicherlich irreführend – wenn die Cops meine Flucht nicht einfach ganz vertuschten.

Doch wo sollte ich hin? Madeline hatte ihre Hausaufgaben gemacht, sie kannte alle meine Familienmitglieder und Freunde. Das hatte sie in den letzten zwei Tagen nur zu gründlich bewiesen, als sie ihren Läden, Jobs und Geschäften so viele Probleme bereitet hatte wie nur möglich. Sie würde jeden Ort vorhersehen, an den ich ging, und sie hatte genug Leute zur Verfügung, um mich durch ganz Ashland verfolgen zu lassen.

Das Pork Pit, entschied ich schließlich. Ich brauchte zumindest Messer, frische Kleidung, Geld, ein anonymes Prepaid-Handy und ein paar Dosen von Jo-Jos Heilsalbe, wenn ich den Rest meiner Flucht überleben wollte. Und das Pork Pit war der nächstgelegene Ort, an dem ich mir all das besorgen konnte. Ich ging damit ein kalkuliertes Risiko ein und war mir sicher, dass Madeline, Dobson und der Rest der durchnässten Cops mir dicht auf den Fersen sein würden, denn das war sicherlich der erste Ort, an dem sie nach mir suchten.

Aber da das Restaurant dank Madeline und ihren Intrigen geschlossen war, würde sich dort keiner meiner Freunde oder Angestellten aufhalten. Ich wollte nicht, dass einer von ihnen ins Kreuzfeuer geriet, falls Madeline und die anderen mich einholten.

Das Tor zum Abschlepphof näherte sich rasend schnell, während ich über meine Möglichkeiten nachdachte. In einem weißen Wachhäuschen neben dem Eingang saß ein Polizist. Ich konnte sehen, wie er mit offenem Mund das näher kommende Auto anstarrte. Er war nicht daran gewöhnt, dass Leute vom Hof fuhren – sondern nur daran, dass Autos gebracht wurden.

Ich trat das Gaspedal bis zum Anschlag durch und rief ein wenig von meiner Steinmagie, um mich auf das vorzubereiten, was gleich kommen würde …

KRACH!

Der Dodge rammte durch das Drahttor, als bestände es aus Papier, weil es nur geschlossen, aber nicht verriegelt war. Ich verlor für einen Moment die Kontrolle über das Fahrzeug, spürte, wie das Lenkrad wild durch meine Finger glitt, als das Auto auf die Straße schlitterte und im Vorbeirutschen einen geparkten Streifenwagen touchierte.

Ich packte das Lenkrad fester und riss es wieder in die richtige Position. Über das Röhren des Motors konnte ich weitere Schüsse hören, zusammen mit dem Heulen von Sirenen. Dobson hatte keine Zeit verschwendet und sofort seine Männer gerufen, damit sie mich jagten.

Also trat ich wieder aufs Gas, fuhr über die rote Ampel am Ende des Blocks und bog scharf rechts Richtung Pork Pit ab.

Das Restaurant lag nur ein paar Blocks entfernt, also brauchte ich weniger als fünf Minuten, es zu erreichen. Ich wusste nicht, ob ich genug Vorsprung hatte, aber ich verschwendete auf jeden Fall keine Zeit damit, mein gestohlenes Auto zu verstecken. Stattdessen stoppte ich den Wagen direkt vor dem Pork Pit und ließ den Motor laufen, damit ich ihn nicht noch mal kurzschließen musste. Außerdem, wenn die Cops ihn fanden, bevor ich im Pork Pit fertig war und ich das Auto deshalb aufgeben musste, konnte ich immer noch durch die Hintertür und das Gewirr von kleinen Gassen hinter dem Restaurant verschwinden.

Mir fehlte die Zeit für ein subtiles Vorgehen, also legte ich meine Hand an die Scheibe in der Vordertür, um das Glas dann mit meiner Eismagie zu gefrieren und zum Platzen zu bringen. Ich hasste es, mein eigenes Restaurant – Fletchers Restaurant – zu entweihen, aber ich hatte keine andere Wahl. Momentan war vor allem Eile geboten. Gefühle konnte ich mir nicht leisten.

Ich griff durch die Öffnung, drehte den Riegel und trat in meinen Laden. Dann rannte ich durch den Restaurantbereich und stürmte durch die Doppeltür. Im hinteren Teil des Restaurants war es stockdunkel, doch ich kannte die Räume wie meine Westentasche, also fand ich ohne Probleme den Lichtschalter.

Ich eilte zu den Kühltruhen an der Rückwand, zog eine schwarze Sporttasche hinter einer davon heraus und hielt lange genug inne, um in der Tasche herumzutasten, bis meine Hand ein Messer fand, das ich mir in den Ärmel schob. Als Nächstes suchte ich nach dem anonymen Handy. Das Telefon brauchte viel zu lange, um sich anzuschalten, und dann benötigte ich noch viel länger, um meine zerkratzten, blutigen, feuchten Finger dazu zu bringen, eine Nummer einzutippen, aber ich schaffte es. Er hob beim ersten Klingeln ab.

»Gin!« Owens besorgte Stimme drang an mein Ohr. »Bist du das?«

»Ich bin's«, sagte ich, als ich die Tasche wieder schloss und mir den Riemen über die Schulter warf.

»Wo bist du? Was ist los? Ich bin auf dem Polizeirevier. Es gab irgendeine Explosion und jetzt rennen die Cops überall schreiend herum.«

»Ich bin im Pork Pit«, sagte ich, öffnete eine der Schwingtüren und spähte ins Restaurant. »Ich habe mir den Weg aus dem Revier freigesprengt, aber die Cops suchen nach mir.«

Ich hielt einen Moment inne, um zu lauschen. Das Heulen von Sirenen kam näher und näher, wurde lauter und lauter. Es war zu riskant, zum Auto zurückzukehren, wenn die Cops gleich ankommen würden. Außerdem wäre es ihnen mühelos möglich, nah genug aufzufahren, um meine Reifen zu zerschießen und mich dann umzubringen. Also würde ich durch die Gasse verschwinden.

»Was brauchst du?«, fragte Owen. »Sag mir, wie ich dir helfen kann. Was auch immer es ist, ich werde es tun. Finn, Bria, Xavier, Silvio und ich sind noch auf dem Revier, aber wir gehen bereits zum Parkplatz. Wir kommen so schnell wir können.«

Seine Worte wärmten mir das Herz und zauberten ein Lächeln auf mein Gesicht, als ich die Hintertür entriegelte und öffnete, bereit, in die Gasse zu treten und zu entkommen …

Peng! Peng! Peng!

Kugeln trafen den Türrahmen und ich entdeckte drei Bullen in der Gasse, die auf mich schossen.

Fluchend zog ich mich zurück und knallte die Tür zu. Die Cops hatten bereits das gesamte Gebäude umzingelt. Aber ich wollte nicht, dass sie ins Restaurant eindrangen, also verriegelte ich die Tür und kippte zur Sicherheit noch ein Metallregal voller Ketchup-Flaschen dagegen.

»Gin?«, fragte Owen, seine Stimme angespannt vor Sorge. »Was war das für ein Lärm? Was passiert da gerade?«

Mir blieb keine Zeit, ihm zu antworten, weil ich bereits durch die Schwingtüren in den Restaurantbereich rannte. Anscheinend würde ich es doch mit dem Auto versuchen müssen.

Draußen auf der Straße schien immer noch alles ruhig. Mein Herz machte einen Sprung. Ich würde es doch noch hier rausschaffen …

Madeline Monroe trat in mein Blickfeld.

Ich zögerte, nur für eine Sekunde, doch das war genug: Emery Slater erschien neben ihr, mit Jonah McAllister und Captain Lou Dobson an ihrer anderen Seite. Hinter ihnen blinkten blaue und weiße Lichter und mehrere Streifenwagen kamen mit quietschenden Reifen an den Kreuzungen zum Stehen. Selbst wenn ich es hätte schaffen können, Madeline, Emery, Jonah und Dobson auszuschalten, würde ich auf keinen Fall an den Cops am Ende des Blocks vorbeikommen, ohne mit Kugeln vollgepumpt zu werden.

Erwischt – ich saß im Pork Pit in der Falle.

14

»Gin?«, fragte Owen wieder, noch lauter und besorgter als vorhin. »Was ist los? Was passiert gerade?«

»Madeline steht vor dem Restaurant«, sagte ich. Meine Stimme klang ruhig, obwohl meine Gedanken wild in meinem Kopf herumrasten, auf der Suche nach einem Ausweg. »Die Cops haben das Pork Pit umzingelt.«

Owen schnappte nach Luft. »Gin« – seine Stimme war nur ein tiefes, schmerzerfülltes Flüstern – »sag mir bitte, dass du da rauskommen kannst. Bitte, *bitte.*«

Immer mehr Bullen kamen an, stoppten ihre Wagen an beiden Enden des Blocks und riegelten alles ab. Die blauen und weißen Lichter an ihren Wagen drehten und drehten und drehten sich. Einige der Cops bauten sich hinter ihren Streifenwagen auf, mit den geöffneten Türen als Deckung, während andere die Straße entlang aus meinem Blickfeld liefen, zweifellos, um die Gasse hinter dem Restaurant zu sichern.

»Es tut mir leid, Owen.«

Er stieß einen gedämpften Schrei aus. Das peinerfüllte Geräusch zerriss mir fast das Herz, doch ich zwang mich, Owen auszublenden und mich auf das zu konzentrieren, was im Moment am wichtigsten war – zu überleben.

Madeline trat an die Eingangstür des Pork Pit. Immer noch mit dem Telefon am Ohr näherte ich mich der Tür von meiner

Seite, bis wir nur ungefähr zwei Meter voneinander entfernt standen. Wir starrten uns durch den leeren Rahmen, in dem sich einst die Glasscheibe befunden hatte, an.

»Ich wusste, dass du direkt hierherkommen würdest.« Madeline schüttelte den Kopf, als hätte ich sie enttäuscht. »So vorhersehbar, Gin. Ich hätte mehr von dir erwartet.«

»Hm, mal schauen. Ich habe ganz allein fünf Gegner ausgeschaltet, bin eurem tödlichen Bullenpferch entkommen und aus dem Polizeirevier ausgebrochen«, schoss ich zurück. »Ich glaube, bis jetzt mache ich mich gar nicht so schlecht, wenn man bedenkt, dass es dir und deinen Kumpanen immer noch nicht gelungen ist, mich umzubringen.«

Sie zuckte mit den Achseln. »Wie wir beide wissen, ist das nur noch eine Frage der Zeit. Das gesamte Restaurant ist umzingelt. Du kannst nicht entkommen, Gin. Diesmal nicht.«

Am Telefon konnte ich hören, wie Owen Madeline in den schillerndsten Farben verfluchte. Jepp. Mir ging es genauso.

Trotzdem hielt ich meine Miene ausdruckslos und starrte sie unverwandt an. »Ich mag heute Nacht hier sterben, aber so einfach wirst du nicht davonkommen. Wie willst du das hier erklären? Ich bezweifle, dass selbst dein kleiner Polizeispitzel das alles vertuschen kann. Besonders, nachdem ich eine unübersehbare Erinnerung an meine Anwesenheit am Revier zurückgelassen habe.«

Madeline schenkte mir einen nachdenklichen Blick, dann sah sie kurz zu Dobson. »Weißt du, Gin, ich glaube, in diesem Punkt hast du tatsächlich recht. Es wäre wohl besser, keine losen Enden zurückzulassen.«

»Hören Sie nicht auf sie«, knurrte Dobson und starrte mich durch eines der Fenster böse an. »Ich kann das alles regeln, genau, wie ich es versprochen habe. Bisher hat es ja auch geklappt.«

»Klar«, spottete ich, »wenn *Dinge regeln* bedeutet, mich in

Polizeigewahrsam vier Leute töten, ein Auto stehlen und aus dem Abschlepphof fahren zu lassen.«

»Du blöde Schlampe!«, brüllte er.

Der Riese zog seine Pistole aus dem Halfter und fing an, auf mich zu schießen.

Peng!

Peng! Peng!

Peng!

Doch statt erst das Fenster und dann meinen Schädel zu durchschlagen, blieben die Kugeln in dem dicken Glas hängen und gezackte Risse breiteten sich über die Scheibe aus.

»Kugelsicheres Glas«, sagte ich und lehnte mich zur Seite, damit Dobson um die Risse herum mein selbstgefälliges Grinsen sehen konnte. »Der beste Freund jedes Mädchens.«

Er knurrte und wollte seine Waffe erneut heben, doch Madeline glitt an ihn heran. »Gib her«, sagte sie und streckte ihm die Hand entgegen. »Lass mich.«

Widerwillig übergab er ihr die Waffe. Sofort stiefelte Madeline zurück zu der Tür mit dem ausgeschlagenen Glas. Sie hob die Pistole und zielte durch das Loch auf mich. Ich spannte mich an, bereit, aus dem Weg zu springen und meine Steinmagie zu rufen …

Doch Madeline wirbelte herum und erschoss Dobson.

Peng! Peng! Peng! Peng!

Madeline war eine herausragende Schützin. Drei Löcher erschienen über dem schwarzen Herz des Riesen, während die vierte Kugel ihm die Kehle zerfetzte. Blut drang über Dobsons Lippen. Er würgte und würgte, als könnte er die Kugel in seiner Kehle so tatsächlich lösen. Der Riese schwankte einen Moment lang hin und her, den Blick ungläubig auf Madeline gerichtet, dann sackte er auf dem Gehweg zusammen.

Ich sah an dem toten Riesen vorbei, weil ich damit rechnete, dass die Cops ihre Autos verlassen und in unsere Richtung rennen würden. Doch Dobson musste ihnen erklärt haben, dass er sich um alles kümmern würde und sie sich zurückhalten sollten, denn die anderen Polizisten hielten ihre Position. Allerdings konnte ich hören, wie sie sich heiser zuschrien: *Es wird geschossen! Es wird geschossen!*

Madeline richtete ihre Aufmerksamkeit wieder auf mich. »Du hast recht, Gin. Dobson hätte das alles hier nie erklären können. Aber jetzt kann ich es.«

Sie trat vor. Erneut spannte ich mich an, weil ich mich fragte, ob sie auch auf mich schießen würde, doch stattdessen warf sie die Pistole durch das Loch in der Tür. Die Waffe überschlug sich ein paar Mal, bevor sie vor meinen Füßen liegen blieb.

»Du hast Dobson mit seiner eigenen Waffe getötet, um dich dann in deinem Restaurant zu verbarrikadieren. Die Cops haben den Laden umzingelt, doch unglücklicherweise war es ihnen nicht möglich, dich lebend festzunehmen.«

»Und wieso?«, fragte ich.

Statt mir zu antworten, winkte Madeline Emery heran. Die Riesin beugte sich vor und Madeline flüsterte ihr etwas ins Ohr. Emery nickte und verschwand aus meinem Blickfeld. Weniger als eine Minute später tauchte sie wieder auf, ein Feuerzeug in der einen Hand und eine Flasche mit einem weißen Baumwollfetzen darin in der anderen. Emery übergab die Flasche an Madeline, die sich umdrehte, sodass ich das Etikett des teuren Schnapses sehen konnte.

Die Ironie brachte mich fast zum Lachen – fast.

»Gin soll das Ende von Gin herbeiführen. Ziemlich passend, findest du nicht auch?«, schnurrte Madeline förmlich. »Ich habe Emery gebeten, diese und andere Dinge mitzubringen, nur für den Fall, dass du den Bullenpferch überlebst. Ich hatte vor, das hier in die Zelle zu werfen und dabei zuzusehen, wie du verbrennst. Du hast mich tatsächlich selbst auf die Idee gebracht, als du heute Mittag über meine Mutter gesprochen hast und darüber, dass sie dich fast mit ihrer Feuermagie ausgeschaltet hätte. Das war ein guter Punkt. Ich war sehr enttäuscht davon, dass du im Bullenpferch nicht gestorben bist, aber das hier wird noch viel besser werden. So viel befriedigender. Schließlich hat meine Mutter den Großteil der Snow-Familie mit ihrem elementaren Feuer ausgelöscht. Da ist es doch recht passend, dass ich eine ähnliche Flamme einsetzen werde, um dich zu töten. Adieu, Gin.«

Sie hob die Flasche. Emery zündete das Feuerzeug, beugte sich vor und setzte den Fetzen im Hals der Flasche in Brand. Madeline starrte die Flammen an, die genauso scharlachrot waren wie ihre Lippen, dann warf sie den Molotowcocktail durch die zerstörte Tür.

Die Ginflasche explodierte auf dem Boden.

Ich wich vor den sich ausbreitenden Flammen zurück, doch schon ein paar Sekunden später segelte der nächste Molotowcocktail durch die Tür, geworfen von Emery, sozusagen um noch mehr Öl ins Feuer zu gießen.

Dann starrte ich Madeline durch die immer höher aufflackernden Flammen an.

»Verriegelt alle Eingänge«, wies sie Emery an. »Haltet sie im Gebäude. Niemand nähert sich, bis der Laden vollkommen niedergebrannt ist.«

Emery nickte und verschwand, um die Befehle ihrer Chefin weiterzugeben. Ich dachte darüber nach, einfach durch die Tür zu stürmen und mein Glück mit Madeline zu riskieren, doch sie konnte mich immer noch mit ihrer Säuremagie umbringen. Und inzwischen hatten die Cops tatsächlich angefangen, sich dem Restaurant zu nähern, zudem waren zweifellos noch mehr Bullen unterwegs. Ich würde hier nicht rauskommen.

Ich würde im Pork Pit in Flammen vergehen.

Für einen Moment drohte die Hilflosigkeit, die Verzweiflung, die absolute Unabwendbarkeit meines nahenden, schmerzhaften, feurigen Todes mich zu überwältigen. Ich schwankte, wie Dobson es getan hatte, bevor er umgefallen und ausgeblutet war. Doch mir würde kein so schneller Tod vergönnt sein. Ich würde in Flammen aufgehen und schreiend sterben, genau wie Madeline es sich für mich wünschte …

Eine kleine Explosion ertönte, als die letzten Reste der ersten Ginflasche in der zunehmenden Hitze explodierten. Die Flammen breiteten sich über den Boden aus, als wollten sie den Schweineklauenspuren zu den Toiletten folgen. Wenige Sekunden später hatte das hungrige Feuer die blauen und pinken Symbole ausgelöscht, über die ich Tausende Male gelaufen war.

Kalte Wut flackerte in meinem Herzen auf und fror meine Verzweiflung ein. Fletcher war bereits hier gestorben – auf grauenhafte Weise zu Tode gefoltert an genau der Stelle, an der ich gerade stand. Ich hatte ihn nicht retten können, aber ich wollte verdammt sein, wenn ich einfach aufgab und starb, vor allem durch die Hände der verdammten Madeline Magda Monroe.

»Gin! Gin!«, schrie Owen an meinem Ohr. »Was passiert gerade? Wir sind fast beim Restaurant. Finn und Bria sind bei mir und Silvio und Xavier sind ebenfalls unterwegs. Halt einfach durch, bis wir ankommen. Hörst du mich? Halt durch!«

»Was auch immer geschieht, ich liebe dich«, sagte ich, während ich die Flammen dabei beobachtete, wie sie sich ausbreiteten und anfingen, an den roten und pinken Sitznischen zu lecken. »Und ich liebe auch Finn und Bria und alle anderen. Stell sicher, dass sie das wissen. Und was auch immer du tust, gib mich nicht auf. Egal, wie schlimm alles aussieht.«

»Gin, warte …«

Ich legte auf und schob das Handy in meine hintere Hosentasche. Owen und die anderen würden nicht rechtzeitig ankommen und ich konnte mich von ihrer Pein nicht ablenken lassen, bei den Dingen, die ich jetzt zu tun hatte.

Ein dritter Molotowcocktail, diesmal geworfen von McAllister, segelte durch das Loch in der Tür. Auch diese Flasche explodierte und jagte eine weitere Welle von Hitze durch das Restaurant. Es würde nicht mehr lange dauern, bis der gesamte Restaurantbereich in Flammen stand. Danach würde sich das Feuer schnell im Rest des Gebäudes ausbreiten, bis nichts mehr übrig blieb als der Fußboden und die Ziegelwände.

Und ich – wenn ich mich sehr klug anstellte und eine Menge Glück hatte.

Ich war jetzt ruhiger, hatte meine Gefühle wieder unter Kontrolle. Ich wusste, was zu tun war. Es war derselbe Trick, den Fletcher und ich vor all diesen Jahren bei dem Anschlag auf die Pokerrunde angewendet hatten. Das Prinzip war heute dasselbe wie damals. Ich konnte das Restaurant nicht verlassen, aber es konnte auch niemand eindringen und mich holen. Es gab nur einen Weg, diese Pattsituation zu durchbrechen.

Madeline wollte mich unbedingt tot sehen. Das Restaurant stand in Flammen. Und selbst wenn ich aus dem Gebäude stürmen sollte, warteten draußen die Cops darauf, mich zu erschießen. Das Ganze war ein ziemliches Schlamassel, aber die Lösung meines Problems war geradezu einfach.

Ich musste im Pork Pit bleiben.

Ich musste mich den Flammen ergeben.

Ich musste sterben.

15

Ohne Madeline, Emery, Jonah und die Cops vor dem Haus aus den Augen zu lassen, eilte ich durch das Restaurant, schob die Schwingtüren auf und ging in den hinteren Teil des Gebäudes, als versuchte ich, so lange wie möglich der Hitze, dem Rauch und den Flammen zu entkommen. Das stimmte zum Teil auch, doch außerdem wollte ich mich verschanzen. Dass Madeline mich verbrennen wollte, hieß noch lange nicht, dass sie nicht Emery oder die Cops losschicken würde, um mir vorher ein paar Kugeln in den Körper zu jagen.

Also kippte ich ein Metallregal voller Zucker, Mehl und Maismehl vor die Doppeltür, um zu verhindern, dass sich jemand auf diesem Weg an mich heranschlich. Sobald das erledigt war, eilte ich zur Hintertür. Die Schlösser hatten gehalten, auch wenn ich ab und zu ein leises *Ping-ping-ping* hören konnte. Die Cops standen immer noch draußen und schossen, um mich im Gebäude festzuhalten und dem Feuer Gelegenheit zu geben, seine Arbeit zu tun.

Statt also meine Steinmagie einzusetzen, um meine Haut zu verhärten, die Tür zu öffnen und einen verzweifelten Fluchtversuch in die Gasse zu starten, ging ich zur hintersten Kühltruhe.

Zu der, in der sich all die Kartons mit gefrorenen Erbsen befanden – und die Leiche.

Madeline wollte mich tot sehen. Aber sie war auch klug genug, *absolut* sicherzustellen, dass sie ihr Ziel tatsächlich erreicht hatte. Sie wäre nicht damit zufrieden, einfach nur das Pork Pit niederzubrennen. Sie würde einen echten Beweis meines Todes sehen wollen.

Sie würde meinen zerstörten, verrußten, verbrannten Körper sehen wollen.

Tatsächlich würde sie das *verlangen* und sich auf keinen Fall mit weniger zufriedengeben. Wenn es keine Leiche gab, würde sie davon ausgehen, dass ich überlebt hatte, und auf der Suche nach mir ganz Ashland auseinandernehmen – außerdem würde sie natürlich meine Freunde terrorisieren.

Madeline wollte mich tot sehen, also würde ich ihr genau das liefern, was ihr schwarzes Herz begehrte.

Ich zog mir den Riemen der Sporttasche über den Kopf und warf sie in die Ecke, um mich leichter bewegen zu können. Dann öffnete ich die Kühltruhe und fing an, die Kartons mit gefrorenen Erbsen und die Beutel voller Eiswürfel auszuräumen, bis ich die Leiche der Hausangestellten freigelegt hatte.

Sie steckte jetzt seit mehr als zwölf Stunden in der Kühltruhe, das war lange genug gewesen, dass sie durchgefroren war – ein lebensgroßer Eiszapfen mit steifen, unbeweglichen Gliedern. Weil sie buchstäblich eine Totlast war, fiel es mir schwer, sie zu bewegen, doch ich schaffte es, ihre Arme zu packen, sie in der Kühltruhe aufzurichten und mir ihren Körper über die Schulter zu legen. Schwitzend – und zwar nicht nur wegen der zunehmenden Hitze des Feuers – trug ich sie ein Stück in den Raum und legte sie dann so ab, dass sie genau zwischen den Schwingtüren zum Restaurant und der Hintertür zur Gasse lag, als wäre sie dort vom Rauch und den Flammen überwältigt worden, genau wie Madeline es sich für mich wünschte.

Dann, als das erledigt war, dachte ich darüber nach, wie ich es eigentlich schaffen konnte, das Feuer zu überleben.

Inzwischen hatte sich die Sprinkleranlage eingeschaltet und spritzte Wasser in alle Richtungen, doch das Inferno ließ die kleinen Tropfen schnell verpuffen. Das bisschen Wasser würde nicht ausreichen, um die Flammen zu löschen. Das Feuer hatte bereits die andere Seite der Schwingtüren erreicht. Die Flammen tauchten das Innere des Restaurants in ein helles, flackerndes, orangerotes Licht. Dichte Rauchfäden drangen durch die Schlitze der Tür und brachten mich zum Husten. Ich kauerte mich auf den Boden, um mich vor dem Schlimmsten zu schützen, während ich meine Möglichkeiten abwog.

Ich zweifelte keinen Moment daran, dass ich mich in einem der Kühlräume verstecken konnte, die mich gegen das Feuer schützen würden. Allerdings würde mir eventuell der Sauerstoff ausgehen, sodass ich erstickte, bevor die Flammen verloschen. Außerdem konnte, selbst wenn ich genug Luft hatte, dieser Teil des Restaurants jederzeit einstürzen und mich im Kühlraum einschließen, bis Madeline Emery und die Cops reinschickte, um sicherzustellen, dass ich tot war. Ich empfand keinerlei Bedürfnis, gefangen genommen zu werden und wieder im Bullenpferch zu landen. Also waren die Kühlräume keine Option, genauso wenig wie die Kühltruhe, aus der ich den Körper geholt hatte, denn darin hätte ich noch weniger Sauerstoff zum Atmen.

Ich hätte zu einer der Ziegelwände gehen können, meine Steinmagie ausschicken und ein Loch in die Wand reißen, das groß genug war, dass ich entkommen konnte … aber die Cops warteten immer noch in der Gasse. Inzwischen hatten Madeline und Emery sie wahrscheinlich angewiesen, auch auf die Wände zu achten und darauf, ob ich meine Magie einsetzte, also konnte ich auch auf diesem Weg nicht entkommen.

Ich hätte natürlich eine der Wände zu dem Laden im Nachbargebäude durchbrechen können, aber wäre ich an der Stelle der Säuremagierin gewesen, hätte ich auch dort Leute postiert. Außerdem gab es keine Möglichkeit, vorauszusagen, wie weit sich das Feuer ausbreiten würde. Die dicken Ziegelwände des Pork Pit sollten das Inferno begrenzen, aber dafür gab es keine Garantie. Also war das auch ausgeschlossen.

Der Spalt über der Deckenverkleidung war ebenfalls keine Option, unter anderem, weil die Verkleidung schnell in Flammen aufgehen würde. Außerdem waberte schon jetzt dichter Rauch dort oben und ich würde an einer Rauchvergiftung sterben, lange bevor die Flammen die Chance bekamen, meine Haut zu versengen.

Nein, ich musste im Restaurant bleiben und ich musste einen Weg finden, um mich vor dem Feuer zu schützen. Meine Eis- und Steinmagie würden mir dabei helfen, doch ich hatte schon ein gutes Stück meiner Macht auf der Flucht aus dem Bullenpferch aufgebraucht. Ich wusste nicht, ob ich noch genug Reserven hatte, um ein länger andauerndes Feuer zu überstehen. Und meine Magie würde mich nicht vor dem Rauch retten. Bereits jetzt drohte er mich zu überwältigen. Ich hustete und hustete, wobei ich mit jedem gequälten Atemzug Ruß und Kohlenmonoxid tief in meine Lunge aufnahm.

Mein Blick fiel auf den Boden und diese ganzen Kartons voller widerlicher, gefrorener Erbsen. Ich hatte sie aus der Kühltruhe geworfen, ohne mich darum zu kümmern, wo sie hinfielen, und ein paar davon waren aufeinander gelandet, fast wie …

Ziegel.

Wieder einmal dachte ich zurück an die Nacht mit Fletcher, als wir in diesen Metallfässern Schutz gesucht hatten, weil das Lagerhaus erst explodiert und dann zusammengebrochen war. Ich hatte kein Fass, doch ich hatte etwas, was für meine Situation noch besser war: gefrorene Erbsen.

Jetzt wusste ich, was ich zu tun hatte.

Mir lief die Zeit davon, also zog ich mir den Kragen meines blutigen T-Shirts über Mund und Nase, um mich so gut wie möglich vor dem Rauch zu schützen. Dann eilte ich zu den Kühltruhen, riss die Deckel auf und schnappte mir all die Beutel mit Eiswürfeln und großen Boxen mit gefrorenem Essen, die ich finden konnte.

Ich arbeitete so schnell wie möglich. Danach, als die Truhen leer waren, zerrte ich meine gesamte Beute in die hinterste Ecke des Raums und schnappte mir meine Sporttasche.

Und dann begann ich, mir ein Fort aus gefrorenem Essen zu bauen.

Ich stapelte die Eistüten um die Ecke, zog sie so nah wie möglich an meinen Körper heran, dann stellte ich Kartons mit gefrorenem Essen um mich herum, bis eine ungefähr einen Meter hohe, improvisierte Wand entstanden war. Ich setzte mich hinter dieser Wand auf meine Sporttasche und zog die Knie an die Brust. Die Flammen hatten sich bereits durch die Schwingtüren gefressen und das unheimliche, orangerote Glühen war stärker geworden, ebenso die Hitze.

Meine Kehle brannte von der raucherfüllten Luft und ich hustete unablässig. Doch es gab noch etwas, was ich tun musste, bevor ich mich vor den Flammen in Sicherheit brachte. Also wandte ich mich der Mauer in meinem Rücken zu.

Die Ziegelsteine hatten bereits angefangen, wegen der Hitze und den Flammen, die durch das Restaurant tosten, zu kreischen. Ich konnte nicht anders, als mich zu fragen, ob ich unter ähnlichen Schmerzen schreien würde, bevor das alles vorbei war. Doch ich durfte solche Gedanken nicht zulassen, also kauerte ich mich so bequem wie möglich zusammen, dann hob ich die Hand und legte sie auf einen einzelnen Ziegel, direkt auf der Höhe meines Gesichts. Mit einem winzigen Rinnsal Magie löste ich den Ziegel aus dem grauen Mörtel und zog ihn aus der Wand. Ich bezweifelte, dass jemand in der Gasse etwas hören konnte, doch mir erschien das leise *Kratz-kratz-kratz* des Steins unendlich laut, als wollte es der Welt verkünden, dass ich noch lebte.

Ich löste den Ziegel ganz, legte ihn zur Seite und spähte durch die kleine, schmale Öffnung. Vor mir stand der Müllcontainer. Die dunkelgraue Hülle verstellte mir den Blick in die Gasse und auf jeden, der vielleicht dort lauerte. Ich sehnte mich so verzweifelt nach Sauerstoff, dass ich nicht mal die paar Sekunden abwarten konnte, um herauszufinden, ob jemand das Geräusch gehört hatte und nachschauen kommen würde. Stattdessen drückte ich meine Nase an das Loch und atmete tief durch. Die Luft roch scheußlich, geschwängert von dem Gestank von leeren Bierdosen, Zigarettenkippen und verfaulendem Essen im Müllcontainer, doch ich spürte sofort, dass ich wieder klarer denken konnte.

Also atmete ich so tief durch, wie ich konnte, und lauschte gleichzeitig. Über das Knistern der Flammen hinweg hörte ich aufgeregtes Murmeln in der Gasse, wobei die Schüsse verklungen waren. Die Cops standen immer noch dort draußen und warteten darauf, dass ich aus dem Restaurant in meinen Tod stolperte. Selbst wenn Madeline sie nicht geschmiert hatte, würden sie sich für die angeblich durch mich begangene Ermordung Dobsons rächen wollen und wären nur zu glücklich, ihre Magazine in meinen Körper zu leeren.

BUMM!

Irgendetwas im vorderen Teil des Restaurants explodierte. Flammen schossen bis in den hinteren Teil und verstärkten die Hitze noch. Ich atmete ein weiteres Mal tief ein, doch dann wandte ich mich wieder meinem improvisierten Fort zu.

Es gab eine Menge Eisbeutel und Essenskartons, die noch nicht begonnen hatten, zu schmelzen, doch letztendlich war das nur eine Frage der Zeit. Also hob ich beide Hände und berührte die nächstgelegene Kiste – gefrorene Erbsen, mal wieder –, dann besann ich mich auf meine Eismagie, auf all diese kalte, eisige Macht, die tief in mir vergraben lag. Ich konzentrierte mich und sofort flackerte silbernes Licht auf meinen Handflächen auf, direkt über meinen Spinnenrunen-Narben. Ich atmete flach, weil ich nicht zu viel Rauch aufnehmen wollte, dann gab ich meine Magie frei.

Ich schickte meine Macht durch all diese Tüten und Kisten, die um mich herum aufgebaut standen, füllte alle Spalten dazwischen mit elementarem Eis. Langsam breiteten sich die kalten Kristalle meiner Magie aus, bis sich mein Fort um mich herum in einen stabilen, gefrorenen Block verwandelt hatte. Doch das würde nicht reichen, um mich vor dem Feuer zu retten, also schickte ich eine weitere Welle Magie aus, um die Kristalle nach oben zu zwingen, über meinen Kopf hinweg Richtung Wand.

Es fiel mir schwer, besonders mit dem Rauch, der um mich herumwaberte, und den Flammen, die immer näher kamen, doch ich schickte eine eisige Welle nach der anderen aus, bis die Eishülle sich über meinem Kopf schloss, mich vollkommen vom Feuer abschirmte und eine Art Iglu um mich herum bildete.

Doch damit gab ich mich nicht zufrieden. Ich mochte mich gegen das Feuer abgeschirmt haben, doch um meinen Kristallkäfig herum züngelten immer noch Flammen und schickten ihr helles, flackerndes Glühen in alle Richtungen, als starrte ich ins Zentrum einer Kerze. Bald schon würden die Flammen mein Iglu einhüllen, das Essen kochen – und mich auch, wenn ich nicht vorsichtig war. Also setzte ich meine gesamte Kraft, meine gesamte Energie, meine gesamte Macht ein, um diese

Eisschicht so dick und kalt und hart und fest wie möglich zu machen.

Ich weiß nicht, wie lange ich das tat. Es kam mir vor wie eine Ewigkeit, aber es konnte kaum mehr als eine Minute gedauert haben – höchstens zwei. Viel zu bald war meine Magie erschöpft und ich sackte an der Wand zusammen. Das war die Wahl, die ich getroffen hatte, auf Gedeih und Verderb … und jetzt konnte ich nur hoffen, dass ich clever und stark genug gewesen war, um mich zu retten.

Sonst würde ich bald verbrennen, genauso wie meine Mutter und Schwester es vor mir getan hatten. Und ich würde im Pork Pit sterben wie Fletcher.

Mein gefrorenes Fort vollendet, meine Magie erschöpft, presste ich das Gesicht an mein Atemloch, schloss die Augen und wartete darauf, dass das Feuer kam.

Ich konnte nichts tun, als mein Gesicht an die Wand zu drücken und zu hoffen, dass der jeweilige Atemzug – widerliche, nach Müll stinkende Luft – nicht mein letzter sein würde. Ich wusste nicht, ob es am Rauch oder meiner Erschöpfung lag, aber ich musste zurückdenken an den Kampf im Lagerhaus vor all diesen Jahren. Es kam mir nicht so vor, als träumte ich, trotzdem versank ich in den Erinnerungen …

Unsere Schwierigkeiten endeten damit, dass wir bei lebendigem Leib begraben wurden.

Ich wusste nicht, wie lange die Explosionen das Gebäude erschüttert hatten. Es konnte eigentlich nicht länger gedauert haben als ein paar Minuten, aber das kontinuierliche BUMM-BUMM-BUMM *wirkte, als wollte es niemals enden. Genauso wie meine Achterbahnfahrt in dem Fass, das von der Kraft der Explosionen wie wild hin und her geworfen wurde. Ich konnte nichts anderes tun, als mich mit Armen und Beinen gegen die Wände zu stemmen und zu hoffen, dass es bald vorbei wäre.*

Und so kam es auch.

In der einen Sekunde lauschte ich auf den ohrenbetäubenden Lärm und spürte, wie das Lagerhaus zitterte, brach und in Stücke gerissen wurde, während Betontrümmer, Stahlteile und andere Dinge gegen die Wände meines Fasses geschleudert wurden, sodass es klang, als säße ich in der Mitte einer Trommel. In der nächsten Sekunde war alles still – unheimlich still. Das Fass lag ruhig da und das einzige Geräusch war das wilde Pochen meines Herzens.

Es war so dunkel, dass ich nicht mal die Wolken von Betonstaub sehen konnte, die mich zu ersticken drohten, als ich tief durchatmete. Langsam beruhigte sich mein Herzschlag wieder und meine Atmung wurde leichter, weil der Staub sich legte. Ich kauerte in dem Fass und lauschte angestrengt, in der Hoffnung, etwas, irgendetwas, zu hören, was mir verriet, dass ich wirklich noch lebte und das alles nicht nur träumte.

Stille – vollkommene Stille.

Erneut stieg heiße Panik in mir auf, doch ich drängte sie zurück. Nach und nach verklang das Klingeln der Explosionen in meinen Ohren und leise Geräusche füllten das Schweigen. Das stetige Zischen von Wasser aus gebrochenen Rohren. Das Knistern eines Feuers in der Nähe. Das Stöhnen und Kreischen des Steins, das klang, als wäre das Lager ein verwundetes Tier im finalen Todeskampf.

Irgendwann war ich ruhig genug, um die Hände in die Schwärze um mich herum zu strecken. Trümmer, Rohre und Betonstücke versperrten die Öffnung des Fasses, doch sie lagen in einem lockeren Haufen, und es fiel mir leicht, mir meinen Weg frei zu graben und aus dem Fass zu klettern. Ich rutschte ab, glitt an einem weiteren Trümmerhaufen hinab und landete keuchend zwischen den zerstörten Resten der Betonwände, extrem dankbar, dass ich überlebt hatte.

Alle Lichter waren verschwunden, zerstört von den Explosionen, doch hier und dort brannten kleine Feuer im Schutt, ergänzt von den blauen Funken losgerissener Stromleitungen. Der Vollmond und die funkelnden Sterne warfen ein fahles, silbernes Licht über die Ruinen, das alle harten Kanten weicher wirken ließ und den Anschein erweckte, ich befände mich in einer exotischen Mondlandschaft und nicht in den zerstörten Resten eines Gebäudes. Trotzdem gab es da etwas, das ich nicht entdecken konnte, als ich mich umsah: das Fass, in dem Fletcher Schutz gesucht hatte.

»Fletcher!«, zischte ich. »Fletcher!«

Er antwortete nicht. Vielleicht klingelten ihm die Ohren genauso, wie es bei mir der Fall gewesen war, und er konnte mich deswegen nicht hören. Das redete ich mir zumindest ein. Auf keinen Fall durfte er tot sein. Auf keinen Fall hatte sein Fass nachgegeben und er war von den fallenden Trümmern zerquetscht worden. Diesen Gedanken durfte ich nicht zulassen. Würde ich nicht zulassen.

Also packte ich ein Stück Metall und zog mich daran in eine sitzende Position hoch, um mir einen Überblick über meine Verletzungen zu verschaffen. Ich war eigentlich ganz gut in Form, angesichts der Umstände. Tatsächlich hatte ich hauptsächlich Prellungen, Schrammen und Schmerzen von meinem Ritt in dem rollenden Fass …

Ein leises Flüstern ungefähr fünf Meter rechts von mir ließ mich nach einem der Messer in meinen Ärmeln greifen.

»Gin!« Das Flüstern wurde deutlicher und nahm einen vertrauten Klang an. »Gin, wo bist du?«

Ich seufzte vor Erleichterung. Fletcher. Ich schob mich in die Hocke hoch, ignorierte meine schmerzenden Muskeln, die weichen Knie und die pulsierenden Kopfschmerzen und eilte in seine Richtung.

Fletcher hatte es ebenfalls geschafft, sich aus den Trümmern zu graben, die die Öffnung seines Fasses verschüttet hatten. Er lehnte an der Seite des verbeulten Behälters, Haar, Gesicht und Kleidung voller Staub, Ruß und anderem Dreck.

Ich ging neben ihm in die Hocke und ließ den Blick über seinen schlanken, sehnigen Körper gleiten. Er schien in Ordnung zu sein, auch wenn ich an der Art, wie er die Arme an die Brust drückte, ablesen konnte, dass er sich wahrscheinlich ein paar Rippen angebrochen hatte. Aber das konnte Jo-Jo mühelos in Ordnung bringen.

»Ich bin da«, sagte ich und strich ihm das Haar aus dem Gesicht, das von dem ganzen Betonstaub fast weiß war. »Mir geht es gut. Und dir?«

Fletcher lächelte. Seine grünen Augen strahlten. »Ich halte durch …«

»Hier drüben!«, rief eine Stimme. »Ich glaube, ich hab eine Bewegung gesehen!«

Fletcher und ich rissen beide die Köpfe herum. Zwei Scheinwerfer leuchteten auf und krochen über die Kiesstraße, die sich um das Lagerhaus zog, auf uns zu. Anscheinend wollten unsere Angreifer sich tatsächlich davon vergewissern, dass wir tot waren, statt einfach nur davon auszugehen, dass der Einsturz des Gebäudes uns umgebracht hatte.

»Was denkst du?«, fragte ich. »Verstecken oder kämpfen?«

Fletcher hob seine Pistole. »Kämpfen. Ich reagiere nicht besonders wohlwollend auf den Versuch, mich bei lebendigem Leib zu begraben.«

Mein Grinsen war sogar noch breiter und kälter als seines.

Ich half ihm auf die Beine. Dann huschten wir hinter den Schuttbergen entlang, bis wir eine Wand fanden, die nicht vollkommen in sich zusammengestürzt war. Wir glitten hinter die Betonsteine, spähten um die Ecke und beobachteten, wie die Scheinwerfer langsam immer näher kamen.

Die gelben Strahler leuchteten wie die runden Augen eines riesigen Tieres, als sie mit ihrem Licht die Dunkelheit durchschnitten. Fletcher und ich duckten uns, solange der Strahl über unser Versteck glitt.

Ein schwarzer SUV hielt ungefähr zwanzig Meter entfernt. Die Türen schwangen auf und die zwei Männer und zwei Frauen, die die Pokerspieler erschossen und das Lagerhaus gesprengt hatten, stiegen aus. Einer der Männer hielt eine Armbrust an der Schulter, während der andere Kerl nach seiner Feuermagie griff. Die Flammen seiner Macht flackerten in seiner Hand. Die zwei Frauen hielten beide Pistolen. Alle vier näherten sich den eingestürzten Resten des Gebäudes und blieben am Rand der verwüsteten Zone stehen, nicht weit von den Fässern, in denen Fletcher und ich uns versteckt hatten.

»Ich habe Stimmen gehört und ich könnte schwören, dass ich hier drüben eine Bewegung gesehen habe«, rumpelte die Stimme eines Mannes durch die Nacht. »Und hier waren sie, als wir das Lager gesprengt haben.«

»Du bist paranoid, Will«, antwortete eine der Frauen. »Auf keinen Fall hätte irgendwer diese Explosion überleben können. Oder, Tomas?«

»Unmöglich, Valerie«, antwortete Tomas, der zweite Mann.

»Genau«, schaltete sich die zweite Frau ein. »Wir haben sichergestellt, dass alle Bullen tot waren, und die anderen beiden haben wir bei lebendigem Leib unter Trümmern begraben. Also hör auf, dir Sorgen zu machen, Will. Ich will jetzt etwas Unterhaltsames tun. Wie unsere Beute zählen.«

»Sonya hat recht«, meinte Valerie. »Lasst uns schauen, was wir haben!«

Die beiden Frauen rannten jauchzend vor Freude zum Auto zurück und Will und Tomas schlossen sich ihnen gut gelaunt an. Tomas öffnete eine Hintertür des SUV, schnappte sich eine schwarze Sporttasche und trug sie zur Motorhaube, damit sie im Licht der Scheinwerfer ihre unrechtmäßig erworbenen Reichtümer zählen konnten.

Allerdings war ihnen anscheinend nicht klar, dass auch Fletcher und ich sie im Scheinwerferlicht gut sahen. Ich blickte den alten Mann an. Er machte eine Geste, die mich wissen ließ, dass ich nach links gehen sollte, während er nach rechts schlich. Ich nickte.

Fletcher und ich bahnten uns unseren Weg durch die Trümmer, glitten von einem Schutthügel zum nächsten, bis wir die Kiesstraße erreicht hatten, wo der SUV stand. Wir kauerten uns in einen kleinen Graben neben der Straße, doch wir befanden uns immer noch zehn Meter vom Fahrzeug entfernt. Allerdings waren unsere Möchtegern-Killer zu sehr damit beschäftigt, kichernd in ihrem Geld zu wühlen, als dass sie sich um irgendetwas anderes gekümmert hätten.

Also standen wir beide auf. Ich rannte über die Straße, sodass ich mich links vom SUV befand, während Fletcher rechts blieb. Sobald wir unsere Positionen eingenommen hatten, schoben wir uns mit gezückten Waffen langsam weiter.

Die Räuber waren sich so sicher, dass wir tot waren, dass sie nicht das einzig Vernünftige getan hatten und so schnell wie möglich vom Tatort verschwunden waren. Zumindest hätten sie mit dem Geldzählen warten sollen, bis sie sich an einem sicheren Ort befanden, statt die Geldbündel auf der Motorhaube ihres Autos auszuschütten, als wäre sie der Pokertisch, den sie gerade im Lagerhaus mit Kugeln durchsiebt hatten. Kenny Rogers wäre ja so enttäuscht von ihnen gewesen.

Fletcher und ich befanden uns vielleicht noch fünf Meter hinter dem SUV, als ich die Hand hob und ihm ein Signal gab. Wir wurden langsamer und krochen noch vorsichtiger vorwärts. Das Überraschungsmoment war auf unserer Seite und wir sollten keine Probleme haben, die Räuber auszuschalten …

Knirsch.

Mein Stiefel kam in der Dunkelheit auf irgendetwas auf, vielleicht auf einer Scherbe eines explodierten Fensters, die auf der Straße gelandet war. Was auch immer es sein mochte, das Geräusch verkündete unsere Gegenwart wie Donnerhall. Fluchend stürmte ich voran, genau wie Fletcher, doch es war schon zu spät.

»Hier ist jemand!«, schrie Tomas.

Tomas war derjenige mit der Armbrust. Er schnappte sich die Waffe von der Motorhaube, trat um den SUV herum und legte sie an, bereit, einen Metallbolzen auf alles abzufeuern, was sich bewegte. Ihm war nicht klar, dass er damit genau ins Licht der Scheinwerfer getreten war und sich so zum perfekten, gut beleuchteten Ziel gemacht hatte. Idiot. Er war bereits tot.

Peng!

Und tatsächlich, der scharfe Knall von Fletchers Waffe zerschnitt die Luft und Tomas sackte zu Boden, dank der Kugel, die Fletcher ihm mitten in die Stirn gesetzt hatte. Armbrüste waren toll für Angriffe aus dem Hinterhalt. Aber eher weniger geeignet, wenn man gegen den Zinnsoldaten und seinen treuen Revolver antrat.

Will, der Feuerelementar, schrie vor Wut auf und riss die Hand zurück, bereit, die Flammen in seiner Hand auf Fletcher zu werfen.

Peng!

Der alte Mann erledigte auch ihn kaltschnäuzig mit einem Kopfschuss.

Damit blieben nur die zwei Frauen übrig, die einfach nur dastanden, die Münder überrascht aufgerissen, und auf Tomas' und Wills unbewegliche Körper herunterstarrten, als könnten sie nicht glauben, dass ihre Kumpanen tot waren. Dann schüttelte eine von ihnen, Valerie, ihre Erstarrung ab und rannte zur Fahrertür des SUV.

Doch ich ließ ihr keine Chance zur Flucht.

Ich rannte auf den Wagen zu. Valerie und ich erreichten die Tür ungefähr zur selben Zeit. Sie packte den Türgriff, aber ich rammte ihr mein Messer tief in die Hand, sodass die Klinge auf der anderen Seite austrat und den glänzenden, schwarzen Lack des SUV zerkratzte. Valerie schrie, dann schrie sie noch einmal, als ich das Messer wieder herausriss. Sie griff mit der unverletzten Hand an ihren Hosenbund, in dem Versuch, die Pistole dort zu ziehen, doch ich schlitzte ihr in einer schnellen Bewegung die Kehle auf. Sie hustete und hustete und schlug die Hände vor die tödliche Wunde, doch gleichzeitig gaben ihre Beine nach und sie sackte zu Boden.

Die letzte Frau, Sonya, versuchte nicht mal, das Auto zu erreichen. Stattdessen schob sie das Geld zurück in die

Tasche, warf sich den Riemen über die Schulter und rannte die Kiesstraße entlang, wobei sie über die Schulter mit ihrer Waffe auf uns schoss.

Peng! Peng! Peng! Peng!

Ihre Schüsse kamen nicht mal in unsere Nähe, also eilte ich vor den SUV. Fletcher trat neben mich. Ich zog in einer stummen Frage die Augenbrauen hoch, was er mit einer galanten Verbeugung beantwortete.

»Ladys first«, sagte er.

Grinsend warf ich mein blutiges Messer in die Luft und fing es wieder, sodass ich es an der Klinge hielt. Dann zog ich den Arm zurück, zielte sorgfältig und warf die Waffe.

Plock.

Das Messer traf Sonya mitten in den Rücken. Mit einem Aufschrei knallte sie auf die Straße, sodass die Tasche von ihrer Schulter glitt. Danach bewegte sie sich nicht mehr.

»Guter Wurf«, meinte Fletcher.

»Ich hatte einen guten Lehrer.«

»Ja, das hattest du. Nun, dann lass uns mal nachschauen, ob sie auch wirklich alle tot sind.« Er grinste. »Wir wollen doch nicht, dass sie zurückkommen, um uns heimzusuchen, wie wir es bei ihnen getan haben, oder?«

Ich erwiderte sein Grinsen.

Wir kontrollierten die Körper, doch die Räuber waren alle tot. Die trockene, staubige Erde saugte das Blut auf, das aus ihren Wunden drang. Ich zog mein Messer aus dem Rücken der Frau, schnappte mir die Tasche mit dem Geld und schlenderte zurück zum SUV und Fletcher. Die Scheinwerfer waren noch an und schickten ihr gelbes Licht in die Nacht. In der Ferne, hinter dem Wagen, huschte etwas über die Straße, ein Waschbär oder ein Opossum. Die Augen des Tieres leuchteten für einen Moment rot auf, dann verschwand es wieder im Schatten.

Fletcher sah über die Trümmer des zerstörten Lagerhauses hinweg. »Wir sollten der Bullerei einen Tipp geben. Anonym natürlich. Ich will, dass die Colson-Familie erfährt, dass sie sich keine Sorgen mehr um Officer Malone und ihre Schutzgeld-Forderungen machen muss.«

»Wo wir gerade von Geld reden, was willst du damit anfangen?« Ich deutete auf die Sporttasche. »Da drin müssen mindestens fünfzigtausend Dollar sein, wenn nicht mehr.«

Fletcher musterte die blutigen, zerknitterten Scheine. »Ich würde sagen, wir spenden es den Colsons. Das wird ihnen ihren Jungen nicht zurückgeben, aber zumindest können sie damit ihren Laden wieder aufbauen.«

Ich nickte. »Klingt nach einem guten Plan.«

Der alte Mann trat vor und schloss den Reißverschluss der Tasche …

Dieses leise Ratschen riss mich aus meiner Erinnerung und durchdrang den Nebel, der mein Gehirn einhüllte, zusammen mit dem Gefühl von etwas Warmem, was auf mein Gesicht tropfte. Ich wurde zurückgerissen ins Hier und Jetzt. Und da wurde mir klar, dass ich noch atmete, noch am Leben war und immer noch zusammengekauert in der hintersten Ecke des Pork Pit saß.

16

Ich löste Mund und Nase von meinem Atemloch, öffnete die Augen und begutachtete den Schaden.

Meine Burg aus gefrorenen Nahrungsmitteln war vollkommen geschmolzen. Übrig geblieben waren nur verkohlte, zusammengesackte Kisten überall um mich herum. Das Feuer hatte mich nicht erreicht – dank meiner Eismagie –, aber was ich sonst vom Restaurant sehen konnte, war ein verbranntes, verrußtes, ascheüberzogenes Debakel. Es sah aus, als wäre das Feuer an mein Eis-Iglu gebrandet und hätte alles auf seinem Weg verbrannt, bevor ihm schließlich der Treibstoff ausging und es unter dem Wasser aus der Sprinkleranlage verloschen war.

Daher stammte das Wasser, das über mein Gesicht rann. Ich legte den Kopf in den Nacken und ließ mich berieseln. Wenn es schon sonst nichts half, verrieten mir die warmen Tropfen auf der Haut doch, dass ich noch am Leben war.

Und dann, im Nieselregen der Sprinkleranlage, stand ich erschöpft auf, um zu schauen, was vom Pork Pit übrig geblieben war.

Als ich mich stolpernd von der Wand entfernte, wurde mir erst das wahre Ausmaß der Zerstörung bewusst.

Alles war verkohlt, schwarz und inzwischen auch noch

durchnässt. Alle Geschirrtücher, Schürzen und Servietten waren zu Haufen schuppiger Asche zerfallen, während ein Großteil des Bestecks geschmolzen war und jetzt am Boden festklebte, als hätte jemand alle Gabeln, Messer und Löffel in einem seltsamen Kunstprojekt dort angelötet.

Schrecklich erschöpft zog ich die Füße über den Boden, was Wolken von Asche und Ruß aufwirbelte, die mir in die Nase stiegen und mich zum Husten brachten. Ich schlug mir die Hand vor den Mund, um die Geräusche so gut wie möglich zu dämpfen, dann ging ich zu der Stelle, wo sich früher einmal die Schwingtüren befunden hatten. Sie waren vollkommen verbrannt. Langsam schlurfte ich durch die Öffnung, voller Furcht vor dem, was mich im Restaurantbereich erwartete.

Totale Zerstörung.

Nur so ließ sich das Bild beschreiben, das sich mir bot.

Die Tische, Stühle und Sitznischen waren verschwunden, verbrannt vom Feuer. Zurück geblieben waren nur ein paar verbogene Metallbeine, die aus der Asche herausstanden wie frische Grabsteine. Die Fleckchen Boden, die ich unter den verrußten Trümmern erkennen konnte, erinnerten mich an gezackte Stücke geschmolzenen, schwarzen Glases. Die meisten Küchengeräte hatten tatsächlich überlebt, allerdings hatten die Flammen so heiß und schnell gebrannt, dass die Kanten weich wirkten, wie Schokoladenriegel, die in der Sonne geschmolzen waren. Der lange Tresen war eingestürzt, wohingegen die Deckenverkleidung verbrannt war, sodass ich sehen konnte, wo das Feuer die Decke gefärbt hatte. Trotz des Wassers, das immer noch aus den Sprinklern tropfte, brannten hier und dort noch ein paar kleinere Feuer, während losgerissene Kabel aus den Wänden hingen und gleißend helle, blau-weiße Funken ausstießen, genau wie damals in jenem Lagerhaus. Selbst die kugelsicheren Scheiben der Fenster waren geschmolzen, sodass jetzt kleine, zerbrechlich wirkende Blasen auf den einst durchsichtigen Flächen prangten.

Ich hatte gewusst, dass der Schaden übel sein würde, aber das Pork Pit, Fletchers Restaurant, meinen Laden, so zu sehen … als … als … leere *Hülle* …

Mein Herz verkrampfte sich vor Schmerz und Trauer. Ein unterdrücktes Schluchzen drang über meine aufgeplatzten Lippen und ich klappte zusammen, die Hände über meinem Herzen in den Falten meines T-Shirts vergraben, als könnte ich so den schrecklichen Schmerz lindern. Tränen brannten in meinen Augen, sogar noch harscher und heißer, als das Feuer es getan hatte. Und ich hatte gedacht, nichts könnte entsetzlicher sein als der Anblick unserer zerstörten Familienvilla nach ihrem Einsturz.

Aber das hier – das hier war *schlimmer*.

»Nun«, erklang eine tiefe, männliche Stimme vor dem Restaurant. »Das sollte die Sprinkleranlage endlich abschalten.«

Blinzelnd richtete ich mich wieder auf. Und tatsächlich, es drang kein Wasser mehr aus den Sprinklern. Zum ersten Mal wurde mir klar, dass ich hinter den geschmolzenen Scheiben mit ihren Blasen seltsam verformte Gestalten vor dem Restaurant erkennen konnte. Ich wusste nicht, wie lange das Feuer getobt hatte, aber draußen war es immer noch dunkel, abgesehen von dem stetigen Wirbeln blauer und weißer Lichter. Die Cops waren immer noch da draußen und zweifellos galt dasselbe für Madeline, Emery und Jonah.

Ich war nicht in Sicherheit. Noch nicht.

Ich duckte mich hinter die Reste des Tresens und bemühte mich angestrengt, zu hören, was draußen vor sich ging.

»Wir können noch nicht ins Gebäude«, erklärte dieselbe tiefe Männerstimme im Anschluss. »Es ist noch zu heiß und wahrscheinlich ist die Statik gegrillt.«

Er lachte über den schlechten Wortwitz. Sein fieses Glucksen verriet mir, dass er gar nicht hereinkommen wollte, um die letzten Brandnester zu löschen. Nicht wirklich. Wie die Polizei war auch die Feuerwehr korrupt und ließ sich häufig dafür schmieren, Feuer zu löschen … oder eben auch nicht.

»Natürlich nicht, Chief«, antwortete Madeline. »Ich vertraue Ihrem Urteil. Das ist bereits eine so schreckliche Tragödie. Auf keinen Fall sollten wir zusätzlich Ihre Männer in Gefahr bringen.«

»Freut mich, dass Sie mir zustimmen«, antwortete der Feuerwehrchef. Seine Erleichterung war deutlich zu hören. Er wusste, dass Madeline hier das Sagen hatte, nicht er. »In ein paar Stunden geht die Sonne auf. Dann sollte ich meine Leute reinschicken können. In der Zwischenzeit werden wir eine Brandwache aufstellen. Niemand wird sich dem Gebäude nähern und auf keinen Fall geht irgendjemand hinein.«

Schweigen.

»Oh, ich mache mir eigentlich keine Sorgen um Leute, die ins Gebäude wollen«, sagte Madeline dann. »Nur darum, dass jemand herauskommen könnte.«

Diesmal war es der Feuerwehrchef, der innehielt, bevor er antwortete. »Ich glaube nicht, dass Sie sich … deswegen Sorgen machen müssen. Wenn diese Amokschützin da drin war, wie Sie gesagt haben, kann sie auf keinen Fall überlebt haben. Das war einer der schlimmsten Brände, die ich je gesehen habe. Sie haben ja bezeugt, wie lange wir gebraucht haben, ihn zu löschen. Ich kann immer noch nicht glauben, dass sie ihr eigenes Restaurant angezündet hat. Aber man kann eben nicht in Leute reingucken, nicht wahr?«

»Unglücklicherweise nicht«, antwortete Madeline selbstgefällig.

Sie mussten sich entfernt haben, weil ich nichts mehr hören konnte. Doch eines war sicher – ich konnte das Restaurant nicht durch die Vordertür verlassen und der Feuerwehrchef war wahrscheinlich in diesem Moment damit beschäftigt, die Brandwache auch in die hintere Gasse zu schicken.

Ich musste hier verschwinden, bevor das geschah, oder ich war so gut wie tot.

Immer noch geduckt, huschte ich hinter den Resten des Tresens hervor und zurück in den hinteren Teil des Gebäudes. Ich musste mehr Rauch inhaliert haben, als mir klar gewesen war, weil ich mich langsam, dumm und ungeschickt fühlte. Mein Gehirn fühlte sich an wie benebelt, egal, wie sehr ich auch dagegen ankämpfte. Ich rannte ständig gegen verbrannte Wände, wirbelte große Aschewolken auf und dann stolperte ich über irgendetwas, direkt hinter der Öffnung, dort, wo einst die Schwingtüren gewesen waren.

Ich knallte vornüber auf den Boden. Der Sturz machte mich benommen, genau wie das verkohlte, rußbedeckte Ding unter mir. Langsam hob ich den Kopf und stellte fest, dass ich einen schwarz gefärbten Schädel anstarrte. Ich brauchte ein paar Sekunden, um zu verstehen, dass ich über die tote Frau aus der Tiefkühltruhe gestolpert war und jetzt auf ihrer Leiche lag. Ihr Körper war vertrocknet und verbrannt, wie ich es gewollt hatte, doch das bedeutete trotzdem nicht, dass ich es genoss, so genau zu sehen, was ich ihrer Leichte hatte antun müssen.

Ich schluckte heiße Galle hinunter, rollte mich von der Leiche und kämpfte mich wieder auf die Beine. Ich stolperte zurück in die Ecke, in der sich mein Fort aus gefrorenen Lebensmitteln befunden hatte … und da wurde mir klar, dass ich noch ein Problem hatte. Diese Ecke war der einzige Teil des Restaurants, der nicht schwarz verfärbt war. Stattdessen sah es aus, als hätte hier jemand gesessen, mit einer glatten, unberührten Bodenfläche unter sich.

Ich durfte Madeline nicht wissen lassen, dass ich noch lebte, also entfernte ich mich erneut ein paar schlurfende Schritte und schaufelte mit den Händen verkohlte Flaschen und andere Trümmer in die Ecke. Um auf Nummer sicher zu gehen, verteilte ich noch Asche und Ruß auf der sauberen Fläche, bis sie genauso dreckig, schäbig und zerstört aussah wie alles andere auch.

Doch jetzt, da ich mein Versteck getarnt hatte, blieb immer noch die große Frage – wie sollte ich hier rauskommen?

Mich aus der Hintertür zu schleichen, kam nicht infrage. Ich konnte nicht riskieren, dass die Cops immer noch draußen standen. Doch ich musste herausfinden, was genau in der Gasse vor sich ging, also kehrte ich in die Ecke zurück, kniete mich auf meine Sporttasche und spähte durch mein Atemloch.

Ich konnte immer noch nur die Rückseite des Müllcontainers sehen, der vor dieser Ecke des Restaurants stand, also drückte ich mein Ohr an die Öffnung und lauschte. Ich hörte das Murmeln von Gesprächen, aber die Leute schienen sich am anderen Ende der Gasse zu befinden, nicht direkt vor der Tür. Die Feuerwehrleute hatten die Cops wahrscheinlich aus der Gasse geholt, damit die Flammen auf ihrem Weg durchs Restaurant niemanden verletzen konnten.

Ich lauschte noch eine Minute, nur um ganz sicher zu sein, doch das Murmeln wurde nicht lauter und kam auch nicht näher. Das war die beste Chance, die ich kriegen würde. Während ich darauf gewartet hatte, dass das Feuer ausbrannte, hatte sich ein kleiner Teil meiner Magie regeneriert, also drückte ich die Hände an die Wand und schickte das bisschen Steinmagie, das ich wieder besaß, in den Mörtel, um die Steine zu lockern.

Wäre ich voll auf der Höhe gewesen, hätte ich mit einem Magiestoß die gesamte Wand – das gesamte Restaurant – zum Einsturz bringen können. Aber ich war schwach und erschöpft und keuchte immer noch von all dem Rauch und der Asche, die in meine Lunge gedrungen waren, also konnte ich nur einen Ziegel nach dem anderen lösen. Ich zog den Stein aus der Wand, legte ihn zur Seite und machte mich an die mühsame Arbeit, den nächsten zu lockern.

Schweiß rann über mein Gesicht und meinen Nacken, meine kurzen Fingernägel rissen so stark ein, dass meine Finger bluteten, und die gezackten Ecken der Steine gruben sich in meine Haut, als ich an den Ziegeln zerrte. Ich zwang mich, so schnell und ruhig zu arbeiten wie möglich, trotzdem kostete es mich fast eine Viertelstunde, eine Öffnung zu erzeugen, die groß genug war, dass ich hindurchpasste. Doch ich schaffte es und endlich konnte ich mich nach draußen ziehen.

Keuchend lag ich auf dem kalten, dreckigen, aufgeplatzten Asphalt der Gasse. Obwohl ich mir nichts mehr wünschte, als einfach nur nach Luft zu schnappen, presste ich die Lippen aufeinander und zwang mich, langsam durch die Nase zu atmen. Gleichzeitig lauschte ich, um herauszufinden, ob jemand gehört hatte, wie ich mir meinen Weg in die Freiheit gebahnt hatte, oder ob jemand gespürt hatte, wie ich meine Steinmagie einsetzte. Doch die Stimmen blieben weit entfernt, sodass ich mich sicher genug fühlte, mich aufzusetzen und gegen den noch intakten Teil der Wand zu lehnen.

Als ich mich ein wenig erholt hatte, griff ich ins Restaurant und zog meine Tasche aus der Öffnung. Normalerweise hätte ich mir den Riemen über die Schulter geworfen, wäre aufgestanden und dann in die Nacht gestolpert, doch ich war noch nicht fertig. Denn ich war nicht entkommen, um Madeline jetzt wissen zu lassen, dass ich noch am Leben war.

Also sammelte ich alle Ziegel ein, die ich gelockert hatte, inklusive dem, den ich für mein Atemloch entfernt hatte, und schob sie alle wieder an ihren Platz. Vorher allerdings griff ich ins Gebäude, schnappte mir eine Handvoll Asche und rieb alle Ziegel auf der Innenseite damit ein. Ich konnte nur hoffen, dass die schwarze Schmiere ausreichen würde, um zu verbergen, dass der Mörtel nicht so glatt und fest war, wie er sein sollte.

Sobald ich fertig war, lehnte ich mich ein wenig zurück und beäugte mein Werk. Es war nicht die beste Arbeit, die ich je abgeliefert hatte, und wenn man genau hinsah, konnte man die Risse und Spalten zwischen den Ziegeln erkennen. Doch ich hoffte, dass in dieser Ecke des Restaurants niemand allzu genau hinsehen würde. Oder dass sie den Schaden, falls sie es doch taten, einfach dem Feuer zuschreiben würden. Ich hoffte inständig, dass sie zu sehr mit der Leiche und der Zerstörung im Restaurant beschäftigt wären, um auch nur die Idee zu haben, dass ich entkommen sein könnte.

Sobald ich die Wand wieder aufgebaut hatte, so gut es eben ging, schnappte ich mir meine Sporttasche, kroch zum Rand des Müllcontainers und spähte um die Ecke. Genau wie ich erwartet hatte, waren beide Enden der Gasse abgeriegelt. Eine Mischung aus Cops und Feuerwehrleuten trieb sich vor den Ausgängen herum, zurückgehalten von den langen Stücken gelben Tatortbandes, das zwischen den Wänden aufgespannt worden war. Die roten, weißen und blauen Lichter der Löschzüge und Streifenwagen dahinter ließen die Worte auf dem glänzenden Plastik aufleuchten: *Kein Durchgang*.

Es sah nicht so aus, als würde in nächster Zeit jemand die Gasse betreten, aber ich brauchte trotzdem ein Versteck. Voller Sehnsucht starrte ich zu dem Riss in der Gassenwand, in dem ich mich als Kind versteckt hatte, wann immer ich einen Platz zum Übernachten brauchte. Doch inzwischen war ich viel zu groß, um dort hineinzupassen, und ich besaß nicht mehr genug Magie, um die Öffnung zu erweitern.

Aber hierbleiben konnte ich auch nicht ewig. Das Risiko, dass jemand mich entdeckte, war einfach zu groß. Auf jeden Fall würden die Feuerwehrleute irgendwann die Rückwand des Restaurants kontrollieren, damit sie wussten, ob das Gebäude noch stabil genug war, um es zu betreten. Dann würden sie mich entdecken, wenn ich hierbliebe. Doch wo konnte ich mich sonst verstecken? Groß genug, um meinen gesamten Körper zu verbergen, war eigentlich nur der Müllcontainer, hinter dem ich kauerte …

Ich seufzte.

Ich wollte das wirklich, *wirklich* nicht tun, aber ich brauchte einen Ort, an dem ich mich verstecken und ausruhen konnte, um wieder zu Kräften zu kommen. Vor allem, weil ich im Moment so erschöpft war, dass ich fürchtete, jeden Moment in Ohnmacht zu fallen. Ich wusste aus meiner Zeit auf der Straße, dass niemand jemals in Müllcontainer schaute, außer die Obdachlosen, die darin nach Essen und anderen verwendbaren Gegenständen suchten. Die Wahrscheinlichkeit, auf eine Leiche zu stoßen, war einfach zu groß. Und niemand wollte sich diesen Ärger antun, nicht einmal die Cops. Den Rest der Nacht wäre ich in dem Container sicher. Und wenn nicht, nun, dann hatte ich zumindest alles versucht, um am Leben zu bleiben.

Also wartete ich, bis einer der Cops am nächstgelegenen Ende der Gasse eine Runde Kaffee für alle brachte. Dann erhob ich mich. Ich stand im Schatten, lauschte und beobachtete, doch jetzt, da das Feuer gelöscht war, konzentrierte sich der ganze Zirkus auf die Straße und niemand sah in meine Richtung. Also trat ich auf eine dreckige Holzkiste, die jemand in die Gasse geschmissen hatte, und warf meine Sporttasche über den Rand des Containers, wobei ich sie festhielt, solange es mir irgendwie möglich war. Sie landete mit einem leisen Knall. Ich hielt den Atem an, doch das gedämpfte Geräusch war nicht an die Ohren der Cops und Feuerwehrleute gedrungen und niemand sah auch nur in meine Richtung.

Also schwang ich ein Bein über den Rand und zog mich nach oben. Ich klammerte mich an der Kante des verkratzten, verbeulten Metalls fest, mein Körper schlaff und kraftlos.

Schweiß rann mir über den Nacken und ich keuchte leise. Allein diese kleine Bewegung hatte mich schon fast meine gesamte Kraft gekostet, sodass ich mehrere Minuten einfach nur auf dem Rand hing.

Ich lauschte angestrengt, doch niemand betrat die Gasse und niemand bemerkte, wie ich mich in den Müllcontainer gleiten ließ. Wenn jemand es getan hätte, hätte ich nicht die Magie oder die Kraft gehabt, mich gegen einen Angriff zu wehren oder auch nur einen Fluchtversuch zu starten.

Nachdem ich mich fallen gelassen hatte, landete ich auf … na ja, eigentlich wollte ich gar nicht darüber nachdenken, *worauf* ich landete. Verschiedenste widerliche Dinge bewegten sich feucht unter meinen Stiefeln, dann unter meinem Körper, als ich mich in den Dreck sinken ließ. Mülltüten raschelten. Plastikbecher zerbrachen. Verschimmeltes Essen wurde von meinem Gewicht verschoben. Und es erklang ein leises, scharfes Quieken, das nur von einer Ratte stammen konnte, die wütend war, dass ich meinen Hintern genau auf ihr Nest gepflanzt hatte.

Doch am schlimmsten waren die Gerüche.

Klebrige Limoreste. Gammelnde Bananenschalen. Blut und Rotz und Erbrochenes und all die anderen ekelerregenden Dinge, die menschliche Körper so ausscheiden. Und, ja, ein paar vergammelte Barbecue-Reste aus dem Pork Pit, die schon viel zu lange in der Herbstsonne lagen. Der üble Gestank drang in meine Nase und meinen Mund, drohte mich zu ersticken wie noch vor Kurzem der Rauch und erneut musste ich gegen den Brechreiz ankämpfen.

Mit vorsichtigen, leisen Bewegungen griff ich nach meiner Sporttasche, öffnete den Reißverschluss und grub darin herum, bis ich eine der Dosen mit Jo-Jos Heilsalbe fand. Ich öffnete den Deckel und hielt meine Nase direkt über die nach Vanille duftende Creme. Ich atmete ein paar Mal tief durch, in dem Versuch, den Gestank des Mülls zu vertreiben. Zusätzlich schob ich einen dreckigen Finger in die Dose und schmierte mir ein wenig der Creme unter die Nase. Das neutralisierte zumindest den allerschlimmsten Gestank.

Außerdem nahm ich mir die Zeit, die Creme auf allen Kratzern, Schnittwunden und Prellungen auf Gesicht, Händen, Armen und Beinen zu verteilen, die ich erreichen konnte, dann schmierte ich noch etwas über die Lungengegend. Der Effekt war natürlich nicht so umfassend wie eine Heilung von Jo-Jo persönlich, aber sie hatte eine Menge Magie in ihre Salbe übertragen und ich spürte auf meiner Haut sofort das leise Kribbeln ihrer Luftmagie, die sich daranmachte, alle Verletzungen so gut wie möglich zu heilen.

Meine Bewegungen waren noch langsamer und ungeschickter als bisher, daher kostete es mich mehrere Minuten Konzentration, den Deckel wieder auf die leere Dose zu schrauben, sie in meiner Tasche zu versenken und den Reißverschluss wieder zu schließen.

Dann schob ich mir die Tasche unter den Kopf, machte es mir auf meinem Bett aus Müll so gemütlich wie möglich und schlief ein.

17

Zur Abwechslung schlief ich friedlich, ohne die Träume und Erinnerungen, die mich sonst so oft heimsuchten.

Doch viel zu bald weckten mich laute Geräusche.

Schritte hallten durch die Gasse. Rufe und Schreie und stetige *Piep-piep-piep*-Töne hallten von den Ziegelmauern wider. Das Klappern und Quietschen von Autos und schwerem Gerät rumpelte durch die Straßen der Umgebung.

Ich öffnete die Augen und musste gegen das helle Morgenlicht anblinzeln, das von oben in den Container fiel und all den Dreck beleuchtete, in den ich eingesunken war. Ich wusste nicht, wie viel Uhr es war – wahrscheinlich kurz nach sieben. Anscheinend hatten die Feuerwehrleute schon früh damit angefangen, sich um die Reste des Pork Pit zu kümmern, genau wie der Feuerwehrchef es Madeline versprochen hatte. Andererseits ging ich auch davon aus, dass sie ihn oder einen seiner Vorgesetzten gut genug dafür bezahlt hatte, schon so früh morgens aktiv zu werden.

Nacheinander traten verschiedene Leute in die Gasse. Die Wände des Containers ragten hoch genug auf, um mich vor neugierigen Blicken zu schützen, auch wenn ich mich kurz anspannte, als ein paar Riesen vorbeigingen. Sie waren groß genug, um mühelos über den Rand zu sehen, doch sie schlenderten vorbei, ohne auch nur die Köpfe zu drehen. Trotzdem blieb ich so still und bewegungslos liegen wie irgend möglich, weil ich auf keinen Fall Aufmerksamkeit auf mich ziehen wollte.

Immer mehr unterschiedliche Geräusche erklangen – Klappern, laute Schläge und Klirren. Obwohl ich vor Neugier fast starb, wagte ich es nicht, mich zu erheben und über den Rand des Müllcontainers zu schauen. Das hätte nur dafür gesorgt, dass ich entdeckt wurde. Zwar hatte ich durch mein Nickerchen ein wenig Kraft und Magie zurückgewonnen, doch zweifelte ich keinen Moment daran, dass Madeline sich immer noch hier herumtrieb, zusammen mit einer Menge Cops – und sie alle wären nur zu glücklich, mich zu erschießen, sollten sie mich sehen.

Irgendwann hatte ich genug gehört und ausreichend Gesprächsfetzen aufgeschnappt, um zu verstehen, dass die Feuerwehrleute eine Metallsäge und ein paar Brechstangen einsetzten, um die Schlösser an der Hintertür aufzubrechen. Die Schläge wurden lauter und lauter, bis ein letztes, schrilles Quietschen erklang und alle erleichtert jubelten.

Die Tür war offen.

Danach folgten noch mehr Schritte, die sich durch die Gasse hin und her bewegten, immer vorbei an meinem Container. Ich hielt den Atem an, doch wieder einmal machte sich keiner die Mühe, in den Müll zu schauen.

Schließlich erklang ein Ruf aus dem hinteren Teil des Restaurants. »Wir haben hier drin eine Leiche!«

»Nein!« Der scharfe, schrille Schrei folgte sofort. »Nein! Das kann nicht sein!«

Mein Herz verkrampfte sich, als ich Brias Stimme erkannte. Meine kleine Schwester war hier und dachte, es wäre meine Leiche.

Sie dachte, ich wäre tot.

Natürlich war Bria hier. Sie war wahrscheinlich die ganze

Nacht hier gewesen, zusammen mit Finn und Owen und dem Rest unserer Freunde. Wahrscheinlich hatten sie beobachtet, wie die Flammen das Pork Pit verschlungen hatten, und ihr Herz hatte geschmerzt wie meines jetzt, als ihnen klar wurde, dass ich im Restaurant gefangen war und sie nichts tun konnten, um mir zu helfen. Ich war so darauf konzentriert gewesen, das Feuer zu überleben und ein Versteck zu finden – und so verwirrt und erschöpft von meiner Rauchgasvergiftung –, dass ich nicht daran gedacht hatte, sie wissen zu lassen, dass es mir gut ging.

Also schob ich die Hand in die hintere Hosentasche und zog das Prepaid-Handy heraus, das ich gestern benutzt hatte, um Owen anzurufen. Doch offenbar war ich bei meiner Flucht aus dem Pork Pit und dem Einstieg in den Müllcontainer ungeschickter gewesen, als mir bewusst gewesen war, weil das Display gebrochen und das Handy zerstört war.

Verdammt!, fluchte ich im Stillen. Ich packte das Handy fester, weil ich mir nichts mehr wünschte, als es gegen die Wand des Containers zu werfen, schließlich war es jetzt genauso nutzlos wie der Rest des Mülls hier drin. Doch das durfte ich nicht.

»Ich muss sie sehen!« Brias schmerzerfüllte Stimme hallte erneut durch die Gasse. »Sie müssen mich reinlassen!«

Es folgten die schlurfenden Geräusche von Schritten, dann mehrere Rufe.

»Ma'am!«, brüllte eine laute Stimme. »Ma'am! Sie müssen zurückbleiben. Sie dürfen im Moment nicht hier sein, Detective.«

Wieder verkrampfte sich mein Herz. Zum Teufel mit der Gefahr. Ich musste sehen, was vor sich ging. Und ich musste versuchen, Bria und die anderen wissen zu lassen, dass ich noch lebte.

Geduckt und so leise wie möglich kroch ich ans andere

Ende des Containers, zu der Seite, die sich näher an der Hintertür des Pork Pit befand. Ich musterte die dreckige Wand, bis ich entdeckte, was ich suchte: ein kleines Loch, das der Rost in den Container gefressen hatte, in der Nähe einer Ecke.

Ich atmete tief ein, dann beugte ich mich vor und spähte durch die Öffnung.

Das Loch war vielleicht so groß wie eine Vierteldollarmünze und befand sich eineinhalb Meter über dem Boden. Durch die schräge Position des Containers konnte ich die offene Hintertür des Pork Pit sehen und die Leute, die sich davor drängten – zu denen auch Bria, Finn, Silvio, Xavier und Owen gehörten.

Angespannte Mienen, gerötete Augen, hängende Schultern. Die fünf standen in einer Reihe an der gegenüberliegenden Wand, mit den Rücken lehnten sie sich an die dreckigen Ziegel, als könnten sie sich nur so auf den Beinen halten. Finn hielt Bria im Arm, die offensichtlich geweint hatte, während Xaviers Hand auf Silvios Schulter ruhte. Owen stand ein paar Schritte entfernt und hatte sein Handy in der Hand, als warte er darauf, dass ich jede Sekunde mein Versprechen einlöste und ihn anrief.

Säure brannte in meinem Magen, als ich sah, wie sehr sie litten. Hätte ich nur mein Handy nicht zerstört, hätte ich Owen eine Nachricht schreiben können, um ihm zu sagen, wo ich mich versteckte und warum. Aber so gab es keine Möglichkeit, mit ihm und den anderen zu kommunizieren.

So nah und doch so fern.

Minuten vergingen, dann eine Stunde. Und immer noch bewegten sich Cops, Feuerwehrleute und andere Beamte durch die Gasse und an dem Müllcontainer vorbei, um das Restaurant zu betreten und wieder zu verlassen. Fletcher hatte mir beigebracht, geduldig zu sein, doch weil ich wusste, dass alle mir nahestehenden Personen mich für tot hielten, konnte ich es kaum ertragen. Zweifel, Schock, Schmerz und Leid auf ihren Gesichtern zu sehen und nichts unternehmen zu können, war schrecklich.

Schließlich tauchte der Pathologe auf und betrat das Restaurant. Zehn Minuten vergingen, bevor er wieder erschien. Er schenkte Bria einen mitfühlenden Blick, dann wandte er sich an den Polizeibeamten, der hier offensichtlich das Sagen hatte.

»Da liegt definitiv eine Leiche …« Die Stimme des Pathologen verklang. »Und nach meiner ersten Untersuchung scheint sie weiblich zu sein.«

»Nein! Nein! Nein …«

Bria schrie und schrie, bevor sie ihr Gesicht an Finns Brust vergrub und ihre Stimme in einem herzerweichenden, lauten Schluchzen verklang. Tränen rannen über Finns Gesicht. Xavier weinte ebenfalls und selbst Silvio wischte sich die Augen. Owen blieb unbeweglich und stoisch, auch wenn er seine Finger etwas fester um sein Handy schloss, als konzentriere er sich mit aller Kraft darauf, es zum Klingeln zu zwingen und so alle Lügen zu strafen.

Ich schloss die Augen und mein Magen verkrampfte sich zu einem kalten, harten, schuldbewussten, schamerfüllten Knoten. Ich wollte meine Freunde nicht glauben lassen, dass ich tot war, aber ich konnte mein Versteck auch nicht verlassen. Sonst wäre alles, was ich im Pork Pit durchgemacht hatte, umsonst gewesen. Also hielt ich meine Position, so schwer mir das auch fiel, und spähte weiter durch mein Guckloch.

Im selben Moment, als aus Brias Schreien verzweifelte Schluchzer geworden waren, hörte ich das erste spekulative Flüstern, genau wie ich es erwartet hatte, und bald schon unterhielten sich alle in der Gasse über die verkohlte Leiche.

»Ist es Blanco? Ist sie wirklich tot?«

»Sieht so aus.«

»Ich hätte nie gedacht, dass die Spinne ihr Ende auf diese Art finden würde …«

Und so weiter und so fort.

Jeder gemurmelte Kommentar, jedes Flüstern und jedes spöttische Lachen sorgte dafür, dass ich die Zähne fester zusammenbiss. Obwohl ich wusste, dass das vollkommen verrückt war, wollte ich im Müllcontainer aufspringen und so laut ich konnte *Buh!* rufen. Diese tratschenden, neugierigen Leichenfledderer hätten es verdient, zu Tode erschreckt zu werden.

Doch ich drängte meine Wut zurück und blieb, wo ich war, obwohl die zunehmende Hitze des Tages mich in dem Metallcontainer langsam buk wie eine Kartoffel. Und die Sonneneinstrahlung verstärkte den Gestank noch. Bald schon wurde der Geruch so übel, dass nicht einmal mehr eine dicke Schicht von Jo-Jos Salbe ihn übertünchen konnte.

Während ich wartete, plante ich meine Rache.

Madeline hatte Wochen damit verbracht, ihren Plan umzusetzen. Bria und Eva reinzulegen. Roslyn, Owen, Finn und Jo-Jo geschäftliche Probleme zu bereiten. Ihre Hausangestellte dazu zu bringen, mich anzugreifen. Das Pork Pit mithilfe dieser lächerlichen Inspektion schließen zu lassen. Dobson zu bestechen, damit er mich in den Bullenpferch warf. Das alles hatte sie eine Menge Zeit, Energie und Geld gekostet und ich wollte ebenso gründlich nachdenken und planen.

Doch vor allem wollte ich sehen, was Madeline nach meinem angeblichen Tod als Nächstes tat.

Jetzt, da ich nicht mehr im Weg war, gab es nichts, was sie noch davon abhielt, Mabs Stellung als Königin der Unterwelt von Ashland einzunehmen. Und sie würde sicherstellen, dass alle Verbrecherbosse genau wussten, dass *sie* diejenige gewesen war, die auf so geschickte, elegante Art meinen Tod herbeigeführt hatte. Die Bosse mochten im Stillen grummeln, aber sie hätten keine andere Wahl, als sich vor ihrer neuen Herrscherin zu verbeugen, weil sie sie sonst genauso umbringen würde, wie sie mich angeblich umgebracht hatte.

Also hockte ich in meinem Müllcontainer und dachte alle Möglichkeiten durch; überlegte, wie ich Madelines Terrorherrschaft ein für alle Mal beenden konnte. Die Säuremagierin war klug, clever und verschlagen. Bisher war sie mir in unserem kleinen Spiel immer drei Schritte voraus gewesen … und sobald sie verstand, dass ich noch am Leben war, würde sie noch mehr Intrigen spinnen als bisher.

Aber was würde sie tun, wenn ich tot *bliebe*?

Sie würde sich freuen, damit angeben und ihre Aufmerksamkeit dann anderen Angelegenheiten zuwenden … wie ihre Herrschaft über die Unterwelt zu festigen. Je länger ich darüber nachdachte, desto klarer wurde mir, dass mein Tod der Weg war, der zu ihrem Untergang führte. Ich musste Madeline so treffen, wie sie es mit mir getan hatte – total aus dem Hinterhalt, um sie dann fertigzumachen, bis sie in ihrem Grab lag.

Ich war mir noch nicht ganz sicher, wie ich das anstellen sollte, aber eines war gewiss: Ich freute mich schon unglaublich darauf.

In der Gasse ging es den ganzen Tag über geschäftig zu, meine angebliche Leiche wurde aufgeladen und weggebracht, im Anschluss daran wurde das Pork Pit offiziell als einsturzgefährdet eingestuft. Um bei Kräften zu bleiben, trank ich eine Flasche Wasser und aß die Müsliriegel aus meiner Sporttasche. Dann machte ich es mir erneut so gemütlich wie möglich und hielt trotz des Lärms ein kleines Nickerchen. Etwas anderes konnte ich nicht tun.

Schließlich brach die Nacht herein und der Aufruhr um das Restaurant legte sich. Ungefähr eine Stunde nach Sonnenuntergang fühlte ich mich sicher genug, um aufzustehen und über die Seiten des Müllcontainers zu spähen.

Die Gasse war menschenleer.

Ich sah nach rechts und links, musterte alle Schatten genau, doch alle Cops, Feuerwehrleute und anderen Beamten waren verschwunden, zusammen mit den neugierigen Gaffern. Natürlich. Alle hielten mich für tot. Es gab einfach keinen Grund mehr, hier herumzustehen und Maulaffen feilzuhalten.

Also kletterte ich aus dem Container. Schimmlige Essensreste und anderer widerlicher Müll tropften von meiner verschwitzten, rußigen Kleidung. Sobald meine Füße den rissigen Asphalt berührten, glitt ich hinter den Container, damit niemand, der an der Gasse vorbei- oder sogar hineinging, mich sehen konnte.

Die Nachtluft war kühl und ich fühlte mich steif und wund, weil ich den ganzen Tag in fast derselben, zusammengekauerten Position verbracht hatte. Also nahm ich mir ein paar Minuten Zeit für ein wenig Gymnastik, um die Blutzirkulation wieder anzuregen. Und dann musste ich dringend mal für kleine Profikillerinnen.

Sobald das erledigt war, grub ich ein paar Dosen von Jo-Jos Salbe aus meiner Tasche aus und schmierte die heilende Creme auf alle Verletzungen, die ich bisher nicht hatte versorgen können. Ich seufzte, als das leise Kribbeln der Heilmagie durch meinen Körper glitt. Ich hatte das Gefühl von Jo-Jos Macht nie gemocht, da ihre Luftmagie im absoluten Gegensatz zu meiner Eis- und Steinmagie stand, doch dieses leichte Prickeln erinnerte mich daran, dass ich noch am Leben und das alles nicht nur ein verrückter Traum war.

Als ich das Gefühl hatte, mich tatsächlich bewegen zu können, ohne vor Schmerzen zu stöhnen, ließ ich mich auf ein Knie sinken, öffnete die Tasche weiter und musterte den

Inhalt. Ich hatte Jo-Jos gesamte Heilsalbe aufgebraucht und besaß nur noch eine Flasche Wasser und einen Müsliriegel. Mehrere meiner Ersatzmesser glitzerten im Tascheninneren, vergraben unter Stapeln von Kleidung und Geld.

Ich starrte meine Ausrüstung an und dachte darüber nach, was ich als Nächstes tun sollte. Ich hatte kein Handy und es war ja nicht so, als könnte ich einfach in einen benachbarten Laden gehen und darum bitten, mal das Telefon benutzen zu dürfen. Nicht, nachdem ich den ganzen Tag im Müll gesessen hatte. Die Ladenbesitzer würden mich für eine Obdachlose halten, die versuchte, ein kostenloses Telefonat zu schnorren. Und damit lägen sie nicht so falsch. Außerdem hätte jemand mich erkennen können und das durfte ich auf keinen Fall zulassen. Madeline hielt mich für tot und ich musste diesen Irrglauben so lange und so gut ausnutzen, wie ich konnte. Wenn ich diese Gelegenheit verspielte, stünde ich wieder ganz am Anfang – und müsste darauf warten, dass Madeline einen Angriff auf mich und die Meinen startete.

Doch ich musste Owen, Bria, Finn und die anderen wissen lassen, dass es mir gut ging. Da ich kein Telefon hatte und auch nicht riskieren durfte, eines zu suchen, bedeutete das, dass ich nach Northtown laufen musste, um meine Freunde zu finden. Doch wo würden sie sich aufhalten? In Jo-Jos Salon, wahrscheinlich, oder in Owens Herrenhaus. An einem Ort, an dem sie sich versammeln und darüber nachdenken konnten, was sie als Nächstes tun sollten.

Owen würde vor eiskalter Wut kochen, Bria würde versuchen wollen, Madeline zu verhaften, und Finn würde verlangen, dass sie sich alle bewaffneten, damit er der Säuremagierin eine Kugel in den Kopf jagen konnte. So verlockend dieser letzte Gedanke auch sein mochte, das würde meine Probleme mit den Unterweltbossen nicht lösen. Allerdings vermutete ich, dass es etwas gab, was die Probleme mit ihnen und Madeline zugleich lösen würde. Auf jeden Fall musste ich meine Freunde erreichen, bevor sie die Kontrolle verloren und Madeline den Krieg erklärten.

Aber wie sollte ich von hier nach dort kommen, ohne entdeckt zu werden? Oh, ich hatte genug Geld, um ein Taxi zu nehmen, und ich konnte natürlich ein Auto stehlen, aber ich wollte so wenig Kontakt zu Menschen aufnehmen, wie es ging, und mich möglichst unauffällig verhalten. Das bedeutete: keine Taxis, keine Einbrüche, keine Diebstähle und auch nichts anderes, was Aufmerksamkeit erregen könnte. Doch ich konnte ja kaum mit Müll überzogen durch die Straßen schlendern …

Oder doch?

Ich starrte auf den Müllcontainer vor mir, dann sah ich an meiner Kleidung hinab, die durchnässt, verdreckt und mit allen möglichen Dingen verklebt war, die ich mir gar nicht so genau ansehen wollte. Selbst verbrennen wäre zu gut für diese Kleidung, aber vielleicht konnte ich sie doch noch zu meinem Vorteil einsetzen.

Ich zog die verschmutzten Klamotten aus. In der kühlen Dunkelheit der Gasse zitternd, zog ich mir saubere Unterwäsche, Jeans, Socken und ein langärmliges schwarzes Shirt an. Doch dabei ließ ich es nicht bewenden. Stattdessen zog ich immer mehr Klamotten über, bis ich alle Kleidungsstücke aus der Tasche trug – alle Socken, alle Shirts, selbst die Steinsilber-Weste – und ein wenig aussah wie das Michelin-Männchen. Dann, als letzten Schliff, zog ich mein besudeltes T-Shirt über all die sauberen Schichten. Ich tat das nur sehr ungern und hätte dabei fast die Müsliriegel, die ich vorhin gegessen hatte, wieder von mir gegeben, aber niemand würde mich allzu genau ansehen, wenn ich so stark nach Müll stank.

Ich machte mir nicht die Mühe, den Dreck und den Ruß aus meinem Gesicht zu wischen, schließlich wollte ich, dass mein Gesicht dreckig und damit schwer zu erkennen war. In der Tasche befand sich auch eine schwarze Strickmütze. Ich rollte mein verklebtes, braunes Haar zusammen und stopfte es unter die Mütze, dann zog ich sie mir so tief ins Gesicht, dass sie fast meine Augenbrauen berührte.

Als ich mit meiner dreckigen Verkleidung zufrieden war, warf ich den Rest meiner versauten Kleidungsstücke in den Container und hängte mir die Sporttasche über die Schulter. Ich hätte sie natürlich zurücklassen können, aber kein Obdachloser mit auch nur einem Funken Verstand ließ die paar Besitztümer herumliegen, die er angehäuft hatte. Die Tasche war also Teil meiner Tarnung.

Als ich endlich perfekt ausgestattet war, musste ich nur noch hinter dem Container heraustreten und schauen, ob ich es tatsächlich schaffen würde, aus der Nachbarschaft des Pork Pit zu fliehen.

18

Die Gasse mochte ja verlassen gewesen sein, aber in den Straßen um das Restaurant herrschte immer noch geschäftiges Treiben.

Durch meine angebliche Ermordung von Captain Dobson, gefolgt von meinem angeblichen Tod in meinem eigenen Laden, war die Aufmerksamkeit der verschiedenen Medien von Ashland erregt worden. Scheinwerfer waren auf dem Gehweg vor dem Pork Pit aufgestellt worden und ich sah mehr als eine Reporterin, die mit vor dem Mund gehaltenem Mikrofon in eine Kamera sprach, dabei diente die ausgebrannte Hülle meines Restaurants als dramatische Hintergrundkulisse.

Der einzige Teil des Restaurants, der das Inferno anscheinend unbeschadet überstanden hatte, war das Neonschild über dem Eingang – das Schwein mit einem Teller Essen in der Hand. Doch es war so dunkel und tot wie der Rest des Restaurants, da es ohne Strom kein Licht mit Leben erfüllte.

Doch die Reporter störten mich nicht so sehr wie die Menschenmenge. Zusätzlich zu den Berichterstattern standen die Leute in zwei bis drei Reihen hintereinander auf dem Gehweg auf der anderen Straßenseite, die Handys gehoben, um Fotos zu schießen und Videos zu drehen. Und ich entdeckte auch mindestens noch ein Dutzend Bullen, wenn nicht sogar mehr. Und jeder einzelne Beamte musterte die Menge, als rechnete er jeden Moment damit, dass jemand das gelbe Absperrband durchbrach und nach vorne stürmte, um das Restaurant zu plündern. Ich schnaubte abfällig. Da drin gab es nichts mehr, was es wert gewesen wäre, gestohlen zu werden – es sei denn, irgendjemand stand auf Aschehaufen, Schrott und Trümmer.

Doch ein paar Leute waren offensichtlich näher ans Restaurant herangekommen; zumindest nah genug, um etwas zurückzulassen – Blumen.

Rote Rosen, weiße Lilien und andere Blumen waren auf dem Gehweg vor dem Pork Pit abgelegt worden, zusammen mit ein paar Stofftieren – überwiegend Schweinen. Und es brannten sogar ein paar kleine Kerzen. Beim Anblick des improvisierten Schreins brannten Tränen in meinen Augen. Anscheinend würden mich doch ein paar Leute vermissen. Es war schön, zu wissen, dass auch Leute gekommen waren, um mir ihren Respekt zu erweisen und nicht nur zu gaffen.

Ich senkte den Kopf, umklammerte den Riemen meiner Tasche mit beiden Händen und schlurfte weiter. Ich hatte gehofft, in der ersten dunklen Gasse verschwinden zu können, die ich erreichte, aber die Cops hatten die Straßen so abgeriegelt, dass ich gezwungen war, mich durch die Menge zu drängen, direkt vor den Augen der wachsamen Bullen.

»Igitt«, murmelte jemand. »Was *stinkt* hier so?«

Der Wind frischte auf und alle Augen richteten sich auf mich, als sich mein Gestank verbreitete. Plötzlich stand ich im Mittelpunkt der Aufmerksamkeit, was mir im Moment wirklich überhaupt nicht in den Kram passte.

»Was hast du getan?«, murmelte ein nahe stehender Cop und rümpfte angewidert die Nase. »Hast du dich den ganzen Tag im Müll gewälzt?«

Ich biss die Zähne zusammen. Genau das hatte ich getan, nur das konnte ich ihm nicht sagen. Also senkte ich den Kopf noch tiefer und schlurfte ein wenig schneller, bevor der Bulle auf die Idee kam, sich meine stinkende Gestalt genauer anzusehen.

Die Leute wichen vor mir zurück, so weit sie eben konnten, ohne das Pork Pit aus den Augen zu verlieren. Ich fing an, mit dem Kopf zu nicken und Unsinn zu murmeln, während ich an ihnen vorbeistolperte. Sollten sie mich doch für einen obdachlosen Junkie halten, high durch Blut, Drogen, Magie oder eine Kombination aus allem. Zumindest kam ich so leichter durch die Menge, weil sich ein Weg vor mir öffnete.

Ich hatte den Großteil der Menschenansammlung hinter mir gelassen und wollte gerade die Straße überqueren, als in meinem Augenwinkel etwas weiß aufblitzte. Ich hielt an und drehte den Kopf.

Madeline war da.

Sie trug einen ihrer teuren, weißen Hosenanzüge, sodass ihre durchtrainierte, wohlgeformte Gestalt in der Dunkelheit förmlich leuchtete. Zusammen mit Emery stand sie ganz hinten in der Menge. Und beide starrten Richtung Pork Pit. Die anderen Gaffer hielten einen ordentlichen Abstand zu ihnen, mal abgesehen von ein paar Idioten, die sich ausschließlich für den besten Winkel für ihre makaberen Fotos interessierten. Doch ein kalter Blick von Emery vertrieb auch sie.

Trotz der Gefahr konnte ich mir diese Gelegenheit einfach nicht entgehen lassen, also schlenderte ich ein wenig näher an die Säuremagierin und die Riesin heran, um dann ein paar Schritte entfernt in einen Hauseingang zu schlüpfen. Ich setzte mich auf die Türschwelle, streckte die Beine aus und ließ mich gegen die Wand sinken, als schliefe ich meinen Rausch aus. Für einen Moment hielt ich den Atem an, doch keine von beiden kommentierte meine Anwesenheit oder meinen Gestank.

»Glaubst du, sie ist wirklich tot?«, fragte Madeline.

»Alles deutet darauf hin«, antwortete Emery. »Die Leiche,

die der Pathologe aus dem Restaurant geholt hat, ist definitiv die einer Frau und Blanco hat das Restaurant nie verlassen. Dafür haben die Polizisten gesorgt. Elementar hin oder her, ich bezweifle ernsthaft, dass sie ein solches Feuer überleben konnte.«

»Vielleicht.« Mit nachdenklichem Gesicht starrte Madeline das Schweine-Schild über der Tür an. »Und doch frage ich mich, ob es ihr nicht irgendwie gelungen ist, zu überleben und zu fliehen. Ich will auf keinen Fall denselben Fehler machen wie meine Mutter und alle anderen, indem ich Blanco unterschätze. Bisher hatte sie die unangenehme Begabung, auch unmögliche Situationen zu überleben.«

»Du hast doch gesehen, wie ihre Familienmitglieder reagiert haben, als sie herkamen und das Feuer im Restaurant gesehen haben. Das Einzige, was Grayson davon abhalten konnte, ins Restaurant zu stürmen und einen Rettungsversuch zu starten, war die Pistole, die dieser Cop irgendwann auf seinen Kopf gerichtet hat. Und du hast heute Morgen ihre Schwester gesehen, als der Pathologe die Leiche untersucht hat. Solche Trauer und solches Leid lassen sich nicht vorspielen. Außerdem wissen wir doch beide, dass Blanco ihre Familie nie glauben lassen würde, sie wäre tot, wenn es nicht stimmt.«

»Richtig. Dafür ist sie viel zu schwach und weichherzig. Trotzdem. Ich hätte schwören können, dass ich während des Brandes gespürt habe, wie sie ihre Magie eingesetzt hat.«

Emery zuckte nur mit den breiten Schultern. »Wahrscheinlich hat sie versucht, ihre Eismagie einzusetzen, um das Feuer zu löschen. Aber wir wissen beide, dass das nicht geklappt hat. Jeder einzelne Teil des Restaurants ist verbrannt und total verkohlt. Selbst wenn sie das Feuer irgendwie hätte zurückhalten können, hätte der Rauch sie erledigt, dank dieser stabilen Ziegelwände, die ihn so effektiv zurückgehalten haben.«

»Ich *nehme an*, du hast recht.« Madeline klang immer noch, als hege sie so ihre Zweifel. »Vielleicht bin ich einfach paranoid.«

Ein unheimliches Gefühl wie ein Déjà-vu überfiel mich. Madeline und ich waren uns viel ähnlicher, als mir klar gewesen war, wenn sie die letzten Wochen damit verbracht hatte, sich meinetwegen genauso viel Sorgen zu machen wie ich ihretwegen.

»Auf jeden Fall«, fuhr sie fort, »haben wir jetzt, wo sie endlich weg vom Fenster ist, einiges vorzubereiten. Hast du schon alle Unterweltbosse kontaktiert?«

»Natürlich. Sie hingen quasi an ihren Telefonen oder vor Twitter und dem Fernseher, um alles zu beobachten. Sie wissen, dass du hier warst, als alles angefangen hat, und ich habe McAllister aufgetragen, überall herumzuerzählen, was Blanco wirklich zugestoßen ist. Wie du sie in ihrem eigenen Restaurant in die Falle gelockt hast, um es dann über ihrem Kopf niederzubrennen. Die anderen Bosse werden sich fügen. Und wenn nicht ...« Emery zuckte erneut mit den Achseln. »... werde ich dafür sorgen, dass sie es tun – auf die eine oder andere Art.«

Also hatte Madeline mich und die Meinen nicht gefoltert, weil ihr das eine solche verdrehte Freude bereitete. Oder zumindest nicht nur deswegen. Stattdessen war all das – jedes einzelne Problem, jede Beschuldigung und jedes Unglück, das sie uns zugefügt hatte – Teil ihres Plans gewesen, die Kontrolle über die Unterwelt zu gewinnen – genau, wie ich es vermutet hatte. Jetzt, da die Ermordung von mir als krönender Abschluss die Runde machte, war sie endlich bereit, ihre Machtposition ein für alle Mal zu festigen.

Oh, wie sehr ich es doch genießen würde, ihre Pläne zu sprengen.

Aber nicht heute Abend. Nein, heute Abend musste ich zu

meiner Familie gehen. Dann würden wir gemeinsam unseren Angriff auf Madeline, Emery, Jonah und alle anderen planen.

Madeline dachte anscheinend in eine ähnliche Richtung, weil sie die Stirn runzelte. »Was ist mit Blancos Familie und ihren Freunden? Wo sind sie jetzt? Was planen sie? Gibt es irgendwelche Hinweise, dass sie doch noch lebt und irgendwie Kontakt zu ihnen aufgenommen hat?«

Emery seufzte. »Und schon wieder wirst du paranoid. Blanco ist tot. Wir sind sie los.«

»Und ihre Familie?«, beharrte Madeline, jetzt mit eisiger Stimme. Es gefiel ihr offensichtlich gar nicht, wenn ihre rechte Hand ihre geistige Gesundheit in Zweifel zog.

Emery brummte etwas in ihren nicht vorhandenen Bart, zog ihr Handy heraus und fing an, auf dem Display herumzutippen. »Laut meinen Quellen sitzen sie immer noch alle in Deveraux' sogenanntem Schönheitssalon herum, genau wie schon den ganzen Tag über. Kein Zeichen von Blanco und keinerlei Hinweise darauf, dass sie noch am Leben sein könnte. Siehst du? Ich habe dir doch gesagt, dass du dir umsonst Sorgen machst. Soll ich den Salon weiter beobachten lassen?«

Madeline starrte mehrere Sekunden lang das Schweine-Schild an. »Nein, sie können gehen. Aber ich will, dass du gleich morgen früh wegen der Autopsie in die Pathologie fährst. Ich will mir absolut sicher sein, dass es sich bei der Leiche um Blanco handelt, bevor wir irgendetwas anderes unternehmen.«

Emery seufzte wieder, diesmal ein wenig lauter und tiefer. »Ich weiß einfach nicht, wofür das gut sein soll. Dein Plan hat funktioniert und sie ist tot. Du solltest deinen Sieg feiern, statt dir Sorgen um einen Geist zu machen, der nie zurückkehren wird, um dich heimzusuchen.«

Madeline drehte langsam den Kopf, um die Riesin anzustarren. Ihre grünen Augen glitzerten in der Dunkelheit.

»Stellst du mein Urteilsvermögen infrage?«, fragte sie sanft, doch die Drohung in ihren Worten war so heiß und ätzend wie die Säure, die sie so mühelos erschaffen und kontrollieren konnte.

Trotz ihrer Riesenstärke wusste Emery genau, wer die Gefährlichere war, daher senkte sie sofort entschuldigend den Kopf. »Natürlich nicht. Ich werde meine Männer sofort anrufen.«

»Gut. Und lass den Fahrer das Auto vorfahren. Ich habe hier genug gesehen.«

Damit schlenderten die beiden davon, bogen um eine Ecke und verschwanden aus meinem Blickfeld.

Für einen irren, verrückten Moment dachte ich darüber nach, eines meiner Messer aus meinen vielen, vielen Ärmeln in meine Hand gleiten zu lassen, den beiden nachzueilen und die Klinge in Madelines Rücken zu rammen. Doch ich widerstand der Versuchung. Ich wusste nicht, was für andere tödliche Netze sie vielleicht noch gewoben hatte. Und ich wollte ganz sicher sein, dass ich all ihre Intrigen durchschaut hatte, bevor ich einen Angriff auf sie startete. Außerdem, selbst wenn ich es geschafft hätte, sie zu töten, waren hier doch immer noch zu viele Bullen unterwegs, als dass ich damit durchgekommen wäre.

Also würde Madeline diese Nacht überleben, aber nicht mehr viele weitere.

Dafür würde ich schon sorgen.

Sobald ich mir sicher war, dass Madeline und Emery nicht zurückkamen, stand ich auf und schlurfte in die andere Richtung, um meine lange, kalte Wanderung zu Jo-Jos Haus zu beginnen.

So viele Dinge in meinem Leben hatten sich verändert, seitdem Fletcher mich mit dreizehn Jahren aufgenommen hatte.

Es war seltsam, sozusagen wieder genau dort zu sein, wo ich angefangen hatte – auf der Straße, ständig auf der Hut vor Gefahren und getrieben von dem Bedürfnis, mich warm zu halten. In vielerlei Hinsicht war mir das nur allzu vertraut.

Die Gangmitglieder, die an den Straßenecken herumstanden und jeden verhöhnten, der es wagte, an ihnen vorbeizueilen. Die Vampirnutten, die immer wieder auf den Gehwegen auf und ab stolzierten, bevor sie zu den Autos schlenderten, die am Rinnstein hielten. Ihre Zuhälter, die an den Hauswänden lehnten oder sich in den Gassen verbargen und darauf warteten, alles Geld einzustecken, das ihre Mädchen und Jungs mit dem Verkauf ihrer Körper verdienten. Der Geruch von frittiertem Essen. Die warmen Dämpfe, die aus den Restaurants drangen, sobald Leute hineingingen oder mit fettigen Tüten voller Burger und Pommes in ihren Händen wieder herauskamen. Das dämmrige Licht der noch geöffneten Läden, das die Dunkelheit auf den Straßen dahinter nicht ganz vertreiben konnte.

O ja. All das wirkte nur zu vertraut und auf seltsame Weise beruhigend. Ich fühlte mich fast, als wäre ich zu einem jüngeren Selbst zurückgekehrt – in eine Zeit, bevor Madeline in die Stadt gekommen war, bevor ich Mab getötet hatte, bevor ich auch nur davon geträumt hatte, die Spinne zu werden. Als ich nur versucht hatte, einen Tag nach dem anderen zu überleben, ohne in meiner fadenscheinigen Kleidung im Schlaf ermordet zu werden. Aber vielleicht war ich auch immer noch mein altes Selbst, schließlich versuchte ich immer noch, einen Tag nach dem anderen zu überstehen, ohne ermordet zu werden … einfach, weil ich *ich* war.

Ein paar der Gangkerle dachten darüber nach, mich zu belästigen, doch der Müllgestank, der von meinem Körper aufstieg, sorgte dafür, dass sie die Nase rümpften, fluchten und mir lediglich zuschrien, dass ich mal ein Bad nehmen sollte.

Normalerweise hätte ich ein Messer gezogen und ihnen genau erklärt, wo sie sich ihre Vorschläge hinstecken konnten, doch heute hielt ich den Kopf gesenkt und schlurfte weiter. Weil Madeline wahrscheinlich bekannt gegeben hatte, dass sie von allen ungewöhnlichen Vorfällen um das Pork Pit herum erfahren wollte – und eine Obdachlose, die plötzlich mit einem Steinsilber-Messer herumwedelte, würde sie sofort aufhorchen lassen.

Sobald ich die Innenstadt verlassen hatte, begegnete ich weniger Menschen. Die Läden und ihre Lichter wurden seltener, abgelöst von Autos, die auf dem Highway an mir vorbeibrummten. Ich hielt mich ein gutes Stück von der Straße entfernt und bewegte mich langsam. Eigentlich wollte ich alle so schnell wie möglich wissen lassen, dass es mir gut ging, aber im Moment durfte ich einfach keine ungewollte Aufmerksamkeit auf mich ziehen. Ich konnte nur hoffen, dass meine Familie das verstehen würde.

Ich brauchte mehr als drei Stunden, um vom Pork Pit zu Jo-Jos Haus in Northtown zu wandern. Wäre ich den Straßen gefolgt, hätte es sogar noch länger gedauert, aber ich kürzte den Weg mehrmals durch kleine Wäldchen ab, stieg auf Hügel und dann wieder hinunter, um den direkten Weg einzuschlagen.

Schließlich begann die letzte Etappe meiner Wanderung. Ich betrat Jo-Jos Viertel und glitt zwischen die Bäume an der Hauptstraße, um in die Nacht zu spähen. Dass Emery gesagt hatte, sie wolle ihre Männer von ihren Beobachtungsposten abziehen, bedeutete nicht, dass das schon geschehen war – oder dass Madeline sie nicht aufgrund eines Verdachts wieder losgeschickt hatte. Sie wirkte so paranoid wie ich … und diesmal hatte sie gute Gründe dafür.

Doch ich sah keine Autos auf der Straße unterhalb des Hügels, auf dem Jo-Jos Villa stand, und ich entdeckte auch niemanden mit Nachtsichtgerät in den dichten Waldstücken zwischen den Häusern.

Als ich mir sicher war, dass keine Beobachter mehr unterwegs waren, stieg ich den Hügel hinauf, wobei ich mich immer im Schutz der Bäume hielt und so gut wie möglich von Schatten zu Schatten huschte. Ich war nicht so weit gekommen, um jetzt von einem Nachbarn entdeckt zu werden.

Vor dem Haus hielt ich erneut an und betrachtete die Autos, die in der Einfahrt standen. Finn, Bria, Owen, Roslyn, Xavier, sogar Phillip Kincaid, Warren T. Fox und Cooper Stills. Alle ihre Autos waren hier, zusammen mit Sophias Cabrio-Oldtimer. Silvio hatte es anscheinend doch geschafft, sie auf Kaution rauszuholen.

Ich stieß den Atem aus, als mir bewusst wurde, dass ich endlich in Sicherheit war, dann schlurfte ich weiter, plötzlich gleichzeitig beschwingt und noch erschöpfter als zuvor.

Zu meiner Überraschung war die Eingangstür unverschlossen. Der Knauf drehte sich mühelos in meiner Hand. Ich betrat das Haus und schloss die Tür hinter mir. Der vordere Teil des Hauses war dunkel, doch aus der Küche drangen Licht, Geräusche und Wut, also ging ich in diese Richtung.

Dort hatten sie sich alle versammelt: Finn, Bria, Owen, Eva, Jo-Jo, Sophia, Xavier, Roslyn, Phillip, Cooper, Violet, Warren, Silvio, Catalina. Alle drängten sich in Jo-Jos Küche und redeten gleichzeitig.

»Ich sage, wir töten dieses dreckige Miststück jetzt sofort«, übertönte Finns wütende Stimme die anderen. »Worauf warten wir?«

»Zur Abwechslung mal unterstütze ich Lane«, stimmte Phillip zu.

Cooper, Warren, Sophia, Roslyn und Xavier nickten in grimmiger Zustimmung. Silvio stand neben dem Kühlschrank, still wie immer. Eva, Violet und Catalina sahen mit großen

Augen von einem zum anderen, während Jo-Jo sich die Stirn rieb, als täte ihr der Kopf weh. Jepp. Mir auch, dabei war ich erst ein paar Sekunden hier. Nach der leeren Kanne Malzkaffee zu urteilen und den Tassen, die überall verteilt standen, diskutierten sie bereits seit Stunden.

Bria stieß ein harsches Lachen aus. »Du weißt, dass wir das nicht tun können. Madeline rechnet sicher damit, dass wir Vergeltung üben. Ich bin mir sicher, dass sie sich bereits einen Plan zurechtgelegt hat. Bisher scheint sie immer einen Plan gehabt zu haben.«

»Vergesst Madeline im Moment einfach mal«, sagte Owen. »Wir müssen nichts anderes tun, als darauf zu warten, dass Gin nach Hause kommt.«

Er stand allein im hinteren Teil der Küche. Bei seinen Worten verstummten alle, dann sahen sie ihn nacheinander mit schockierten Mienen an. Schließlich nickte Finn Phillip zu, der sich mit der Hand über seinen blonden Pferdeschwanz strich, bevor er einen Schritt nach vorne machte.

»Hör mal, Kumpel«, sagte Phillip, den Blick unverwandt auf das Gesicht seines besten Freundes gerichtet. »Ich weiß, dass du nicht glauben willst, dass sie tot ist … aber du hast das Restaurant gesehen. Auf keinen Fall hätte jemand dieses Feuer überleben können; nicht einmal jemand, der so stark und tough ist wie Gin.«

Kleine Fältchen bildeten sich um Owens violette Augen und seine Mundwinkel hoben sich ein wenig. »Wenn du das glaubst, kennst du Gin offensichtlich überhaupt nicht. Aber ich schon. Und ich weiß, dass sie herkommen wird, so schnell sie kann.«

Die tiefe Überzeugung in Owens Stimme trieb mir Tränen in die Augen. Er hatte mich nicht aufgegeben. Obwohl alle anderen es getan hatten – obwohl sie alle dachten, ich wäre tot –, hatte Owen unerschütterlich daran geglaubt, dass ich einen Weg finden würde, um zu überleben.

Er hatte an *mich* geglaubt.

Ich trat in die Küche, weil ich mich direkt in seine Arme werfen wollte, trotz der Möbel und Leute, die zwischen uns standen. Eine Bodendiele knarrte unter meinem Gewicht und sofort wirbelten alle zu mir herum.

Finn reagierte schneller als alle anderen. Er griff nach der Pistole unter seinem Jackett und hatte sie schon einen Augenblick später auf meinen Kopf gerichtet. »Wer sind Sie? Wie sind Sie hier reingekommen?«

»Die Eingangstür war nicht verschlossen, also dachte ich, es würde euch nichts ausmachen, wenn ich einfach reinkomme.«

Finns Gesicht erblasste beim vertrauten Klang meiner Stimme, dann tat er etwas, was ich in all den Jahren, die ich ihn schon kannte und in denen ich mit ihm trainiert hatte, noch nie gesehen hatte: Er ließ seine Pistole fallen. Die Waffe entglitt einfach seinen Fingern und fiel klappernd zu Boden, während Finn leicht hin und her schwankte, als könnte er jeden Moment in Ohnmacht fallen.

Bria packte seinen Arm, dann starrten mich alle erneut an, immer noch verwundert darüber, wer ich war und was hier vor sich ging. Anscheinend war meine widerliche Verkleidung besser, als ich gedacht hatte.

Also hob ich die Hand und zog die schwarze Mütze von meinem Kopf, sodass mein dreckiges, dunkelbraunes Haar um meine Schultern fiel, und rieb mir mit dem Wollstoff ein wenig Ruß vom Gesicht. Dann hob ich den Kopf wieder.

Alle keuchten gleichzeitig auf.

Ich lehnte mich in den Türrahmen, verschränkte die Arme vor der Brust und grinste. »Was ist los?«, fragte ich. »Ihr seht alle aus, als wäre jemand gestorben oder so.«

19

Für einen langen Moment starrten meine Freunde und Familienmitglieder mich in schockiertem Schweigen an. Sie hatten diesmal wirklich, ernsthaft gedacht, ich wäre tot. Jepp. Das hatte ich auch eine Weile.

Dann schrie Jo-Jo, genau wie Eva, Violet und Catalina, und alle stürmten auf mich zu – oder versuchten es immerhin, denn sie kamen nicht an dem großen Küchentisch in der Mitte des Raums vorbei. Zumindest nicht alle gleichzeitig.

Während meine Freunde mich umringten, sah ich unverwandt zu Owen, der immer noch im hinteren Teil der Küche stand, die Hand auf sein Herz gedrückt, als hätte ein schrecklicher Schmerz plötzlich nachgelassen. Ja. Mir ging es ähnlich.

Meine grauen Augen suchten seine violetten und er zwinkerte mir zu, als wollte er sagen: *Ich hab es ihnen gesagt.* Lächelnd zwinkerte ich zurück.

Und dann umringte mich der Rest meiner Lieben.

Auch diesmal war Finn der Schnellste. Geschickt schob er sich an den anderen vorbei und blieb schlitternd vor mir stehen. Er hob die Arme, um mich zu umarmen, dann hielt er abrupt inne.

»Was ist das für ein *Gestank?*«, fragte er mit gerümpfter Nase. »Was klebt da an deiner Kleidung, Gin? Ist das … Krautsalat in deinem Haar?«

Ich hatte schon den Mund geöffnet, um zu erklären, dass, ja, tatsächlich, vergammelter Krautsalat in meinem Haar hing, weil ich den Tag in einem Müllcontainer verbracht hatte. Doch bevor ich etwas sagen konnte, verzog sich Finns Gesicht zu einem breiten, glücklichen Grinsen.

»Ach, zum Teufel«, verkündete er. »Es ist mir egal.«

Mein Ziehbruder schlang die Arme um mich, drückte mich fest und hob mich von den Beinen, sodass ich lachen musste. Einer nach dem anderen schloss sich der Rest der Gruppe uns an, bis wir alle gleichzeitig jubelten, redeten, lachten, schrien und weinten. Irgendwann stellte Finn mich wieder ab.

Bria schob ihn aus dem Weg, dann umarmte sie mich genauso fest wie er. »Ich dachte, ich hätte dich wieder verloren«, murmelte sie.

»Du wirst mich nie verlieren«, flüsterte ich ihr ins Ohr, während ich ihre Umarmung erwiderte, so fest ich konnte.

Als Nächstes kamen Eva, Violet und Catalina. Dann Roslyn und Xavier, gefolgt von Phillip, Cooper und Warren. Selbst Silvio tätschelte mir kurz die Schulter, womit er mehr Gefühle zeigte, als ich es je bei ihm gesehen hatte.

Jo-Jo war zu mitgenommen, um etwas zu sagen, also umarmte sie mich einfach, aber sie weinte dabei so heftig, dass ihr wasserfester Mascara verschmierte. Eine Hand landete auf meiner Schulter und drehte mich nach rechts, dann zog Sophia mich in eine enge Umarmung.

»Ich … kriege … keine … Luft«, keuchte ich.

Sie lockerte ihren Griff. »Sorry.«

»Ist okay. Umarm mich noch mal, aber diesmal so, dass ich auch etwas spüren kann.«

Ihr heiseres Lachen hallte durch die Küche.

Einer nach dem anderen zogen sich meine Freunde wieder zurück, bis endlich Owen dran war. Langsam durchquerte er die Küche und hielt vor mir an. Sein Blick glitt über meinen Körper, von meinem dunklen, verklebten, mit Krautsalat dekorierten Haar bis zu meinen schlammigen Stiefeln und dann wieder nach oben. Sein erleichtertes Seufzen war so leise wie ein Flüstern, ließ mein Herz aber heftiger erzittern, als es jedem freudigen Schrei gelungen wäre.

Owen hob die Arme und umfasste mit den Händen sanft mein Gesicht, ließ seine Daumen über meine rußverschmierten Wangen gleiten und starrte mich intensiv an, als wäre ich die schönste Frau der Welt … nicht jemand, auf dem mehr Dreck, Schmutz und Ruß klebten, als überhaupt möglich sein sollte. In seinen Augen sammelten sich Tränen, bis sie in seinem attraktiven Gesicht leuchteten wie violette Sterne. Ohne etwas zu sagen, zog er mich in seine Arme und presste seine Lippen auf meine, während unsere Freunde jubelten, pfiffen und klatschten.

Das war einer der besten Momente meines Lebens.

Es dauerte eine Weile – ziemlich lange sogar –, bis sich endlich alle beruhigt hatten. Dann verlagerten wir die Party in den Schönheitssalon. Der Raum wirkte ein wenig mitgenommen, weil überall abgesprungene Farbe und Stücke der Wandverkleidung herumlagen und die Leute, die diese lächerliche Gesundheitsinspektion durchgeführt hatten, einige Löcher in die Wände geschlagen hatten. Insgesamt aber war noch alles an Ort und Stelle, bis hin zu Rosco, Jo-Jos Basset, der in einer Ecke in seinem Körbchen schlief. Der Anblick machte mich glücklich.

Ich ließ mich in einen der gepolsterten, kirschroten Sessel fallen. Owen blieb immer an meiner Seite und hielt meine Hand. Er hatte mich seit unserem Kuss nicht mehr losgelassen und ich wollte das auch gar nicht.

Jo-Jo wusch sich die Hände, dann zog sie einen Stuhl neben mich. Sie griff nach ihrer Luftmagie. Sofort erschien ein vertrautes, milchig weißes Glühen in ihren hellen, fast farblosen Augen, genau wie in ihrer Handfläche. Sie ließ ihre Hand auf der Suche nach Verletzungen von rechts nach links und von oben nach unten über meinen Körper gleiten, sodass ich ihre Luftmagie auf meiner Haut spürte. Doch heute Abend störte mich das Gefühl überhaupt nicht. Ich war viel zu glücklich, noch am Leben zu sein, mit den Leuten zusammen zu sein, die ich liebte, als dass ich mich um irgendetwas anderes gekümmert hätte.

Nach einer Minute gab Jo-Jo ihre Magie wieder frei und ließ die Hand sinken. Die Zwergin schüttelte den Kopf, sodass ihre weißblonden Locken wippten. »Sieht aus, als hättest du dich bereits um alles gekümmert, Liebes. Ich kann keinerlei größere Verletzungen finden, die ich heilen müsste.«

Finn räusperte sich und wir alle sahen ihn an. »Nun, wenn du schon mit Gin fertig bist, könnte ich wirklich ein wenig Koffein vertragen.« Er wackelte auffordernd mit den Augenbrauen.

Jo-Jo lachte und stand auf. »In Ordnung, ein weiterer Topf Malzkaffee ist unterwegs. Gin und alle anderen, was haltet ihr von einer heißen Schokolade?«

»Das wäre toll«, antwortete ich.

Die anderen murmelten zustimmend. Während Jo-Jo in der Küche verschwand, lehnte ich mich in meinem Sessel zurück und erzählte meinen Freunden, was alles passiert war, seit man mich im Polizeirevier verhaftet und in den Bullenpferch geworfen hatte.

Ich war gerade fertig, als Jo-Jo mit einem großen Tablett zurückkehrte. Sie reichte mir eine Tasse voll dunkler, heißer Schokolade mit einem Berg von kleinen Marshmallows und Schokosplittern darauf, dann verteilte sie den Rest der Getränke.

»Genau, wie du sie magst, Liebes«, meinte sie mit einem Zwinkern.

Ich nickte und umfasste die Tasse mit beiden Händen, um die Hitze in die Spinnenrunen-Narben in meinen Handflächen einsinken zu lassen. Dann nahm ich einen tiefen Schluck, genoss den dekadenten Geschmack der dunklen Schokolade gepaart mit der Süße der schmelzenden Marshmallows. Das dickflüssige Getränk glitt durch meine Kehle und schickte eine angenehme Wärme in meinen Magen und den Rest meines Körpers und vertrieb so das letzte Kältegefühl der Nacht.

Finn kippte die Hälfte seines Kaffees in einem großen Schluck hinunter, dann schüttelte er den Kopf. »Nur du konntest auf die Idee kommen, Kisten voller gefrorener Erbsen einzusetzen, um ein Feuer zu überleben. Und dich dann in diesem Müllcontainer zu verstecken, quasi vor aller Augen, während die Cops und Feuerwehrleute direkt neben dir vorbeilaufen.«

»Glaub mir, ich hatte keine andere Wahl«, murmelte ich. »Und was ist eigentlich bei euch so passiert?«

Bria sah erst Finn und Owen an, dann wieder mich. »Wir drei waren stundenlang im Präsidium, zusammen mit Silvio, Sophia und Xavier. Wir haben versucht, dich auf Kaution rauszubekommen, aber natürlich hatten wir damit kein Glück. Dobson war nirgendwo zu finden und Xavier hat mich wissen lassen, dass er das Gerücht gehört hatte, es würde einen Kampf im Bullenpferch geben. Wir wussten alle, dass es dabei um dich ging. Aber wir konnten unmöglich an dich herankommen, nicht, ohne eine Schießerei mitten auf dem Präsidium anzuzetteln.«

»Was wahrscheinlich genau das gewesen wäre, was Madeline sich gewünscht hätte«, murmelte ich.

Finn formte aus Zeigefinger und Daumen eine Pistole und richtete sie auf mich. »Gewonnen!«

»Also haben wir einen Weg an den Cops vorbei gesucht«, sagte Bria. »Dann haben wir diese riesige Explosion gehört und gefühlt und ich habe gespürt, wie du deine Magie eingesetzt hast.«

»Danach herrschte vollkommenes Chaos«, schaltete Owen sich ein. »Die Cops haben geschrien und alle im Revier sind kreuz und quer gerannt. Wir haben gehört, dass du entkommen bist, doch als ich deinen Anruf bekam und wir zum Pork Pit gefahren sind, stand das Restaurant bereits in Flammen und du warst nirgendwo zu entdecken.«

Bei den letzten Worten versagte ihm die Stimme und er packte meine Finger fester. Mehrere Sekunden sagte niemand etwas.

Finn räusperte sich. »Danach sind wir viel herumgelaufen und haben Leute angeschrien. Wir haben versucht, ins Restaurant einzudringen, um dich zu finden und rauszuholen. Aber Madeline und Emery hatten das Sagen dort und sie haben die Cops angewiesen, uns zurückzuhalten, selbst wenn sie uns dafür hätten erschießen müssen. Also haben wir die ganze Nacht vor dem Restaurant gewartet, bis …«

»Bis sie heute Morgen diese Leiche geborgen haben«, flüsterte Bria wuterfüllt. »*Die* hat Madeline uns nur zu gerne sehen lassen.«

»Ich habe dich schreien gehört«, sagte ich. »Ich lag die ganze Zeit versteckt in dem Container neben der Tür und habe alles durch ein Loch in der Seite beobachtet. Aber mein Prepaid-Handy war kaputt und ich konnte nicht aus dem Container steigen und dich wissen lassen, dass es mir gut geht. Nicht mit den ganzen Cops. Das tut mir leid – unglaublich leid.«

Bria nickte. Genau wie die anderen. Sie verstanden es, trotzdem nagten Schuldgefühle an mir, weil ich ihnen diese Schmerzen nicht hatte ersparen können.

»Und, was tun wir als Nächstes?«, fragte Xavier.

»Ja«, schaltete Phillip sich ein. »Denn soweit ich gehört habe, hat Madeline keine Zeit verschwendet, alle wissen zu lassen, dass sie für deinen Tod verantwortlich zeichnet.«

»Ich hatte eine Menge Zeit zum Nachdenken, als ich da im Müll gelegen bin. Und ich würde sagen, wir liefern Madeline genau das, was sie sich wünscht. Ich schlage vor, wir lassen sie weiterhin denken, ich wäre tot.«

»Und dann?«, fragte Silvio.

Ich lächelte meine Freunde an. »Dann servieren wir dem Miststück die Überraschung ihres Lebens.«

Wir arbeiteten ein paar Details aus, von denen wir den Großteil allerdings erst am Morgen richtig anpacken konnten, dann ging ich nach oben, nahm erst eine lange, heiße Dusche und zog danach einen weichen, blauen Bademantel an, der mit Jo-Jos weißer Wolkenrune verziert war.

Die meisten meiner Freunde waren nach Hause gefahren, um noch ein paar Stunden zu schlafen, doch Owen wartete in einem der Gästezimmer auf mich. Er hatte ebenfalls geduscht, lag in einem Bademantel auf dem Bett und versuchte, sich zu entspannen und sich von der Gefühlsachterbahn des heutigen Tages zu erholen. Jepp. Das wollte ich auch.

Als ich den Raum betrat, stand Owen auf, um die Tür hinter mir zu schließen. Er sah mir tief in die Augen. Um uns herum war alles so still und leise, dass ich die alte Standuhr im Flur ticken hören konnte.

Dann, ohne ein Wort, stürzten wir uns aufeinander.

Owen umfasste mein Gesicht mit den Händen und presste seine Lippen auf meine, in einem Kuss, der sogar noch heißer, härter und verzweifelter war als der vorhin in der Küche. Seine Zunge eroberte meinen Mund, rau und voller Verlangen, während ich an dem Gürtel seines Bademantels zerrte, um ihn zu öffnen und endlich seine warmen, harten Muskeln berühren zu können. Ich zog meine Fingernägel über seine Brust, während er an meinem Hals knabberte und mir meinen Bademantel genauso wild von den Schultern riss. Ich atmete tief ein, sog seinen vielschichtigen, leicht metallischen Geruch tief in mich auf, füllte mein Herz mit seinem Duft, seinem Geschmack und dem Gefühl seiner Berührungen.

Nach den Geschehnissen des Tages waren wir beide zu ungeduldig für unser übliches, langsames Verführungsspiel. Owen unterbrach seine Küsse gerade lange genug, um sich ein Kondom überzurollen, dann hob er mich an, drängte mich gegen die nächste Wand und grub sich mit einem schnellen, harten Stoß in mich. Ich stöhnte in seinen Mund, schlang die Beine um seine Hüften und drängte mich ihm entgegen, in dem verzweifelten Verlangen, ihn zu spüren und meinen Körper noch enger an ihn zu drücken.

Er vergrub den Kopf zwischen meinen Brüsten, sein Atem streichelte heiß meine Haut. Ich krallte meine Finger tief in sein seidiges, schwarzes Haar, um ihn anzutreiben.

»Mehr«, flüsterte ich ihm ins Ohr. »Mehr, mehr, mehr …«

Wieder küsste er mich mit einem leisen Knurren und unsere Zungen duellierten sich im Takt seiner Stöße. Wir bewegten uns unablässig, so heftig, dass die Bilder an der Wand neben meinem Kopf klapperten. Alles an unserem Liebesspiel war schnell, wild und heftig. Der Druck, die Lust, die sich immer höher aufbaute. Unsere Bewegungen wurden schneller und schneller, bis wir beide stöhnten. Aber wir machten weiter, trieben uns gegenseitig zu ganz neuen Höhen, versuchten, dem anderen mehr und mehr Vergnügen zu bereiten, um uns zu zeigen, wie viel der andere uns bedeutete.

Schließlich, nach einem letzten tiefen Stoß, explodierten wir beide, kamen gleichzeitig, unsere Lippen, Körper und Herzen tiefer und inniger verbunden als je zuvor.

Beide zitterten wir befreit, dann ließ Owen mich an der Wand nach unten gleiten. Doch statt meine Hand zu umfassen und mich zum Bett zu führen, sank er tiefer, tiefer, tiefer, bis wir nebeneinander auf dem Parkettboden lagen.

Owen drehte den Kopf, um mich anzusehen. »Ich kann meine Beine gerade nicht spüren.«

Ich lachte. »Damit wären wir schon zu zweit.«

Ich rollte mich auf die Seite und legte meinen Kopf auf seine muskulöse Schulter. Er schlang den Arm um mich und strich mit den Fingern über mein immer noch feuchtes Haar, an meinem Hals nach unten, über meine Schulter und an meinem Arm entlang bis zu meinem Handgelenk, dann wiederholte er die Bewegung. Ich drückte meine Hand auf sein Herz und fühlte das schnelle *Poch-poch-poch-poch* tief in seiner Brust.

Schließlich sprach Owen: »Die anderen haben mir immer wieder gesagt, dass du tot bist. Aber ich habe es nicht geglaubt. Ich durfte es nicht glauben.«

»Ich weiß«, flüsterte ich. »Es tut mir so leid, dass du das durchmachen musstest.«

Er drückte mir einen Kuss auf die Schläfe, dann zog er mich enger an sich. Auch ich schlang die Arme um ihn. Lange Zeit lagen wir einfach nur dort auf dem Boden und hielten uns gegenseitig fest – weil wir nicht geglaubt hatten, das noch einmal erleben zu dürfen.

»Weißt du«, sagte Owen neckend, als er sich auf einen Ellbogen stemmte. »Ich glaube, ich habe mich jetzt genug erholt, um tatsächlich aufzustehen und ins Bett zu gehen, wenn du denn unter die Decke willst, um dich aufzuwärmen.«

Sanft drückte ich ihn wieder nach unten, bis er mit dem Rücken auf dem Boden lag. Owen zog fragend eine Augenbraue hoch, also schob ich mich rittlings auf ihn.

»Wirklich?«, fragte ich, als ich mich eng an ihn drängte.

»Du willst all diese schöne Zeit verschwenden, die es dauert, um bis zum Bett zu gehen?«

Lachend zog er mich zu sich herunter.

Das Bett erreichten wir erst viel, viel später.

20

Früh am nächsten Morgen verließ ich den Salon, um meinen Plan in die Tat umzusetzen. Nachdem mir Jo-Jo geholfen hatte, mich fertig zu machen, küsste ich den verschlafenen Owen zum Abschied, versprach ihm, vorsichtig zu sein, und traf mich vor dem Haus mit Bria.

Ich glitt hinten in ihre Limousine und legte mich auf den Rücksitz, damit niemand sehen konnte, dass sich noch jemand im Wagen befand. Sophia hatte bereits die Umgebung abgesucht und niemanden entdeckt, der das Haus vom Wald aus beobachtet hätte. Und es standen auch keine seltsamen Autos auf den Straßen im Viertel herum. Doch angesichts von Madelines nagenden Zweifeln in Bezug auf meinen Tod hätte ich ihr durchaus zugetraut, dass sie heute Morgen ein paar Spione ausschickte oder meine Freunde ein paar Tage lang beschatten ließ – nur um absolut sicherzustellen, dass ich so tot war, wie sie hoffte.

»Bist du dir sicher, dass das der richtige Schritt ist?«, fragte Bria und sah über den Rückspiegel zu mir. »Du gehst ein großes Risiko ein, indem du dich dort blicken lässt, besonders jetzt. Wenn jemand dich sieht, büßen wir jeden Vorteil ein.«

»Es spielt keine Rolle, ob man mich sieht. Wir stecken erst in Schwierigkeiten, wenn jemand mich *erkennt*.«

Ich hatte mich nicht nur versteckt, ich hatte auch die zusätzliche Vorsichtsmaßnahme ergriffen, mich zu verkleiden – eine kurze blonde Perücke, strahlend blaue Kontaktlinsen und eine Glasbrille mit dünnem, silbernem Rand. Roslyn war nett genug gewesen, mir diese Dinge aus ihrem Lager im *Northern Aggression* zu bringen, denn ihre Angestellten setzten die Perücken und einiges mehr ein, um die Fantasien ihrer Kunden wahr werden zu lassen. Außerdem hatte sie mir das enge schwarze Businesskostüm und die hohen Stilettos vorbeigebracht, die ich trug, zusammen mit einer ledernen Aktentasche. Anscheinend standen einige Kerle sehr auf den Geschäftsfrauen-Look … was ich ein wenig verstörend fand. Aber das Kostüm würde dafür sorgen, dass ich Zutritt zu so gut wie jedem Gebäude von Ashland bekam, inklusive dem, zu dem wir unterwegs waren.

Jo-Jo hatte mich geschminkt, hatte meine bleiche Haut mit Bronzepuder dunkler gemacht und pflaumenfarbenen Lippenstift aufgetragen. Die Zwergin hatte mir außerdem eine lange Perlenkette geliehen, die jetzt um meinen Hals lag. Mit alledem sah ich aus wie eine vollkommen andere Person – die sich so sehr von Gin Blanco unterschied wie möglich.

Oh, wenn jemand mir längere Zeit ins Gesicht sah, konnte er meine Verkleidung durchschauen, aber ich verließ mich darauf, dass das nicht geschehen würde. Alle wären viel zu sehr auf Bria konzentriert, um mir, der Anwältin an ihrer Seite, viel Aufmerksamkeit zu schenken.

Das hoffte ich zumindest.

Bria lenkte die Limousine aus dem Viertel, durch die Vorstadt und in die Innenstadt. Eine halbe Stunde später fuhr sie vor einem mir vertrauten Gebäude vor: dem Polizeipräsidium von Ashland.

Sie parkte auf einem Platz in der Nähe des Abschlepphofes. Dort hob ich gerade weit genug den Kopf, um aus dem Rückfenster spähen zu können. In der Ferne sah ich dicke Kartonplatten, die jemand über das Loch in der Seite des Gebäudes geklebt hatte. Ich grinste. Madeline mochte vorgeben, überall irgendwelche Parks Mab widmen zu lassen, doch auch ich hatte der Stadt meinen Stempel aufgedrückt.

»Bist du bereit?«, fragte Bria.

»Ich werde dir auf dem Fuß folgen, genau, wie wir es geplant haben.«

»In Ordnung. Dann geht's los.«

Sie öffnete die Tür, stieg aus und ging auf das Präsidium zu. Ich wartete eine Minute, dann glitt ich aus der Limousine und folgte ihr. Es war noch früh, erst kurz nach sieben Uhr morgens, doch es betraten bereits Leute das Gebäude, Kaffeebecher, Handys und Aktentaschen in der Hand, bereit für einen weiteren langen Tag gefüllt mit dem Papierkram, den Bestechungen und der Bürokratie, die das Justizsystem von Ashland so mit sich brachte.

Ich achtete darauf, dass mehrere Leute zwischen mir und Bria standen, als wir uns vor den Metalldetektoren anstellten. Sie sah nicht zurück, als ich meine Aktentasche von dem Cop am Röntgengerät entgegennahm und mich hinter ihr einreihte.

Es hatte nur ungefähr zwei Sekunden gedauert, die Sicherheitskontrolle zu durchlaufen, doch das reichte, damit die Leute bemerkten, dass Bria hier war. Alle blieben stehen, um sie anzustarren, doch meine Schwester hielt die Augen unverwandt nach vorne gerichtet und den Kopf hoch erhoben, als sie tiefer ins Gebäude eindrang. Natürlich hatten alle Cops bereits gehört, was mir angeblich zugestoßen war, und eine Menge von ihnen war sogar vor Ort beim Pork Pit gewesen. Allerdings überraschte es mich, wie viele Beamte zu Bria traten, um ihr Beileid auszusprechen. Und ein paar von ihnen schienen es tatsächlich ernst zu meinen.

Bria nickte ihnen nur kurz zu und lächelte kühl, bevor sie

weiterging. Ich folgte vielleicht zehn Meter hinter ihr. Der einzige Grund, aus dem irgendwelche Beamte mich ansahen, waren meine Beine. Ich runzelte die Stirn, als wäre ich tief in Gedanken versunken, ignorierte ihr Starren und eilte weiter.

Schließlich erreichte Bria einen Aufzug und trat hinein.

»Warten Sie bitte auf mich!«, rief ich.

Sie nickte und hob die Hand, sodass die Türen sich nicht schlossen und ich neben sie treten konnte. Als die Türen zuglitten, murmelte sie leise: »Das war einfacher, als ich gedacht hätte.«

»Beschrei es nicht.«

Sie schnaubte. Den Rest der Fahrt verbrachten wir schweigend.

Nach ein paar Stopps öffneten sich die Türen schließlich im Keller. Hier waren wir nicht mehr im Zuständigkeitsbereich der Cops.

Sondern in dem des Gerichtsmediziners.

Nach dem, was Madeline gestern gesagt hatte, würde der Pathologe meine Obduktion gleich heute Morgen durchführen. Ich war mir nicht sicher, wie sie es anstellen wollten, meine angebliche Leiche zu identifizieren. Es war ja nicht so, als würde ich Zahnarztunterlagen und DNA-Proben dort herumliegen lassen, wo jeder sie finden konnte. Doch ich wollte auf keinen Fall, dass er Madeline mitteilte, die Leiche wäre definitiv nicht meine. Das hätte meine ganzen schönen Pläne ruiniert.

Bria und ich traten aus dem Aufzug. Anders als die im Erdgeschoss war dieser Flur menschenleer, also wanderten wir ihn nebeneinander entlang, bis wir die Glastür erreichten, die zur Gerichtsmedizin führte. Dahinter öffnete sich ein kleiner Wartebereich mit gepolsterten Stühlen an der Wand, verstaubten Plastikpalmen in den Ecken und mehreren großen

Taschentuchboxen auf einem niedrigen Glastisch in der Mitte des Raums.

Bria ging ans hintere Ende des Wartezimmers und zog ihren Polizeiausweis durch den Scanner an der Wand. Eine weitere Tür – diese aus schwerem Milchglas – öffnete sich mit einem Brummen.

Wir traten hindurch und fanden uns in einem Raum wieder, der überwiegend aus Metall zu bestehen schien. An zwei Wänden reihten sich Kühlfächer mit Türen aus rostfreiem Stahl aneinander, die aussahen wie quadratische Schulspinde – nur dass darin tote Körper lagerten statt Trainingshosen und verschwitzte Socken. In der Mitte des Raums standen mehrere lange Metalltische und der Boden wies mehrere Gullys auf. Die Luft war kühl und der leicht antiseptische Geruch, der den Raum erfüllte, erinnerte mich an Beauregard Benson. Mein Magen hob sich bei der Erinnerung an das Labor des Vamps und die Folter, die ich dort ertragen musste, doch ich zwang mich dazu, mich auf den Mann zu konzentrieren, der neben einem der Tische stand.

Der Gerichtsmediziner trug ein langärmliges schwarzes Shirt unter einem leuchtend blauen Laborkittel, der seine dunkelbraunen Augen und die dunkle Haut betonte. Sein schwarzes Haar war sehr kurz und an seinem Kinn hing ein kleiner Ziegenbart. Ich hatte ihn im letzten Jahr unzählige Male gesehen, zuletzt im Bone-Mountain-Naturreservat, als sich seine Behörde um all die Leichen hatte kümmern müssen, die in Harley Grimes abgelegenem Camp gefunden worden waren. Damals hatte mir der Pathologe fröhlich zugewinkt. Ich konnte nur hoffen, dass er heute noch entgegenkommender war. Doch das, was ich in meiner Aktentasche bei mir trug, sollte dabei helfen.

Auf dem Tisch vor ihm lag eine übel verbrannte Leiche. Sie sah genauso aus wie in meiner Erinnerung – eine verkohlte Hülle, an der hier und da Zähne oder Knochen durch die schwarze Außenschicht leuchteten. Ich atmete ein und sofort stieg mir der Geruch von Rauch und Asche in die Nase. Ich biss die Zähne zusammen.

Der Gerichtsmediziner hatte sogar noch früher angefangen, als ich es erwartet hatte. Ich konnte nicht sagen, wie weit die Autopsie bereits fortgeschritten war, doch nach dem Klemmbrett und dem billigen Kugelschreiber zu urteilen, die auf einem Tisch in der Nähe lagen, hatte er bereits angefangen, sich Notizen zu machen. Beim Brummen der Tür sah er auf. Als er Bria entdeckte, verzog er leicht das Gesicht, dann trat er vor den Tisch, als wollte er meine Schwester vor dem Anblick der verbrannten Leiche schützen.

»Oh, Bria«, sagte er leise und mitfühlend. »Ich dachte mir schon, dass du heute kommen würdest. Aber … später. Viel später. Wenn ich … fertig bin.«

Bria warf mir einen kurzen Blick zu und ich nickte. Der Gerichtsmediziner musterte mich stirnrunzelnd, als wäre ihm mein Gesicht vertraut, ohne dass er es wirklich einordnen konnte. Ich erwiderte seinen Blick ruhig, als hätte ich absolut nichts zu verbergen, obwohl mein Herz sofort anfing, etwas schneller und heftiger zu schlagen.

Doch meine Verkleidung musste ihn getäuscht haben, weil er sich wieder an Bria wandte. »Du solltest nicht hier sein. Die meisten Leute finden so einen Anblick sehr … beunruhigend. Wenn du willst, kannst du mit deiner Freundin draußen warten. Ich muss dich allerdings warnen, dass es wahrscheinlich eine ganze Weile dauern wird. Bei dem … Zustand der Überreste.«

Er hielt seine Stimme leise und sanft; versuchte, Bria vor dem Entsetzen zu schützen, das der Anblick des verkohlten Körpers ihrer angeblich toten Schwester und die folgende Autopsie auslösen würden.

»Aber ich werde mich gut um sie kümmern«, fuhr er fort. »Das verspreche ich. Wie ich es immer tue.«

Bria schenkte ihm ein dünnes, schmerzerfülltes Lächeln. Sie spielte ihre Rolle gut. »Danke für deine Sorge, Ryan. Ich weiß das zu schätzen. Wirklich. Aber es geht mir gut. Das ist nicht meine erste Leiche und auch nicht meine erste Autopsie.«

»Ich denke wirklich nicht, dass du hier sein solltest, Bria. Es gibt Dinge, die kann man nie wieder vergessen.«

Sie nickte. »Da stimme ich dir hundertprozentig zu. Aber ich muss mit dir reden.«

Er runzelte die Stirn. »Worüber?«

Das war mein Stichwort. Ich trat vor, stellte meine Aktentasche auf einen leeren Tisch und öffnete sie. Ich griff hinein und zog einen dicken Umschlag heraus, den ich Bria reichte.

Sie legte den Umschlag neben das Klemmbrett des Pathologen und trat zurück. »Wir alle wissen, dass das meine Schwester ist. Nichts wird etwas daran ändern, besonders nicht das tagelange Warten auf die Ergebnisse all dieser Tests, die du in Auftrag geben willst. Meinetwegen mach die Autopsie und die Tests, aber ich möchte, dass du die Leiche jetzt schon identifizierst und offiziell erklärst, dass das der Körper meiner Schwester Gin Blanco ist.«

Ryan kniff die Augen zusammen. Seine Miene wurde hart und er schien meine Schwester in ganz neuem Licht zu betrachten. »Ich nehme keine Bestechungsgelder an, Bria. Alle anderen mögen das tun, aber ich nicht. Niemals. Und ich hätte das von dir auch nie erwartet.«

»Ich dachte, du würdest dieses eine Mal vielleicht eine Ausnahme machen. Bitte, Ryan. Wir sind Freunde. Bitte, tu das für mich. Ich will meine Schwester so schnell wie möglich beerdigen, das ist alles.«

Das war absolut nicht alles, nicht mal ansatzweise – und er

konnte offensichtlich erkennen, dass sie log. Er starrte sie an, sichtbar hin- und hergerissen zwischen dem Drang, ihrem Flehen nachzugeben, und dem Wunsch, ihr zu sagen, wo sie sich den Umschlag voller Geld hinstecken konnte. Nach allem, was Bria mir erzählt hatte, respektierten sich die beiden und hatten eine gute Arbeitsbeziehung, aber Ryan war auch ein ehrlicher Mann, einer der wenigen guten Menschen in diesem Gebäude.

Es gefiel mir nicht, ihn auf diese Weise zu benutzen, ihn darum zu bitten, etwas so Hinterlistiges zu tun, was vollkommen seinem Charakter widersprach, aber ich hatte keine andere Wahl. Nicht, wenn ich genug Zeit bekommen wollte, um meine Intrige gegen Madeline in die Tat umzusetzen. Doch dass ich sie erledigen wollte, bedeutete noch nicht, dass ich Unschuldige dafür verletzen würde. Falls der Gerichtsmediziner nicht tat, was wir wollten, dann sollte es eben so sein. Wir würden einen anderen Weg finden.

»Niemand wird deine Befunde in Zweifel ziehen«, fuhr Bria in dem Versuch fort, ihn zu überzeugen. »Meine Schwester ist in ihr Restaurant gegangen und niemals wieder herausgekommen. Dafür gibt es Dutzende Zeugen.«

»Aber sie ist eine mächtige Elementarmagierin. Wenn jemand dieses Feuer hätte überleben können, dann Gin Blanco …« Ryans Stimme verklang und ich konnte quasi sehen, wie sich die Zahnräder in seinem Kopf drehten, als er darüber nachdachte, was es bedeuten würde, mich für tot zu erklären. »Aber du … *willst* tatsächlich, dass das der Körper deiner Schwester ist. Wieso solltest du wollen, dass es wahr ist?«

Bria musste Schauspielunterricht bei Finn genommen haben, weil sie sich den Nasenrücken massierte, als kämpfte sie gegen Tränen an. »Weil sie es *ist*. Du hast doch all die Gerüchte über Gin und Dobson und den Bullenpferch gehört.«

Ryan verzog das Gesicht.

Bria ließ ihre Hand sinken und starrte ihn an. »Gegen all das kann ich nichts tun. Aber ich kann meiner Schwester diesen letzten Dienst erweisen. Ich möchte, dass du die Vorgänge beschleunigst, damit ich sie so bald wie möglich beerdigen kann. Das hätte sie gewollt. Nicht diesen … *Zirkus*. Außerdem weiß ich, dass du … unter Druck gesetzt wirst, die Autopsie möglichst schnell durchzuführen, um … gewissen interessierten Personen Bericht zu erstatten.«

Für einen Moment dachte ich schon, sie hätte ihn überzeugt, doch ihre letzte, nicht allzu versteckte Anspielung auf Madeline schien ihn nur in seinem Entschluss zu bestärken.

Er richtete sich auf und verschränkte die Arme vor der Brust. »Ich hetze mich nicht bei meiner Arbeit und auf keinen Fall werde ich Ergebnisse fälschen.«

Brias Lippen wurden dünn. Sie öffnete den Mund, um mit ihm zu diskutieren, doch er hob abwehrend eine Hand.

»Aber deine Schwester … hat mir einmal geholfen. Sie hat meiner Familie … einen Gefallen erwiesen. Zumindest glaube ich, dass sie es war. Ich werde die Autopsie durchführen. Ich werde sagen, was du möchtest, Bria. Allerdings natürlich mit genug Spielraum, um später einen Rückzieher machen zu können.«

Sie nickte. »Natürlich.«

Bria sah mich an. Sie wollte offensichtlich, dass wir verschwanden, bevor er seine Meinung änderte, doch ich war noch nicht bereit zum Aufbruch.

»Tatsächlich habe ich noch etwas für Dr. Colson«, sagte ich. »Etwas, was vielleicht ein paar seiner Fragen beantwortet. Über Miss Blanco.«

Ich griff erneut in meine Aktentasche und zog mehrere alte Zeitungsartikel heraus, die Silvio auf meine Bitte hin aus dem Internet ausgedruckt hatte. Verwirrt nahm Bria die Papiere entgegen und übergab sie dem Pathologen.

Zuerst runzelte er die Stirn, doch als er die Seiten las und die Worte verstand, wurden seine Augen groß und sein Mund verzog sich zu einem O. Dann kam er zur letzten Seite, auf der das Bild eines von Trauer überwältigten, jungen Mannes zu sehen war, der den blutbeschmierten Körper seines kleinen Bruders im Arm hielt.

Ryan packte die Seiten fester, sodass das Papier knisterte, dann riss er den Kopf zu mir herum. »Woher haben Sie ... woher *wussten* Sie ...«

»Vor einigen Jahren wurde Ihr Bruder Roy ermordet«, sagte ich. »Erschossen von ein paar Gangmitgliedern, während des Raubüberfalls auf das Lebensmittelgeschäft Ihrer Eltern. Die Polizei hat wenig getan, die Verantwortlichen zu finden, aber kurz darauf wurden die Täter gefunden, alle mit durchgeschnittenen Kehlen.«

Bria schnappte nach Luft. Sie wusste, dass ich sie getötet hatte. Und jetzt wusste das auch Dr. Ryan Colson.

»Angesichts Ihrer Arbeit hier bin ich mir sicher, dass Sie dieselbe Verletzung, zugefügt mit einer ähnlichen Klinge, in all den Jahren mehr als einmal gesehen haben«, fuhr ich ruhig fort. »Und nicht nur das. Die Polizeibeamtin, die das Verbrechen aufklären sollte – diejenige, die sich dabei so wenig mit Ruhm bekleckert hat –, wurde ebenfalls um diese Zeit tot aufgefunden. Ebenfalls mit durchgeschnittener Kehle, auch wenn sie unter den Trümmern eines eingestürzten Lagerhauses begraben lag. Ein paar Wochen später erhielten Ihre Eltern eine anonyme Spende, die groß genug war, um den Laden zu renovieren und weiterzuführen.«

Colson packte die Papiere noch fester, bis sie knisterten. Ich erzählte ihm nichts, was er nicht schon vermutet hatte, aber er hatte es verdient, alles aus meinem Mund zu erfahren.

»Natürlich konnte nichts von alledem Ihnen Ihren Bruder

zurückbringen und es hat auch den Schmerz und die Trauer nicht gemildert. Manche Dinge kann man einfach nicht vergessen«, sagte ich sanft. »Genau, wie Sie gesagt haben. Aber falls es irgendwie geholfen hat, nun, ich glaube, das hätte Miss Blanco gerne erfahren.«

Vorsichtig glättete Colson die Papiere in seiner Hand, dann sah er mir in die Augen. Ich hielt seinem fragenden, suchenden Blick unverwandt stand. Nach einem Augenblick schaute er zu Bria, als vergliche er unsere Gesichtszüge miteinander. Er war ein kluger Kerl und ich wusste, dass er gerade erraten hatte, wer sich tatsächlich hinter dieser blonden Perücke und der Brille versteckte.

»Es hat geholfen«, sagte er leise. »Soweit das überhaupt möglich war. Danke, dass Sie meine … Fragen beantwortet haben.«

Ich nickte ihm zu. »Gern geschehen.«

Bria trat vor und streckte ihm die Hand entgegen. Colson schüttelte sie, allerdings ohne dabei den Blick von mir abzuwenden.

»Danke, Ryan«, sagte Bria, als sie die Hand wieder senkte. »Du kannst dir nicht vorstellen, wie viel mir das bedeutet.«

Ein leises Grinsen verzog seine Lippen. »Oh, ich bin mir sicher, ich werde es früher oder später herausfinden. Das tue ich für gewöhnlich immer, wenn Miss Blanco in die Sache verwickelt ist.« Er griff nach dem Umschlag voller Geld und warf ihn Bria zu. »Das allerdings kannst du behalten. Ich will es nicht.«

Bria öffnete den Mund, um zu protestieren, doch ich hielt sie mit einem Kopfschütteln davon ab. Wir bewegten uns immer noch auf dünnem Eis und ich wollte nicht, dass der Pathologe seine Meinung noch einmal änderte.

»Also dann«, sagte sie stattdessen. »Dann lassen wir dich mal deine Arbeit tun.«

Colson ging zu einem Schreibtisch in der Ecke und fing an, sich Latexhandschuhe anzuziehen, ohne uns noch im Mindesten zu beachten. Ich schloss meine Aktentasche und nickte Bria auffordernd zu. Sie schob den Umschlag voller Geld in die hintere Hosentasche, dann gingen wir zur Tür. Ich öffnete sie und ließ meine Schwester vorgehen, um einen letzten Blick über die Schulter zu werfen.

Colson stand immer noch an seinem Schreibtisch, doch er hatte die Fäuste in den Handschuhen auf das Metall gestemmt, als müsse er sich abstützen. Sein Blick war auf ein Foto an einer Ecke des Schreibtisches gerichtet – darauf waren zwei lachende Jungs zu sehen, die auf der Türschwelle eines Ladens saßen.

Als ihm bewusst wurde, dass ich ihn beobachtete, nickte er mir zu und ich erwiderte die Geste. Dann ließ ich die Tür hinter mir ins Schloss fallen.

Im Vorzimmer wartete Bria, bis sich die Tür hinter mir geschlossen hatte, dann drehte sie sich zu mir um. »Ryan hat mir einmal vom Mord an seinem kleinen Bruder erzählt. Er hat erklärt, das wäre einer der Gründe, warum er Gerichtsmediziner geworden ist. Damit er den Leuten Antworten liefern kann, was mit ihren geliebten Menschen geschehen ist. Ihnen einen Abschluss ermöglichen.«

»Das kann ich verstehen.«

»Ich kann nicht glauben, dass er zugestimmt hat, uns zu helfen«, meinte Bria. »Ich habe nie daran geglaubt. Aber ich wusste natürlich auch nicht, dass du die Leute getötet hast, die seinen Bruder ermordet haben. War das dein Plan B für den Fall, dass er ablehnt? Ihn daran zu erinnern?«

Ich zuckte mit den Achseln. »Jemand, dem du geholfen hast, hat mir einen Gefallen getan, als Dobson das Pork Pit durchsucht hat. Da habe ich angefangen, über Colson nachzudenken. Er ist mir immer mit Respekt begegnet, wenn sich unsere Pfade einmal gekreuzt haben. Ich habe mich gefragt, wieso, und dann ist mir dieser spezielle Job eingefallen, den Fletcher mir übertragen hatte. Deswegen hab ich die Zeitungsartikel mitgebracht.«

»Aber er hatte schon vorher zugestimmt. Du musstest ihm all diese Dinge über seinen Bruder nicht erzählen.«

»Sicher. Aber er hatte es verdient, alles zu erfahren, egal, ob er uns nun geholfen hätte oder nicht.«

Wir verließen die Gerichtsmedizin, traten wieder in den Flur und gingen Richtung Aufzug. Bria bog genau in dem Moment um die Ecke, als der Lift bimmelte. Meine Schwester stoppte abrupt, dann drehte sie sich um und hielt mich davon ab, in den nächsten Flur zu treten.

»Was …«

»Emery ist hier«, zischte Bria.

»Es ist nicht weit, Ma'am«, murmelte eine männliche Stimme. »Hier entlang.«

Die Schritte von zwei Personen, die in unsere Richtung gingen, waren zu hören.

Bria deutete drängend auf meine hohen Schuhe. Ich schüttelte die Stilettos ab, dann rannten wir beide den Weg zurück, den wir gekommen waren. Obwohl ich immer noch meine Verkleidung trug, konnten wir auf keinen Fall zulassen, dass Emery uns in der Nähe der Gerichtsmedizin entdeckte. Sie würde unsere Gegenwart mindestens Madeline melden, die sofort verstehen würde, dass meine Schwester versucht hatte, das Autopsie-Ergebnis zu beeinflussen … und dass ich noch am Leben war.

»Da rüber!«, zischte Bria. »Das Treppenhaus!«

Wir erreichten das Ende des Flurs und stoppten schlitternd vor der Tür, doch neben dem Rahmen hing dieselbe Art von Scanner wie im Warteraum der Pathologie.

Bria fummelte eilig ihre Ausweiskarte aus der Hosentasche.

In der Ferne konnte ich einen Schatten auf dem Boden erkennen, der größer und größer wurde, je näher Emery und ihr Begleiter kamen. Vielleicht noch dreißig Sekunden, dann würden sie um die Ecke biegen und mich und Bria entdecken.

Zwanzig Sekunden …

Bria holte die Karte aus der Tasche.

Fünfzehn …

Sie zog sie durch den Scanner, doch das Licht blieb rot.

Zehn … sieben … fünf …

Bria fluchte leise und zog die Karte erneut durch. Das Licht wurde grün und sie riss die Tür auf.

Drei … zwei … eins …

Wir traten in das Treppenhaus und die Tür schloss sich in genau dem Moment hinter uns, in dem Emery am anderen Ende des Flurs erschien, begleitet von einem uniformierten Beamten.

Bria wollte die Treppe hinaufsteigen, doch ich packte ihren Arm und zerrte sie an meine Seite, an die Wand neben der Tür.

»Warte«, flüsterte ich.

Und tatsächlich, ein paar Sekunden später fiel ein Schatten über die schmale Glasscheibe in der Tür, als spähte jemand zur Treppe, um zu sehen, ob irgendjemand gerade die Stufen hinaufstieg.

»Stimmt etwas nicht?«, fragte der Beamte.

Schweigen. Bria und ich drückten uns unbeweglich gegen die Wand.

»Ach nein«, sagte Emery schließlich. »Muss an den seltsamen Echos hier unten liegen.«

Sie trat von der Tür zurück. Ich wartete zehn Sekunden, dann spähte ich vorsichtig durch das Glas. Emery ging zur

Gerichtsmedizin, riss die Tür auf und betrat den Warteraum. Der Beamte folgte ihr, dann verschwanden beide aus meinem Sichtfeld.

Bria und ich atmeten erleichtert auf.

»Komm«, sagte ich, als ich mich vorbeugte, um wieder in meine Schuhe zu schlüpfen. »Lass uns hier verschwinden.«

21

Bria und ich verließen das Polizeirevier ohne weitere Probleme, dann fuhr sie mich zurück zu Jo-Jos Haus. Die folgenden Tage zogen in seltsamer, morbider Langeweile an mir vorbei.

Es war verdammt mühsam, tot zu sein.

Überwiegend, weil ich nirgendwo hingehen konnte. Ich konnte nicht nach Hause in Fletchers Haus, ich konnte nicht zum Pork Pit, um die Schäden dort zu begutachten, und ich konnte auf keinen Fall in mein Baumhaus in den Wäldern um das Monroe-Anwesen zurückkehren, um Madeline auszuspionieren.

Ich konnte absolut nichts anderes tun, als mich in einem der Gästezimmer über Jo-Jos Schönheitssalons zu verstecken und meine Rache zu planen. Ein durchaus angenehmer Zeitvertreib, aber sobald meine Pläne ausgearbeitet waren, konnte ich nur rumsitzen und abwarten, ob auch alles laufen würde wie gewünscht. Der Mangel an Aktivität stellte sogar meine Geduld auf eine harte Probe.

Genau wie die ständige Medienberichterstattung. In den Zeitungen und im Fernsehen gab es eine Story nach der anderen darüber, wie ich angeblich Dobson ermordet, mein eigenes Restaurant angezündet und dann in dem Inferno umgekommen war. Das war schon schlimm genug, aber die Journalisten belästigten auch meine Freunde. Sie riefen ständig an, schrieben Nachrichten und folgen ihnen, um Exklusivinterviews zu bekommen oder einfach nur zu hören, wie schockiert sie darüber waren, dass ich mich als eiskalte Killerin herausgestellt hatte. Eine Reporterin war sogar so dreist, einen Termin bei Jo-Jo zu buchen, in der Hoffnung, im Salon ein paar skandalöse Gespräche mitzuhören. Aber die Zwergin kapierte schnell, was los war, und färbte der Frau die Haare in einem wunderschönen Erbsengrün. Die Reporterin wurde danach nicht noch mal gesehen.

Doch schließlich brach der Tag der Beerdigung an.

Die anderen protestierten, meinten, dass es nicht sicher, dass es nicht klug war, auf meine eigene Beerdigung zu gehen. Sie hatten natürlich recht, aber ich war trotzdem entschlossen dazu. Schließlich hatte ich das Haus seit Tagen nicht verlassen. Doch vor allem wollte ich Madeline und ihre Reaktion auf meinen Tod persönlich bezeugen, statt mir nur von meinen Freunden davon berichten zu lassen.

Also verkleidete ich mich mit derselben blonden Perücke, den blauen Kontaktlinsen und dem schwarzen Kostüm, das ich an diesem Tag in der Gerichtsmedizin getragen hatte, und saß in Jo-Jos Haus, um darauf zu warten, dass alle anderen aufbrachen. Sobald meine Freunde verschwunden waren, spähte ich durch die weißen Spitzenvorhänge. Doch ich konnte niemanden entdecken, der das Haus aus dem Wald oder von der Straße aus beobachtet hätte. Dafür gab es auch keinen Grund, jetzt, wo das Gebäude angeblich leer war. Also ging ich nach draußen, wanderte zwei Straßen weiter, glitt in den silbernen BMW, den Silvio unter falschem Namen für mich gemietet hatte, und fuhr zum Blue-Ridge-Friedhof.

Ich hatte schon vermutet, dass ein ziemlicher Andrang herrschen würde, angesichts meiner Identität und der scheußlichen Umstände meines angeblichen Todes, aber es waren so viele Leute zu meiner Beerdigung gekommen, dass ich meinen Wagen vor dem Friedhofseingang abstellen und den Rest des Weges laufen musste.

Mehr als dreihundert Leute drängten sich um mein Grab, das direkt neben dem von Fletcher lag. Da der Körper, den alle für meinen hielten, so übel verbrannt war, blieb der silberne Sarg geschlossen und war mit einem wunderbaren Blumengesteck in Pink und Weiß verziert. Ich war eigentlich kein Mädchen, das diese Farbkombination zu schätzen wusste, aber Jo-Jo hatte meine Beerdigung mit einer solchen Begeisterung geplant, dass ich mich einfach ihren Wünschen gebeugt hatte.

Ich wanderte um die Grabsteine herum und schob mich in die Mitte der Menge, von wo aus ich einen guten Blick auf meine Familie hatte, die auf Klappstühlen aus Metall vor dem Sarg saß. Sie alle trugen tristes Schwarz und gaben ihr Bestes, gefasst zu wirken, auch wenn Bria und Jo-Jo sich immer wieder mit weißen Spitzentaschentüchern über die Augen wischten. Bevor sie den Salon verlassen hatten, hatte Finn darauf bestanden, dass alle Menthol schnüffelten – damit sie rote Augen und laufende Nasen hatten und es wirkte, als hätten sie die ganze Zeit geweint. Ich musste zugeben, dass die Maßnahme sehr effektiv war. Hätte ich es nicht besser gewusst, hätte sogar ich angenommen, dass sie alle tief um mich trauerten.

Aber der Rest der Menge? Nicht so sehr.

Die meisten Anwesenden trugen neugierige, fast schon zufriedene Mienen zur Schau, denn sie waren nicht so sehr hergekommen, um ihr Beileid auszusprechen, als um sicherzustellen, dass ich wirklich tot war. Ich sah, wie sich ein paar Unterweltlakaien abklatschten, als der Priester ans Mikrofon trat, um die Messe zu lesen. Für einen solch traurigen Anlass war die Stimmung definitiv sehr fröhlich.

Zumindest, bis Madeline ankam.

Sie rauschte durch die Menge wie die Königin, für die sie sich hielt. Und die Leute machten ihr eilig Platz. Wie üblich wurde sie flankiert von Emery und Jonah. Die Nachricht von der Ankunft der Säuremagierin verbreitete sich raunend durch die Menge, sodass meine Freunde sich auf ihren Stühlen umdrehten. Sie alle warfen ihr *Fall-tot-um-Miststück*-Blicke zu, aber Madeline ignorierte das böse Starren und baute sich ein Stück rechts vom Sarg auf, um einen guten Blick zu haben.

Als der Priester die Menge beruhigte und die Totenmesse begann, musterte ich meine Feindin. Anders als alle anderen trug Madeline weder Marineblau noch Schwarz, sondern ihren üblichen, strahlend weißen Hosenanzug. Ihr einziges Zugeständnis an die Beerdigung war ihr schwarzer Hut mit einem dünnen weißen Zierband und einem Schleier aus Spitze. Durch den Schleier konnte ich das helle Leuchten ihrer grünen Augen und die grausame Kurve ihrer scharlachroten Lippen erkennen.

Sie genoss diesen Moment von Herzen.

Madeline drehte sich ein wenig, um einen besseren Blick auf meinen Sarg zu bekommen. Die Sonnenstrahlen brachten den Krone-mit-Flamme-Anhänger an ihrer Kette zum Leuchten, genau wie den dazu passenden Ring an ihrem Finger. Ich wusste nicht, ob es irgendwelche Sprichwörter darüber gab, dass man zu einer Beerdigung etwas Neues tragen sollte, Madeline tat es jedenfalls. Denn statt des Steinsilber-Ensembles, das sie bisher zur Schau gestellt hatte, trug sie jetzt Goldschmuck. Ich hatte die neue Ausstattung bereits vor ein paar Tagen auf Überwachungsfotos bemerkt, die Silvio für mich geschossen hatte, und fand diese Tatsache aus diversen Gründen sehr interessant.

Ich konzentrierte mich auf die Kette. In vielerlei Hinsicht ähnelte sie der Sonne, die Mab getragen hatte – eine dicke

Goldkette und ein Anhänger, in dessen Mitte ein großer Edelstein prangte –, auch wenn Madeline auf die protzigen Strahlen verzichtet hatte, die den Anhänger ihrer Mama umgeben hatten.

Je länger ich Madelines Schmuck anstarrte, desto breiter wurde mein Grinsen. Ich hatte gehofft, dass sie ihn zur Beerdigung tragen würde. Das goldene Geschmeide verriet mir deutlicher als alles andere, dass sie mich inzwischen wirklich für tot hielt.

Die meisten hier Versammelten mochten ihr Möglichstes getan haben, mich unter die Erde zu bringen, aber alle verhielten sich während der Messe ruhig und respektvoll. Sie mochten Kriminelle sein, aber selbst sie konnten sich auf einer Beerdigung benehmen. So waren wir Südstaatler nun einmal.

Viel zu bald beendete der Priester seine Predigt und rief meine Familienmitglieder und Freunde nach vorne. Jeder von ihnen zog eine Rose aus dem Gesteck auf dem Sarg, um an mich zu erinnern. Als Jo-Jo an der Reihe war, schluchzte sie laut auf und stolperte, als wäre sie von Trauer überwältigt. Sophia packte den Arm ihrer Schwester, um sie zu stützen und von meinem Sarg wegzuführen.

Ich hob die Hand, um mein Grinsen zu verstecken. Jo-Jo hatte diese ganze Scharade sehr genossen und hatte sich kopfüber in die Vorbereitungen gestürzt, von der Auswahl meines Sarges über die Beerdigungsorganisation bis hin zum Kauf des Grabsteins, der an meinem Grab aufgestellt werden sollte. Ich fand das ein wenig morbide, aber Jo-Jo hatte sich Kataloge von verschiedenen Steinmetzen besorgt und mich dazu gezwungen, sie mit ihr durchzugehen, während sie an einem Abend im Salon meine Nägel gemacht hatte.

Doch wahrscheinlich hätte es schlimmer sein können. Ich könnte tatsächlich in diesem Grab liegen. Und ich konnte auch immer noch dort enden. Mein Grinsen verblasste.

Schließlich war die Messe aus und alle schlenderten in Richtung ihrer Autos davon.

Alle außer Madeline.

Sie blieb einfach stehen und hob ihren Schleier, um ihren grünen Blick über die Menge gleiten zu lassen, als suche sie nach jemandem – nach mir.

Ich zog den Kopf ein, weil ich auf keinen Fall ihren Blick auffangen wollte, dann entfernte ich mich ein wenig, wobei ich mich immer in der Nähe zweier älterer Männer hielt, als gehörte ich zu ihnen. Doch ich musste mir keine Sorgen darum machen, dass Madeline mich entdecken könnte, weil Bria genau diesen Moment wählte, um zuzuschlagen.

»Sie müssen gehen«, hallte ihre laute Stimme über den gesamten Friedhof.

Alle, die sich bereits auf den Weg gemacht hatten, hielten an und drehten sich wieder um, um den Aufruhr nicht zu verpassen.

Bria stand ein paar Schritte vor Madeline, die Augen zusammengekniffen, ihr Körper steif, die Hände zu Fäusten geballt, als stände sie kurz davor, sich auf die andere Frau zu stürzen.

Madeline schenkte meiner Schwester einen kühlen Blick. »Ich bin nur hier, um Gin die letzte Ehre zu erweisen. So wie alle anderen auch.«

Bria stieß ein höhnisches Lachen aus. »Aber klar. Sie sind doch der Grund dafür, dass meine Schwester überhaupt tot ist.«

Madeline zog eine Augenbraue hoch. »Ich weiß, dass Sie trauern, aber ich hatte nichts mit Gins unglücklichem ... Unfall zu tun.«

Bria warf sich nach vorne, doch Finn packte ihren Arm, scheinbar, um sie zurückzuhalten.

»Komm schon, Bria«, erklärte er angewidert. »Sie ist es nicht wert.«

Bria ließ sich von ihm davonführen, auch wenn sie immer wieder böse über die Schulter zu Madeline zurück sah. Eins musste ich meiner Schwester und meinen anderen Freunden lassen: Sie hatten ihre Rolle als Trauergemeinde wirklich herausragend gespielt.

Trotzdem, angesichts der Gefahr, dass Madeline uns unser Schauspiel nicht abgenommen hatte, glitt ich ungefähr zehn Meter von meinem Grab entfernt hinter einen Baumstamm, beugte mich vor und fing an, Efeu und Moos von einem Grabstein zu zupfen, als wolle ich den Betreffenden noch besuchen, bevor ich den Friedhof verließ. Aber Madeline sah nicht einmal in meine Richtung.

Der Rest meiner Familie, Freunde und unzähligen Feinde wanderten zurück zu ihren Autos, doch Madeline, Emery und Jonah blieben neben meinem Sarg stehen. Madeline starrte Finn und Bria an, beobachtete, wie sie zu Sophias klassischem Cabrio gingen und auf den Rücksitz glitten. Sophia und Jo-Jo stiegen ebenfalls ein, dann fuhren die vier davon. Xavier und Roslyn brachen auf, ebenso Owen, Eva, Violet und Warren. Phillip und Cooper gingen gemeinsam und Silvio und Catalina entfernten sich in einer Gruppe mit den restlichen Angestellten des Pork Pit.

»Was willst du in Bezug auf Coolidge unternehmen?«, fragte Emery. »Sie wird nicht aufgeben. Sie hat bereits Widerspruch gegen die Vorwürfe gegen sie eingelegt, jetzt, wo Dobson tot ist. Sie hat genug Freunde im Präsidium, um ihren Job zurückzubekommen. Und wenn sie das schafft, könnte sie dir Ärger machen.«

»Sie kann es versuchen. Aber sie ist auf keinen Fall so gefährlich, wie Blanco es war«, antwortete Madeline. »Das gilt für sie alle. Also dürfen sie weiterleben – für den Moment. Außerdem bin ich noch nicht mit ihnen fertig. Dass ihre geliebte Gin tot ist, ist noch lange kein Grund, sie nicht noch ein wenig leiden zu lassen, bevor sie sich ihr im Jenseits anschließen. Findest du nicht auch?«

Emerys leises, bösartiges Lachen ergänzte das von Madeline perfekt.

»Außerdem dürfte es ziemlich amüsant sein, sich anzusehen, wie sie mit all den Problemen klarkommen, die wir ihnen bereiten … jetzt, da Gin nicht mehr da ist, um sie zu schützen.«

Jonah räusperte sich, um sich endlich auch ins Gespräch einzuschalten. »Es ist ja gut und schön, Blancos Freunde und Familie zu piesacken, aber wir sollten uns auf die aktuellen Aufgaben konzentrieren – die Party morgen Abend.«

Madeline und Emery warfen ihm beide einen ausdruckslosen Blick zu. Es gefiel ihnen gar nicht, unterbrochen zu werden, wenn sie gerade das Leiden und den Schmerz anderer Leute diskutierten. Jonah trat einen Schritt zurück und strich sich die Krawatte glatt. Ich fragte mich, ob er sehen konnte, wie offensichtlich sich seine Tage als Madelines Anwalt ihrem Ende entgegenneigten. Es hätte mich nicht überrascht, wenn sie ihn bald umgebracht hätte, nachdem ich ja offensichtlich tot und aus dem Rennen war. Vielleicht würde Emery ihn aufhängen wie eine Piñata, damit sie und Madeline abwechseln auf ihm herumschlagen konnten. Also, *das* wäre mal eine Party.

»Nun, Jonah«, meinte Madeline gedehnt, »da hast du durchaus recht – zur Abwechslung einmal. Wir sollten uns tatsächlich auf die Party konzentrieren. Ich nehme an, von deiner Seite aus ist alles in die Wege geleitet?«

Jonah nickte abgehackt, um sie zu beruhigen. »Natürlich. Ich habe heute Morgen die Einladungen versendet. Alle Unterweltbosse dürften sie inzwischen bekommen haben. Sie werden zu neugierig sein und zu viel Angst haben, als dass sie nicht auftauchen werden.«

»Oh, darauf zähle ich«, murmelte Madeline. »Lasst uns gehen. Ich bin hier fertig.«

Damit wandten sie und Emery Jonah den Rücken zu und schlenderten davon. Der Anwalt schluckte schwer, bevor er ihnen folgte, wenn auch viel langsamer. Seine offensichtliche Unzufriedenheit mit seiner neuen, unbedeutenden Stellung im Leben erfüllte mich mit finsterer Befriedigung.

Madelines Party zu sprengen, würde mich allerdings noch viel mehr befriedigen.

Die restlichen Nachzügler verschwanden und ein paar Männer in blauen Overalls tauchten auf. Einer von ihnen fuhr einen kleinen Traktor mit einem daran befestigten Kran heran. Ich hielt meine Position neben dem Grabstein und beäugte die Männer misstrauisch, schließlich war ich auf Mabs Beerdigung von Totengräbern angegriffen worden. Das war Teil eines von Jonahs Versuchen gewesen, mich umbringen zu lassen. Aber die Männer ignorierten mich, tranken Kaffee aus der Thermoskanne, die sie dabeihatten, schnappten sich ihre Schaufeln und machten sich an die Arbeit.

Eine Stunde später rollte ein Auto über die gewundenen Pfade des Friedhofes heran. Zu diesem Zeitpunkt waren die Arbeiter mit ihrem Traktor bereits verschwunden, weil die Arbeit erledigt war. Die Reste des Sargschmucks in Pink und Weiß lagen auf der aufgeworfenen, schwarzen Erde verteilt. Hinter den Rosen erhob sich mein Grabstein, mit meiner Spinnenrune in der Mitte. Die Gravur war genauso groß wie die Narben auf meinen Handflächen.

Ich kauerte mich vor den Grabstein und starrte die Worte auf der glänzenden, grauen Granitoberfläche an:

Gin Blanco, geliebte Tochter, Schwester, Freundin.
Zu früh von uns gegangen.

Der letzte Satz war Jo-Jos Idee gewesen. Ha. Nicht alle würden so denken. Nicht nach dem, was ich plante.

Das Auto hielt an, die Tür öffnete sich und Owen stieg aus. Er trat an meine Seite und musterte mit undurchdringlichem Blick ebenfalls den Grabstein. Owen hatte in den letzten Tagen nicht viel gesprochen. Vorzugeben, dass ich tot war, war ihm schwerer gefallen als allen anderen. Nachts, wenn wir zusammen im Bett lagen, liebte er mich voller Leidenschaft, als könnte ich verschwinden, wenn er mich nicht fest genug hielt. Und ich tat dasselbe.

Weil wir beide wussten, dass ich immer noch sterben konnte, bevor alles vorbei war.

Doch keiner von uns sprach diese unangenehme Tatsache an – als wäre es weniger wahr, wenn wir nicht darüber redeten.

»Was denkst du gerade?«, fragte Owen schließlich.

Ich starrte noch ein paar Sekunden den Grabstein an, auf dem mein angebliches Todesdatum prangte, dann stand ich auf. »Ich denke darüber nach, dass dies schon das zweite Mal ist, dass ich wegen einer Monroe angeblich auf diesem Friedhof beerdigt wurde.«

Ich sah zu dem Hügel, auf dem das Grab der Snow-Familie lag. Dort oben stand ein Stein mit meinem echten Namen – Genevieve Snow – neben einem, auf dem Brias Name stand. Unsere Mutter Eira und unsere ältere Schwester Annabella hatten dort oben tatsächlich eine Gruft, zusammen mit unserem Vater Tristan.

»Es muss seltsam sein«, meinte Owen. »Zu sehen, wie die Welt, die Leute, einfach alle … ohne dich weitermachen.«

Ich zuckte mit den Achseln. Ich fand das weniger seltsam als traurig, aber das würde ich ihm nicht gestehen. Zumindest nicht jetzt.

»Ich weiß nicht, ob ich das könnte«, sagte Owen in einem

heiseren Flüstern. »Ohne dich weitermachen. Ich wüsste gar nicht, *wie* ich das anstellen sollte.«

»Du würdest einen Weg finden und das würde ich auch wollen.« Ich trat an ihn heran und umfasste sein Gesicht mit beiden Händen. »Aber du musst dir deswegen keine Sorgen machen, weil ich nirgendwohin gehe. Du solltest inzwischen wissen, dass ich sehr gut darin bin zu überleben. Selbst wenn ich es mit jemand so Gefährlichem wie Madeline zu tun habe.«

Ich drückte meine Lippen auf seine. Owen erwiderte den Kuss, ein Zittern überlief seinen Körper und er umarmte mich fest. Ich vergrub mein Gesicht an seinem Hals, atmete seinen vielschichtigen, metallischen Geruch ein. So blieben wir lange Zeit vor meinem Grab in den Armen des jeweils anderen stehen.

Schließlich allerdings löste ich mich von ihm. Weil Madeline ihre Pläne schmiedete und ich mein Netz spinnen musste.

Also küsste ich Owen noch ein letztes Mal, dann streckte ich ihm die Hand entgegen. Er verschränkte seine Finger mit meinen. Die Wärme seiner Haut vertrieb die Kälte, die sich in meinem Körper ausgebreitet hatte, ohne dass es mir bewusst gewesen war. Es war ein wunderschöner Herbsttag, also hatte mein Frösteln vielleicht mehr damit zu tun, dass ich an meinem eigenen Grab stand als mit allem anderen. Andererseits spürte ich immer eine gewisse Kälte, wenn mir klar wurde, dass ich noch lebte, obwohl ich eigentlich tot sein sollte. Die Falle von Madeline gehörte zu den gefährlichsten, die mir je gestellt worden waren. Ein Teil von mir konnte immer noch nicht glauben, dass ich hier im Sonnenschein stand, statt tot, kalt und begraben in der Erde zu liegen.

Owen führte mich von meinem Grab weg, doch ich konnte mich nicht davon abhalten, einen letzten Blick zurückzuwerfen. Die Sonne glänzte auf meinem Grabstein und die Strahlen fingen sich auf meiner Spinnenrune und brachten sie zum Leuchten.

Ich glaubte eigentlich nicht an gute Omen, aber ich wollte dieses glänzende, silberne Licht als Zeichen deuten, dass ich nicht allzu bald zurückkehren würde, um nach meiner finalen Konfrontation mit Madeline tatsächlich begraben zu werden.

22

Owen und ich fuhren in unseren jeweiligen Autos zu Jo-Jo. Allerdings fuhr er bis vors Haus, während ich meinen Mietwagen wieder zwei Straßen entfernt abstellte.

Bis ich die Umgebung abgesucht hatte, um sicherzustellen, dass niemand das Haus beobachtete, hatten sich bereits alle im Salon versammelt, der in eine improvisierte Einsatzzentrale verwandelt worden war. Zwischen den kirschroten Sesseln standen mehrere, zusammengeschobene Tische, auf denen sich heute Papiere, Baupläne, Fotos und anderes stapelten statt der üblichen Schönheitsmagazine. Stifte, Leuchtstifte und Ausdrucke ruhten in hohen Bergen in Plastikwannen zwischen den Lippenstiften, Nagellackfläschchen und Lockenwicklern, die Jo-Jo im Salon verwendete. Silvio hatte sogar ein paar alte Ausgaben des *Ashland Municipal Codex* um Roscos Bettchen in der Ecke aufgestapelt. Doch der Basset schien sein improvisiertes Fort zu mögen, denn er hatte seinen schwarzbraunen Kopf auf eines der dicken Bücher gelegt, schnarchte und sabberte dabei auf die verblassten, gelblichen Seiten.

Finn und Silvio leiteten die Show und brüteten über den Papieren und Fotos. Gleichzeitig waren sie ständig mit ihren Handys beschäftigt und holten die letzten Infos ein, die notwendig waren, um meinen Plan in die Tat umzusetzen. Bria und Xavier standen vor einem Whiteboard und hakten die Namen ab, die Owen, Phillip und Roslyn von den Papieren in ihren Händen ablasen. Jo-Jo wanderte von einer Seite des Raums zur anderen und verteilte Wasserflaschen, während Sophia entspannt in einem der Sessel saß und im Takt der goldenen Oldies, die aus ihren Kopfhörern schallten, mit dem Kopf wippte.

In der Zeit, in der ich mich bei Jo-Jo versteckt hatte, hatten Finn und Silvio einige Nachforschungen für mich angestellt. Sie hatten schnell herausgefunden, dass es bei Madelines Party morgen Abend nicht nur um *Ding-Dong-die-Hexe-Gin-Blanco-ist-tot* ging. Oh, ich bin mir sicher, diese Tatsache würde durchaus gefeiert werden … doch wichtiger war, dass die Säuremagierin jeden Unterweltchef und jede Unterweltchefin von Ashland zu ihrer exklusiven Veranstaltung geladen hatte. Ich konnte mir lebhaft vorstellen, was sie plante – sie wollte sich zur Königin der Stadt erklären, nachdem ihr das gelungen war, was kein anderer geschafft hatte: mich umzubringen. Oder zumindest dachte sie das.

Ich würde es ja *so* sehr genießen, ihre Krönungsparty zu sprengen.

Da alle beschäftigt waren und es für mich eigentlich nichts zu tun gab, schlich ich mich aus dem geschäftigen Salon in die ruhige Küche. Wegen der ganzen Freizeit, die mir mein Tod verschafft hatte, hatte ich in meiner Zeit bei den Deveraux-Schwestern eine Menge gekocht. Also fiel es mir leicht, mehrere Teller bis zum Rand mit Chocolate-Chip-Cookies, dunklen Schokoladen-Brownies und dem Schokomousse-Kuchen zu füllen, den ich gebacken hatte.

Da ich aber davon ausging, dass wir im Laufe des Abends auch etwas Herzhafteres essen wollten, fing ich an, Stapel von überbackenen Käsesandwiches zu machen. Ein paar einfache, einige mit süßen Apfel- und Birnenscheiben, manche gefüllt mit Honigschinken und Mixed Pickles und ein paar gefüllt mit dicken Tomatenscheiben, gewürzt mit Pfeffer, Salz und ein wenig Dill. Ich schnitt die heißen Sandwiches in Dreiecke, schnappte mir ein paar Servietten, Gläser und Krüge voller Limonade und Eistee und trug alles in den Salon.

Ich glitt in den Raum. Alle arbeiteten einfach weiter – außer Finn. Er hob sofort den Kopf und schien ein paar Mal zu wittern, genau wie Rosco es tat, dann drehte er sich zu mir um, seine Augen waren sogar noch größer und gieriger als die des Bassets.

»Rieche ich da überbackene Käsesandwiches? Mit Cookies? Und Limonade?«

Ich lachte, dann versammelten wir uns alle, um uns an meinem Beerdigungsschmaus gütlich zu tun – sozusagen. Während wir aßen, informierten Finn und Silvio den Rest von uns über alles, was sie bisher über Madelines Party hatten herausfinden können.

»Sieht aus, als hätte Madeline jeden eingeladen, der in der Unterwelt etwas darstellt«, sagte Finn, bevor er sich zwei Ecken des Apfel-Birnen-Sandwiches gleichzeitig in den Mund schob.

»Nein, wirklich?«, stichelte Phillip. »Und ich dachte, wir rufen einfach zum Spaß an der Tollerei die Namen von Ashlands gefährlichsten Kriminellen durch den Raum.«

»Ich muss Finn zustimmen«, meinte Silvio, der an einem meiner Schoko-Cookies knabberte. »Und wir wissen alle, warum Madeline sich für diese spezielle Gästeliste entschieden hat. Das ist nicht so sehr eine Party als vielmehr eine Krönungszeremonie, wie McAllister gesagt hat.«

»Zumindest, bis jemand auftaucht, um die Königin zu ermorden«, schaltete ich mich ein. »Eine Rolle, die ich nur zu gern übernehme.«

Wir lachten, doch unsere Heiterkeit verebbte schnell wieder. Wir wussten alle, wie gefährlich mein Plan war. Doch es war der einzige Weg, meine Freunde vor Madeline zu beschützen und noch etwas anderes zu erreichen, was ich mir so sehr wünschte: ein wenig Ruhe und Frieden.

Also verbrachten wir den Rest des Nachmittags mit Arbeit und teilten meinen Masterplan in kleine, machbare Aufgaben auf … genau wie Madeline es getan hatte, als sie uns ins Visier genommen hatte.

Sobald Bria, Xavier, Roslyn, Owen und Phillip mit der Gästeliste fertig waren, übernahm Finn. Er stellte sich vor dem Whiteboard auf wie ein Professor und berichtete uns von all den Gerüchten, die er gehört hatte – wer in der Unterwelt auf dem Weg nach oben war, wessen Stern langsam sank und wie viele Bodyguards die Bosse jeweils mit zu Madelines Party bringen würden. Er hatte für seinen Vortrag sogar irgendwo einen Laserpointer aufgetrieben. Elender Angeber.

Sobald wir eine gute Vorstellung davon hatten, wie viele Leute auf der Party anwesend wären, trat Silvio ins Rampenlicht, denn ihm war es gelungen, die nützlichsten Sachen überhaupt aufzutreiben – Baupläne der frisch umgebauten Monroe-Villa, zusammen mit genauen Informationen über die Wachaufstellung.

Jo-Jo räumte einen der Tische ab. Silvio breitete die Pläne mit schwungvollen Bewegungen aus, dann nickte er mir zu und trat zurück, damit wir uns alle um den Tisch drängen konnten.

Finn zog einen Schmollmund. »Ich versuche seit Gins Fake-Tod, an diese Infos heranzukommen. Wie hast du das geschafft?«

»Ein guter Assistent gibt seine Quellen niemals preis.« Silvio schenkte ihm ein kleines, zufriedenes Lächeln. »Vielleicht mögen die Leute mich einfach lieber als dich.«

Finn warf dem Vampir einen bösen Blick zu, doch Silvio lächelte einfach nur weiter. Er mochte es, Finn zu nerven. Das konnte ich ihm nicht übel nehmen. Es war auf jeden Fall eine meiner Lieblingsbeschäftigungen – ich fand sogar, sie sollte zum Nationalsport erklärt werden.

»Madeline hat nicht so viele Wachen, wie ich erwartet hätte«, brummte Xavier, der gerade mit dem Finger eine Liste entlangfuhr. »Sieht so aus, als wären es drei Dutzend, in drei Gruppen aufgeteilt – ein Dutzend, um die Umgebung zu bewachen, ein Dutzend, das im Herrenhaus patrouilliert, und dann noch ein Dutzend auf der Party selbst.«

»Sicher, aber du vergisst, dass sie auch noch Emery hat«, warf Bria ein. »Sie allein ist mindestens drei Riesen wert.«

»He«, krächzte Sophia und ließ ihre Knöchel knacken. »So zäh ist die gar nicht.«

Wir wechselten Blicke, doch niemand widersprach der Grufti-Zwergin.

Nachdem wir uns die Wege der Wachen und die Pläne angesehen hatten, gingen wir zum nächsten Punkt über – Waffen.

Finn ließ sich von Xavier dabei helfen, mehrere große, schwere Taschen in den Salon zu tragen. Ein fröhliches Grinsen leuchtete auf dem Gesicht meines Ziehbruders, als wäre Weihnachtsmorgen und er dürfte Geschenke öffnen, statt nur die Reißverschlüsse an Taschen voller Schusswaffen, Schalldämpfern und Munition zu öffnen.

»Wie hast du es geschafft, das alles so kurzfristig zu besorgen?«, fragte Phillip, während er einen Revolver in der Hand abwog.

»Hey, die sind ein Geschenk von Madeline«, verkündete Finn. »Das einzig Gute, was sie je für uns getan hat.«

»Das waren die Waffen, die sie Harley Grimes abkaufen wollte, um ihre Wachen damit auszustatten«, fügte Owen hinzu. »Die, die wir abgefangen haben, als Sophia und Jo-Jo ihn in dieser Nacht bei Fletchers Haus getötet haben.«

»Sie haben in den Tunneln unter Dads Haus nur Staub angesetzt, also dachte ich, wir könnten sie auch herausholen und benutzen.« Finn posierte mit einem riesigen Gewehr. »Was denkt ihr? Steht mir Waffengrau?«

Wir stöhnten nur.

Während Finn weiter mit verschiedenen Waffen posierte, trat Silvio an mich heran und drückte mir ein kleines Stück Papier in die Hand.

»Was ist das?«, fragte ich.

Er runzelte die Stirn. »Ich bin mir nicht ganz sicher, aber ich dachte, du solltest es sehen, weil es zu den Arbeiten gehört, die Madeline im Herrenhaus in Auftrag gegeben hat. Die meisten Renovierungsarbeiten waren das, was man eben erwartet. Neue Farbe, neue Zwischendecken, neue Böden. Aber das hier ist anders.«

»Inwiefern?«

Er tippte auf das Papier. »Soweit ich es sagen kann, handelt es sich um eine Zimmerflucht, die sie von Grund auf renoviert hat. Ein Schlafzimmer, ein Bad und irgendeine Art von Wohnzimmer.«

»Was ist daran so ungewöhnlich?«

»Diese Suite liegt im Erdgeschoss des Herrenhauses, versteckt in einer der Ecken, ein gutes Stück entfernt von den restlichen Renovierungsarbeiten.« Silvio zögerte. »Es sieht fast so aus, als hätte sie die Räume herrichten lassen, damit irgendjemand dort einziehen kann.«

Bei seinen Worten lief mir ein kalter Schauder über den Rücken. »Madeline soll einen Mitbewohner bekommen?«

»Das vermute ich.«

»Wen?«

Silvio zuckte mit den Achseln. »Unglücklicherweise ist es mir nicht gelungen, das herauszufinden.«

Mehr sagte er nicht, doch ich konnte die Sorge in seiner

Miene erkennen. Wir würden schon genug Probleme mit Madeline, Emery und ihren Riesenwachen haben. Wir wollten wirklich nicht auch noch damit rechnen müssen, dass irgendein unerwarteter Gast auftauchte, um Sand ins Getriebe unseres Plans zu streuen.

»Vielleicht hilft es, zu wissen, dass die Arbeiten erst heute Morgen abgeschlossen wurden«, sagte Silvio »Vermutlich ist Madelines Gast noch nicht angekommen und wird auch erst nach der Party auftauchen.«

Er versuchte, mich zu beruhigen, doch es funktionierte nicht. Silvio berührte mich leicht an der Schulter, dann ging er zu Jo-Jo, um sich mit ihr zu unterhalten.

Ich starrte unverwandt auf das Papier in meiner Hand, ohne die ganzen Linien und anderen Markierungen wirklich zu sehen. Ich war kein Luftelementar, also konnte ich keinen Blick in die Zukunft werfen, wie Jo-Jo es tat. Doch aus irgendeinem Grund machte ich mir mehr Sorgen um Madelines mysteriösen Hausgast als um alles andere.

Während meine Freunde sich unterhielten, riss ich mich zusammen, dann trat ich bis an die Tür zum Salon zurück, um meinen Blick über den Raum gleiten zu lassen: über die Pläne, die Namen auf dem Whiteboard, die Taschen voller Waffen und Munition, sogar über die alten Exemplare des *Ashland Municipal Codex*, die um Roscos Körbchen aufgestapelt waren.

Während ich mir all diese Dinge nacheinander ansah, dachte und dachte und dachte ich angestrengt nach. Meine Gedanken rasten. Ich versuchte, mir vorzustellen, wie alles laufen würde. Versuchte zu erkennen, ob unser Plan Schwachstellen hatte oder Probleme drohten, die mir bis jetzt nicht aufgefallen waren. Versuchte vorherzusehen, wie Madeline und die Unterweltbosse reagieren würden, wenn sie feststellten, dass ich noch am Leben war.

Versuchte herauszufinden, ob ich mich und meine Freunde zu einer kurzen, schmerzerfüllten Nacht verurteilte, die mit unser aller Tod enden würde.

Aber so musste es sein. Ich würde nur eine Chance bekommen, Madeline auszuschalten, und das war morgen. Also dachte ich an Fletcher und daran, was er an meiner Stelle getan hätte. Ich hatte das Gefühl, der alte Mann hätte meinen Plan genauso gutgeheißen wie die Lehren, die ich aus dieser Nacht vor so langer Zeit gezogen hatte, als wir in diesen Metallfässern eingesperrt gewesen waren. Die Nacht, die ich fast schon vergessen gehabt hatte, bis Madeline mich so grausam daran erinnert hatte.

Die anderen bemerkten, dass ich sie anstarrte, also verstummten sie nacheinander und erwiderten meinen Blick.

»Nun«, sagte ich mit einem breiten Grinsen. »Ich glaube, wir sind bereit, Madeline und dem Rest der Unterwelt von Ashland eine Nacht zu bereiten, die sie niemals vergessen werden. Und Folgendes werden wir tun.«

23

Am nächsten Abend bereitete ich mich auf die wichtigste Party meines Lebens vor.

Oder zumindest der kurzen Lebensspanne, die mir vielleicht noch blieb.

Laut dem, was Jo-Jo in Erfahrung gebracht hatte, wollte Madeline zu ihrem großen Empfang ein teures Haute-Couture-Kleid tragen, doch ich kleidete mich wie immer – todschick.

Heute Abend bedeutete das: schwarze Stiefel und einen eng anliegenden, schwarzen Overall, der bis zum Hals geschlossen war. Außerdem schob ich meine fünf Messer, die Silvio mir zurückgegeben hatte, an ihre üblichen Stellen. Mein Spinnenrunen-Ring steckte wieder an meinem rechten Zeigefinger, wo er hingehörte. Die dazu passende Kette lag um meinen Hals und der Anhänger ruhte zwischen meinen Schlüsselbeinen. In beiden Schmuckstücken pulsierte mehr von meiner Eis- und Steinmagie als jemals zuvor, nachdem ich einen guten Teil meiner Zeit in Jo-Jos Haus damit verbracht hatte, meine Macht in das Steinsilber zu übertragen. Diese beiden Gegenstände waren das Kernstück meines Plans. Sie waren sogar noch wichtiger als meine Messer. Heute Nacht würde mein Schmuck über Leben und Tod entscheiden.

Die anderen zogen sich ähnlich an, dann packten wir den Rest unserer Ausrüstung in schwarze Taschen. Ich wollte das

Überraschungsmoment so lange wie möglich wahren, also waren Waffen nicht das Einzige, was wir heute Abend brauchen würden.

Schließlich, als wir alle bereit waren, versammelten wir uns im Salon, um ein letztes Mal alles durchzugehen. Ich, Owen, Bria, Finn, Xavier, Jo-Jo und Sophia. Phillip, Silvio und Roslyn waren ebenfalls eingeweiht, doch sie würden auf einem anderen Weg ins Gebäude kommen. Eva, Violet und Catalina hatten auch helfen wollen, doch wir hatten sie überstimmt, sodass die Mädchen jetzt im *Country Daze* waren, wo Warren und Cooper auf sie aufpassten. Falls etwas schieflief, würden die beiden sie vor dem Nachbeben beschützen.

Und die Sache heute Abend konnte so schrecklich schieflaufen.

Owen kam zu mir und legte einen Arm um meine Taille. »Bist du bereit?«

Ich atmete tief durch. »Ja. Ich bin bereit, komme, was wolle. Endlich.«

Er nickte und hielt mich fest, bis die Zeit zum Aufbruch gekommen war.

Wir schnappten uns unsere Ausrüstung, verteilten uns auf diverse Autos und fuhren zum Monroe-Anwesen.

Doch wir hielten nicht an oder rammten mit unseren Wagen durch das geschlossene Tor vor dem Herrenhaus. Ich wollte unsere Gegenwart erst in der letztmöglichen Sekunde publik machen, also fuhren wir einfach vorbei, auch wenn Sophia ihr Cabrio leicht abbremste, damit ich durch das Tor spähen und einen Blick auf die ganzen Limousinen und teuren Sportwagen in der langen Einfahrt werfen konnte. Anscheinend hatte die Party gerade angefangen. Gut.

Sophia fuhr zum nächsten Haus weiter. Dieses Tor schwang auf, als die Zwergin ihr Cabrio darauf zusteuerte. Hinter uns folgten die anderen in ihren eigenen Wagen. Wir fuhren zu der Villa und parkten davor. Die Haustür öffnete sich und Charlotte Vaughn trat heraus.

Während die anderen ihre Ausrüstung aus den Autos holten, schlenderte ich zu ihr. Charlotte musterte mehrere Sekunden lang meine Freunde, bevor sie sich mir zuwandte.

»Du kannst dir vorstellen, wie überrascht ich war, als du mich angerufen hast«, sagte sie. »Wenn man bedenkt, dass ich erst gestern deiner Beerdigung beigewohnt habe.«

Ich hatte Charlotte dort gesehen ... und sie war eine der wenigen gewesen, die anscheinend tatsächlich um mich trauerten. Doch egal, wie freundlich oder zugeneigt sie mir gegenüber auch war, diese Gefühle waren immer mit einer gewissen Wut gepaart, weil ich ihren Vater getötet hatte – und das war auch richtig so.

Ich grinste. »Ich tue gerne das Unerwartete. Was soll ich sagen? Von den Toten wiederauferstehen ist eine besondere Spezialität von mir.«

»Was hast du vor, Gin?«, fragte sie. Misstrauen leuchtete in ihren braunen Augen auf. »Ich habe von der Party gehört, die Madeline Monroe heute Abend schmeißt.«

Ich zuckte mit den Achseln. »Ich werde das tun, was ich am besten kann.«

»Und wieso brauchen du und deine Freunde dafür Zugang zu meinem Grundstück?«

»Weil ich nicht will, dass Madeline versteht, was vor sich geht, bevor es zu spät ist.«

Charlotte zog eine schwarze Augenbraue hoch. »Ich verstehe. Wusstest du, dass Madeline mir vor ein paar Tagen einen Besuch abgestattet hat? Es war direkt nach dem Feuer im Pork Pit. Sie wollte mit mir darüber reden, ob ich ihr einen Anteil an Vaughn Construction übertrage – den Anteil, den früher einmal Mab hatte.«

»Silvio, mein Assistent, könnte etwas in der Art erwähnt haben. Aber nach heute Abend sollte das kein Problem mehr darstellen.«

Charlotte musterte mich noch einen Moment, dann grinste sie ebenfalls. »Passt du immer noch auf mich auf, Gin?«

»Das gehört auch zu den Dingen, in denen ich sehr gut bin.«

Charlotte lachte leise, dann winkte sie allen zu und verschwand wieder im Haus.

Die anderen warteten auf mich, also packte ich mir die Tasche, die Owen mir reichte. Gemeinsam wanderten wir in Richtung der Wälder am anderen Ende des Grundstückes. Bald hatten wir den Waldrand erreicht. Ich übernahm die Führung. Die anderen reihten sich hinter mir ein.

»Sind wir bald da?«, jammerte Finn bereits nach ungefähr drei Minuten das erste Mal.

Ich verdrehte die Augen, obwohl er es nicht sehen konnte, dann stapften wir weiter.

Wir brauchten ungefähr eine Dreiviertelstunde, um mein improvisiertes Baumhaus zu erreichen. Ich kletterte nach oben, zog ein Nachtsichtgerät aus der Tasche und richtete es auf die Hinterseite des Herrenhauses.

Die eisernen Laternen, die das Schwimmbad und die Terrasse beleuchteten, waren alle angeschaltet und warfen sanftes, goldenes Licht auf das schimmernde Wasser und den grauen Stein außen herum. Der Bereich war menschenleer, mit nur drei gelangweilt wirkenden Wachen, die ihre Runden über den Rasen zogen. Genau, was ich erwartet und erhofft hatte. Jetzt, da ich tot war, machte Madeline sich keine Sorgen, dass jemand auf das Grundstück schleichen und aus dem Wald heraus einen Mordanschlag auf sie verüben könnte. Warum die Wachen draußen postieren, wenn die wahre Gefahr heute doch von den Leuten ausging, die sich im Herrenhaus versammelt hatten?

Ich stieg wieder von meiner Aussichtsplattform und schloss mich den anderen an. »Sieht gut aus, zumindest, bis wir die Rasenfläche erreichen. Sind alle bereit?«

Alle kontrollierten ein letztes Mal ihre Schusswaffen. Ich dagegen ließ ein Messer in meine Hand gleiten.

»Dann mal los.«

Wir schlichen durch den Wald, wobei wir weiterhin die Augen offen hielten wegen Runenfallen, Stolperdrähten oder Landminen, die Madeline und Emery vielleicht versteckt hatten. Doch die Umgebung war sauber und wir erreichten den Rand der Rasenfläche ohne Probleme.

Jetzt wurde es Zeit, Phillip, Roslyn und Silvio zu kontaktieren, die bereits hier waren.

Madeline hatte die drei tatsächlich zu ihrer Party eingeladen. Phillip war mit seinem Casino-Boot *Delta Queen* ein wichtiger Akteur in der Stadt und Roslyn pflegte verschiedene Kontakte zur Unterwelt, dank der nicht-legalen Aktivitäten, die im *Northern Aggression* so vor sich gingen. Aber dass auch Silvio eine Einladung bekommen hatte, überraschte alle. Andererseits, er war jahrelang Beauregard Bensons rechte Hand gewesen. Vielleicht hielt Madeline nach einem neuen Assistenten Ausschau, weil sie vorhatte, Jonah bald loszuwerden. Oder sie wollte Silvio einfach noch mal ordentlich unter die Nase reiben, dass sie mich umgebracht hatte. Auf jeden Fall war er ihr auch eine Einladung wert gewesen. Also waren die drei einfach mit allen anderen Gästen durch die Eingangstür geschlendert, um meine Augen und Ohren im Inneren zu spielen.

Ich zog mein Handy heraus und schickte meinen Freunden *Wir sind da.*

Eine Sekunde später vibrierte mein Handy mit einer Nachricht von Silvio. *Party entwickelt sich wie geplant. Wachen halten sich an die erwarteten Runden. Los.*

Ich grinste und schickte ihm noch eine Nachricht. *Klopf, klopf.*

»Finn«, flüsterte ich, als ich das Handy wieder in die Tasche meines Overalls schob. »Du bist dran.«

»Mit Vergnügen«, murmelte er.

Finn zog sein Scharfschützengewehr und ein Zielfernrohr aus der Tasche, befestigte einen Schalldämpfer am Ende des Laufs und hob die Waffe an die Schulter. Dann wartete er.

Pffft. Pffft. Pffft.

Er erledigte die drei Riesen auf der Rasenfläche in schneller Folge, jagte jedem von ihnen mit geübter Mühelosigkeit eine Kugel in den Kopf. Die Riesen stöhnten, als sie umfielen, doch das waren die einzigen Geräusche, die die Ruhe der Nacht störten. In der Ferne hörte man klassische Musik, aber so leise und gedämpft, dass sie eher traumhaft wirkte als real.

Ich hob meine Faust, um meinen Freunden zu sagen, dass sie ihre Positionen halten sollten. Ich wartete eine Minute, dann zwei, dann drei. Hinter mir traten die Übrigen unruhig von einem Fuß auf den anderen, aber niemand kam, um nach den toten Wachen zu sehen. Die restlichen Riesen waren zu sehr mit dem beschäftigt, was im Herrenhaus vor sich ging, um sich Sorgen um das zu machen, was vielleicht von außen drohte. Perfekt.

Also ließen wir die Bäume hinter uns, huschten über den Rasen und betraten die gepflasterte Terrasse. Wir kauerten uns hinter die Möbel, die Waffen im Anschlag, immer noch auf der Hut. Aber alles war ruhig und niemand außer uns plante hier Böses.

Finn, Xavier und ich lösten uns von der Gruppe, sprangen vorwärts und bogen um die Ecke des Hauses. Zwei weitere Riesen standen am Fuß einer kleinen Treppe Wache. Finn erschoss sie, bevor sie wussten, wie ihnen geschah. Wir eilten zu ihnen und hielten Ausschau, während Xavier die Leichen hinter ein paar Büsche zog. Dann gingen wir weiter und wiederholten den Prozess wieder und wieder, bis wir das Dutzend Riesen außerhalb des Hauses getötet, das Gebäude einmal ganz umrundet und erneut die Terrasse erreicht hatten.

Ich nickte Bria zu und sie erwiderte die Geste. Sie griff in eine Brusttasche ihres schwarzen Overalls und zog einen kleinen Glasschneider heraus. Bria schlich sich zu einer der Terrassentüren, ging in die Hocke und schnitt ein Loch ins Glas, das gerade groß genug war, um die Hand hindurchzuschieben. Eine Sekunde später war die Tür entriegelt.

Meine Schwester sah mich an. Ich nickte wieder. Bria spannte sich an, dann öffnete sie die Tür einen kleinen Spalt. Wir alle warteten mit dem sprichwörtlichen angehaltenen Atem, doch es erklang kein Alarm. Nach Silvios Erkenntnissen war die Alarmanlage während der Umbauarbeiten ausgeschaltet worden, damit sie nicht jedes Mal losheulte, wenn einer der Arbeiter eine Tür oder ein Fenster öffnete. Nachdem die Bauarbeiten gerade erst abgeschlossen worden waren und sich heute während der Party eine Menge Leute im Gebäude tummeln würden, hatte ich vermutet, dass sich bisher niemand die Mühe gemacht hatte, das Sicherheitssystem wieder anzuschalten. Und wer wäre schon dämlich genug, Madeline ausrauben zu wollen … jetzt, da sie kurz davor stand, die Kontrolle über die gesamte Unterwelt zu übernehmen? Und selbst wenn jemand auf diese blöde Idee gekommen wäre, ging Madeline wahrscheinlich davon aus, dass Emery und ihre Riesen ausreichten, um alle Eindringlinge abzuhalten.

Nun, sie mochten ausreichen, die meisten Leute zurückzuhalten – aber nicht mich und meine Freunde.

Bria öffnete die Tür weit genug, damit wir hintereinander ins Gebäude huschen konnten. Sobald wir drin waren, schloss sie die Tür und zog den weißen Spitzenvorhang vor die Glasfläche, um das kleine Loch zu verbergen.

»Was jetzt?«, flüsterte sie.

»Jetzt erledigen wir die Wachen im Inneren«, flüsterte ich zurück. »Wie geplant. Und los geht's.«

Nach den Informationen, die Silvio gesammelt hatte, patrouillierten weitere Wachen durch die Gänge im Erdgeschoss. Natürlich. Madeline ging davon aus, dass niemand an ihnen vorbeikommen konnte, um sich in die oberen Stockwerke zu schleichen. Und selbst wenn jemand das getan hätte, hätte er sich mit der Säuremagierin selbst auseinandersetzen müssen. Und wie ihre Mutter vor ihr war auch Madeline felsenfest davon überzeugt, dass ihre Fähigkeiten, ihre Magie und ihr Ruf die Leute fernhalten würden.

Doch ich war verrückter als die meisten anderen – oder vielleicht litt ich einfach an einer größeren Todessehnsucht.

Wir bewegten uns durch das Erdgeschoss des Herrenhauses, immer eng an den Wänden, so leise wie möglich und immer im Schatten. Die Musik und das Murmeln der Menge wurden lauter und lauter, je tiefer wir eindrangen. Wir bogen um eine Ecke und entdeckten einen Riesen, der an der Wand lehnte und an einem Champagnerglas nippte, das er irgendwo hatte mitgehen lassen. Er sah kurz in unsere Richtung, dann riss er überrascht den Kopf herum.

Pfft.

Finn jagte ihm eine Kugel in den Schädel, wie er es bei all den anderen auch getan hatte. Dann hielt der Rest von uns Wache, während Xavier die Leiche des Riesen unter den Armen packte und in einen nahe gelegenen Abstellraum stopfte. In der Zwischenzeit sank Sophia auf die Knie, hob ihre Hand und setzte ihre Luftmagie ein, um das Blut und die anderen scheußlichen Flüssigkeiten aufzulösen, die aus der Kopfwunde des Riesen gespritzt waren. Nach weniger als einer Minute war die Leiche außer Sicht und der Tatort wieder makellos.

Schnell, sauber, effektiv – genau, wie ich es geplant hatte.

Wir wiederholten den Prozess, bis wir ein Dutzend weitere Wachen ausgeschaltet hatten. Der Rest der Riesen war als Bedienung im großen Ballsaal eingesetzt, wo die Party stattfand.

Als ich mir sicher war, dass wir so viele Wachen ausgeschaltet hatten wie eben möglich, schlichen wir uns alle in ein großes Bad. Owen baute sich mit erhobener Pistole neben der Tür auf und spähte durch einen Spalt in den Flur. Jo-Jo dagegen öffnete die Sporttaschen, die wir für diese spezielle Gelegenheit mitgebracht hatten.

Ich schickte Phillip, Roslyn und Silvio eine weitere Nachricht: *Wachen erledigt. Ziehen uns jetzt um.*

Silvio antwortete sofort: *Hier alles nach Zeitplan. Los.*

Reißverschlüsse wurden geöffnet, Schuhe abgeschüttelt und Socken ausgezogen. Eilig warfen wir unsere dicken Stiefel und die engen Overalls ab, um die elegante Abendgarderobe darunter zu enthüllen. Owen, Finn und Xavier trugen klassische Smokings, während Jo-Jo, Bria und Sophia glitzernde Tops mit weit fallenden Seidenhosen trugen. Ich hatte mich für einen schwarzen, eng anliegenden Hosenanzug aus Seide entschieden – den weißen Anzügen, die Madeline immer trug, nicht unähnlich. Außerdem zog ich ein paar schwarze Satinhandschuhe an, die fast bis an meine Ellbogen reichten.

Wir wechselten alle unsere Schuhe, ließen die schweren Stiefel stehen und zogen stattdessen glänzende Lederschuhe und Pumps an. Außerdem setzten wir die Accessoires auf, die Roslyn uns zur Verfügung gestellt hatte: Perücken und Brillen. Dinge, die das Aussehen ausreichend veränderten, um zu verhindern, dass jemand uns erkannte. Ich musste noch eine Sache sicherstellen, bevor wir zum finalen Teil meines Plans übergingen, und ich wollte immer noch, dass wir sicher aus dem Herrenhaus entkommen konnten, falls nicht alles lief wie erwartet.

Finn spähte durch die silberne Brille auf seiner Nase in einen Spiegel und strich sich über die Perücke. »Ich habe immer schon vermutet, dass mir blond gut stehen würde.«

Ich verdrehte nur die Augen, dann stülpte ich mir eine dunkelrote Perücke über, zusammen mit einer schwarzen Hornbrille.

Während Jo-Jo Brias und mein Make-up in Ordnung brachte und sicherstellte, dass alle Perücken auch gerade saßen, stopften die Männer die Overalls und Stiefel in die Taschen, um diese dann in einer Badewanne zu verstauen, die in einer Ecke des Raums in den Boden eingelassen war.

Fünf Minuten später waren wir bereit, die nächste Phase meines Plans einzuläuten.

Nacheinander sah ich meine Freunde an. »Ihr wisst alle, was ihr zu tun habt und wo eure Positionen sind. Also lasst uns losziehen und diese Sache ein für alle Mal zu Ende bringen.«

Finn hob seine Hand und ich klatschte ihn ab, als wären wir Footballspieler vor einem großen Spiel, die gleich aufs Feld stürmen würden – und würden nicht versuchen, eine der gefährlichsten Elementarmagierinnen zur Strecke zu bringen, die Ashland je heimgesucht hatten. Finn klatschte auch alle anderen ab, um die düstere Stimmung aufzulockern, die Besitz von uns ergriffen hatte.

Einer nach dem anderen huschten meine Freunde aus dem Bad, um ihre Plätze in der Partygesellschaft einzunehmen. Ich verließ mich darauf, dass alle so auf Madeline und ihre Ansprache, die sie wahrscheinlich gerade hielt, konzentriert wären, um Finn, Owen, die anderen oder sogar mich zu bemerken – bis es zu spät war.

Schließlich blieb nur Bria im Bad zurück. Neben mir war sie die Bekannteste von uns. Sie riskierte fast so viel wie ich – als Polizistin, die in einen ganzen Saal voller Krimineller schlenderte. Ihre schwarze Lockenperücke und die dicke Brille würden die Leute nicht ewig in die Irre führen, genauso wenig wie es bei meiner Verkleidung der Fall war. Aber Bria war nur zu bereit, sich mit mir dieser Gefahr zu stellen. Meine Liebe zu ihr wärmte mir das Herz.

»Also«, sagte sie, »jetzt ist es so weit. Bist du dir sicher, dass du das durchziehen willst, Gin? Nach heute Abend gibt es kein Zurück mehr.«

Ich nickte. »Ich bin mir sicher. Ich glaube, wir wissen beide, dass diese ganze Sache sich bereits über lange Zeit aufgebaut hat. Außerdem hat Madeline versucht, uns alle fertigzumachen. Ich will ihr diesen Gefallen heute Abend erwidern – und zwar so richtig.«

Bria grinste. »Also dann«, meinte sie, »liegt es mir fern, dir deinen großen Auftritt zu versauen.«

Ich erwiderte ihr Grinsen. »Was soll ich sagen? Finn hat mir einiges beigebracht.«

Sie lachte, dann glitt sie ebenfalls aus dem Raum. Ich ließ ihr drei Minuten Zeit, damit sie ihre Position erreichte, dann verließ auch ich das Bad.

Als ich mich durch die Gänge bewegte, konnte ich nicht anders, als an das letzte Mal zurückzudenken, als ich mich in diesem Haus aufgehalten hatte – an dem Abend, an dem ich Jake McAllister getötet hatte, Jonahs Sohn. Ich hatte den anderen nichts davon erzählt, aber ich hatte seine Leiche genau in dem Bad versteckt, in dem wir uns gerade umgezogen hatten. Was für eine Ironie.

Die Flure lagen ruhig vor mir, sodass ich die Musik und das Gemurmel aus dem Ballsaal umso deutlicher hören konnte. Überall um mich herum flüsterte der Stein des Gebäudes von Geld und Macht – Dinge, die Madeline im Überfluss besaß, genau wie Mab vor ihr. Doch noch deutlicher war das scharfe, fast fröhliche Gekicher von Tod, Zerstörung und Verderben. Alles Dinge, die Madeline nur zu gern um sich herum verteilte, sogar noch mehr als ihre Mutter vor ihr.

Obwohl wir uns um die meisten Wachen gekümmert hatten, hielt ich trotzdem die Augen offen, nur für den Fall, dass wir doch ein paar Riesen übersehen hatten. Doch ich erreichte ohne Probleme eine der Türen zum Ballsaal.

Immer noch im Schatten versteckt, hielt ich inne, um alles zu durchdenken, was mich erwartete. Nicht nur die Konfrontation mit Madeline, sondern auch die Dinge, die hinterher geschehen würden, sollte ich die Magie und den Zorn der Säuremagierin überleben.

Vielleicht hatte ich wahrere Worte zu Bria gesprochen, als mir bewusst gewesen war. Vielleicht war alles auf diesen Moment zugestrebt, seitdem ich im Winter Mab getötet hatte. Vielleicht hatte das alles sogar schon vor all diesen Jahren seinen Anfang genommen, als sie meine Mom und Annabella ermordet hatte. Vielleicht war das alles unausweichlich, schon seit damals, schon von Beginn an.

Auf jeden Fall war ich jetzt hier und es wurde Zeit, den letzten Schritt zu machen, in mehr als einer Hinsicht. Also richtete ich mich hoch auf, schob das Kinn vor und marschierte in den Ballsaal – meinem Schicksal oder meinem Verhängnis entgegen.

24

In gewisser Weise sah der große Ballsaal genauso aus wie beim letzten Mal. Da er im Zentrum der drei Flügel des Herrenhauses lag, nahm er eine unglaublich große Fläche ein und wies eine breite Treppe zu den oberen Stockwerken auf. Neben einer Reihe von Glastüren, die auf eine Terrasse führten, spielte ein kleines Orchester, während Leute tanzten, tranken und von einem Grüppchen zum anderen schlenderten.

Doch andererseits war auch alles ganz anders. Als Mab noch gelebt hatte, hatten Rottöne den Raum dominiert, mit Rubinen und Granaten, die in den Lüstern unter der Decke glänzten, und einem scharlachroten Teppich, der sich über die Treppe nach oben zog. Doch jetzt war alles in einem kühlen Weiß oder noch kühleren Kristallsilber gehalten, vom weißen Marmorboden über die diamantstrotzenden Kronleuchter bis zu dem elfenbeinfarbenen Teppich auf der Treppe. Weiße Orchideen standen in Kristallvasen verteilt, während weitere weiße Blüten sich an den Säulen neben der Treppe nach oben zogen, im Wechsel mit weißen Lichtern. Alles wirkte schön und unendlich elegant.

Die einzigen Farbkleckse im Ballsaal waren die Leute, die Madelines Vorladung gefolgt waren. Die Menge setzte sich genau so zusammen, wie ich es erwartet hatte. Männer und Frauen in ihrer besten Kleidung, mit eindrucksvollem Schmuck an Fingern, Handgelenken und Kehlen, der sogar noch intensiver glitzerte als die paillettenbesetzten Abendkleider. Madelines verbliebene Riesenwachen, die alle als Kellner gekleidet waren, zirkulierten durch den Saal und boten Gläser voller Champagner zusammen mit kleinen Köstlichkeiten auf silbernen Tabletts an.

Die Gäste unterhielten sich, lachten und lächelten einander an, doch auch das sanfte Licht konnte die Sorgenfalten auf ihren Gesichtern nicht verbergen. Und die Musik des Orchesters konnte den gezwungenen Ton ihrer Unterhaltungen nicht überdecken. Die Luft knisterte förmlich vor Anspannung. Die Champagnervorräte der gesamten Welt hätten nicht ausgereicht, diese Leute zu entspannen. Sie waren von der Königin hierher zitiert worden und sie alle waren erpicht darauf, zu hören, was sie zu sagen hatte – und herauszufinden, wie lange ihre Köpfe wohl noch auf ihren Hälsen ruhen würden.

Ich stand im dunklen Flur und suchte in der Menge nach meinen Freunden, weil ich sicherstellen wollte, dass alle ihre Stellungen eingenommen hatten, ehe ich den Saal betrat. Anscheinend waren sie alle ohne Probleme in die Menge eingetaucht. Selbst ich hätte sie vielleicht nicht entdeckt, hätte ich ihre Verkleidungen nicht zuvor gesehen gehabt.

Xavier stand seitlich an der Bar aus elementarem Eis und unterhielt sich mit Silvio. Owen stand zusammen mit Phillip am anderen Ende, vor den Terrassentüren. Bria und Jo-Jo befanden sich auf der anderen Seite des Ballsaals. Die Zwergin nippte an einem Glas Champagner, während Bria ihre Tasche mit der darin versteckten Pistole umklammerte. Sophia lungerte in dem Flur unter der Treppe herum, wenige Schritte von der Tanzfläche entfernt. Und Finn und Roslyn gehörten zu denjenigen, die sich einen Platz auf der Galerie im ersten Stock gesucht hatten. Auf diese Weise konnte Finn seine Pistole ziehen und sich um jegliche Probleme kümmern, die vielleicht auftreten würden, sobald ich meine Gegenwart öffentlich machte.

Als ich mir sicher war, dass alle waren, wo sie sein sollten, schlenderte ich in den Saal und schnappte mir ein Glas Champagner von einem vorbeikommenden Kellner. Er warf mir einen gelangweilten, desinteressierten Blick zu und ging weiter zum nächsten Gast. Allerdings trug ich auch kein tief ausgeschnittenes Abendkleid, zeigte nicht besonders viel Bein und hatte auch keinen kostbaren Schmuck umgelegt. Tatsächlich sah ich mir selbst überhaupt nicht ähnlich. Okay, der schwarze Hosenanzug war nicht so anders wie meine sonstige Kleidung, aber Jo-Jo hatte meine Augen mit rauchigem Lidschatten umrahmt und pflaumenfarbigen Lipgloss für meine Lippen gewählt. Zusammen mit der roten Perücke und der schwarzen Brille wirkte ich viel kultivierter und schicker als gewöhnlich. Jetzt konnte ich nur hoffen, dass niemand mich erkennen würde, bevor ich das wollte.

Ich hielt mich am Rand der Menge, schlenderte von einer Gruppe zur nächsten. Alle schienen mehr am aktuellen Tratsch interessiert als daran, ihre Umgebung im Auge zu behalten.

»Ich frage mich, was Madeline will.«

»Kannst du glauben, dass sie Blanco getötet hat?«

»Und ich habe gehört, sie besitzt Säuremagie ...«

Ein Gesprächsfetzen nach dem anderen drang an mein Ohr. Offensichtlich dachten alle intensiv darüber nach, wie streng die Herrschaft ihrer neuen Königin wohl werden würde.

Schließlich verdunkelten sich die Kronleuchter, bis nur noch die Lichter an den Säulen neben der Treppe leuchteten. Vom Orchester erklang ein tiefer, drängender Trommelwirbel. Ein Scheinwerfer richtete sich auf den oberen Treppenabsatz und Madeline hatte ihren großen Auftritt.

Sie trug ein weißes Samtkleid, das ihre Figur perfekt umschmeichelte. Ihr volles, kastanienbraunes Haar umspielte in lockeren Wellen ihre cremeweißen Schultern. Die dünnen Riemen ihres Kleides waren mit goldenen Kristallen besetzt und der tiefe V-Ausschnitt reichte weit in das Tal zwischen ihren Brüsten hinunter. Doch ich konzentrierte mich auf die Kette, die um ihren Hals glänzte, zusammen mit dem Ring an ihrem Finger. Wie schon auf meiner Beerdigung trug sie die goldene Variante ihres Krone-mit-Flamme-Ensembles.

Die dicke Goldkette sah aus wie eine Schlange, die sich um Madelines schlanken Hals geschlungen hatte, mit dem Smaragd in der Mitte als bösartigem Auge. Der Anhänger erinnerte mich so sehr an Mabs Sonnenrune mit Rubin, dass ich blinzeln musste, um mich zu erinnern, dass dem nicht so war. Diese Kette hatte ich genauso zerstört wie die Frau, die sie getragen hatte – ebenso wie ich auch diese Monroe zerstören würde.

Jetzt, da ich Madeline persönlich gesehen hatte, zog ich mein Handy heraus und schickte eine letzte Nachricht an all meine Freunde. *Geht klar.*

Madeline hielt am oberen Treppenabsatz inne, um allen einen guten, langen Blick auf sie zu ermöglichen. Das war ihr Moment, für den sie so lange intrigiert und den sie so lange geplant hatte, und sie war entschlossen, ihn voll auszukosten.

Allerdings war sie sich nicht im Klaren darüber, dass das auch mein Moment war – der Moment, in dem meine Feindin vollkommen ahnungslos war und den ich genauso genoss wie sie ihren.

Madeline lächelte in den Scheinwerfer, sodass ihre weißen Zähne einen harten Kontrast zu ihren scharlachroten Lippen bildeten. Dann erlosch der Strahler und der Rest der Lichter wurde langsam wieder heller, als sie die Treppe hinunterglitt. Anerkennendes Murmeln folgte ihr. Selbst ich musste zugeben, dass sie von außen betrachtet wunderschön war – aber von innen war sie schwarz, morsch und verfault.

Genau wie ich.

Madeline erreichte das untere Ende der Treppe und machte sich daran, im Kreis durch die Menge zu schlendern. Sie lächelte, schüttelte Hände und sorgte insgesamt dafür, dass all die Unterweltbosse – ob nun männlich oder weiblich – sich auf dem feindlichen Territorium so willkommen fühlten wie möglich. Ich zog mich ein wenig tiefer in den Schatten zurück, genau wie meine Freunde. Laut Silvio plante Madeline eine Art Ansprache und ich wollte hören, was sie zu sagen hatte.

Als Madeline von einer Gruppe zur nächsten glitt und offensichtlich wurde, dass sie nicht vorhatte, alle auf den ersten Blick dahinzumetzeln, entspannte sich die Menge ein wenig – zumindest genug, um sich wieder dem Champagner und den Horsd'œuvres zuzuwenden. Anscheinend verschaffte Todesangst den meisten Leuten einen gesunden Appetit.

Madeline benötigte ungefähr eine halbe Stunde, um einmal den Raum zu umrunden und mit allen wichtigen Figuren der Unterwelt zu sprechen. Irgendwann in dieser Zeit kamen auch Emery und Jonah die Treppe hinunter und betraten den Ballsaal.

Die Riesin wurde ihrer Verantwortung gerecht und sprach kurz mit diversen Riesenwachen/-kellnern, wahrscheinlich, um sich zu erkundigen, ob es potenzielle Störenfriede oder Leute gab, die schon übermäßig betrunken waren. Ich hielt den Atem an, denn ich fürchtete, dass Emery den Saal verlassen könnte, um kurz Rücksprache mit den Riesen zu halten, die eigentlich im Rest des Herrenhauses patrouillieren sollten. Doch nachdem sie ebenfalls einmal kurz den Raum umrundet hatte – schneller als Madeline –, ging Emery zur Bar, besorgte sich einen Scotch und nippte genüsslich daran. Anscheinend reichte es ihr, dass der Ballsaal gesichert war und es hier bis jetzt keine Probleme gab. Selbst mit meiner Perücke und der

Brille wollte ich das Schicksal nicht herausfordern, also achtete ich darauf, nicht in ihr Blickfeld zu treten.

Der Einzige, der anscheinend gar keinen Spaß hatte, war Jonah. Er ging zur Bar und fing an, doppelte Whiskeys zu bestellen, als gäbe es kein Morgen. Und vielleicht stimmte das für ihn ja sogar. Er schaffte es, drei Drinks hinunterzukippen, bevor Emery ihm einen strengen Blick zuwarf, der dafür sorgte, dass er sich eilig zurückzog und vor einer der Terrassentüren Position bezog, eine Insel der Sorge in einem Meer der Anspannung. Jonah strich immer wieder seine Krawatte glatt und ich konnte sehen, wie der Schweiß seiner Handflächen die Seide dunkel färbte.

Jetzt, da Madeline die Krone der Königin von Ashland errungen hatte, hätte sie kaum noch Verwendung für Jonah – und das schien ihm bewusst zu sein, weil er immer wieder die Türen beäugte, als dächte er darüber nach, sich nach draußen zu schleichen und einfach in der Nacht zu verschwinden. Das wäre eigentlich das Klügste gewesen. Tatsächlich hätte er Ashland in dem Moment verlassen sollen, in dem ich Mab getötet hatte. Trotzdem konnte Jonah diesen Abend überleben. Heute war Madeline meine Hauptsorge – nicht Jonah.

Schließlich beendete die Säuremagierin ihre Runde. Sie flüsterte Emery etwas zu, die kurz nickte. Die Riesin gab Madeline eine Champagnerflöte, dann zog sie sich zurück. Madeline dagegen trat in die Mitte der Tanzfläche und wartete, während die Riesenkellner allen Gästen neue Gläser brachten. Sobald alle einen Drink in der Hand hielten, verstummte das Orchester und langsam breitete sich Stille im Raum aus.

Madeline lächelte und hob ihr Glas. »Cheers«, rief sie. Ihre seidige, melodische Stimme hallte durch den Saal.

»Cheers«, antworteten alle.

Madeline nippte nur an ihrem Champagner, doch die meisten anderen kippten das goldene Getränk in einem einzigen, nervösen Schluck hinunter. Alle wussten genau, dass nun der gefährlichste Teil des Abends seinen Anfang nahm.

Madeline wartete, bis die Riesen erneut durch die Menge gewandert waren und alle Gläser wieder aufgefüllt hatten, bevor sie weitersprach.

»Ich bin mir sicher, viele von euch sind neugierig, zu erfahren, warum ich euch heute Abend hierher gebeten habe.«

Zustimmendes Murmeln erklang aus der Menge. Alle wollten wissen, wieso sie vorgeladen worden waren. Und geschlossen aus den nervösen Blicken, die durch den Saal schossen, fragten sie sich auch, welche ihrer Feinde bereits Abmachungen mit Madeline ausgehandelt hatten und was das vielleicht für sie selbst bedeutete.

»Heute Abend nimmt eine neue Ära in Ashland ihren Anfang«, sagte sie. »Und doch kehren wir in gewisser Weise auch zu den alten Traditionen zurück.«

Das Murmeln wurde lauter, wenn auch diesmal mit einem spekulativen Unterton. Alte Traditionen konnten gut oder schlecht sein, je nachdem, aus welchem Blickwinkel man das Thema betrachtete.

»Ihr alle kanntet meine Mutter«, sagte Madeline. »Viele von euch haben für sie gearbeitet oder ihr Geld gezahlt, damit ihr eure Geschäfte führen konntet. Und jahrelang hat dieses System funktioniert und alle sind reich geworden. Bis eine Frau aufgetaucht ist – Gin Blanco.«

Diesmal war das Gemurmel von finsteren Flüchen und abschätzigen Bemerkungen durchsetzt. Ich wusste, dass man mich nicht gerade geliebt hatte, aber mit diesem Ausmaß an Hass hatte ich nicht gerechnet. Hätte ich aber wahrscheinlich sollen, wenn man bedachte, wie viele Leute versucht hatten, mich umzubringen.

»Blanco hat meiner Mutter eine lange Nase gedreht und ihre Männer getötet. Und warum? Um einer alten Familienfehde, an die Mab schon seit Jahren nicht mehr gedacht hatte, ein neues Kapitel hinzuzufügen.«

Die tiefe Überzeugung in Madelines Stimme sorgte dafür, dass ich die Augenbrauen hochzog. Mab hatte die Snow-Familie nicht vergessen, genauso wenig wie die Tochter, die angeblich eines Tages aufwachsen würde, um sie zu töten. Dieser Gedanke hatte ständig in ihrem Hinterkopf gelauert. Und als sie herausgefunden hatte, dass Bria noch am Leben war, hatte sie sich unter Einsatz all ihrer Ressourcen auf meine Schwester gestürzt, weil sie vermutet hatte, dass sie diejenige wäre, die Eis- und Steinmagie gleichzeitig besaß – dabei war ich das.

Doch Madeline verdrehte die Wahrheit, um mein Schurkenimage in noch düstereren Farben zu zeichnen. Ich umfasste meine Champagnerflöte fester, bis das Glas *knirschte*. Wenn ich noch fester zugriff, würde es zerbrechen. Doch das hätte Aufmerksamkeit auf mich gelenkt, die ich nicht brauchen konnte. Noch nicht. Also zwang ich mich dazu, mein Temperament zu zügeln und Madelines Seite der Geschichte anzuhören, egal, wie viele Lügen sie enthielt.

»Aber Blanco hatte die Fehde nicht vergessen und zog aus, meine Mutter zu terrorisieren.« Madeline legte eine Hand übers Herz. »Und dann hat Blanco meine Mutter erstochen. Diese Frau, diese *Killerin*, hat meine Mutter getötet. Ihr könnt euch nicht vorstellen, welche Schmerzen mir das bereitet hat und heute noch bereitet.«

Madeline fuhr sich mit einem Finger unter dem Auge entlang, als müsste sie eine Träne wegwischen. Bitte. Sie hatte ihre liebe Mama noch mehr verabscheut als ich. Ich hatte Mab zumindest immer als mächtige, gefährliche Feindin respektiert. Ich bezweifelte schwer, dass Madeline auch nur so viel Achtung für sie aufgebracht hatte.

»Nun, viele von euch waren genauso schockiert vom Tod meiner Mutter wie ich«, fuhr Madeline fort, sobald sie wieder vorgeben konnte, ihre Gefühle unter Kontrolle gebracht zu haben. »Ihr, ihre Geschäftspartner, ihre Freunde und Vertrauten, wart diejenigen, die sich gegen Blanco erhoben und versucht haben, Mabs Tod zu rächen.«

Diesmal konnte ich ein abfälliges Schnauben einfach nicht unterdrücken. Doch glücklicherweise waren alle um mich herum zu sehr auf Madeline und ihre rührselige Geschichte konzentriert, um zu bemerken, dass ich nicht an ihren Lippen hing.

»Aber Blanco war eine raffinierte Feindin, eine mächtige Magierin, und viele von euch haben Freunde und Familienmitglieder an sie verloren. Waffenbrüder und -schwestern.«

Freunde und Familienmitglieder? In Wirklichkeit sprach sie von den austauschbaren Lakaien, die mir die Unterweltbosse auf den Hals gehetzt hatten, weil keiner von ihnen den Mut besessen hatte, selbst im Pork Pit aufzutauchen und sich mir persönlich zu stellen.

»Doch obwohl ihr große Verluste erlitten habt, habt ihr weiterhin versucht, Blanco zu eliminieren. Und dafür möchte ich euch danken.«

Sie senkte für einen Moment den Kopf. Alle beugten sich leicht vor, vollkommen gefesselt von dem Schauspiel.

»Ich war zum Zeitpunkt des Todes meiner Mutter nicht in der Stadt«, sprach Madeline weiter. »Bedauerlicherweise standen meine Mutter und ich uns nicht so nahe, wie ich es mir gewünscht hätte. Außerdem gab es da noch ein paar andere Angelegenheiten, die meine Rückkehr nach Ashland verzögert haben.«

Ihr grüner Blick glitt zu Jonah. Er schluckte schwer und fummelte erneut an seiner Krawatte herum, als drohe sie, ihn zu erwürgen. Das Stück Stoff konnte ihn nicht umbringen, doch ich ging davon aus, dass Emery das schon bald tun würde, während Madeline gut gelaunt zusah.

»Ich hatte die Gerüchte über Blanco gehört, aber ich muss zugeben, dass ich sie nicht geglaubt habe«, fuhr Madeline fort. »Wie konnte eine Frau allein für so viele unnötige Tode verantwortlich sein? Wie konnte eine Frau allein so viel Angst und Entsetzen unter euch verbreiten? Das schien einfach unglaublich, angesichts der Leute in Ashland. Ich weiß doch, wie mutig ihr seid, wie stark, wie entschlossen.«

Wenn sie so weitermachte, würde ich vor Lachen zusammenklappen und mich dadurch verraten. Ich hatte hören wollen, was Madeline zu sagen hatte, aber ich hätte nie erwartet, dass sie einen so unfassbaren Stuss erzählen würde. Nicht den Leuten, die bereits verstanden hatten, dass sie eine jüngere, stärkere, skrupellosere Version von Mab war. Nicht, nachdem doch alle den wahren Grund für ihre Anwesenheit heute Abend kannten: dass Madeline ihnen persönlich mitteilen wollte, wie fest sie ihre Kehle umklammern wollte, während sie die andere Hand in ihre Taschen schob und ihnen so viel Geld daraus zog wie möglich.

»Als ich gesehen habe, wie Blanco euch alle terrorisiert, wurde mir das Herz schwer. Ich wollte es nicht mit ihr aufnehmen. Ich bin nur eine Geschäftsfrau, so wie viele von euch auch. Doch bald wurde offensichtlich, dass Blanco entschlossen war, unsere Familienfehde und ihre Terrorherrschaft über Ashland weiterzuführen. Und ich wusste, dass meine Mutter sich wünschen würde, dass ich sie räche – und euch alle ebenfalls.«

Madeline richtete sich zu voller Größe auf. »Also habe ich mich darangemacht zu planen, wie man Blanco ein für alle Mal ausschalten kann. Und nicht nur sie, sondern alle, die ihr dabei geholfen haben, einen von *uns* zu töten.«

Anerkennendes und zustimmendes Gemurmel erhob sich aus der Menge, lauter als zuvor. Sie hingen förmlich an Madelines Lippen.

»Doch anders als Blanco, die den Schatten und ihre Messer einsetzte, um alle zu terrorisieren, habe ich beschlossen, es auf die ehrliche Art durchzuziehen, im Rahmen des Gesetzes.«

Bei dieser Behauptung hörte ich zum ersten Mal ungläubiges Kichern, schließlich war das *Gesetz* nicht gerade ein Konzept, von dem die meisten hier auch nur eine Ahnung hatten. Und auf keinen Fall hielten sie sich daran. Doch ein kalter Blick von Emery brachte die Zweifler zum Schweigen.

»Ein paar von euch haben mir geholfen«, sagte Madeline. »Und dafür möchte ich euch danken.«

Erneut neigte sie den Kopf und mehrere Leute warfen sich in die Brust. Einige davon erkannte ich aus Akten in Fletchers Büro, doch ich merkte mir auch die anderen. Silvio hob diskret sein Handy und schoss Fotos von allen, worum ich ihn im Vorfeld gebeten hatte. Es hätte mir nichts geholfen, Madeline auszuschalten, um mir dann Sorgen um all die Leute machen zu müssen, die loyal ihr gegenüber gewesen waren. Auf der anderen Seite des Raums verzog Bria angewidert das Gesicht, als ihr klar wurde, wie viele Cops sich im Raum aufhielten.

»Doch letztendlich hat Blanco ihren eigenen Untergang selbst herbeigeführt«, fuhr Madeline fort. »Statt sich für ihre vielen Verbrechen zu verantworten, hat sie sich in ihrem eigenen, heruntergekommenen Restaurant verschanzt, um es dann in Brand zu stecken. Soweit es mich angeht, hätte ihr Tod nicht passender, nicht poetischer sein können.«

Die Befriedigung in Madelines Stimme war deutlich zu hören. Und sie passte zu der zunehmend heiteren Stimmung im Ballsaal. Ja, ja, alle waren froh, dass ich endlich tot war. Ich grinste. Das würde es nur umso unterhaltsamer machen, das allgemeine Entsetzen zu bezeugen, wenn sie feststellten, dass ich noch lebte.

Trotzdem überraschte es mich, dass Madeline sich meinen Tod nicht als Verdienst anrechnete. Andererseits musste sie das auch nicht tun. Alle wussten, dass sie die ganze Sache eingefädelt hatte, bis hin zum Feuer im Pork Pit. Ich zweifelte keinen Moment daran, dass die Anwesenden sie dafür bewunderten und fürchteten. Und jetzt stand sie hier und fing alle in ihrem Netz. Sie würden nicht einmal bemerken, dass sie in den klebrigen Fäden hingen, bevor es zu spät war.

»Also ist Blanco endlich tot. Und ich sage: Ein Glück, dass wir sie los sind.« Erneut hob Madeline ihr Glas.

Wieder erhob sich zustimmendes Gemurmel, unterlegt von Kommentaren wie *Darauf trinke ich.* Fieses Publikum heute Abend.

»Jetzt, da unsere gefährlichste Feindin tot ist, schlage ich vor, dass wir zu den alten Traditionen zurückkehren«, meinte Madeline. »Denn *wir* sind Ashland. Wir sind die Leute, die in den dunklen Ecken lauern, wir sind diejenigen, die jeden abartigen Wunsch und jedes dunkle Verlangen der sogenannten anständigen Bürger unserer schönen Stadt erfüllen. Wir sind diejenigen, an die sie sich letztendlich wenden, egal, wie verzweifelt sie auch darauf aus sein mögen, ihre Laster geheim zu halten.«

Sie sah sich im Raum um, um die Reaktionen auf ihre Rede abzuschätzen, aber alle hingen immer noch an ihren Lippen, also fuhr sie mit ihrer Verkaufspräsentation fort.

»Also sage ich, dass wir uns nehmen, was wir wollen, so wie es war, als meine Mutter noch lebte. Wer stimmt mir zu?«

Diesmal jubelte die Menge enthusiastisch und alle hoben ihre Champagnergläser hoch in die Luft. Ein paar Leute pfiffen, was Madeline ein Lächeln auf die Lippen zauberte. O ja. Sie war wirklich aalglatt. Mab wäre einfach in den Raum gestürmt, hätte verkündet, dass sie mich ermordet hatte und dass jetzt alles weitergehen würde wie gewohnt … was dafür gesorgt hätte, dass alle sich verbeugten und ihr sofort ihren Tribut zahlten. Sie hätte zu diesem Zeitpunkt wahrscheinlich bereits alle aus dem Haus geschmissen, um in Frieden ihre Einnahmen zählen zu können.

Aber Madeline … sie wollte nicht nur, dass man sie fürchtete, sondern sie wollte dabei auch noch gemocht werden. Es war fast, als würde sie von dem verzweifelten *Bedürfnis* getrieben, die Leute ihrem Willen zu beugen, ohne dass ihnen auch nur bewusst war, dass sie vor ihr knieten. Ich fragte mich, ob sie diese Psychospielchen wirklich genoss oder ob sie einfach nur das absolute Gegenteil von Mab sein wollte, um Ashland ihr ganz eigenes Brandzeichen aufzudrücken.

»Aber natürlich«, sprach Madeline weiter, als der Jubel verklungen war, »ist das hier ein geschäftliches Unterfangen wie jedes andere. Und wir alle wissen, dass eine Firma vor allem eines braucht, um erfolgreich zu sein: einen starken Chef.«

Diesmal klang das Gemurmel eher nachdenklich als glücklich. Jetzt kam der Kernpunkt von Madelines Rede, der jeden hier im Raum betreffen würde, und alle wussten es. Sie hielt die Kehle von jedem einzelnen hier umklammert, weswegen sich nur noch die Frage stellte, wie heftig sie zudrücken würde. Ich hätte darauf gewettet, dass sie ihre gesamte Kraft einsetzen würde.

»Ich glaube, wir können uns alle darauf einigen, dass *ich* diese Anführerin sein werde.« Sie hielt inne. »Und in dieser Funktion wird jeder von euch mir vierzig Prozent seiner Einnahmen abtreten.«

Ich verschluckte mich fast an meinem Champagner. Und damit war ich nicht die Einzige. Vierzig Prozent? Was Tributzahlungen anging, war das eine *ungeheuerliche* Forderung. Selbst Mab hatte es nie gewagt, so viel zu verlangen. Madeline wollte nicht einfach nur Königin sein. Sie wollte jeden und alles in dieser Stadt *besitzen*.

Zum ersten Mal fragte ich mich, ob ihr Ehrgeiz wohl über die Grenzen von Ashland hinausreichte. Ob eine einzige Stadt ihr nicht zu wenig war. Ob das hier nur der erste Schritt auf dem Weg zu Höherem war, vielleicht sogar die Vorbereitung auf einen Krieg mit einem anderen Boss – auch wenn ich keine Ahnung hatte, wen dort draußen sie vielleicht als Nächsten stürzen wollte.

Trotzdem, so schockierend es auch sein mochte, wurde Madelines Ankündigung mit unbehaglichem, aber zustimmendem Schweigen quittiert – zunächst.

Alle im Ballsaal wechselten Blicke und dachten angestrengt nach. Es gefiel ihnen nicht, dass eine Außenstehende kam und die Macht übernahm, besonders nicht zu einem Preis von saftigen vierzig Prozent, aber sie wollten auch nicht, dass einer ihrer Feinde den Thron eroberte.

Doch schließlich trat ein Mann vor, um zu protestieren. Don Montoya kontrollierte ein paar Buchhalter in den Vorstädten. Er war groß, fit und attraktiv, mit bronzefarbener Haut und mit geldurchsetzten schwarzen Schmalzlocken, die ihn aussehen ließen wie den späten Elvis. »Und wieso sollten wir zulassen, dass du einfach in die Stadt schlenderst und alles übernimmst?«, fragte er herausfordernd.

Madelines Augen glitzerten in ihrem schönen Gesicht wie Splitter von grünem Eis. »Weil ich getan habe, was keinem von euch gelungen ist – ich habe Blanco getötet. Damit habe ich mir das Recht verdient, der Boss zu sein.«

»Bitte«, höhnte Montoya, »du hast sie nicht umgebracht. Nicht wirklich. Du hast deine kleinen Intrigen gesponnen und sie hat sich in deinem Netz verfangen. Das ist alles. Du hast nicht den ehrenwerten Weg gewählt. Du hast dich ihr nicht persönlich gestellt. Du hast nicht mit einer Pistole in der Hand im Dunkeln gelauert und ihr drei Kugeln in den Schädel gejagt.«

Bei seinen Worten erklang durchaus zustimmendes Gemurmel. Denn so verschlagen, fies, korrupt und hinterhältig die Mitglieder der Unterwelt von Ashland auch sein mochten, eine Sache respektierten sie mehr als alles andere – Stärke.

Den Feind mit Lügen, Bestechung und Intrigen in den Abgrund reißen war ja gut und schön. Aber ihm das Messer selbst ins Herz rammen? Nun, das war sogar noch *besser*. Es bewies, dass man den Mumm hatte, sich zu nehmen, was man wollte, und jeden zum Teufel zu jagen, der das nicht guthieß. Das hatte Mab immer getan und das war auch einer der Gründe, warum sie ihre Macht, ihren Einfluss und ihre Position so lange gehalten hatte.

Madeline schlenderte zu Montoya, ihr langes, weißes Kleid wogte um ihren Körper. Die Menge zog sich zurück, sodass die beiden allein in der Mitte der Tanzfläche standen.

»Dass ich Blanco nicht mit bloßen Händen oder irgendeiner Waffe getötet habe, bedeutet noch lange nicht, dass ich nicht für ihren Tod verantwortlich bin«, sagte Madeline. »Sie hat meinetwegen alles verloren und ihre Freunde erwartet bald dasselbe Schicksal. Ich habe immer eine leicht andere Herangehensweise vertreten als meine Mutter. Warum seine Feinde einfach nur umbringen, wenn man sie noch ordentlich foltern kann, bevor man sie endgültig vernichtet?«

»Bitte«, höhnte Montoya wieder. »Du kannst so viele hübsche Phrasen dreschen, wie du willst. Aber wir alle kennen den wahren Grund, warum du dich Blanco nicht persönlich gestellt hast – weil dir die Magie fehlt, etwas Derartiges zu tun. Deine Mutter, nun, sie war ein echter Elementar und sie hat uns allen gezeigt, wie viel Macht sie besitzt. So oft, dass wir es nie, niemals vergessen konnten. Aber du? Du bist nichts als eine verwöhnte kleine Prinzessin, die hier auftaucht, mit dem Fuß aufstampft und uns erklärt, wie es deiner Meinung nach laufen sollte.«

Madeline zog eine wohlgeformte Augenbraue hoch. »Du denkst, ich wäre nicht stark?«

Er musterte sie abschätzig. »Nicht so stark wie deine Mutter.«

Sie stieß ein leises Lachen aus, doch jeder im Saal konnte die Bosheit darin deutlich hören. Unsicherheit schlich sich in Montoyas Miene und verdrängte die Arroganz, doch es war zu spät für eine Entschuldigung.

Madeline vollführte eine wegwerfende Handbewegung, als wolle sie seine harschen Worte und bitteren Anschuldigungen einfach abtun. Doch der Zweck ihrer Bewegung war viel unheilvoller. Ein paar kleine, grüne Tropfen lösten sich von ihren Fingerspitzen und schossen durch die Luft wie smaragdgrüne Kometen.

Die Säure traf Montoya im Gesicht.

Er schrie. Seine Haut begann sofort, Hitzeblasen zu werfen, die leicht rauchten, als die ätzende Flüssigkeit sich tiefer einbrannte. Schon einen Augenblick später war sein gut aussehendes Gesicht unwiederbringlich zerstört. Nach kaum zehn Sekunden schmolz seine bronzefarbene Haut schneller dahin als Kerzenwachs. Nach dreißig Sekunden konnte man bereits seine weißen Wangenknochen unter dem brodelnden roten Fleisch sehen, das langsam von seinem Gesicht tropfte.

Montoya fiel auf die Knie und kratzte wie ein wildes Tier an seiner Haut herum, in dem verzweifelten Versuch, die Säure aus dem zu entfernen, was einmal sein Gesicht gewesen war.

Doch es war bereits zu spät.

Montoya brach auf dem Boden zusammen, zuckend, kratzend, tretend und vor allem lauthals schreiend. Madeline nickte Emery zu. Die Riesin zog eine Pistole unter ihrem schwarzen Jackett heraus, trat vor und jagte Montoya drei Kugeln in den sich langsam auflösenden Schädel. Blut, Knochen und Hirnmasse spritzten durch die Luft und landeten mit dumpfen *Platsch-platsch-platsch*-Geräuschen auf dem weißen Marmorboden.

Madeline stand über der Leiche und klopfte sich die Hände ab, als müsste sie unsichtbaren Dreck davon entfernen, Emery neben sich. Die Riesin steckte die Waffe weg, gleichzeitig glitt ihr haselnussbrauner Blick über die Menge, als warte sie darauf, dass noch jemand ihre Chefin herausforderte.

»Nun«, sagte Madeline schließlich, »er wollte drei Kugeln in den Kopf. Er hat sie bekommen. Möchte noch jemand meine neu erlangte Autorität infrage stellen?«

Niemand wagte es, sich zu Wort zu melden. Stattdessen traten alle unruhig von einem Fuß auf den anderen. Die Schlingen hatten sich um ihre Hälse gelegt. Jetzt war Madeline bereit, sie zuzuziehen.

»Wie ich schon sagte«, meinte sie und trat über Montoyas verbrannten, blutigen Körper hinweg, um sich erneut der Menge zu nähern, »habe ich vor, die Rolle meiner Mutter als Chefin der Unterwelt zu übernehmen. Dank Mr McAllister weiß ich genau, was jeder von euch ihr gezahlt hat. Ich weiß alles über eure Häuser, eure Geschäfte, eure Rivalen, über jeden eurer Zulieferer und jeden, der eure verschiedenen … Unternehmungen unterstützt.«

Mit jedem Wort, das sie sprach, richteten sich mehr und mehr feindselige Blicke auf Jonah, der nach Luft schnappte und zurückwich, bis er sich mit seinem Rücken ganz gegen die Glastüren zur Terrasse drückte. Ich hatte mich gefragt, wieso Madeline sich überhaupt so lange mit ihm abgegeben hatte. Sie musste die letzten paar Wochen damit verbracht haben, ihm alle Informationen darüber aus der Nase zu ziehen, wie Mab die Dinge angepackt hatte – und wie viel Tributzahlungen sie von den anderen Verbrecherbossen bekommen hatte. In ein paar Wochen, sobald alles wieder glattlief, konnte sie ihn verschwinden lassen, wann immer es ihr passte. Für einen Moment dachte ich darüber nach, Madeline lang genug am Leben zu lassen, um Jonah ein wirklich scheußliches Schicksal angedeihen zu lassen. Aber mein Plan war bereits zu weit fortgeschritten, um jetzt noch einen Rückzieher zu machen.

Madeline sah über die Schulter zu Montoyas Leiche. »Und jetzt, nachdem ich gezwungen wurde, ein so unangenehmes Schauspiel abzuliefern, werdet ihr mir alle genau die Hälfte eurer Einnahmen zahlen.«

Einige Leute in der Menge keuchten entsetzt, doch ich musterte Madeline mit ganz neuer Anerkennung. Sie hatte gewusst, dass jemand protestieren würde, und jetzt setzte sie Montoyas Tod ein, um sogar noch mehr aus den anderen herauszupressen. Ich hätte darauf gewettet, dass sie es von Anfang an auf fünfzig Prozent von allem abgesehen hatte.

»Also«, sagte Madeline, da sie damit am Ende ihrer Drohungen angekommen war. »Ihr könnt entweder meine Bedingungen akzeptieren oder ihr könnt ebenfalls meine Tanzfläche verunreinigen, wie es euer Kollege bereits getan hat. Ihr habt die Wahl.«

Eigentlich gab es keine Wahl, aber die Menge fing an, nervös zu plappern, weil alle sich ihren Nachbarn zuwandten. Doch die Unterhaltungen verklangen schnell wieder. Madeline mochte nicht die Feuermagie ihrer Mutter besitzen, doch sie hatte gerade demonstriert, wie mächtig sie war. Alle wussten, dass sie bereits gewonnen hatte.

Langsam verstummte die Menge. Madeline sah lächelnd von einem Gesicht zum anderen, als wollte sie eine weitere Herausforderung provozieren, doch niemand meldete sich freiwillig.

Ich sah nacheinander zu meinen Freunden, die immer noch ihre Stellungen in den Ecken des Ballsaals hielten. Owen. Phillip. Xavier. Silvio. Bria. Jo-Jo. Sophia. Finn. Roslyn. Sie alle nickten mir zu und begannen, ihre Perücken und Brillen abzunehmen. Das war der Moment, auf den wir gewartet hatten. Es wurde Zeit, meine Gegenwart kundzutun.

»Nun, Maddie«, rief ich laut und höhnisch, »dann möchte ich die Erste sein, die dir zu deiner neuen Stellung gratuliert.«

Alle drehten sich zu der Person um, die gerade Selbstmord begangen hatte, indem sie auf so herablassende Weise mit der Säuremagierin sprach. Die meisten Gesichter verzogen sich verwirrt und die Leute fingen an zu flüstern, um vielleicht von jemand anderem zu erfahren, wer ich eigentlich war.

Ich trat aus dem Schatten und stiefelte über die Tanzfläche, um in der Mitte des Saals anzuhalten, vielleicht fünf Meter von Madeline und Emery entfernt. Mein Champagnerglas nach wie vor in der einen Hand, stemmte ich die andere in die Taille und drehte mich zur Seite, um all die Umstehenden anstarren zu können. Bisher hatte mich niemand erkannt, also beschloss ich, das Rätsel zu lösen.

Ich hob die Hand, zog die schwarze Brille von meinem Gesicht und warf sie zur Seite. Dann tat ich dasselbe mit der roten Perücke, sodass mein dunkelbraunes Haar nach unten auf meine Schultern fiel.

Die Bosse brauchten mehrere Sekunden, mich zu erkennen, doch als es endlich so weit war, breitete sich eine absolute, tödliche Stille im Ballsaal aus, die sogar noch drückender war als in dem Moment, als Madeline Montoya mit ihrer Magie getötet hatte. Gesichter wurden bleich, Schweißperlen glänzten auf Stirnen und manche Person wirkte, als wollte sie gleich in Ohnmacht fallen. Die Leute wichen eilig vor mir zurück. Ich schenkte ihnen ein dünnes, kaltes Lächeln, bevor ich mich zu Madeline, Emery und Jonah umdrehte, die endlich verstanden hatten, wer ich überhaupt war – und dass ich noch unter den Lebenden weilte.

Jonah starrte mich mit offenem Mund an, dann schob er seine Hand hinter dem Rücken zum Griff der Terrassentür, als könnte er nur so verhindern, dass er einfach umkippte.

Emery richtete sich zu ihrer vollen Größe auf und ballte die

Hände zu Fäusten. Sie zitterte förmlich in einer Mischung aus Überraschung und Wut.

Doch am interessantesten war Madelines Reaktion. Ihr Gesicht wurde weiß vor Schock, dann blinzelte und blinzelte und blinzelte sie. Ihre Lider öffneten und schlossen sich schneller als die Linse einer Kamera, als würde mein Geist einfach verschwinden, wenn sie nur genau genug hinsah.

Trotz ihres anfänglichen Misstrauens und den Vermutungen, dass ich das Feuer vielleicht überlebt haben könnte, hatte sie in ihrer Wachsamkeit nachgelassen und sich endlich doch erlaubt, an meinen vermeintlichen Tod zu glauben. Sie war so selbstgefällig, zufrieden und glücklich in ihrem Triumph gewesen – einem Triumph, den ich ihr gerade im wichtigsten Moment ihres Lebens zerstört hatte.

Mein Grinsen wurde breiter.

»Ist wirklich nett, euch alle wiederzusehen«, sagte ich in Richtung der Umstehenden. »Ich fand meine Beerdigung gestern ja schon recht feierlich, aber das hier – *das* ist etwas ganz anderes.«

Die Leute traten von einem Fuß auf den anderen, die Münder immer noch erstaunt aufgerissen. Alle starrten mich an und fragten sich offensichtlich, wie um Himmels willen ich noch am Leben sein konnte und was ich als Nächstes vorhatte.

Schließlich, als wirklich jeder einen guten Blick auf mich geworfen hatte, wandte ich mich erneut Madeline zu. Ihr Schock schien nachzulassen und ich konnte quasi sehen, wie sich die Zahnräder in ihrem Kopf drehten und sie versuchte herauszufinden, was ich plante.

»O ja«, sagte ich höhnisch. »Ich würde vorschlagen, dass wir alle unsere Gläser erheben und der neuen Königin von Ashland zuprosten.«

25

Ich hob meine Champagnerflöte hoch, doch niemand in der Menge folgte meinem Beispiel. Ich sah mich um, dann schnalzte ich mit der Zunge, als würde mich diese mangelnde Unterstützung für Madeline tief betrüben.

»Tatsächlich, Maddie«, meinte ich dann, »ich an deiner Stelle würde meinen Sieg noch nicht feiern. Für mich sieht es so aus, als wäre da immer noch die Frage zu klären, wer jetzt wirklich das böseste, gemeinste Miststück in Ashland ist. Schließlich hast du gerade allen erzählt, wie du meinen Tod eingefädelt hast. Aber hier bin ich, wie gewöhnlich, wie *immer*. Also dürfte wohl offensichtlich sein, dass das alles einfach nicht stimmt. Ich will dich ja nicht Lügnerin nennen, aber ...« Ich zuckte mit den Achseln.

Madelines Augen wurden schmal. »Wie zum Teufel hast du dieses Feuer überlebt?«

»Gefrorene Erbsen«, witzelte ich. »Wer hätte gedacht, dass die so gut für einen sind?«

Sie runzelte die Stirn und aus der Menge erklang ein verwirrtes Flüstern. Niemand außer mir kapierte den Witz. Eines Tages würde ich die Pointe vielleicht erklären. Vielleicht aber auch nicht. Eine Frau sollte immer ein paar Geheimnisse haben.

Madeline starrte mich nur weiter an, also beschloss ich, zumindest ein paar ihrer Fragen zu beantworten.

»Ich habe überlebt, weil ich eine wirklich harte Type bin. Mehr musst du eigentlich nicht wissen.«

»Aber … aber … aber … es gab eine *Leiche*!«, stotterte sie. Endlich geriet sie aus der Fassung.

»Die gab es, nicht wahr? Und dafür muss ich dir danken, Maddie. Erinnerst du dich an dein Hausmädchen? Diese arme Frau, die du in mein Restaurant geschickt hast, um mich zu töten, obwohl du genau wusstest, dass sie diejenige sein würde, die stirbt? Diejenige, deren Leiche Dobson im Pork Pit finden sollte, was ihm aber nicht gelungen ist? Nun, sie lag in einer meiner Kühltruhe auf Eis. Und das hat sich als sehr nützlich erwiesen, als du angefangen hast, mein Restaurant mit Molotowcocktails zu bombardieren.«

Die Falten auf Madelines Stirn vertieften sich. »Aber der Gerichtsmediziner hat bestätigt, dass du die Tote bist. Und deine Freunde, deine Familie, deine Beerdigung …« Ihre Stimme verklang, als ihr bewusst wurde, wie gründlich ich sie und alle anderen getäuscht hatte.

»Hast du wirklich gedacht, du wärst die Einzige, die eine fiese Falle planen und aufstellen kann?« Ich schnaubte. »Bitte. Du warst dir so sicher, dass du gewonnen hast, dass dir nicht mal der Gedanke gekommen ist, ich könnte dich manipulieren und ebenso in einen Hinterhalt locken, wie du es mit mir getan hast. Sehr schlampig, Maddie. Deine Mama hätte so einen Fehler sicherlich nie begangen. Oh, Moment. Tatsächlich hat Mab exakt denselben Fehler begangen, als sie versucht hat, meine Schwester und mich zu töten, als wir Kinder waren. Sie ist davon ausgegangen, dass wir tot sind, aber wir sind entkommen. Und wir haben sie für das zahlen lassen, was sie unserer Familie angetan hat. Und jetzt bin ich hier, um dir dasselbe anzutun. Wie heißt es so schön: wie die Mutter, so die Tochter.«

Ich grinste herablassend, um sie noch mehr auf die Palme

zu bringen. Irgendwo im hinteren Teil der Menge erklang Lachen, das jedoch sofort wieder erstarb, als Madeline ihren Kopf drehte. Zwei rote Flecken blühten auf ihren fahlen Wangen, ihr Körper zitterte vor kaum unterdrückter Wut und sie ballte die Hände zu Fäusten. Ein Tropfen grüne Säure bildete sich an einer Fingerspitze und tropfte zu Boden, sodass der weiße Marmor anfing zu schreien, zu jammern und zu rauchen.

Doch Madeline gewann schnell die Kontrolle über sich zurück. Das musste sie auch. Vor dieser Menge an Haien, die sie umschwirrte. Sie mochte die Stärkste im Raum sein, trotzdem konnten die Umstehenden jede Schwäche förmlich riechen. Und Schwäche war etwas, was einen in Ashland schneller umbrachte als alles andere.

Also öffnete Madeline die Hände wieder und schenkte mir ein strahlendes Lächeln. »Nun, Gin, es ist ja schön und gut, dass du das Feuer überlebt hast. Eigentlich freut mich das sogar.«

»Wirklich?«

»Wirklich.« Ihr Lächeln wurde breiter. »Weil es dann nur umso besser wird, dich jetzt zu töten.«

Sie sah an der Menge entlang, die uns inzwischen in einem engen Kreis umringte. »Einige von euch haben meine Stärke infrage gestellt. Nun, wie soll ich sie euch besser demonstrieren als dadurch, dass ich Blanco jetzt sofort umbringe? Dann dürfte es auf keinen Fall weitere unangenehme Diskussionen geben. Einverstanden?«

Überall um mich herum nickten die Bosse, während sie abwechselnd Madeline und mich ansahen.

»Nun, wenn das damit geklärt ist …« Madeline sah Emery an.

Emery wedelte mit der Hand in Richtung der Riesenkellner. »Worauf wartet ihr? Erledigt sie! Jetzt!«

Ich hatte damit gerechnet, dass etwas in dieser Art geschehen würde, daher waren wir vorbereitet. Bevor die Riesen auch nur einen drohenden Schritt in meine Richtung machen konnten, sprangen meine Freunde aus den Ecken des Raums, die Waffen im Anschlag. Xavier zielte auf die drei Riesen, die ihm am nächsten standen. Bria machte dasselbe mit denen in einer Ecke, genauso wie Phillip und Owen. Jo-Jo zog einen kleinen Revolver aus ihrer weißen Ledertasche, während Sophia einfach nur vortrat und die Fäuste hob, offensichtlich getrieben von dem Wunsch, irgendwen damit zu bearbeiten. Oben im ersten Stock hatte Roslyn ebenfalls eine Pistole gezogen und deckte Finn den Rücken, während er sein Gewehr in Anschlag brachte und den roten Laserpunkt direkt auf Emerys Kehle tanzen ließ. Sie erstarrte, genau wie ihre Männer.

»Du hast doch nicht wirklich gedacht, dass ich ohne irgendeine Art von Plan hier auftauche, oder?«, fragte ich Madeline leise.

Sie versteifte sich. »Was hast du getan?«

Ich ignorierte sie und richtete meinen Blick auf die Menge um uns herum, die ihre Aufmerksamkeit aber mehr auf die Waffen konzentrierte.

»Meine Freunde und ich kontrollieren diesen Raum und den Rest des Herrenhauses. Alle Wachen außerhalb dieses Saals sind tot. Und wie ihr sehen könnt, haben wir genug Waffen, um eine ordentliche Lücke in eure Reihen zu reißen. Wenn ich also an eurer Stelle wäre, würde ich mich benehmen, still sein und aus dem Weg bleiben.« Ich zuckte mit den Achseln. »Sonst könnte es zu unglücklichen Unfällen kommen. Wäre das nicht eine Schande?«

Ich hielt meinen kalten Blick auf die Menge gerichtet, bis die Ersten anfingen, erst die Blicke und dann die Köpfe zu senken. Sie würden nichts Dummes tun, zumindest nicht sofort, und sie würden auch nicht versuchen, sich einzumischen. Zumindest nicht mehr, wenn ihnen klar wurde, was ich plante.

Als ich mir sicher war, dass wir den Ballsaal unter Kontrolle hatten, winkte ich mit einem Finger den nächststehenden Kellner heran. Er schluckte schwer, bevor er offensichtlich nervös vortrat, doch ich stellte nur mein Glas auf seinem Tablett ab und lächelte ihn strahlend an. Ich wartete, bis er sich wieder in die Menge zurückgezogen hatte, dann wandte ich mich wieder Madeline zu.

Ihr Blick huschte durch den Raum. Zweifellos dachte sie fieberhaft darüber nach, was ich plante – und ob ich sie jetzt umbringen würde.

»Also«, meinte Madeline, »bist du so tief gesunken, mich in meinem eigenen Haus als Geisel zu nehmen. Ich hätte gedacht, so etwas wäre unter deiner Würde, Gin. Ziehst du es nicht vor, dich im Schatten zu verstecken? Herumzuschleichen wie die kleine Spinne, als die du dich bezeichnest? Hmm? Ziemlich feige, wenn du mich fragst.«

Ich lachte. »Du findest es *feige*, zwei Dutzend Wachen auszuschalten, dein Herrenhaus zu erobern und all deine Gäste als Geiseln zu nehmen? Ich glaube, du solltest mal die korrekte Bedeutung des Wortes nachschlagen, Maddie. Andererseits wissen wir alle, was du gerade tust. Du versuchst, dich aus der kniffligen Situation herauszuwinden, in der du plötzlich steckst. Du hast so viele Netze für andere Leute gesponnen, inklusive mir. Sieht aus, als würde es der Schwarzen Witwe nicht gefallen, sich in genau dem zu verfangen, was sie selbst zur Jagd einsetzt. Ich würde sagen, so etwas ist wirklich feige, oder?«

Erneut erschienen diese wütenden, roten Flecken auf Madelines Wangen. Es gefiel ihr gar nicht, dass ich sie verspottete; besonders, da sie weder eine Antwort noch einen Angriffsplan hatte. Schließlich gab sie einfach auf.

»Was willst du?«, blaffte sie. »Was für einen Zweck hat dieses … *Spektakel*?«

Statt ihr zu antworten, zog ich langsam einen schwarzen Satinhandschuh von meinem Arm, dann den anderen. Ich hielt beide in einer Hand und hob sie hoch, sodass alle sie sehen konnten. Nachdenkliches Gemurmel erhob sich in der Menge.

»Der Punkt? Der Punkt ist, dass ich jeden erwischen kann, jederzeit und überall. Selbst eine Elementarmagierin, die so mächtig ist wie du. Ich dachte, es wäre eine gute Idee, alle an diese kleine Tatsache zu erinnern. Nur für den Fall, dass sie es nach all diesen albernen Gerüchten über meinen Tod vergessen haben.«

Madeline knirschte mit den Zähnen. »Nun, dann hast du ja jetzt, was du willst. Wäre da noch etwas?«

»Da ist immer noch etwas. Du hast die letzten paar Wochen damit verbracht, mich und meine Freunde zu foltern. Uns Dinge anzuhängen, die wir nicht getan haben, uns Probleme zu bereiten. Du hast generell dein Bestes gegeben, um dich mit uns auf alle möglichen Arten anzulegen.«

Sie antwortete nicht.

»Nun, natürlich hätte ich tun können, was ich für gewöhnlich tue. Mir einen guten Aussichtspunkt im Wald suchen und dir beim nächsten Mal, wenn du nach draußen getreten wärst, ein paar Kugeln in dein hübsches Gesicht zu jagen, um dann noch zu kommen und dir die Kehle durchzuschneiden, damit ich wirklich auf Nummer sicher gehen kann, dass du tot bist.« Ich schenkte ihr ein dünnes Lächeln. »Aber ich weiß, wie gern du Spielchen spielst, also habe ich beschlossen, dir eine faire Chance zu geben.«

Unbehagen huschte über Madelines Miene. »Was willst du damit sagen?«

Wegen des dramatischen Effekts hielt ich einen Moment inne, dann trat ich vor und warf ihr die schwarzen Handschuhe vor die Füße. »Ist das nicht offensichtlich? Ich fordere dich zu einem elementaren Duell heraus, du sadistisches Miststück.«

Madelines Gesicht wurde erneut bleich. Gleichzeitig keuchte die Menge schockiert auf, lauter als irgendwann zuvor an diesem Abend. Ich wusste nicht, ob es daran lag, dass alle bereits gesehen hatten, wie stark Madelines Magie war, oder an den schwarzen Handschuhen, die ich auf den Boden geworfen hatte. Die Unterweltbosse wussten, was die Handschuhe bedeuteten, selbst wenn Madeline keine Ahnung hatte.

»Ein Duell?«, höhnte Madeline. »Du machst Witze. Niemand trägt mehr *Duelle* aus.«

»Wenn du versuchst, eine Stadt zu übernehmen, solltest du dich mit der Lokalgeschichte vertraut machen«, meinte ich. »In Ashland werden seit über hundertfünfzig Jahren elementare Duelle ausgefochten. Sie waren immer ein beliebter Weg, Streitigkeiten beizulegen, besonders während des Bürgerkrieges. Viele der alten Familienfehden haben damals ihren Anfang genommen, weil ganze Generationen sich in verschiedensten Duellen nacheinander umgebracht haben. Ich habe mich immer gefragt, ob so auch die Blutfehde zwischen unseren Familien, den Snows und den Monroes, begonnen hat. Aber ich nehme an, das werden wir nie erfahren.«

Erneut schnaubte sie höhnisch, offensichtlich wusste sie meine Geschichtslektion nicht zu schätzen. »Aber du kannst mich nicht zu einem Duell herausfordern. Ich werde das nicht *zulassen*.«

Ich deutete auf die schwarzen Handschuhe. »Ich habe es gerade getan. Und wir alles wissen, was das bedeutet.«

Alle Unterweltbosse begannen zu nicken. Sie wussten genau, wovon ich sprach, doch Madeline wirkte einfach nur verwirrt.

»Hey, Jonah«, rief ich, »deine Chefin scheint nicht zu verstehen, wie die Dinge hier laufen. Wieso erklärst du es ihr nicht, schließlich bist du doch ihr Rechtsberater?«

Alle drehten sich zu dem Anwalt um, inklusive Madeline.

Jonah verzog das Gesicht. »Sobald der schwarze Handschuh geworfen und die Herausforderung ausgesprochen wurde, hat die andere Person keine andere Möglichkeit, als sich dem Duell zu stellen.«

Madeline kniff die Augen zusammen. »Sonst was?«

Jonah räusperte sich. »Sonst verliert diese Person sofort ihren gesamten Besitz an den Herausforderer – Geld, Juwelen, Ländereien und Immobilien.«

Ich sah mich theatralisch im Ballsaal um. »Ich habe mir immer ein Herrenhaus gewünscht. Allerdings werde ich ordentlich renovieren müssen. Weiß ist nicht so meine Farbe – eher rot.«

Madeline starrte mich mit offenem Mund an. Ihre Miene zeigte denselben Ausdruck entsetzter Betroffenheit, den meines gezeigt hatte, als die Cops das Pork Pit geschlossen hatten. Wie ich es meinen Freunden schon erklärt hatte: Madeline hatte versucht, mich mit den Gesetzen zu schlagen, also würde ich ihr den Gefallen erwidern. Das war der Grund dafür, dass ich Silvio dazu gebracht hatte, all diese alten Exemplare des *Ashland Municipal Codex* auszugraben. Damit ich herausfinden konnte, welche alten Duellgesetze es gab und wie ich damit hantieren konnte. Zu meiner großen Überraschung und Freude hatte ich entdeckt, dass fast alle alten Gesetze zu Duellregeln in Ashland noch galten, selbst wenn sie seit Jahren nicht angewandt worden waren. Besonders gefreut hatte ich mich über den Verwirkungsparagrafen, weil ich wusste, dass der Madeline am meisten aufregen würde. Sie hatte sich nicht all diese Mühe gemacht, die Stadt zu übernehmen, damit sie dann alles verlor, was sie besaß.

Ich strahlte Madeline an. »Und weißt du, was das Beste an einem Duell ist?«

Jonah öffnete den Mund, doch ich hob eine Hand, um ihn zum Schweigen zu bringen.

»Es ist vor dem Gesetz kein Verbrechen, jemanden in einem Duell zu töten«, säuselte ich. »Anscheinend gab es in der guten alten Zeit so viele Duelle, dass die Gesetzeshüter es irgendwann leid wurden, die Überlebenden in den Knast zu stecken. Oder sie waren zu klug, um mächtige Elementare, die ihre Feinde gerade allein mit ihrer Magie umgebracht hatten, einsperren zu wollen. Also hat die Justiz beschlossen, sie einfach laufen zu lassen.«

Madeline hatte sich für so clever gehalten, mit ihren ganzen kleinen, juristischen Manövern, doch ich hatte einen Weg gefunden, sie vor allen Unterweltbossen der Stadt zu töten – und damit durchzukommen. Diesen Trick konnte selbst sie nicht toppen.

»Also läuft es darauf hinaus«, fuhr ich fort. »Du kannst mir entweder deinen gesamten Besitz übergeben und aus der Stadt verschwinden wie der Feigling, der du bist, oder du kannst meine Herausforderung annehmen und dich mir persönlich stellen, wie du es von Anfang an hättest tun sollen. Du wolltest zu den alten Traditionen zurückkehren. Was könnte altmodischer sein als ein Duell?«

Madeline starrte und starrte mich an, ihre grünen Augen zusammengekniffen, während sie angestrengt nachdachte. Doch die Schwarze Witwe hatte der Spinne nichts entgegenzusetzen. Ich hatte sie in meinem eigenen, klebrigen Netz gefangen, genauso gründlich, wie sie mich zuvor gefangen hatte. Sie konnte nichts anderes tun, als meine Herausforderung anzunehmen. Sonst würden die anderen Bosse sie als schwach betrachten und anfangen, gegen sie zu intrigieren. Vielleicht würden sie sogar ihre Differenzen lang genug beilegen, um sich gegen den gemeinsamen Feind zu verbünden. Oh, ich zweifelte keinen Moment daran, dass Madeline sie alle ins Grab schicken konnte, doch das wäre sehr anstrengend und es bestand immer die Möglichkeit, so klein diese Chance auch sein mochte, dass einer von ihnen Glück hatte und sie doch erwischte.

Das alles wusste Madeline genauso gut wie ich. Ich konnte förmlich den Moment sehen, in dem ihr bewusst wurde, dass sie das Spiel nach meinen Regeln spielen musste, nicht nach ihren eigenen. Sie biss die Zähne zusammen, ihre Lippen wurden schmal und sie ballte erneut die Hände zu Fäusten, auch wenn keine weiteren Säuretropfen zwischen ihren Fingern herausrannen. Ihr gefiel gar nicht, wie ich sie in die Enge getrieben hatte. Sie mochte es nicht, die Kontrolle zu verlieren. Nun, damit waren wir schon zu zweit.

Doch Madeline erholte sich schnell und gab vor, vollkommen unbesorgt zu sein. Sie entspannte sich, öffnete die Finger und verzog die scharlachroten Lippen zu diesem grausamen, zufriedenen Lächeln, das ich so gut kannte.

»In Ordnung«, schnurrte Madeline förmlich. »Du willst ein Duell. Dann bekommst du auch eines. Aber ich will, dass das ein *echtes* elementares Duell wird. Was soll das sonst bringen?«

»Und das bedeutet?«

»Das bedeutet, dass nur du und ich am eigentlichen Duell teilnehmen – niemand sonst.«

»Abgemacht.«

Madelines Lächeln verbreiterte sich, als wäre ihr etwas eingefallen, womit ich nicht rechnen würde. »Und wir setzen nur unsere Magie ein – keine Waffen, egal welcher Art. Was für dich traurigerweise bedeutet, keine Messer, Gin.«

Sie hielt inne, offensichtlich in der Erwartung, dass ich ablehnen würde. Sie ging nicht davon aus, dass ich sie ohne meine Messer besiegen konnte. Vielleicht hatte sie damit sogar recht. Aber ich hatte die Herausforderung ausgesprochen und konnte jetzt keinen Rückzieher machen. Außerdem hatte ich eine Sache, die Madeline nicht zur Verfügung stand, was sie allerdings erst verstehen würde, wenn es schon zu spät war.

»Abgemacht.«

Madeline blinzelte, als hätte sie wirklich nicht damit gerechnet, dass ich so einfach nachgeben würde, doch ihr selbstbewusstes Lächeln verrutschte keinen Moment. Sie war eine starke Magierin, was alle hier wussten, nachdem sie Montoya gerade so mühelos getötet hatte. Aber ich war ebenfalls stark und außerdem wild entschlossen, die Snow-Monroe-Familienfehde zu beenden.

Ein für alle Mal.

»Also haben wir die Bedingungen festgelegt und der Zeitpunkt ist jetzt«, sagte Madeline. »Ich würde sagen, wir fangen an. Was meinst du?«

Ich lächelte wieder. »Nichts würde mir mehr gefallen, als dich endlich umzubringen.«

26

Die Unterwelt von Ashland sah zu, wie Madeline und ich uns beide bereit machten für unser Duell.

Sophia trat aus der Menge hervor, denn sie war diejenige, die mir den Rücken decken würde. Ich hob meine schwarzen Satinhandschuhe auf und gab sie ihr, zusammen mit meinen fünf Messern. Meine Finger verweilten einen Moment auf dem letzten Messer, ebenjenem, mit dem ich Mab getötet hatte und das nach diesem Kampf immer noch meine Eis- und Steinmagie hielt. Ich gab es nur ungern ab. Aber dies war der Weg, für den ich mich entschieden hatte, und ich konnte jetzt keinen Rückzieher mehr machen. Also gab ich der Grufti-Zwergin auch diese Waffe, dann zog ich mein Jackett aus, sodass das enge, rote Tanktop darunter sichtbar wurde. Obwohl wir mit unserer Magie kämpfen würden, wollte ich auf keinen Fall, dass irgendetwas meine Bewegungsfreiheit einschränkte.

»Behalt Emery im Auge«, sagte ich leise. »Ich traue ihr durchaus zu, dass sie versucht, mich während des Duells auszuschalten. Besonders, wenn es tatsächlich so aussieht, als würde ich Madeline umbringen.«

Sophia nickte. Sie stopfte die Handschuhe in ihre Hosentasche, dann verteilte sie die Messer auf ziemlich genau dieselbe Art an ihrem Körper, wie ich sie immer trug. Jo-Jo nahm ihr mein Jackett ab.

In der Zwischenzeit blieb der Rest meiner Freunde mit dem Rücken zur Wand stehen und behielt weiterhin die Menge im Visier. Die Unterweltbosse sahen zwischen mir und Madeline hin und her. Zweifellos dachten einige von ihnen darüber nach, wie sie uns beide umbringen konnten, während wir kämpften. Doch meine Freunde und ihre Waffen sollten die Verbrecher eigentlich aufhalten können.

Ich schlüpfte aus meinen schwarzen Stilettos und gab sie Jo-Jo. Unter meinen nackten Füßen murmelte der weiße Marmor vor Sorge, weil er die Gefühle spiegelte, die in ihn einsanken, zusammen mit den Säuretropfen, die sich nach ihrer Reise durch Montoyas Leiche immer noch Stück für Stück tiefer in den Stein fraßen.

Auf der anderen Seite der Tanzfläche entledigte sich Madeline ebenfalls ihrer weißen Stöckelschuhe und gab sie Emery. Die beiden fingen an zu flüstern, wobei Madeline den Blick nicht eine Sekunde von mir abwandte. Zweifellos wies sie Emery an, mich umzubringen, egal, was geschehen mochte. Ich hatte Finn denselben Auftrag erteilt – er sollte Madeline eine Kugel in den Kopf schießen, falls ich das Duell verlor. Sie würde heute Abend sterben, so oder so.

Viel zu bald waren wir beide bereit und es blieb nichts anderes mehr zu tun, als in die Gänge zu kommen. Ich trat in die Mitte des Saals und Madeline stellte sich mir gegenüber auf. Erneut umringte uns die Menge. Gleichzeitig wurde das Flüstern und Murmeln immer lauter und aufgeregter. Ich sah sogar, wie Geld den Besitzer wechselte, genau wie vor meinem Kampf im Bullenpferch.

Dann musterte ich für einen Moment die Kette um Madelines Hals. Die Lichter ließen die goldene Krone-mit-Flamme-Rune noch heller schimmern als bisher. Dann konzentrierte ich mich ganz auf die Säuremagierin. Der Hass, der in ihren Augen leuchtete, spiegelte sich in meinen Augen.

»Du wirst nicht gewinnen, Gin«, höhnte sie. »Du magst ja fähig gewesen sein, meine Mutter und ihre Feuermagie zu besiegen, doch ich bin sogar noch stärker als sie, dank meines Vaters und seines Riesenblutes. Und selbst wenn es nicht so wäre ... bisher war niemand in der Lage, sich meiner Säuremagie länger als ein paar Sekunden zu widersetzen. Ich rechne nicht damit, dass du da anders bist.«

Ich zog eine Augenbraue hoch. »Und genau da irrst du dich. Weil ich anders *bin* und auf jeden Fall stärker als du. Vielleicht nicht, wenn es um die reine Macht geht, aber in anderen Punkten – denjenigen, die wirklich zählen.«

»Nun, dann lass uns endlich anfangen.« Sie hob die Hände.

Ich tat dasselbe. »Mit Vergnügen.«

Madeline lächelte, dann warf sie ihre Säuremagie auf mich.

Obwohl ich mit dem Angriff gerechnet hatte – obwohl ich all diese grünen, glitzernden Tropfen, die durch die Luft auf mich zuschossen, genau sehen konnte –, raubte mir das heiße, ätzende Gefühl von Madelines Magie den Atem. Im Pork Pit hatte schon allein der Kontakt mit dem Geld, das sie berührt hatte, dafür gesorgt, dass ich vor Schmerzen schreien wollte. Doch zu fühlen, wie eine solche Menge ihrer Magie direkt auf mich gerichtet war ... zu verstehen, wie stark sie war ... zu wissen, dass selbst ein paar Tropfen der Säure an den richtigen Stellen meines Körpers mich sofort umbringen würden ...

Ich war mir nicht sicher, ob ich überleben konnte oder nicht, egal, wie gut mein Plan auch aussehen mochte.

Ich rief meine Eismagie, streckte meine offenen Handflächen aus und setzte meine Macht ein, um einen Schild zu erzeugen, der Madelines Angriff abfangen sollte. Doch die Säuretropfen brannten sich durch mein Eis, lösten es mühelos auf, sodass ich mehr meiner Magie einsetzen musste – viel mehr, als ich eigentlich wollte –, um die Säure im Flug einzufrieren, bevor sie meine Haut berühren konnte.

Madeline senkte die Hände und ich folgte ihrem Beispiel. Dünne Rauchfäden tanzten zwischen uns und verbanden sich zu einem kalten, unheimlichen Nebel, der meine Wangen umspielte. Ich konnte das Brennen von Madelines Magie sogar in diesem Dampf fühlen und musste gegen die Tränen ankämpfen, die mir in die Augen traten.

Überall um uns herum flüsterte die Menge, diskutierte darüber, wer gewinnen würde, während gleichzeitig immer mehr Geld von einer Hand in die andere wanderte.

Madeline schüttelte den Kopf. »Nur ein kurzer Vorgeschmack meiner Magie und du gehst bereits in die Defensive. So traurig, Gin.«

»Du willst einen Angriff?«, knurrte ich. »Nun, wie wäre es *damit?*«

Ich stieß die Hände nach vorne und jagte einen kalten, bitteren Stoß meiner Eismagie durch die Luft, in dem Versuch, sie auf dem falschen Fuß zu erwischen. Hunderte von scharfen, dolchartigen Nadeln schossen aus meinen Handflächen und sausten durch die Luft direkt auf Madeline zu.

Sie lachte, hob ihre Hand und wackelte erneut mit den Fingern, um einen weiteren Säureregen freizugeben. Kaum berührte ihre Säure mein Eis, lösten sich die tödlichen Nadeln meiner Macht in Nichts auf. Eine Sekunde später waren nur noch ein paar Tropfen Wasser davon übrig, die zischend zu Boden fielen.

»Ist das alles, was du draufhast?«, fragte sie fast gelangweilt. »Wie schwach du doch bist.«

Ich ballte die Hände zu Fäusten. Das war kein schwacher Angriff gewesen. Ich hatte einen guten Teil meiner Magie hineingesteckt, genauso wie sie. Trotz ihrer scheinbar mühelosen Parade konnte ich fühlen, wie viel Energie es sie gekostet hatte, meine Eisdolche abzuwehren. Madeline war stark, aber ich spielte durchaus in ihrer Liga. Es würde nicht unsere Magie sein, die entschied, wer die andere umbrachte. Nicht wirklich. *Wie* wir unsere Macht einsetzten, wer cleverer und besser damit umging – das würde letztendlich entscheiden, wer als Siegerin vom Platz ging.

Und das würde *ich* sein.

Im Verlauf des Duells starteten wir einen Angriff nach dem anderen und warfen uns eine Beleidigung nach der anderen an den Kopf. Sie schmiss Säurebälle auf mich, ich reagierte mit Eisdolchen. Sie konzentrierte sich auf mein Gesicht, ich zielte auf ihre Knie. Sie trat zurück, ich trat vor. Eis und Säure schossen durch die Luft, als unsere Angriffe und Gegenangriffe immer schneller aufeinander folgten und immer wütender wurden, während unsere spöttischen Kommentare zu einem boshaften Knurren verklangen. Doch keiner von uns gelang es, die Oberhand in unserem tödlichen Tanz zu gewinnen, und keine von uns konnte die Magie ihrer Gegnerin durchdringen, um echten Schaden anzurichten.

Ein Patt.

Die Verbrecherbosse zogen sich eilig vor unseren explosiven Magiegeschossen zurück, wenn auch nicht weit. Und ihre Mienen waren kalt und kalkulierend, wie sie so bei jedem hellen Aufblitzen von Macht *oohten* und *aahten*. Die Gesprächsfetzen, die an mein Ohr drangen, verrieten mir, dass sie darauf hofften, wir würden uns einfach gegenseitig umbringen und ihnen damit die Mühe ersparen, diese Aufgabe selbst zu erledigen.

Meine Freunde beobachteten den Kampf ebenfalls, hin- und hergerissen zwischen dem Drang, mich anzuspornen, und der Sorge, ob ich überleben würde. Doch sie mischten sich nicht ein. Ich hatte sie darum gebeten, hatte ihnen die unzähligen Gründe erklärt, warum ich mich Madeline persönlich stellen musste, und sie hatten widerwillig zugestimmt. Außerdem hätten sie jetzt sowieso nicht mehr zwischen mich und die Säuremagierin treten können, ohne im Kreuzfeuer zu sterben.

Doch sie waren nicht die Einzigen, die sich Sorgen machten. Dasselbe galt auch für mich.

Wir kämpften erst ein paar Minuten, doch ich hatte bereits den Großteil meiner Magie verbraucht. Mehr, als ich wollte. Plan A hatte gelautet, Madeline direkt mit meiner Magie umzubringen. Aber das würde nicht funktionieren. Zeit für einen Taktikwechsel.

Als Madeline also erneut die Hand hob, stürzte ich mich auf sie. Sie warf den Ball aus Säure auf mich, doch ich schaffte es, ihm auszuweichen und nah genug an sie heranzukommen, um ihr meine Faust ans Kinn zu rammen. Da brüllte die Menge.

Und ich auch – weil in der Sekunde, in der ich ihre Haut berührte, Schmerzen in meiner Hand explodierten.

Es lag nicht an der Wucht des Schlages. Ich hatte über die Jahre oft genug zugeschlagen, dass ich an diese scharfe Pein gewöhnt war. Nein, das hier war viel, viel schlimmer. Zu spät wurde mir klar, dass Madeline nicht nur Säure erzeugen konnte, sondern dass ihre Haut in gewisser Weise von der ätzenden Macht überzogen war, die sie kontrollierte. So viel zu meinem Plan B, sie zusammenzuschlagen, um sie dann mit bloßen Händen zu erwürgen.

Mit einem Schrei wich ich zurück, die Hand an die Brust gedrückt. Das ließ die Menge nur umso lauter jubeln.

Verschlagene Befriedigung glitzerte in Madelines Augen. »Was ist los, Gin? Kannst du bei mir deine üblichen Tricks nicht anwenden? Ich wette, du wünschst dir gerade dringend, du hättest deine kleinen Messer noch, wenn man bedenkt, wie viel Mühe du gerade hast, zu verhindern, dass ich dir das Fleisch von den Knochen schmelze.«

Ich schüttelte meine Hand aus, als könnte ich damit das

Brennen vertreiben und die roten Blasen loswerden, die sich auf meinen Knöcheln gebildet hatten. »Ich brauche kein Messer, um dich zu töten …«

Sie riss ihre Hand in einer schnellen Attacke aus dem Hinterhalt nach vorne, um Säuretropfen in meine Richtung zu schicken. Madeline zielte auf meine Augen, um mich zu blenden. Ich riss den Kopf zur Seite und griff nach meiner Steinmagie, wobei ich mich fragte, ob das wohl besser funktionieren würde als mit meiner Eismagie. Die harte Hülle meiner Haut hielt die Säure davon ab, mir die Sicht zu nehmen, und verhinderte sogar, dass die leuchtend grüne Flüssigkeit meine Haut verbrannte.

Aber den höllischen Schmerz konnte sie nicht unterdrücken.

Die Tropfen waren klein, kaum mehr als ein grüner Nieselregen auf meiner linken Wange, doch Madelines Magie traf auf meine wie ein rot glühender Vorschlaghammer und durchdrang so all die vielen Schichten Steinmagie, die ich aufgebaut hatte. Meine Haut mochte hart sein wie Stein, doch Säure konnte auch Stein zersetzen und genau das tat Madelines Magie mit meiner Haut. Also schickte ich einen schnellen Stoß Eismagie aus, um die Tropfen einzufrieren, sodass sie von meinem Gesicht fielen. So wurde ich zwar die Säure los, doch das ätzende Gefühl blieb – die brennende Pein, die so heftig war, dass schwarze Punkte in meinem Sichtfeld tanzten, obwohl kein Tropfen Säure meine Augen getroffen hatte.

Madeline warf sich nach vorne und boxte mich gegen das Kinn, wobei sie ihre Riesenstärke zum Einsatz brachte. Das war schon schlimm genug. Doch noch schlimmer war, dass damit ihre Haut meine berührte und ihre Säuremagie mich erneut überschwemmte.

Wieder schrie ich auf und stolperte zurück, um ihr zu entkommen – und damit direkt in Emerys Arme.

Obwohl sie sich eigentlich nicht einmischen sollte, schloss die Riesin ihre Arme eng um mich und drückte zu. Emery wusste, dass eine gebrochene Rippe sich in meine Lunge bohren und mich damit ebenso töten konnte wie Madelines Magie.

Ich riss in einem halbherzigen, verzweifelten Kopfstoß den Schädel nach hinten. Das überraschte Emery genug, um ihren Griff ein wenig zu lockern. Doch bevor ich mich lösen konnte, verdrehte mir die Riesin den linken Arm. Ich schrie vor Schmerz auf, als sie mit einer schnellen Bewegung meine Schulter auskugelte. Wieder jubelten die Zuschauer begeistert. Sie wären glücklich zu sehen, wie Emery mich in Stücke riss.

Plötzlich war Sophia da. Sie schubste Emery nach hinten und sorgte so dafür, dass die Riesin auf dem Hintern landete. Sophia packte mich und hielt mich aufrecht, während ich versuchte, gegen den Schmerz anzuatmen.

»Okay?«, krächzte sie. »Deine Schulter?«

»Renk sie wieder ein«, knurrte ich. »Jetzt.«

Sophia nickte. Ihr mitternachtsschwarzer Blick bohrte sich in meinen, dann hob sie die Hand und packte meine Schulter. Ich jaulte auf, doch wenigstens konnte ich meinen Arm jetzt wieder fühlen. Ich öffnete und schloss meine Finger, ballte sie fest zur Faust, bevor ich die Hand wieder öffnete, um den restlichen Schmerz so gut wie möglich abzuschütteln.

Inzwischen stand Emery wieder auf den Beinen. Die Riesin starrte Sophia böse an, doch die Zwergin trat einfach vor mich, verschränkte die Arme vor der Brust und erwiderte den Blick unverwandt.

»Keine Sorge«, krächzte Sophia, ohne Emery aus den Augen zu lassen. »Sie wird sich nicht noch mal einmischen.«

Ich nickte, stolperte zurück in die Mitte der Tanzfläche und wandte mich wieder Madeline zu.

»Was ist los, Gin?«, höhnte sie. »Fühlst du dich ein wenig … aus den Fugen?«

Sie kicherte und mehrere Leute in der Menge krümmten sich vor Lachen.

»Irgendwie traurig, Maddie. Du bringst immer andere Leute dazu, die Drecksarbeit für dich zu machen. Langsam fange ich an zu glauben, dass du mich gar nicht selbst töten kannst.«

»Willst du sehen, wozu ich wirklich fähig bin, Gin?«, sagte Madeline gefährlich sanft. »Dann lass es mich dir zeigen.«

Sie riss die Hand zurück und warf einen Ball aus Säure auf mich, der größer war als alle bisherigen. Ich konnte die ätzende Macht darin förmlich pulsieren sehen, also tat ich das Klügste und duckte mich darunter hinweg, statt den Angriff mit meiner Magie zu parieren. Die Säurekugel segelte durch die Luft über meinem Kopf und traf die Mitte der Treppe. Der elfenbeinfarbene Teppich löste sich auf und der Stein kreischte vor Schmerz, als die Säure sich auf seiner glatten, glänzenden Oberfläche ausbreitete und anfing, sich in den Marmor zu fressen.

Und dasselbe würde mit mir passieren, wenn ich keinen Weg fand, es zu verhindern.

Madeline warf einen weiteren Säureball auf mich. Dann noch einen und noch einen, als spielten wir Völkerball. Säure spritzte überall hin. Auf die Tanzfläche, die Treppe, ja, sie traf sogar ein paar Unglückliche in der Menge. Mehr als eine Person riss sich die Smokingjacke vom Körper oder zerrte am Rock ihres Kleides, um die Kleidung abzuwerfen, bevor die Säure sich in die Haut fraß.

Wieder und wieder wich ich Madelines Angriffen aus, während ich fieberhaft darüber nachdachte, wie ich ihre Magie am besten parieren konnte, ohne meine eigenen Magievorräte zu erschöpfen. Meine Gedanken wanderten zurück zu der anderen Gelegenheit, bei der ich Madelines Magie ausgesetzt gewesen war – als Beauregard Benson mich gezwungen hatte, eine der Burn-Pillen zu schlucken, die ihre Macht enthielten. Madelines Säuremagie war die geheime Zutat der abhängig machenden Droge gewesen. Und sie hatte mich fast das Leben gekostet, weil meine eigene, angeborene Macht so heftig darauf reagiert hatte. Ich hatte die Droge nur überlebt, indem ich meine Eismagie eingesetzt hatte, um meinen Körper von innen heraus zu betäuben und so den Effekt zu blockieren. Das hätte ich jetzt natürlich wieder versuchen können, doch ich wusste nicht, ob es funktionieren würde. Denn die Burn-Pille – sogar eine ganze Charge Pillen – hatte nur ein paar Tropfen von Madelines Blut enthalten, während sie mich im Moment mit allem beschoss, was ihr zur Verfügung stand.

Ich wusste nicht, ob ich stark genug war, sie zu töten, aber ich musste es versuchen.

Also griff ich nach meiner Eismagie, schickte sie nach außen, bis ich fühlen konnte, wie die kalten Kristalle meiner Magie meine Haut überzogen wie eine dünne Schneeschicht. Ich erhaschte einen kurzen Blick auf mein Spiegelbild in einer der Terrassentüren und ich dachte, dass ich aussah wie die Eiskönigin aus dem Märchen. Meine Haut schimmerte von meiner Magie in einem fast silbrigen Blau. Ich konnte nur hoffen, dass es ausreichen würde.

Ich wich Maddies letztem Ball Säure aus und trat vor, entschlossen, mich auf sie zu stürzen und ihren Kopf auf den harten Marmorboden zu schlagen, bis ihr Schädel aufplatzte und sie verblutete. Doch sie war schneller als ich, sodass sie ihre Hände bereits nach oben gerissen hatte, bevor ich mich auf sie werfen konnte. Allerdings erschuf sie keine weitere Säurekugel und schickte auch keine Tropfen mehr in meine Richtung.

Nein, diesmal begannen *Flammen*, um ihre Hände zu flackern.

Ein schockiertes Keuchen drang über meine Lippen. Unverwandt starrte ich die flackernden, grünen Flammen mit großen Augen an. Noch schlimmer war allerdings, dass mir in diesem Moment klar wurde, dass sie die ganze Zeit über tiefgestapelt hatte; dass sie gerade genug von ihrer Macht eingesetzt hatte, um mich glauben zu lassen, wir wären ungefähr gleich stark und ich könnte sie mit meiner eigenen magischen Stärke besiegen. Jetzt ließ sie mich endlich das wahre Ausmaß ihrer Magie sehen, um mir bewusst zu machen, wie mächtig sie tatsächlich war.

Madeline hatte nicht gelogen.

Dieses Miststück war sogar noch stärker, als Mab es gewesen war.

Und wichtiger, sie war sogar noch stärker als *ich*.

Wieder einmal hatte ich sie unterschätzt. Obwohl ich sie mit meiner Herausforderung zum Duell in eine Falle gelockt hatte, hatte Madeline mich bereits wieder ausmanövriert. Sie hatte bisher nur mit mir gespielt, hatte die Grenzen meiner Macht und meine Reaktion auf ihre Säuremagie ausgetestet. Doch jetzt … jetzt wollte sie zum entscheidenden Schlag ausholen. Und mich töten.

27

Ich war nicht die Einzige, die Madelines Macht spüren konnte. Alle konnten die grünen Säureflammen hell um ihre Hände brennen sehen und alle anderen Elementare im Raum – inklusive Bria, Sophia, Jo-Jo und Owen – konnten ihre Stärke auch fühlen. Ich musste meine Freunde nicht ansehen, um zu wissen, dass sie genauso schockiert waren wie ich.

Madeline lachte erfreut, als sie den Ausdruck des Entsetzens auf meinem Gesicht sah. »Was ist los, Gin? Ist das nicht ganz das, was du erwartet hast?«

»Du bist stark«, gab ich zu. »Wahrscheinlich der stärkste Elementar, dem ich je gegenübergestanden habe. Auf jeden Fall stärker als Mab. Ich nehme an, du könntest dieses ganze Herrenhaus mit deinen Säureflammen bis auf die Grundmauern niederbrennen, wenn du es wolltest.«

Madeline zuckte gespielt bescheiden mit den Achseln, wobei die Flammen ihr Gesicht in ein unheimliches, glühendes Licht tauchten. »Nun, das wäre eine Möglichkeit gewesen, um die Renovierung schneller abzuschließen, oder? Vielleicht nehme ich deinen Rat an und tue genau das. Zerstöre das verdammte Ding einfach und fange neu an – wenn ich mit dir fertig bin.«

Sie hob die Hände und schickte die Säureflammen in meine Richtung. Wieder einmal war sie schneller als ich, also konnte ich nichts anderes tun, als dazustehen und die volle, brutale Macht ihrer Magie zu ertragen.

Die Flammen umhüllten mich, brannten sich durch all die Eiskristalle, mit denen ich meine Haut überzogen hatte, und zwangen mich, nach meiner Steinmagie zu greifen, um meine Haut zu verhärten und Madeline einfach nur davon abzuhalten, mich auf der Stelle einzuäschern. Trotzdem war der Schmerz unendlich intensiv. Ich biss die Zähne zusammen und ertrug ihn. Ich versuchte sogar, mich mit meiner eigenen Magie zu wehren, sie wieder und wieder mit meiner Eismagie zu beschießen, doch die Säureflammen verschlangen die Kälte, bevor sie auch nur Madelines Fingerspitzen berührte.

Ich verlor – auf die übelste Art.

Nur gut, dass das alles zu Plan C gehörte.

Madeline schickte eine heiße, ätzende Welle ihrer Magie nach der anderen in meine Richtung, sodass ich Mühe hatte, mich auch nur auf den Beinen zu halten. Doch ich hielt stand. Ich mochte ja im Moment verlieren, letztendlich aber würde ich sie umbringen.

Allein durch Madelines Eitelkeit.

Ich sah an dem flackernden, grünen Feuer ihrer Magie vorbei auf ihre Krone-mit-Flamme-Kette. Der Smaragd schien von innen heraus zu glühen, erhellt von derselben Macht, die ihre Finger umspielte, und die goldene Kette glänzte um ihre Kehle wie gewundene Sonnenstrahlen.

Ich konzentrierte mich auf die glitzernde Kette und erinnerte mich daran, dass ich bereits gewonnen hatte. Weil ihr Schmuck aus *Gold* bestand – nicht aus Steinsilber.

Hübsch war die Kette sicherlich. Doch so viel sie auch wert sein mochte, Madeline hätte genauso gut Alufolie um den Hals tragen können oder als Ring um ihren Finger, denn diese Schmuckstücke waren einfach nutzlos. Denn dass sie aus Gold bestanden, bedeutete, dass sie keinen Funken von

Madelines Macht aufnehmen konnten – und die Magierin trug keinen anderen Schmuck.

Ich aber schon – und meiner bestand aus *Steinsilber*.

Mein Spinnenrunen-Ring lag um meinen rechten Zeigefinger, während mein Spinnenrunen-Anhänger an meiner Kehle ruhte – und beides war bis zum Überlaufen mit meiner Eis- und Steinmagie gefüllt.

Madeline besaß keine zusätzliche Magiereserve wie ich. All die Macht, die sie gerade einsetzte, die Säure, mit der sie mich beschoss, entstammte ihrem Körper. Gewiss, die Menge war eindrucksvoll – sicherlich mehr reine Magie, als ich besaß, aber das würde nicht *reichen*.

Bisher hatte Madeline jedes Mal, wenn sie mir begegnet war, ihren Steinsilber-Schmuck getragen. Doch sie war sich meines Todes so gewiss gewesen, dass sie in ihrer Wachsamkeit nachgelassen hatte und jetzt stattdessen Goldschmuck trug. Sobald Silvio mir das Foto von Madeline mit ihrem neuen, goldenen Geschmeide gezeigt hatte, hatte ich gewusst, dass dies der Weg war, wie ich sie zu einem Duell herausfordern und dabei tatsächlich gewinnen konnte. Dass ich sie dadurch endlich vernichten konnte.

Arroganz bringt am Ende jeden zu Fall.

Ich musste Madeline nicht mit meiner Magie besiegen. Musste sie nicht schlagen. Musste sie überhaupt nicht berühren. Oh, es hätte mich glücklich gemacht, wenn es mir gelungen wäre, sie auf eine dieser Arten zu töten, aber letztendlich waren das nur Finten gewesen, um sie in meine finale Falle zu locken. Mein ultimativer Plan, der unter allen anderen Plänen versteckt lag, wie Madelines Absichten unter all den Schichten ihrer Intrigen.

Denn die Wahrheit lautete, dass ich sie überlisten konnte; ihre Angriffe durchstehen, genau wie ich das Feuer im Pork Pit durchgestanden hatte.

Und dann konnte ich sie endlich umbringen.

Also hielt ich meine Macht zurück, setzte gerade genug davon ein, dass Madelines Säure mich nicht an Ort und Stelle auflösen konnte. Es war eine Tortur, weil ich die Säureflammen, die meinen Körper umspielten, trotzdem fühlen konnte – genauso wie ich spüren konnte, wie meine Haut Blasen warf, und den verbrannten Geruch meines eigenen Fleisches riechen konnte. Doch ich setzte gerade genug Eis- und Steinmagie ein, um diese schreckliche Pein zu ertragen. Ich stolperte sogar herum, um mich dann auf ein Knie sinken zu lassen, als würde mir die Kraft ausgehen. Durch die grünen Flammen konnte ich sehen, wie das Lächeln auf Madelines scharlachroten Lippen immer breiter wurde und ihre Zähne weiß aufblitzten, als sie vortrat, ganz scharf darauf, mich endgültig fertigzumachen.

Ich erwiderte ihr Grinsen, auch wenn ich bezweifelte, dass sie das bemerkte. Hätte ich gekonnt, hätte ich ihr diese eine Zeile aus dem alten Kinderlied zugeflüstert: *Tritt in meine Stube, sagte die Spinne zur Fliege.*

Madeline hatte nur noch nicht verstanden, dass sie die Fliege war.

Doch sie kam näher und näher, vollkommen darauf konzentriert, jeden Funken ihrer Magie auf mich zu richten. Die Säureflammen wurden noch intensiver, ebenso wie meine Schmerzen. Zweifel stiegen in mir auf, genau wie im Restaurant, als das Feuer sich seinen Weg zu mir gebahnt hatte. Ich fragte mich, ob ich mich vielleicht verrechnet hatte. Ob sie mehr Macht in ihrem Körper trug als ich in mir und meinem Steinsilber-Schmuck zusammengenommen.

Ob sie mich letztendlich doch mit ihrer Magie einäschern würde.

Doch dies war der Weg, für den ich mich entschieden hatte, und ich konnte keinen Rückzieher mehr machen. Selbst wenn ich mir gewünscht hätte, sie mit meiner eigenen Macht zu bekämpfen, es wäre sinnlos gewesen. Das war jetzt einfach nicht mehr möglich. Ihre Säure war so heiß, so ätzend und so zersetzend, dass sie jede Eis- und Steinmagie aufgelöst hätte, die ich über das hinaus, was mich gerade am Leben hielt, noch hätte aufrufen können.

Also kauerte ich weiter am Boden, konzentrierte mich auf meine eigene Magie und das leise, drängende Flüstern des Steins um mich herum. Der Marmor hatte die Grausamkeit von Madelines Macht schon bezeugt, so wie ich sie gerade bezeugte, und der Stein wünschte sich ihren Tod genauso leidenschaftlich wie ich. Ich meinte zu hören, wie die Menge nach meinem Tod schrie – wie meine Freunde einfach nur schrien –, doch ich war mir nicht sicher. Die Welt bestand nur noch aus einer Wand aus säuregrünem Feuer, die mit jedem Atemzug näher und näher heranrückte.

Ich weiß nicht, wie lange ich dort kniete, eine Hand auf dem Boden, um mich aufrecht zu halten. Es konnte eine Minute gewesen sein, es konnte aber auch eine Stunde gewesen sein. Es gab nur Schmerz und den Gestank meines brennenden Fleisches und noch mehr Schmerz. Also konzentrierte ich mich vollkommen auf das Gefühl meiner Macht. Auf all die Härte in mir, die Stein war und perfekt zu der bitteren Kälte passte, die Eis war. Zwei sich ergänzende Elemente, vereint in einer Person und jetzt in einer schützenden Hülle.

Madeline ragte hoch über mir auf. Immer mehr Säureflammen ergossen sich aus ihren Händen, als würden wieder und wieder Feuerwerksraketen vor meinem Gesicht explodieren. Doch ich ließ mich nicht überwältigen, ich hielt durch.

Und irgendwann, *endlich*, schien sie zu schwächeln.

Es war nur ein kleines Zittern, nur ein kleiner Schluckauf im Fluss ihrer Macht. Als wäre ein Tank leer und sie müsste erst einen anderen anzapfen. Vielleicht hatte sie genau das vor.

Doch das war der Moment, in dem ich wusste, dass ich letztendlich gewonnen hatte – ein für alle Mal.

Ich holte Luft, wobei ich darauf achtete, keine grünen Flammen einzuatmen, und stieß einen markerschütternden Schrei aus, als wäre ich nur Sekunden davon entfernt, Madelines unendlichen Säurewellen zum Opfer zu fallen. Ich schrie wieder und wieder, dann schloss ich mit einem Stöhnen, als hätte die Pein mich schließlich doch überwältigt.

Ich versuchte aufzustehen. Hätte ich es wirklich gewollt, hätte ich es schaffen können, doch das alles war Teil meines Plans. Erneut bemühte ich mich anscheinend. Dann, beim dritten Versuch, ließ ich meine Beine zur Seite gleiten und fiel seitlich zu Boden, als läge ich auf dem Sterbebett.

Für mich galt das zwar nicht, aber für Madeline – nur dass sie es noch nicht wusste.

Doch sie war so darauf erpicht, mich endgültig zu erledigen, dass sie nicht einmal auf die Idee kam, ich könnte mich tot stellen. Sie trat einen Schritt nach vorne, dann noch einen und noch einen, kam näher und näher.

Und ich ließ es zu.

Ich wollte, dass sie näher kam.

Dann tat sie das Wichtigste überhaupt: Sie schickte mehr und mehr ihrer Säure in die Flammen, weil sie glaubte, mein Ende wäre nahe und alles, was noch nötig wäre, wäre ein Magiestoß von ausreichender Stärke, der endlich die schützende Hülle meiner Eis- und Steinmagie durchbrach.

Ich lag einfach nur auf dem Boden und ließ die Welt um mich herum brennen.

Schließlich spürte ich ein weiteres Zittern in Madelines Magie. Ein weiteres kurzes Zögern. Ich wartete, weil ich mich fragte, ob sie meinen Plan durchschaut hatte und vielleicht versuchte, mich genauso zu überlisten wie ich sie. Doch dann spürte ich das Stocken wieder und wieder, wie bei einem Auto, dem das Benzin ausgegangen war und das noch ein paar Mal stotterte, bevor ihm ganz der Saft ausging.

Was auch gut war, weil ich selbst kaum noch Magie hatte.

Meine eigene Magie war schon lange aufgebraucht. Genau wie die Macht, die ich in meinem Ring gespeichert hatte. Nacheinander hatte ich alle Glieder meiner Kette geleert, sodass die einzige Magie, die ich noch besaß, in meinem Spinnenrunen-Anhänger gespeichert war.

Schließlich, als ich davon überzeugt war, keine Minute mehr durchhalten zu können, atmete Madeline tief durch, als wäre sie genauso erschöpft wie ich. Die Flammen um ihre Hände verloschen, dann stolperte sie ein paar Schritte nach hinten, bevor sie ihr Gleichgewicht wiederfand.

Ich lag zusammengerollt auf dem Boden, der längst bis auf das Fundament verätzt war. Langsam verblassten die schwarzen, weißen und grünen Sterne, die vor meinen Augen getanzt hatten, das Rauschen in meinen Ohren ließ nach und ich konnte das Flüstern der Menge hören.

»Ist es vorbei?«

»Ist Blanco tot?«

»Sie ist verbrannt, aber so schlimm sieht es gar nicht aus.«

Madeline stand vor mir, keuchend vor Erschöpfung. Doch immer noch bewegte ich mich nicht, sprach kein Wort. Ich atmete einfach nur … und sammelte die Reste meiner Magie.

Schließlich hob ich den Kopf. Die Menge keuchte auf und als ich mich erhob, wurde Madelines Gesicht bleich.

»Du … du … du solltest tot sein!«, stotterte sie. »Ich habe dich schreien gehört. Ich habe gesehen, wie du auf die Knie gesunken bist und dann auf den verdammten *Boden* gefallen. Ich habe meine gesamte Magie auf dich abgeschossen! Wieso kannst du noch leben?«

Ich grinste. »Weil es manchmal schneller zum Sieg führt,

sich zu verteidigen als anzugreifen. Zumindest bis zur letzten Attacke geblasen wird.«

Madeline runzelte die Stirn, als verstünde sie nicht, wovon ich redete. Dann griff sie nach ihrer Magie, immer noch entschlossen, mich umzubringen. Doch sie hatte ihre gesamte Macht verbraucht und konnte nur noch ein paar kleine Tropfen Säure erzeugen, die an ihren Fingerspitzen glitzerten wie Wunderkerzen. Ich sah meine müde, vollkommen erschöpfte Gegnerin an.

»Es ist nicht vorbei«, zischte sie. »Du bist nicht tot, aber du hast auch nicht gewonnen. Nicht, solange ich noch lebe. Auf keinen Fall kannst du noch mehr Magie übrig haben als ich.«

Ich zuckte mit den Achseln. »Habe ich nicht. Zumindest nicht in meinem Körper. Aber weißt du, wo der Unterschied zwischen dir und mir ist?«

Ich griff nach meinem Spinnenrunen-Anhänger und hob ihn hoch, damit sie ihn besser sehen konnte. »Ich bin hergekommen, um zu *siegen*.«

Madeline runzelte verwirrt die Stirn, ihren Blick auf den Anhänger gerichtet, als ich ihn losließ. Die Spinnenrune fiel nach unten und erneut an ihren Platz an meiner Kehle, wo die Steinsilber-Rune kühl auf den roten Verbrennungen und Blasen ruhte, die meine Haut verunzierten.

Madeline hob die Hand zu ihrer eigenen Kette. Und erst da verstand sie, was ich gemeint hatte. Sie holte Luft, als wollte sie etwas rufen – wahrscheinlich wollte sie Emery befehlen, mich zu erledigen oder sie zu retten, doch dafür war es schon zu spät.

»Adieu, Madeline.«

Bevor sie sich bewegen konnte, bevor sie irgendwie reagieren konnte, bevor sie sich wehren konnte, hob ich den Arm und umklammerte ihre Hände mit meinen.

Die Flammen ihrer Säuremagie leckten über meine Haut,

doch ich ignorierte den Schmerz, obwohl es sich anfühlte, als würden meine Finger schmelzen. Madeline biss die Zähne zusammen und rief die Reste ihrer Magie.

Doch es reichte nicht.

Oh, ihre Säure verbrannte mich trotzdem schrecklich und das Steinsilber in den Narben auf meinen Händen erhitzte sich, als das magische Metall so viel von ihrer Macht aufnahm, wie es konnte, um mich zu beschützen.

Madeline hatte recht. Ich hatte all meine körpereigene Magie verbraucht, um sie abzuwehren, doch ich besaß immer noch die Reserven in meiner Spinnenrune. Als Owen mir die Kette zum Geburtstag geschenkt hatte, hatte ich ihre Schönheit bewundert und die Liebe zum Detail, die er in ihre Anfertigung gesteckt hatte, um etwas so Wunderbares für mich zu schaffen. Doch ich hatte sie auch als die Waffe erkannt, die sie in Wirklichkeit darstellte.

Eine Waffe, die ich bestmöglich einsetzen würde.

Ich rief die Magie, die im Anhänger gespeichert war. Sammelte und sammelte und sammelte all diese kalte, harte, eisige Macht, stellte mir vor, dass sie in meinen Handflächen zusammenlief.

Und dann beschoss ich Madeline damit.

Ihre Hände gefroren als Erstes, weil ich meine Magie dort freigegeben hatte. Schon nach einer Sekunde hatte meine Eis- und Steinmacht ihre zierlichen Finger zu kaltem Blau verfärbt. Ich wusste genau, dass ihre Haut und ihre Knochen zerbrechen würden, wenn ich auch nur darauf pustete.

In der nächsten Sekunde hatte sich meine Magie bereits über ihre Arme nach oben ausgebreitet und umhüllte ihre Brust, bevor sie nach unten glitt und ihre Beine genauso einschloss wie ihre nackten Füße auf den Resten des Marmorbodens. Einen Augenblick später war sie festgefroren, obwohl sie verzweifelt darum kämpfte, sich zu lösen.

Ich konnte fühlen, wie sie ihre eigene Magie nach außen drängte, immer mehr Säuremacht in ihre Hände schickte, doch diesmal reichte es einfach nicht aus, um das elementare Eis zu schmelzen, in das ich sie einschloss. Trotzdem erzeugte ich eine gut fünf Zentimeter dicke Eisschicht um ihre Hände, nur um auf Nummer sicher zu gehen.

Madeline öffnete den Mund. Vielleicht, um nach Emery zu schreien, damit die Riesin mich tötete, vielleicht aber auch einfach nur, um gegen die Ungerechtigkeit zu protestieren, dass ich ihre eigenen Tricks eingesetzt hatte, um sie zu schlagen. Doch ich schickte eine weitere Welle Eismagie aus, stärker als alle zuvor. Ein helles, silbernes Licht blitzte auf, so grell, dass ich die Augen schließen musste, um sie vor dem kalten Brennen zu schützen.

Als ich meine Lider wieder öffnete, war es vollbracht. Madeline Magda Monroe war vollkommen in mein elementares Eis eingeschlossen.

Ich hielt immer noch Madelines gefrorene Hände und konnte sehen, wie sich ihre grünen Augen unter der Eisschicht bewegten, als suchte sie nach einer Schwachstelle, um zu entkommen. Doch es gab keine. Dafür hatte ich gesorgt.

Also hielt ich die Hände meiner Todfeindin fest und beobachtete, wie die verzweifelten Zuckungen ihrer Lippen und Augen langsamer und langsamer, schwächer und schwächer wurden, bis sie schließlich starb, an Ort und Stelle festgefroren durch den kalten, harten Zorn meiner Eis- und Steinmagie.

28

Als ich mir sicher war, dass es vorbei und Madeline tot war, holte ich tief Luft und gab endlich den Rest der Magie frei, die noch in meiner Spinnenrune gespeichert war.

Es fiel mir schwerer als gedacht, meine verbrannten, mit Blasen überzogenen Hände aus Madelines kalten, toten, gefrorenen Fingern zu lösen. Es war fast, als klammerte sie sich immer noch verzweifelt an mir fest. Aber ich schaffte es, auch wenn ich ziemlich viel Haut zurückließ.

Diesmal stolperte ich tatsächlich nach hinten und sank in der Mitte des Ballsaals auf die Knie. Überall um mich herum blubberten, rauchten und brannten Pfützen grüner Säure. Doch langsam verloren sie an Kraft. Ihre Flammen flackerten, als wäre ihre heiße, ätzende Macht irgendwie an Madeline gebunden gewesen, an ihre tatsächliche Existenz. Vielleicht stimmte das sogar. Auf jeden Fall war sie tot und ich nicht – weswegen mir die Reste ihrer Magie vollkommen egal waren, genau wie die Art, in der sie alles verbrannten, womit sie in Kontakt kamen.

»Nein!«, erklang hinter mir ein wütender Schrei. »Nein! Unmöglich! Sie kann nicht tot sein! Das kann nicht sein!«

Emery sprang nach vorn. Ich zog eine Grimasse, duckte mich und stützte die Hände auf dem Boden ab, weil ich damit rechnete, dass sie sich auf mich stürzen würde. Doch stattdessen eilte sie an Madelines Seite, hob eine Faust und fing an, auf die Eisschicht einzuschlagen, mit der ich den Körper der Elementarmagierin überzogen hatte. Doch ich hatte ein wenig Steinmagie mit in die kalten Schichten gelegt, um das Eis hart und dick zu machen, daher gelang es ihr nicht einmal, Splitter davon zu lösen, trotz ihrer Riesenstärke.

»Nein!«, schrie Emery wieder. »Nein! Nein! Nein!«

Während die Riesin sich bemühte, Madeline zu befreien, hatte Jonah eine viel klügere Idee: Er drehte sich um und rannte zu den Terrassentüren. Seine Flucht wäre ihm sogar gelungen, wäre nicht Owen vorgetreten und hätte dem Anwalt ein Bein gestellt, um ihn zum Stolpern zu bringen.

Jonah taumelte vorwärts und schlug mit dem Kopf gegen eine der Glastüren. Risse erschienen in der Scheibe, dann fiel Jonah bewusstlos zu Boden. Owen grinste und zeigte mir die erhobenen Daumen. Ich schaffte es, zurückzugrinsen.

Doch der Rest der Menge zeigte eine vollkommen andere Reaktion. Ich hatte damit gerechnet, dass sie versuchen würden zu fliehen, zusammen mit McAllister, doch stattdessen erklangen laute Rufe.

»Auf sie!«

»Genau!«

»Das ist unsere Chance!«

Ich war mir nicht sicher, ob sie von mir und meinen Freunden sprachen oder von all den Feinden, die sich in diesem Raum versammelt hatten. Auf jeden Fall brachen Kämpfe aus. Madeline hatte niemandem erlaubt, Waffen mit ins Herrenhaus zu bringen, doch der abgebrochene Stiel einer Champagnerflöte gab einen guten Dolch ab. Feuer und Eis blitzten auf, Blut und Leichen flogen durch die Luft, Leute stürzten sich aufeinander, manche rollten sich auch über den Boden, prügelnd und kratzend und beißend. Indem ich Madeline getötet hatte, hatte ich den fragilen Frieden zwischen den Unterweltbossen und ihren Gefolgsleuten zerstört … und jetzt taten sie alles in ihrer Macht Stehende, um allen Feinden, die sie erreichen konnten, den Garaus zu machen.

Trotz der Kämpfe, die überall im Ballsaal tobten, kam niemand auch nur in meine Nähe und auch die Leichen wurden nicht in meine Richtung geschleudert. Ich ging davon aus, dass sie sich einfach nicht trauten, mich offen anzugreifen. Aber vielleicht wollten sie auch einfach nicht in die Nähe der Säurepfützen kommen, die den Boden um mich herum bedeckten.

Ich musterte die Menge, zu erschöpft, um etwas gegen diese gigantische Massenschlägerei zu unternehmen. Wenn ich Glück hatte, würden sie sich einfach gegenseitig niedermetzeln und ich konnte endlich aufhören, mir Gedanken um all diese nervigen Unruhestifter zu machen.

Eine Frau stolperte vorwärts, die Hände auf den Bauch gedrückt. Blut tropfte aus der gezackten Wunde in ihrem Bauch. Sandra Smyth, eine Salonlöwin, die sich ihren opulenten Lebensstil finanzierte, indem sie mit verschreibungspflichtigen Medikamenten dealte. Sie sank auf die Knie, direkt in einen der Säureseen, auf dem immer noch Flammen flackerten. Sie schrie auf und zuckte heftig, bevor ihr Körper plötzlich schlaff wurde. Die Flammen wanderten von ihrem Haar über ihr Kleid und sofort brannte das Feuer ein wenig heller, jetzt, da es neue Nahrung gefunden hatte.

Ihr scheußlicher Tod riss mich endlich aus meiner Benommenheit. Mir wurde klar, dass niemand lebend aus diesem Haus entkommen würde, wenn ich nicht etwas unternahm – auch ich nicht und meine Freunde. Also zwang ich mich dazu, mich auf den Knien höher aufzurichten, auch wenn ich dabei leicht schwankte, verbrannt, verletzt und vollkommen erschöpft von meinem Duell mit Madeline.

»Es reicht!«, schrie ich. »Es reicht jetzt!«

Doch der Kampf tobte weiter, obwohl meine Freunde mit ihren Pistolen in die Luft schossen, und meine heisere Stimme ging in der Kakofonie von Knurren, Schreien, Kreischen und Brüllen unter. Nachdem ich mich immer noch ziemlich nah am Boden befand, beugte ich mich vor und legte meine Hände auf den Marmor – oder seine Überreste –, wobei ich sorgfältig darauf achtete, nicht mit der Säure in Kontakt zu kommen.

Ich musste ein wenig mehr Magie übrig gehabt haben, als mir klar gewesen war, weil ich die Kraft fand, einen starken Stoß auszusenden, der dafür sorgte, dass der gesamte Boden sich kräuselte wie Wasser. Das reichte aber noch nicht aus, um die allgemeine Aufmerksamkeit zu erregen, also schickte ich einen weiteren Magiestoß aus. Diesmal wackelten die Wände und sogar die Kronleuchter über unseren Köpfen klirrten.

Alle erstarrten, die Hände zu Fäusten geballt, die Finger um ihre Champagnerglas-Messer geschlossen, die Daumen noch in den Luftröhren ihrer Feinde vergraben.

Es dauerte einen Moment, doch ich schaffte es, aufzustehen und mich zu voller Größe aufzurichten.

»Das *reicht*!« Meine Stimme klang kalt und gefährlich. »Hört auf, wenn ihr nicht wollt, dass ich dieses ganze Herrenhaus einreiße und dafür sorge, dass es über euren idiotischen Köpfen zusammenbricht.«

Meine Drohung sorgte dafür, dass alle die Hände senkten und sich ein Stück von mir zurückzogen. Ich trat vor und sie wichen weiter zurück, als drängte die Luft im Saal sie auf irgendeine Weise Richtung Terrassentüren, bis sie das Glas aus den Rahmen drückten. Doch vielleicht lag es auch an der eisigen Kälte, die von meinem Körper ausstrahlte.

Ich hielt an und stemmte die Hände in die Hüften. Ich wusste, dass ich furchtbar aussah, mein Körper verbrannt, mein Gesicht blutig und meine gesamte Haut von Madelines Magie mit roten Blasen überzogen. Doch ich stand noch, was mehr war, als man über jeden anderen sagen konnte, der sich mit der Säuremagierin angelegt hatte.

»Gut«, meinte ich. »Nun, da mir eure Aufmerksamkeit gewiss ist, möchte ich euch erklären, wie es ab jetzt laufen wird.«

Bei meinen Worten kniffen alle die Augen zusammen und ihre Lippen wurden schmal. Zweifellos dachten sie, ich würde ihnen exakt dieselbe Ansprache halten wie Madeline und verkünden, dass ich mich zur Oberherrin der Unterwelt aufschwingen wollte. Doch das wollte ich nicht.

Das hatte ich noch *nie* gewollt.

»Anders als andere Leute interessiere ich mich kein bisschen dafür, der Big Boss zu sein«, knurrte ich.

Ungläubiges Schnauben, Brummen und Murmeln breitete sich im Ballsaal aus, wie es vor wenigen Sekunden noch meine Steinmagie getan hatte.

»Tue ich nicht«, blaffte ich wieder, meine Stimme noch kälter als bisher. »Ginge es nach mir, würde ich hier rausstiefeln und an keinen von euch jemals wieder einen Gedanken verschwenden. Aber wir wissen alle, dass es so nicht laufen wird. Denn ob es mir nun gefällt oder nicht, Ashland ist genauso eure Heimat wie meine. Wir alle hier haben böse Taten begangen und werden damit auch nicht aufhören. Die Korruption wird nicht einfach über Nacht verschwinden. Genauso wenig wie die Drogendealer oder die Gangs.«

»Was soll das werden? Ein Plädoyer für die Unterdrückten?« Lorelei Parker kicherte. »Eine Schulansprache?«

Ich starrte die Unterweltchefin an und sofort verklang ihr Lachen, auch wenn sie das Kinn vorschob und meinem Blick standhielt.

»Also«, knurrte ich, »die meisten von euch haben die letzten paar Monate mit Versuchen verbracht, mich umzubringen. Wie Madeline es so eloquent beschrieben hat, habt ihr eure Waffenbrüder und -schwestern ausgeschickt, um mich zu töten. Sie hat behauptet, euer Motiv wäre Rache gewesen, doch wir wissen alle, dass das Dreck ist. Ihr dachtet, indem ihr mich umbringt, könntet ihr die anderen dazu bringen, euch als Boss der Bosse zu akzeptieren.«

Die meisten in der Menge zuckten nur mit den Achseln. Gleichzeitig drangen ein paar Gesprächsfetzen an mein Ohr.

»Das kann man uns ja wohl nicht übel nehmen.«

»So ist das Geschäft.«

»Zu dumm, dass wir es nicht geschafft haben.«

Der letzte, bissige Kommentar stammte von Lorelei.

»Ich rede über dich, Parker. Und dich, Ron Donaldson. Und dich, Dimitri Barkov.« Nacheinander zeigte ich mit dem Finger auf die genannten Unterweltbosse, bevor ich meine Arme weit ausbreitete. »Nun, hier bin ich. Ich stehe direkt vor euch. Ich habe Madeline kaltgemacht – im wahrsten Sinn des Wortes – und ich bin bereit, mich auch jedem anderen zu stellen, der mutig oder dämlich genug ist, es zu versuchen. Bitte, wenn ihr mich so dringend tot sehen wollt, dann meldet euch. Ich habe heute Abend bereits ein Duell ausgetragen. Vertraut mir, wenn ich euch sage, dass ich noch genug Saft für einige weitere habe.«

Das war eine üble Lüge, aber jetzt war nicht der richtige Moment, um schwach oder unentschlossen zu wirken. Nein, jetzt war der Moment gekommen, dass ich endlich bekam, was ich mir gewünscht hatte, was ich mir *immer* gewünscht hatte, seitdem ich Mab getötet hatte – ein wenig Ruhe und Frieden. Ich wusste, dass das nicht lange halten würde. Nicht an einem solchen Ort. Nicht in Ashland. Aber hier war mein Zuhause, was auch immer geschehen mochte, und diese Hügel und Berge waren genauso Teil von mir wie meine Eis- und Steinmagie und die Spinnenrunen-Narben auf meinen Handflächen.

Doch niemand trat vor, um meinen Bluff auffliegen zu lassen, also verkündete ich endlich das, was ich schon die ganze Zeit über sagen wollte.

»Von diesem Augenblick an werdet ihr alle damit aufhören, euch so verdammt *dämlich* zu benehmen«, fauchte ich. »Jeder Einzelne von euch wird damit aufhören, Mordanschläge auf mich zu verüben. Ihr werdet aufhören, Männer in meinem Restaurant, bei mir zu Hause oder irgendwo anders auf mich zu hetzen. Und falls irgendeiner von euch niederträchtigen Hurensöhnen auch nur daran *denkt*, einem meiner Freunde etwas anzutun, wird mein kalter Zorn über ihn und die Seinen kommen, wie ihr es noch nie zuvor erlebt habt.«

Ich sah von einem Gesicht zum nächsten, um sicherzustellen, dass alle meine Botschaft verstanden hatten. »Madeline wollte fünfzig Prozent. Nun, das ist, was ich will. Betrachtet euch als glücklich, dass ich euch so billig vom Haken lasse.«

»Und wenn wir nicht aufhören?«, meldete sich erneut Lorelei Parker zu Wort. »Wenn wir es weiter versuchen? Was willst du dann tun, Blanco?«

Ich starrte sie kalt an. »Dann werde ich einen nach dem anderen von euch – schlimmstenfalls alle – eliminieren, bis ihr es endlich verstanden habt. Ich dachte, inzwischen hättet ihr es kapiert, wenn man bedenkt, wie viele Leute ich in den letzten Wochen getötet habe. Aber anscheinend seid ihr alle ziemlich schwer von Begriff.«

Lorelei öffnete den Mund, doch ich hob einen Finger, was sie dazu bewog, ihre Worte lieber wieder herunterzuschlucken.

»Mir ist egal, was ihr tut«, sagte ich. »Wenn ihr alle euch in einen Pisswettbewerb stürzen wollt, um festzulegen, wer Ashland beherrschen soll, könnt ihr das gerne tun. Färbt die Straßen von Ashland rot mit eurem Blut. Interessiert mich nicht besonders. Ich kann das Verbrechen in Ashland nicht abschaffen. Und es ist ja nicht so, als wäre ich besser als ihr, bei all den schlimmen Dingen, die ich schon getan habe. Aber verwickelt mich nicht mehr in eure Machtkämpfe und bildet euch nicht ein, mich zu töten wäre die ultimative Bedingung dafür, König oder Königin werden zu dürfen. Das wird nur dafür sorgen, dass ihr sterbt. Das könnt ihr mir glauben.«

Ich zeigte nicht auf Madelines immer noch gefrorene Leiche. Das musste ich nicht. Schweigen breitete sich im Ballsaal aus, alle traten von einem Fuß auf den anderen und fragten sich, was als Nächstes geschehen würde. Plötzlich wurde mir klar, worauf sie alle warteten.

Ich seufzte. »Ihr könnt jetzt gehen.«

Doch niemand machte Anstalten, tatsächlich eine der Terrassentüren zu öffnen, obwohl sie immer noch dicht gedrängt davorstanden.

»Verschwindet!«, blaffte ich. »Jetzt. Bevor ich es mir anders überlege!«

Das sorgte dafür, dass die meisten Anwesenden in die Gänge kamen. Oh, sie versuchten, ihre Würde zu wahren, bewegten sich aber trotzdem schneller und schneller. Türen wurden aufgerissen, dann trampelten sie in ihrem Bedürfnis, so schnell wie möglich von mir wegzukommen, fast die anderen nieder. In weniger als zwei Minuten hielt sich, außer meinen Freunden und mir, niemand mehr im Ballsaal auf.

Sobald die letzten Gäste verschwunden waren, schlurfte ich zur Marmortreppe und ließ mich auf die unterste Stufe sinken. Ich stöhnte vor Erleichterung, so gut fühlte es sich an, endlich still zu sitzen. Nicht mehr zäh und stark wirken zu müssen und vorzugeben, Madeline hätte mich mit ihrer Säuremagie nicht fast fertiggemacht.

Jo-Jo eilte an meine Seite und ergriff meine Hand. Das milchig weiße Glühen ihrer Magie blitzte in ihren Augen auf. Ich hieß das kribbelnde Gefühl ihrer Luftmagie willkommen, das über mich glitt, meine verbrannte Haut reparierte und die schlimmsten Wunden heilte. Doch meine Verletzungen waren nicht so schlimm wie das hohle Gefühl in meinem Inneren, das mir verriet, dass ich all meine Magie verbraucht hatte, mehr als je zuvor. Ich hatte keine Ahnung, wann sie sich regenerieren würde oder wie lange das dauern würde.

Oder wie viele Intrigen in der Zwischenzeit gegen mich gesponnen werden würden.

Denn dass die Unterweltbosse bezeugt hatten, wie ich Madeline getötet hatte, bedeutete noch lange nicht, dass sie tatsächlich aufhören würden, Mordanschläge auf mich zu verüben. Sicher, vielleicht würden sie sich eine Weile zurückhalten, aber sie wollten immer noch alle Boss der Bosse werden und ich stand ihnen immer noch im Weg. Also würde ich die Atempause einfach genießen, solange sie eben dauerte.

»Nun«, meinte Finn, nachdem er die säurebespritzte Treppe nach unten gewandert war, um neben mir stehen zu bleiben, »ich glaube, alles in allem lief das ganz gut.«

Owen eilte ebenfalls heran und ließ sich mit besorgtem Blick vor mir in die Hocke sinken. »Geht es dir gut, Gin?«

Ich wartete, bis Jo-Jo die letzte Welle ihrer Heilmagie über meine Haut geschickt hatte. »Alles in Ordnung, jetzt, da Madeline tot ist. Ich hätte nur nicht gedacht, dass es so viele andere Opfer geben würde.«

Mehr als ein Dutzend bewegungslose Personen lagen im Ballsaal verteilt. Die Bosse hatten nicht allzu lange gekämpft – vielleicht fünf Minuten –, aber sie hatten keine Gefangenen gemacht. Bria, Xavier und Sophia wanderten bereits von Körper zu Körper, um nachzusehen, ob jemand unter all dem Blut noch atmete. Roslyn kam die Treppe herunter und schloss sich Phillip an, der den anderen folgte und die Leute identifizierte, um herauszufinden, welche seiner Konkurrenten ausgeschaltet worden waren.

Owen schob mir eine lose Strähne aus dem Gesicht. Dann

ließ er die Hand sinken und ich bemühte mich, nicht zu bemerken, dass seiner Bewegung ein ganzes Büschel Haare folgte. Madelines Magie hatte sich ein wenig tiefer in meinen Körper gefressen, als ich vermutet hatte. Doch ich machte mir keine großen Sorgen. Jo-Jo konnte alle äußeren Verletzungen heilen, auch wenn sie nichts gegen die Narben unternehmen konnte, die weiterhin in meinem Herzen rauchen und brennen würden wie die Säurepfützen auf dem Boden um mich herum.

»Und was jetzt?«, fragte Owen.

Ich ließ erneut meinen Blick durch den Saal wandern. Jonah lag immer noch bewusstlos neben den Terrassentüren, doch es gab einen Körper, den ich nirgendwo entdecken konnte.

»Wo ist Emery?«, fragte ich.

Finn schüttelte den Kopf. »Weg. Mit dem Rest der Menge durch die Türen verschwunden. Ich habe versucht, sie ins Visier zu nehmen, aber es waren einfach zu viele Leute im Weg.«

Bei der Nachricht, dass die Riesin entkommen war, lief mir ein kalter Schauder der Sorge über den Rücken. Sie würde nicht einfach aufgeben. Madeline war ihre Chefin gewesen – ihre Cousine, ihre Freundin – und sie würde Rache üben wollen. Emery würde einen Weg finden, mich für Madelines Tod zahlen zu lassen. Das war so sicher wie das Amen in der Kirche. Doch im Moment konnte ich nichts dagegen unternehmen. Selbst wenn die Riesin direkt vor mir gestanden hätte … momentan besaß ich gerade noch genug Kraft, um langsam zu blinzeln. Auf keinen Fall hätte ich mich ihr stellen können.

»Keine Sorge, Gin«, meldete sich Silvio zurück, der auf seinem Handy Nachrichten schrieb. »Ich funke bereits meine Kontakte an, um sie aufzuspüren.«

Finn stemmte die Hände in die Hüften. »*Deine* Kontakte? Und was lässt dich glauben, dass *deine* Kontakte sie schneller finden werden als *meine* Kontakte?«

Silvio schenkte ihm einen herablassenden Blick, den Finn mit einem bösen Starren erwiderte. Doch ich war sogar zu müde, um genervt die Augen zu verdrehen, geschweige denn über ihre Rivalität zu kichern …

»Wer seid ihr?«

Jeder Einzelne von uns erstarrte. Ich. Owen. Finn. Silvio. Jo-Jo. Selbst Bria, Xavier, Sophia, Roslyn und Phillip auf der anderen Seite des Ballsaals.

Dann wirbelten wir alle gleichzeitig herum, Fäuste und Waffen erhoben, um nach der Quelle dieser sanften, zaghaften Stimme zu suchen.

Ein kleines Mädchen stand am Rand der Tanzfläche.

Es trug einen weichen, pinkfarbenen Pyjama mit einem Muster aus Pinguinen und drückte sich einen kuschelig aussehenden, blauen Stoffhasen an die Brust. Das Haar war vom Schlaf verwuschelt, doch ich konnte kupferfarbene Strähnen in der kastanienbraunen Mähne erkennen.

Die Kleine sah uns nacheinander an. Sie schien keine Angst zu haben, aber ihre grünen Augen waren groß und voller Neugier.

»Wer seid ihr?«, fragte sie wieder. »Und wo ist meine Mami?«

29

Ich keuchte überrascht, dann blinzelte, blinzelte und blinzelte ich, als könnte das ändern, wer und was da vor mir stand.

Aber das tat es nicht.

Ein kleines Mädchen. Im Monroe-Herrenhaus. Das mich mit Madelines Augen anstarrte. Und sich fragte, wo seine Mami war.

Ich musste die anderen nicht anschauen, um zu wissen, dass sie genauso überrascht und schockiert waren wie ich. In all den Informationen, die Finn und Silvio über Madeline gesammelt hatten – bei all meinen Spionageaktionen –, hatte es nie auch nur den kleinsten Hinweis darauf gegeben, dass Madeline ein Kind hatte. Andererseits hatte ich auch nicht gewusst, dass Mab eine Tochter hatte.

Doch jetzt saß ich hier, konfrontiert mit dem nächsten kleinen Mädchen der Monroe-Familie. Ich konnte nicht anders, als mich zu fragen, ob sie wohl dieselbe Säuremagie besaß wie ihre Mutter oder vielleicht sogar die Feuermacht ihrer Großmutter.

Jo-Jo schaltete schneller und war freundlicher als der Rest von uns. Die Zwergin stand auf, kleisterte sich ein Lächeln ins Gesicht und näherte sich langsam dem Mädchen.

»Hey du, Süße«, flötete Jo-Jo leise. »Wie heißt du?«

»Moira. Moira Monroe.«

Jo-Jo streckte ihr eine Hand entgegen. »Nett, dich kennenzulernen, Moira. Ich heiße Jo-Jo.«

Die beiden schüttelten sich die Hände, das kleine Mädchen ganz ernst. Jo-Jo zeigte über die Schulter auf den Rest von uns.

»Und das sind meine Freunde.«

Moira schaute zu uns, ließ ihren grünen Blick nacheinander über jeden von uns gleiten. Gleichzeitig bewegten sich meine Freunde vorwärts oder seitwärts, um so viele Leichen wie möglich vor ihr zu verbergen, genau wie all das Blut.

Schließlich sah sie mich an. Ihr kleines Gesicht verzog sich nachdenklich und mir wurde klar, dass sie meinen Spinnenrunen-Anhänger anstarrte.

»Oh«, sagte sie und ihre Miene hellte sich auf. »Du bist die Spinnendame. Die, die meine Mami nicht mag. Was tust du hier? Ich dachte, du wärst tot.«

Ich hörte ihre Worte, doch ich konnte sie einfach nicht verarbeiten. Trotzdem zwang ich mich dazu, aufzustehen und zu ihr zu gehen. Ich bewegte mich langsam, weil ich ihr keine Angst einjagen wollte. Nur gut, dass Jo-Jo die Verbrennungen und Blasen auf meinem Körper schon geheilt hatte, sonst hätte ich noch mehr ausgesehen wie ein Monster, als ich es sowieso schon tat.

Aus der Nähe betrachtet war Moira unglaublich hübsch. Sie konnte kaum älter sein als vier oder fünf, doch es war jetzt schon zu erkennen, dass sie einmal genauso aussehen würde wie Madeline. Wahrscheinlich würde sie sogar noch schöner werden als ihre Mutter.

Ich öffnete den Mund, doch mir fehlten die Worte. Ich wusste im Moment nicht einmal, was ich *denken* sollte. Ich leckte mir die Lippen und versuchte es noch mal, doch immer noch drang kein einziger Laut über meine Lippen. Mein Schweigen musste Moira Angst eingejagt haben, weil sie langsam vor mir zurückwich. Gleichzeitig bildete sich ein fahlgrünes Leuchten um ihre Finger.

Und der Stoffhase in ihren Händen begann zu rauchen und zu brennen.

Kleine Säuretropfen fielen auf das Gesicht des Stofftiers und ließen es sofort dahinschmelzen, während Moira mich aus großen, verängstigten Augen ansah. Erneut keuchte ich auf, dann gelang es mir endlich, mir ein angespanntes Lächeln ins Gesicht zu schrauben. Nun, das beantwortete meine Frage, welche Art von Magie sie vielleicht besaß. Wie viel Macht sie besaß, war in ihrem Alter noch schwer abzuschätzen, doch selbst wenn sie nur halb so stark war wie Madeline, würde sie eine Elementarmagierin werden, mit der man rechnen musste.

Trotzdem … als ich das Mädchen ansah und mich bemühte, so wenig bedrohlich wie möglich zu wirken, fühlte ich mich ein wenig, als wäre ich … *Mab*.

Ich konnte es deutlich sehen, genau wie Mab vor all diesen Jahren keine Zweifel gehabt hatte. Dass dieses unschuldige Kind sich mit dem Erwachsenwerden zur Bedrohung für mich entwickeln könnte. Wie sie alles zerstören könnte, was ich aufgebaut hatte. Wie sie alle umbringen könnte, die ich liebte, bevor sie schließlich auch mich ermordete.

In diesem Moment konnte ich fast … *verstehen*, warum Mab vor all diesen Jahren meine Mutter und Annabella ermordet hatte und versucht hatte, mir und Bria dasselbe anzutun. Wieso sie davon *überzeugt* gewesen war, damit nur sich selbst und ihr Imperium zu schützen. Dass sie einfach nur eine potenzielle Bedrohung hatte ausschalten wollen, die sich sonst zur größten Gefahr ihres Lebens hätte entwickeln können. Und wie genau dieser Angriff auf meine Familie letztendlich ihren eigenen Untergang herbeigeführt hatte.

Ja, ich konnte Mabs Beweggründe von damals fast verstehen … aber das bedeutete nicht, dass ich tun konnte, was sie getan hatte. Denn egal, wie skrupellos ich auch sein mochte, egal, wie kalt oder zäh oder brutal ich als Profikillerin auch sein mochte, Fletcher hatte mir ein paar einfache Regeln eingebläut, an die ich mich auch heute noch hielt, auch wenn ich mich mit der nächsten Generation in der Snow-Monroe-Familienfehde konfrontiert sah.

Keine Kinder – *niemals.*

Also räusperte ich mich, lächelte etwas ehrlicher und ging in die Hocke, damit unsere Gesichter sich auf derselben Höhe befanden. »Hi, Süße. Ich heiße Gin.«

Ich streckte ihr meine Hand entgegen. Moira starrte mich immer noch verängstigt an, doch immerhin hatte ich sie genug beruhigt, dass sie ihre Säuremagie losließ. Das fahlgrüne Licht um ihre Finger verschwand, allerdings rauchte der Stoffhase an ihrer Brust weiter. Vorsichtig schüttelte sie meine Hand. Ich biss die Zähne zusammen, weil ich damit rechnete, dass die unsichtbaren Wellen ihrer Magie mir die Haut verbrannten, doch ihre Hand war klein, warm und weich, ohne einen Hinweis auf pulsierende Macht – noch.

»Hey«, sagte sie, bevor sie anscheinend ohne Grund wieder fröhlich wurde, wie es bei Kindern so oft der Fall ist. »Möchtest du mein Zimmer sehen? Komm, es ist hier entlang!«

Statt meine Hand freizugeben, fing Moira an, mich aus dem Ballsaal zu ziehen. Ich sah über die Schulter zurück zu meinen Freunden. Die meisten zuckten nur hilflos mit den Achseln, doch Bria folgte uns.

Moira führte mich einen Flur entlang wie ein General, der einen Soldaten anführt. Sie ließ meine Hand erst los, als wir am Ende eines Flurs eine Tür erreichten, die einen Spalt offen stand. Die Tür war blau angestrichen. Sobald das Mädchen sie sah, rannte sie vor mir in den Raum. Ich atmete tief durch, folgte ihr und wappnete mich innerlich für das, was mich wahrscheinlich erwartete.

Ein riesiges Spielzimmer lag vor mir.

In der Mitte des Raums stand ein weißer Kindertisch aus Rattan mit vier passenden Stühlen, der mit einem kleinen Teeservice aus weißem Porzellan mit blauem Rosenmuster gedeckt war. Ein Krug echte Limonade stand auf dem Tisch, zusammen mit einem halb geleerten Teller mit Zuckerkeksen und ein paar Apfelschnitzen, die sich bereits braun verfärbt hatten. Bilderbücher, Puppen und Stofftiere standen aufgereiht auf den Holzregalen, die sich neben einer gepolsterten Sitznische am Fenster erstreckten. Weiteres Spielzeug quoll aus Holzkisten in den Ecken des Raums. Jedes kleine Mädchen hätte Stunden in diesem Zimmer damit zubringen können, fröhlich Limonade zu trinken, Kekse zu essen und Bilderbücher mit ihren Stofftier-Freunden anzuschauen.

Am anderen Ende des Raums öffnete sich eine Tür zu einem großen Schlafzimmer, von dem offensichtlich auch ein Bad abging. Das war die Zimmerflucht, die Silvio mir gestern gezeigt hatte und von der ich vermutet hatte, dass Madeline sie für einen Gast eingerichtet hatte. Nun, jetzt wusste ich genau, wer hier wohnte.

Ich wusste nur nicht, was ich mit dieser Information anfangen sollte.

Bria stand neben mir im Türrahmen und starrte auf das Spielzimmer. Erinnerungen glänzten in ihren Augen, ihre Miene sprach von Schmerz und Sehnsucht.

»Wir hatten früher auch so ein Zimmer«, sagte sie leise. »Voller Spielzeug und Brettspielen und Puppen und Teegeschirr. Erinnerst du dich, Gin? Wie wir waren? Wie unser Leben war … vor Mab?«

Ich nickte und ergriff ihre Hand.

Moira ließ ihren halb geschmolzenen Hasen auf einen der Stühle fallen, dann hüpfte sie zu mir und packte erneut meine Hand, um mich weiterzuziehen.

»Komm schon, Gin. Teeparty!« Moira hielt an und warf Bria einen scheuen Blick zu. »Die hübsche Dame kann auch kommen.«

Ich sah Bria an, die genauso verblüfft wirkte wie ich. Ich zuckte mit den Achseln und sie erwiderte die Geste. Moira zog an unseren Händen und führte uns beide zu dem weißen Rattan-Tisch in der Mitte des Raums.

Warum nicht? Das wäre auf jeden Fall unterhaltsamer als die Party, die wir gerade besucht hatten.

Bria und ich saßen auf dem Boden neben dem Tisch, während Moira im Spielzimmer herumlief, um uns all ihre Puppen und Stofftiere vorzustellen. Meine Schwester und ich gaben die passenden Geräusche von uns, doch wir waren immer noch zu erschüttert, um wirklich zu hören, was das kleine Mädchen uns alles erzählte.

Ein paar Minuten später kam Jo-Jo ins Zimmer. Irgendwie gelang es der Zwergin, Moira ins Bett zu bringen, dann fing sie an, ihr ein Buch vorzulesen. Also glitten Bria und ich aus dem Zimmer und kehrten in den Ballsaal zurück.

Der Rest meiner Freunde war immer noch dort und kontrollierte die Leichen, aber ich ignorierte sie und stiefelte zu der Stelle vor den Terrassentüren, wo Jonah McAllister lag. Er war immer noch bewusstlos, doch ich trat ihm in die Rippen, bis der verschlagene Mistkerl aufwachte. Es dauerte nicht lange, bis er sich stöhnend auf die Seite rollte. Ich trat ihn noch einmal, dann beugte ich mich vor, packte die Jackenaufschläge seines Smokings, zerrte ihn auf die Beine und knallte ihn dann mit dem Rücken gegen die Glastür, ohne sein Jackett freizugeben. Es dauerte einen Moment, bis seine braunen Augen klar wurden, aber es freute mich, die Angst zu sehen, die seinen Blick bei meinem Anblick erfüllte.

»Das Mädchen«, stieß ich hervor. »Moira. Madelines Tochter. Fang an zu reden. Wie alt ist sie? Woher kommt sie? Wer ist ihr Vater?«

Jonah starrte mich nur an. Sein Blick füllte sich immer mehr mit Angst, bis er nichts anderes mehr wahrzunehmen schien, auch nicht meine Fragen.

Ich schüttelte ihn einmal grob, dann lehnte ich mich vor, bis mein Gesicht nur Zentimeter vor seinem schwebte. »Ich werde dich nicht noch mal fragen.«

Er leckte sich die Lippen. »Ich weiß nicht viel.«

Ich beugte mich noch weiter vor.

»Wirklich! Ich schwöre es!«, rief Jonah verzweifelt. »Nur dass das Mädchen vier Jahre alt ist. Madeline hat sie geboren, aber dann wollte sie sich lieber darauf konzentrieren, ihr Geschäftsimperium aufzubauen, also hat sie die Kleine bei ihrem Vater zurückgelassen.«

»Und der wäre?«

Er zuckte mit den Achseln. »Irgendein Steinelementar, glaube ich. Anscheinend liebte er Moira wirklich und hat sie gerne allein aufgezogen. Dann hat Madeline sich anders entschieden und ihm erklärt, dass sie ihre Tochter mit nach Ashland nehmen würde. Der Vater hat versucht, mit dem Mädchen zu fliehen, aber Madeline hat Emery darauf angesetzt, ihn aufzuspüren.«

Mein Herz wurde schwer. Ich konnte mir vorstellen, was die Riesin mit dem flüchtigen Vater angestellt hatte. »Lebt er noch?«

»Ich glaube schon. Aber du kennst Emery. Sie hätte ihn auch aus reiner Bosheit umbringen können.«

Ich ließ McAllister fallen. Sein Kopf knallte auf den Marmorboden, doch er erholte sich schnell, rollte sich auf den Bauch – wie die Schlange, die er war –, um von mir wegzukriechen. Ausnahmsweise ließ ich es zu. Ich war zu sehr damit beschäftigt, über Moira nachzudenken.

Xavier und Bria kamen auf McAllister zu, wahrscheinlich, um ihm weitere Fragen über Moira und ihren Vater zu stellen, doch ich stiefelte durch den Ballsaal, bis ich vor Madelines steifgefrorener Leiche stand.

»Ihr hinterhältigen Monroes«, knurrte ich der eisigen Statue ins Gesicht. »Ihr genießt es, mir sogar aus dem Grab heraus noch Ärger zu machen, oder?«

Madeline antwortete natürlich nicht, aber ich hätte schwören können, dass ich hinter dem Eis ihre zu einem Lächeln verzogenen, scharlachroten Lippen und ihre weißen Zähne erkannte, als wollte die Schwarze Witwe mich ein letztes Mal auslachen.

Auf meine Bitte hin riefen Bria und Xavier die Polizei zum Herrenhaus, damit wir ihnen unsere Version der Vorfälle des heutigen Abends präsentieren konnten. Statt vom Tatort meines Verbrechens zu verschwinden, wie ich es bisher so oft getan hatte, blieb ich und stellte mich zusammen mit meinen Freunden der Bullerei.

Die meisten Polizisten schienen es am schockierendsten zu finden, dass ich Madeline getötet hatte. Selbst die Tatsache, dass ich noch lebte, schien daneben zu verblassen. Doch keiner kam in meine Nähe und keiner der Beamten versuchte, mich zu verhaften. Selbst wenn sie es versucht hätten, hätten sie mir nichts vorwerfen können, dank all dieser antiquierten Gesetze, die ich gefunden hatte. Ich hatte Madeline zu einem Duell herausgefordert, sie hatte die Herausforderung angenommen und sie hatte verloren. Alles absolut legal und absolut tödlich. Zumindest für sie.

Ich hatte damit gerechnet, dass die Cops trotzdem versuchen würden, mich zu verhaften, weil ich ja angeblich Captain Dobson erschossen hatte, doch Silvio hatte bereits alles in die Wege geleitet, um mich auch davor zu bewahren. Er hatte eine leise, aber sehr intensive Diskussion mit dem befehlshabenden Beamten über die Szene im Bullenpferch geführt und darauf hingewiesen, dass ich viele der Cops identifizieren konnte, die sich in dieser Nacht dort aufgehalten hatten … und, am allerschlimmsten, dass ich das Department bis auf den letzten Heller verklagen konnte. Also waren alle Vorwürfe gegen mich fallen gelassen worden. Silvio hatte dem betreffenden Beamten sogar das Versprechen abgerungen, eine offizielle Entschuldigung zu veröffentlichen.

Was die anderen Leichen anging, behaupteten Bria und Xavier einfach, dass die Menge, die das Duell bezeugt hatte, in Panik geraten war und im entstehenden Chaos mehrere Leute zu Tode getrampelt worden waren. Das war nicht glaubhaft, absolut nicht, aber die überlebenden Unterweltbosse würden kaum zur Polizei gehen, um zu erzählen, was wirklich geschehen war.

Kurz darauf erschien Dr. Ryan Colson, zusammen mit ein paar Assistenten. Ich hatte den Gerichtsmediziner seit meinem Besuch in seinem Büro nicht gesehen, aber er schien weder bestürzt noch überrascht von meiner Anwesenheit. Colson nickte mir respektvoll zu, ich erwiderte die Geste, dann ging er daran, sich um die Leichen zu kümmern. Er würde sofort erkennen, dass sie nicht totgetrampelt worden waren, bei all den Stichwunden, gebrochenen Hälsen und Würgemalen, aber ich bezweifelte, dass er viel Aufhebens darum machen würde.

Irgendwann ließ ich mich auf einem Teil der Treppe nieder, der Madelines Säure entkommen war. Owen setzte sich neben mich. Zusammen beobachteten wir die Cops bei der Arbeit.

»Und jetzt?«, fragte er. »Worüber denkst du nach, Gin?«

Ich sah mich im Ballsaal um. Vor zwei Stunden war das noch ein wunderschöner Raum gewesen, glitzernd, blitzsauber und perfekt mit den Diamantlüstern, cremefarbenen Orchideen und sanften, weißen Lichtern. Jetzt sah es aus, als hätte eine Bombe den einst so eleganten Saal getroffen.

Innerlich fühlte ich mich genau so, wie der Raum aussah, nach der Entdeckung, dass Madeline eine Tochter hatte – und dass unsere Familienfehde vielleicht doch noch gar kein Ende gefunden hatte.

Mab hatte meine Mutter und meine ältere Schwester getötet und versucht, Bria und mir dasselbe anzutun. Deswegen war ich mit einem Gedanken aufgewachsen – Rache. Ich fragte mich, ob es Moira wohl ähnlich gehen würde. Ob sie mit demselben drängenden Verlangen nach Vergeltung aufwachsen würde, ob sie getrieben wäre von demselben Ehrgeiz und demselben Blutdurst.

Nach meinem Blut.

»Gin?«, fragte Owen wieder. »Bria sagt, hier gäbe es für uns nichts mehr zu tun. Bist du bereit zum Aufbruch?«

Ich sah mich ein letztes Mal im Ballsaal um, musterte das Blut und die Leichen und die immer noch dampfenden Pfützen grüner Säure, zwischen denen ich saß. Ein Teil von mir fragte sich, wie ich überhaupt hier gelandet war. Und ein größerer Teil fragte sich, was wohl als Nächstes geschehen würde – welche Auswirkungen meine Handlungen heute Abend auf mein Leben haben würden.

Doch das waren Fragen und Sorgen, mit denen ich mich an einem anderen Tag beschäftigen konnte. Madeline Magda Monroe war erledigt und ihre Intrigen waren genauso tot wie sie. Heute Abend zählte nur das.

»Ja, ich bin hier fertig.«

Owen stand auf und streckte mir die Hand entgegen. Ich verschränkte meine Finger mit seinen, dann ließ ich mich von ihm auf die Beine ziehen. Zusammen, Arm in Arm, gingen wir an Madelines gefrorener Leiche vorbei und verließen den Ballsaal.

30

Die nächsten paar Wochen vergingen in einem Wirbelwind von Ereignissen.

In den Medien wurden mehrere Geschichten über Madelines Tod veröffentlicht. Auch über Dobsons Tod. Doch nach Silvios nicht allzu subtilen Drohungen, dass ich die Polizei immer noch verklagen konnte, beschlossen die Cops, so gut wie alles unter den sprichwörtlichen Teppich zu kehren. Wie in Ashland nicht anders zu erwarten.

Nach Madelines Tod lösten sich auch die Probleme meiner Freunde in Luft auf. Roslyns Getränkelieferant zog seine Forderungen zurück, Owens Geschäftsabschluss wurde endlich besiegelt, Evas Name wurde reingewaschen und sie durfte das College wieder besuchen, Jo-Jos Salon wurde zur schimmelfreien Zone erklärt und Bria und Xavier bekamen ihre Jobs bei der Polizei zurück. Selbst die Klage gegen Finn wurde wegen Mangel an Beweisen fallen gelassen.

Doch da war noch das durchaus drängende Problem mit dem Pork Pit.

Die Inneneinrichtung des Restaurants konnte ich aufgrund des Feuers vollkommen abschreiben, aber die Ziegelwände waren unversehrt, genau wie das Neonschild in Form eines Schweins über der Eingangstür. Durch einen glücklichen Zufall hatten die Flammen das Schild nicht beschädigt, auch wenn ich eine Putzfirma anheuern musste, um die ganzen Ablagerungen zu entfernen, die von dem aus dem Gebäude quellenden Rauch verursacht worden waren.

Danach folgte die Mannschaft einer anderen Firma – diesmal die von Vaughn Construction –, um den Innenraum auszuweiden, die ganzen Trümmer zu entfernen und alles neu herzurichten. Ich hatte damit gerechnet, dass Charlotte den Job aufgrund unserer schwierigen Vergangenheit ablehnen würde, doch sie hatte ihn angenommen. Tatsächlich kam sie sogar persönlich ins Restaurant, um die Renovierungsarbeiten zu überwachen, genau wie ein paar zusätzliche Bauaufträge, die ich in Auftrag gegeben hatte – unter anderem eine Geheimtür in einer der Ziegelwände, die mir einen versteckten Weg nach draußen bot, falls so was noch mal nötig werden sollte.

Bei meinem Glück ging ich davon aus, dass ich die Tür eher früher als später brauchen würde.

Doch die Tage und Wochen vergingen. Und bevor ich wusste, wie mir geschah, stand ich an einem kalten Novembertag auf dem Gehweg vor dem Restaurant und starrte zu dem frisch gereinigten Schild eines Schweins auf, das einen Teller mit Essen hielt. Vielleicht sollte ich mein Logo ändern – in einen Phönix. Schließlich war das Restaurant aus der Asche wieder auferstanden, genau wie ich. Ich grinste. Nö. Ich mochte alles genau so, wie es war.

Trotzdem konnte ich, als ich den Schlüssel ins Schloss der Eingangstür schob, einfach nicht anders, als mich umzusehen und nach Runenfallen oder anderen hässlichen Überraschungen Ausschau zu halten. Doch seitdem ich Madeline getötet hatte, war alles erstaunlich, fast schon schockierend ruhig geblieben. Keiner der Unterweltbosse hatte noch einmal Männer nach mir ausgeschickt und niemand hatte versucht, mich umzubringen. Vielleicht hatten sie sich meine Worte wirklich zu Herzen genommen. Oder sie lagen auf der Lauer, wie Madeline es getan hatte, spannen an ihren klebrigen Schwarze-Witwe-Netzen und hofften, mich darin zu fangen. Auf jeden Fall hatte ich endlich Ruhe und Frieden … und das würde ich genießen, solange es eben anhielt.

Ich entdeckte weder Runen noch Fallen, also betrat ich das Restaurant und verriegelte die Tür hinter mir. Es war noch früh, erst kurz nach neun, und heute war der erste Tag, an dem das Restaurant nach dem Feuer wieder öffnen würde.

Ich sah hinüber zu den Fenstern. Alles war brandneu, aber gleichzeitig unheimlich vertraut. Alles im Innenraum glänzte, von den blauen und pinken Vinyl-Sitznischen über die robusten Metalltische und Stühle in der Mitte des Restaurants bis zu den gepolsterten Barhockern, die vor dem langen Tresen standen, der sich an der hinteren Wand entlangzog.

Ich hatte sogar einen Künstler beauftragt, die blauen und pinkfarbenen Schweineklauenspuren auf dem Boden neu zu malen. Sie führten wie üblich zu den Toiletten, doch jetzt führten die Spuren auch noch zu anderen Orten – zur Registrierkasse, den Schwingtüren, die in den hinteren Teil des Restaurants führten, und sogar die Wände nach oben und quer über die Decke. Mir erschienen die Schweineklauenabdrücke fast wie Fletchers Fußspuren, die seinen Weg durch das Restaurant nachverfolgten und Erinnerungen an ihn wachriefen. Auch meine Erinnerungen. Ich mochte diese Neuerung und ich wusste, dass sie ihm ebenfalls gefallen hätte.

Ich ging zum Tresen und ließ meine Hand über die glatte Oberfläche gleiten. Nachdem ich das gesamte Restaurant neu hatte einrichten müssen, hatte ich alles modernisiert und besaß jetzt neue Teller, glänzende neue Küchengeräte und Besteck. All das würde selbst die schicksten, teuersten Restaurants vor Neid erblassen lassen. Selbst das Underwood's besaß keine Herde, Töpfe und Pfannen, die so schön waren wie meine. Sogar die Küchentücher waren alle neu, frisch und sauber.

Ich ging zur Registrierkasse. Sie war so ungefähr das Einzige, was ich nicht modernisiert hatte. Oh, für mich war die Kasse trotzdem neu, aber Jo-Jo hatte sie in einem der Antiquitätenläden der Nachbarschaft aufgestöbert. Es war nicht ganz dasselbe Modell wie die Kasse, die Fletcher so viele Jahre lang verwendet hatte, aber ein sehr ähnliches. Und sie gab dasselbe Klingeln von sich, wann immer ich die Geldschublade öffnete.

Doch es fehlten noch zwei sehr wichtige Dinge. Ich öffnete die schwarze Sporttasche, die an meiner Schulter hing, und griff hinein, um ein paar Nägel und einen Hammer herauszuholen. Ein paar Schläge später steckten zwei Nägel an der Wand neben der Registrierkasse, genau dort, wo ich sie haben wollte.

Sobald das erledigt war, räumte ich den Hammer weg und griff erneut in die Tasche. An einem Nagel landete das Bild eines jungen Fletcher mit einem ebenso jungen Warren T. Fox neben sich. An den anderen Nagel hängte ich das gerahmte Exemplar von *Eigentlich hätte es ein herrlicher Sommertag werden können*, auf dem das Blut des alten Mannes klebte. Ich sah die beiden Rahmen an, den Tresen, die altmodische Registrierkasse und die Schweineklauenspuren, die sich überall durchs Restaurant zogen. Etwas Neues, etwas Altes, etwas Geliehenes und etwas Blaues. Ich deutete das als gutes Omen. Endlich hatte ich das Letzte zurückgewonnen, was Madeline mir hatte nehmen wollen, und es fühlte sich verdammt gut an.

Das Pork Pit war wieder im Geschäft.

Ich bewunderte das Restaurant noch ein paar Minuten, dann machte ich mich an die Arbeit. Schaltete alle Geräte an, band mir eine neue, blaue Arbeitsschürze über meine Jeans und das langärmlige Shirt, zog Gemüse und andere Zutaten heraus, um alles für den Tag vorzubereiten.

Als Erstes setzte ich einen Topf von Fletchers geheimer

Barbecue-Soße auf. Sobald sie anfing zu köcheln und die Luft mit ihrem reichhaltigen Duft nach Kreuzkümmel, schwarzem Pfeffer und anderen Gewürzen erfüllte, fühlte sich das Restaurant wieder nach einem Zuhause an. Schnell versank ich in der Routine und verlor mich in der willkommenen Vertrautheit des Kochens. Sophia, Catalina und der Rest der Bedienungen kamen, dann ging ich zur Tür und drehte das Schild daran auf *Geöffnet*.

Der erste Gast des Tages war Moira Monroe.

Die hell glänzende, silberne Glocke über der Tür bimmelte und das kleine Mädchen hüpfte ins Restaurant, gefolgt von Jo-Jo. Moira war das Einzige, wovon wir den Cops nichts erzählt hatten. Sie hatte bei den Deveraux-Schwestern gewohnt, seit wir sie gefunden hatten. Doch heute sollte sie Ashland verlassen – ich hoffte, für immer.

Es hatte zwei Wochen gedauert, aber gemeinsam hatten Finn und Silvio es geschafft, ihren Vater, Connor Dupree, zu finden. Anscheinend war Emery mitten in der Nacht in das Hotelzimmer gestürmt, in dem er sich mit Moira versteckt hatte, hatte ihm seine Tochter entrissen und ihn dabei fast totgeprügelt. Ich hatte den Vater ordentlich von Finn und Silvio unter die Lupe nehmen lassen, hatte sie jeden Aspekt seines Lebens beleuchten lassen, aber er schien einfach ein wirklich anständiger Mann zu sein, der seine Tochter von Herzen liebte.

Jo-Jo führte Moira zum Tresen und half ihr, sich auf den Hocker direkt vor der Registrierkasse zu setzen.

»Hi, Gin«, sagte das kleine Mädchen fröhlich.

»Hi, Süße«, murmelte ich. »Hast du Spaß mit Jo-Jo?«

Ein Grinsen breitete sich auf Moiras Gesicht aus. »Sie hat mir heute Morgen die Nägel angemalt. Siehst du? Ich kann kaum erwarten, das meinem Daddy zu zeigen, wenn er kommt.«

Sie streckte mir ihre Hände entgegen, sodass ich den fahlrosa Nagellack mit dem silbernen Glitzern darin anschauen konnte.

»So hübsch«, sagte ich. »Genau wie du.«

Moira kicherte, bevor sie anfing, sich unablässig auf ihrem Stuhl zu drehen. Ich bereitete einen Cheeseburger mit Süßkartoffel-Pommes für sie und ein Brathühnchen-Sandwich mit Krautsalat für Jo-Jo zu.

Leute gingen aus und ein. Insgesamt kamen viel mehr Gäste, als ich erwartet hatte. Von all meinen Freunden bis hin zu Leuten, die einfach nur vom Feuer gehört hatten und jetzt das neue Pork Pit angaffen wollten – und mich, die ich noch lebte, obwohl ich doch kalt und tot in meinem Grab liegen sollte.

Irgendwann setzte sich Jo-Jo mit Moira in eine der Sitznischen, damit das kleine Mädchen eine Tischmappe mit dem aufgedruckten Pork-Pit-Schweinlogo ausmalen konnte.

Ein paar Minuten später betrat Bria das Restaurant. Sie blieb kurz stehen, um Jo-Jo und Moira zu begrüßen, doch als sie den Blick auf das kleine Mädchen richtete, erkannte ich Trauer und mehr als nur ein wenig Wut in ihrem Gesicht.

Bria hatte sich viel schwerer damit getan, sich mit Moiras Existenz abzufinden. Allerdings war Bria auch jünger gewesen, als unsere Familie zerstört worden war, und Mab hatte ihr mehr von ihrer Kindheit gestohlen als mir. Trotzdem gelang es Bria, Moira anzulächeln, bevor sie zu mir kam und sich auf einen Hocker setzte.

»Ihr Dad kommt immer noch, um sie zu holen, oder?«, fragte Bria.

»Jepp. Er sollte jeden Moment hier sein. Er kommt mit dem Auto aus Cypress Mountain.«

Meine Schwester starrte Moira weiter an. »Glaubst du, sie kommt in Ordnung? Fragt sie immer noch nach Madeline?«

Ich verzog das Gesicht. Das war das Schwerste an dieser

ganzen Sache gewesen. Obwohl Madeline sie ihrem Vater mit Gewalt weggenommen hatte, wusste Moira trotzdem, dass die Säuremagierin ihre Mutter war, und sie fragte immer wieder, wo Madeline war. Jo-Jo hatte versucht, ihr zu erklären, dass ihre Mama gestorben war, aber ich war mir nicht sicher, ob Moira das verstanden hatte. Das kleine Mädchen hatte mich einmal gefragt, ob Madeline jetzt im Himmel war, und ich hatte mit Ja geantwortet, obwohl ich mir ziemlich sicher war, dass Madeline nicht dort gelandet war. Aber wer war ich, das zu beurteilen? Ich würde auch nicht in den Himmel kommen. Auf keinen Fall.

Doch vielleicht konnte Moira es schaffen. Vielleicht würde sie endlich den schrecklichen Teufelskreis der Snow-Monroe-Blutfehde durchbrechen. Vielleicht würde sie das alles hinter sich lassen. Vielleicht würde sie ein langes, glückliches, sorgenfreies Leben führen.

Das wünschte ich ihr zumindest.

Moira malte weiter, doch Jo-Jo sah auf die Uhr und dann zur Tür. Die Zwergin drehte den Kopf gerade zum dritten Mal Richtung Eingang, als die Tür aufgerissen wurde und ein Mann ins Restaurant eilte. Seine blauen Augen huschten verzweifelt durchs Restaurant. Ich erkannte ihn von den Fotos, die Finn und Silvio mir gezeigt hatten.

Connor Dupree war ungefähr einen Meter achtzig groß. Ich konnte die Sorge fühlen, die von ihm ausstrahlte, zusammen mit seiner Magie – Steinmagie, genau wie Jonah McAllister gesagt hatte. Plötzlich fragte ich mich, wie viele Elemente Moira wohl beherrschte. Ob sie eine Elementarmagierin mit zwei Begabungen werden würde wie ich – oder noch mächtiger.

Duprees Gesicht war schmal und seine Schritte waren langsam, fast als täte ihm jede Bewegung weh, obwohl er keine sichtbaren Verletzungen aufwies. Nach dem, was Bria durch die Polizeiberichte herausgefunden hatte, hatte Emery fast das Leben aus ihm herausgeprügelt. Doch er hatte bis zum Schluss versucht, sie davon abzuhalten, seine Tochter mitzunehmen. Vielleicht litt er immer noch an den psychologischen Nachwirkungen dieser Prügel und der Tatsache, dass ihm das Liebste im Leben so entrissen worden war.

»Daddy!«, schrie Moira, warf ihren Buntstift zur Seite, sprang aus der Sitznische und rannte zu ihrem Vater.

Dupree ließ sich auf ein Knie sinken und zog sie in seine Arme. Tränen rannen ihm übers Gesicht, als er seiner Tochter etwas ins Ohr flüsterte. Jo-Jo stand ebenfalls auf, um mit ihm zu sprechen, doch Dupree drückte Moira immer weiter an seine Brust, als könnte sie verschwinden, wenn er sie auch nur für eine Sekunde losließ. Irgendwann kicherte Moira und entwand sich seinem Griff, um durchs Restaurant zu rennen. Sie schnappte sich ihre Tischset-Zeichnung, marschierte wieder zurück und zeigte sie ihm stolz. Dupree lächelte, immer noch unter Tränen, und zog sie wieder in seine Arme.

Es dauerte noch ein paar Minuten, bis er fähig war, die Tränen abzuwischen, sich aufzurichten und mit Jo-Jo zu sprechen. Er sah mich nicht an und ich ging nicht zu ihm, um mich mit ihm zu unterhalten. Dank Finn und seinem Faible für das Anfertigen falscher Ausweise war Dupree davon überzeugt, dass Jo-Jo eine Sozialdienstmitarbeiterin war, die auf Moira aufgepasst hatte, bis er sie holen konnte.

Jo-Jo gab Dupree eine falsche Visitenkarte, auf die Finn die Nummer eines Prepaid-Handys und eine anonyme E-Mail-Adresse gedruckt hatte – nur für den Fall, dass Moiras Vater etwas brauchte. Dupree nahm die Karte, dann streckte er Jo-Jo die Hand entgegen. Moira hüpfte zu ihrem Vater und verschränkte ihre Finger mit seinen. Er öffnete die Tür für sie.

»Bist du dir sicher, dass dies der richtige Weg ist, Gin?«, fragte Bria.

Moira sah zu mir, dann winkte sie mir zum Abschied fröhlich zu. Ihre Zeichnung und den Beutel mit Cookies, den ich ihr vorhin gegeben hatte, hielt sie in der anderen Hand. Moira winkte weiter, bis die Tür sich hinter ihnen geschlossen hatte.

»Ich nehme an, das werden wir in ungefähr zwanzig Jahren erfahren«, sagte ich, um endlich Brias Frage zu beantworten. »Wenn Moira erwachsen wird, ihre Magie entdeckt und sich entscheidet, wie sie diese Macht einsetzen will – und ob sie Rache für den Tod ihrer Mutter will.«

»Und falls sie das will?«

Ich zuckte mit den Achseln. »Dann werden wir sehen, ob sie es schafft. Ich habe versucht, ihr auf die bestmögliche Art Freiheit zu schenken. Der Rest hängt von ihr ab.«

So wie jeder Mensch sein eigenes Leben führen musste. Ich versuchte, aus meinem Leben das Beste zu machen. Nur die Zeit konnte zeigen, was Moira Madeline Monroe mit ihrem anfangen wollte.

Bria verließ das Restaurant und der Rest des Tages verging in der üblichen Routine aus Kochen, Saubermachen und Kunden Abkassieren. Allerdings ertappte ich mich mehr als einmal dabei, wie ich aus dem Fenster starrte und über Moira nachdachte. Ich hoffte, dass sie sich von dem Trauma erholen würde, ihrem Vater entrissen worden zu sein. Ich hoffte, dass er einen Weg finden würde, ihr zu erklären, was mit Madeline geschehen war. Ich hoffte, dass sie eine glücklichere Kindheit und ein schöneres, sorgenfreieres Leben haben würde, als es mir vergönnt gewesen war. Ich wünschte ihr insgesamt alles Gute. Aber wie ich Bria gesagt hatte: Nur die Zeit konnte zeigen, wie es laufen würde.

Also kümmerte ich mich um mein Geschäft. Hin und wieder betraten Leute das Restaurant, die offensichtlich mehr wollten als nur ein gutes Barbecue-Sandwich. Gangmitglieder, Unterweltbosse und ähnliche Gestalten. Doch sie saßen an ihren Tischen und aßen ihr Essen und als ich nach dem mittäglichen Andrang den Müll rausbrachte, versuchte niemand, mir in der kleinen Gasse aufzulauern. Anscheinend nahmen zumindest einige von ihnen meine Warnung ernst und ließen mich endlich in Ruhe. Ich fragte mich, wie lange ihr gesunder Menschenverstand wohl ihren Ehrgeiz und ihre Gier zurückhalten konnte.

Gegen vier Uhr, während einer der kleinen Verschnaufpausen im Restaurantbetrieb, schwang die Tür auf und eine Blondine betrat den Raum. Sie trug eine riesige Sonnenbrille, eine rote Kostümjacke und den dazu passenden Rock, die beide so eng saßen, dass es fast wirkte, als wären sie auf ihren Körper aufgemalt. Sie sah sich im Restaurant um, offensichtlich auf der Suche nach jemandem. Nach ein paar Sekunden entdeckte sie Silvio an seinem üblichen Platz vor dem Tresen und ging in seine Richtung.

Ich sah den Vampir an. Seit ungefähr einer Stunde hatte irgendjemand sein Handy ständig mit Nachrichten bombardiert. Vielleicht sogar mehrere Personen, denn Silvio hatte Nachrichten geschrieben, als hinge sein Leben davon ab.

Die Frau glitt auf den Hocker neben Silvio, vier Hocker entfernt von der Stelle, wo ich hinter der Registrierkasse saß und für meinen Spionage-Literatur-Kurs am College *Die Bourne-Identität* von Robert Ludlum las.

»Tut mir leid, dass ich zu spät komme«, murmelte die Frau Silvio zu. »Sie können sich nicht vorstellen, wie knapp hier die Parkplätze gerade sind. Ich musste mein Auto drei Blocks entfernt abstellen.«

»Das ist schon in Ordnung, Miss Jamison«, sagte Silvio. »Miss Blanco hat gerade eine kurze Pause gemacht.«

»Nennen Sie mich Jade.« Sie starrte mich an. »Aber sie

wird mir mit meinem Problem helfen, richtig? Ich meine, das ist doch das, was sie jetzt tut.«

Ich zog die Augenbrauen hoch und sah Silvio an, doch er ignorierte mich und schrieb noch eine Nachricht, bevor er sein Handy beiseitelegte. »Sie können Miss Blanco die Situation beschreiben. Sie ist es, die entscheidet, ob sie Ihnen helfen will oder nicht.«

Jade Jamison seufzte, dann schob sie die Sonnenbrille hoch, sodass sie ihre blonde Mähne zurückhielt ... und enthüllte damit ein wirklich spektakulär blaues Auge. Jemand hatte ihr die Faust ins Gesicht gerammt – mehrfach.

»Also, für mich arbeiten ein paar Mädchen in der Vorstadt«, setzte sie an. »Auch ein paar Jungs. Im letzten Jahr hatten wir eine für beide Seiten sehr profitable Abmachung, dass die Zuhälter mich und meine Leute in Ruhe lassen, solange wir nicht in ihrem Revier wildern. Doch jetzt hat einer von ihnen, Leroy, erklärt, dass ich anfangen muss, ihm Schutzgeld zu bezahlen. Sie können an meinem Gesicht sehen, was passiert ist, als ich Nein gesagt habe.«

»Und was erwarten Sie jetzt von mir?«

Jade verdrehte die Augen. »Sie sind Gin Blanco«, sagte sie, als sollte die Antwort offensichtlich sein. »Sie töten Leute.«

Ich sah Silvio an, doch der zuckte nur mit den Achseln. »Ich erhalte jetzt schon seit Tagen Anrufe und Nachrichten mit demselben Inhalt. Aber ich dachte, ich sollte zumindest warten, bis das Restaurant wiedereröffnet ist, bevor wir anfangen, uns damit zu beschäftigen.«

»Wie rücksichtsvoll von dir.«

»Hören Sie«, sagte Jade und lehnte sich über den Tresen, sodass ihr Jackett drohte, einfach aufzuplatzen. »Die Leute sagen, Sie wären der Big Boss in der Stadt, jetzt, da Madeline Monroe tot ist. Ich hatte mich auch schon an dieses Miststück gewandt, um Leroy loszuwerden, aber sie hat eigentlich nichts unternommen, wissen Sie? Also hat Silvio mir gesagt, ich solle vorbeikommen und Sie würden mir helfen. Ich will keinen Ärger machen. Ich will nur, dass Leroy sich an seine Seite der Abmachung hält. Und das müsste er, wenn Sie ihm sagen …«

Sie erläuterte die Einzelheiten der Abmachung, doch ich dachte immer noch über die zwei Schlüsselwörter nach, die sie verwendet hatte.

Big Boss.

Big Boss? Ich war der Chef von niemandem, außer von den Leuten, die im Restaurant für mich arbeiteten. Doch es klang, als würden einige Leute das anders sehen. Mein Blick huschte zu Silvio, der erneut in einer *Was-soll-ich-tun?*-Geste mit den dünnen Schultern zuckte.

Ich hatte der gesamten Unterwelt gesagt, sie sollten sich nicht mit mir anlegen … und anscheinend hatten sie beschlossen, endlich einmal auf mich zu hören. Doch jetzt hatte diese Ansage ganz unerwartete Konsequenzen, mit denen ich in tausend Jahren nicht gerechnet hätte.

Meine Hand glitt zu dem Spinnenrunen-Anhänger an meinem Hals. Seit meinem Duell mit Madeline trug ich ihn offen, über meinen Shirts. Mehr als ein paar Leute hatten das Schmuckstück angestarrt, doch niemand hatte einen Kommentar gemacht und ich hatte nicht groß darüber nachgedacht – oder über die Botschaft, die andere vielleicht daraus ablasen.

Als meine Finger sich um das vertraute Steinsilber-Symbol schlossen, landete mein Blick auf der mit Blutspritzern übersäten Ausgabe von *Eigentlich hätte es ein herrlicher Sommertag werden können* an der Wand und ich musste an Fletcher denken. Ich fragte mich, ob der alte Mann wohl je vermutet hatte, dass so etwas passieren könnte. Ob er sich je erträumt hatte, dass das geschehen würde. Ob er die ganze Zeit über gewusst hatte, wohin mich mein Weg führen würde. Dass ich mich in gewisser Weise zu dem aufschwingen würde, was ich so lange Zeit über gehasst hatte.

Zu einer verdammten Mab Monroe.

Dieser Gedanke traf mich wie ein Schlag, doch deswegen war er nicht weniger wahr. Mab war die Königin der Unterwelt gewesen und jetzt sah es so aus, als gelte dasselbe für mich. Ich hatte das nicht gewollt, nicht danach gestrebt und nicht einmal darauf gehofft. Dafür hatte ich genug eigene Sorgen. Ich wollte nicht auch noch zwischen anderen Leuten vermitteln müssen. Oder was Mab auch immer getan hatte, um Konflikte zu entschärfen.

Doch das war gerade nicht der richtige Zeitpunkt für solche philosophischen Gedanken, also zwang ich mich dazu, meine Finger zu entspannen, die Spinnenrune um meinen Hals loszulassen und die Hand wieder auf den Tresen zu senken.

»Also, werden Sie mir nun helfen oder nicht?«, blaffte Jade, die inzwischen bemerkt hatte, dass ich sie kaum beachtete.

Ich antwortete nicht. Ich wusste im Moment einfach nicht, was ich sagen sollte.

Sie sah zwischen Silvio und mir hin und her, stieß ein angewidertes Schnauben aus und stand auf. »Wunderbar«, knurrte sie. »Also bin ich ganz umsonst den ganzen Weg bis hierher gefahren und habe meine Leute allein und ohne Schutz zurückgelassen. Sie sind genauso nutzlos, wie Madeline es war.«

Damit wirbelte Jade herum, um davonzustiefeln.

Silvio sah mich an und zog eine Augenbraue hoch. »Irgendjemand muss etwas unternehmen«, sagte er leise. »Oder alles wird immer schlimmer. Es werden Leute sterben.«

Und du bist auserkoren worden. Er sprach die Worte nicht aus, doch wir wussten beide, dass es so war. Genau wie ich wusste, dass Jade Jamison, sollte sie sich Leroy noch einmal in den Weg stellen, wahrscheinlich zu Tode geprügelt werden würde … obwohl sie doch nur versuchte, die Leute zu beschützen, die ihr etwas bedeuteten. Und das gab den Ausschlag für meine Entscheidung wie jedes Mal.

»Warten Sie«, rief ich. »Kommen Sie zurück, setzen Sie sich und erzählen Sie mir, was passiert ist.«

Jade blieb stehen und warf mir einen misstrauischen Blick zu.

Ich deutete auf den Hocker, den sie gerade erst verlassen hatte. »Bitte.«

Das sorgte nur dafür, dass ihre Augen noch schmaler wurden, doch langsam kam sie zurück und setzte sich wieder. Ich berührte noch einmal kurz meinen Spinnenrunen-Anhänger, dann stemmte ich die Ellbogen auf den Tresen und schenkte ihr meine volle Aufmerksamkeit.

Als sie anfing, mir ihre Probleme zu schildern, wurde mir klar, dass nicht nur das Pork Pit seit heute wieder im Geschäft war.

Sondern auch die Spinne.

Lesen Sie weiter, wenn Sie wissen wollen, wie es im nächsten Band der Gin-Blanco-Reihe weitergeht!

Leseprobe zu
»Spinnenblitz«
von
Jennifer Estep

»Ich sehne mich gerade wirklich danach, jemanden zu erstechen.«

Silvio Sanchez, mein persönlicher Assistent, warf mir aus dem Augenwinkel einen Blick zu. »Ich würde davon abraten«, murmelte er. »Das könnte die falsche Botschaft aussenden.«

»Genau«, schaltete sich Phillip Kincaid ein. »Nämlich die, dass du zu deinem tödlichen Profikiller-Lebensstil zurückgekehrt bist und wieder anfangen wirst, Leute umzubringen, statt ihnen zuzuhören, wie du es eigentlich tun solltest.«

»Ich glaube nicht, dass ich diesen Lebensstil je hinter mir gelassen habe«, antwortete ich. »Wenn man bedenkt, dass ich alle hier umbringen könnte und heute Nacht trotzdem schlafen würde wie ein Baby.«

Phillip kicherte leise, während Silvio nur die Augen verdrehte.

Wir drei saßen an einem langen Konferenztisch, der auf dem Deck der *Delta Queen* aufgestellt worden war, Phillips luxuriösem Flussschiff-Casino. Normalerweise wären einarmige Banditen, Poker- und Roulette-Tische auf dem Deck aufgebaut gewesen, in Vorbereitung auf einen Abend voller Glücksspiel. Doch heute diente das Schiff als Treffpunkt für ein Meeting zwischen einigen von Ashlands unzähligen Unterweltbossen.

Vermeintlich ging es bei diesem Treffen um die friedliche Beilegung des schwelenden Konflikts zwischen Dimitri Barkov und Luiz Ramos, zwei der führenden Verbrecher der Stadt. Sie waren im Moment nicht ganz einer Meinung in der Frage, wer das Recht hatte, eine Reihe von Waschsalons zu kaufen, um, na ja, das Geld aus ihren Glücksspiel-Unternehmungen zu waschen. Nicht, dass irgendetwas an der Art, wie Dimitri und Luiz sich seit fünf Minuten gegenüberstanden und sich gegenseitig anschrien, friedlich gewesen wäre. Ihre jeweiligen Wachen standen hinter ihnen und warfen sich gegenseitig böse Blicke zu, die Hände zu Fäusten geballt, als würden sie nichts lieber tun, als mitten auf dem Deck eine Schlägerei anzufangen.

Nun, *das* wäre unterhaltsam gewesen. Ich grinste. Vielleicht sollte ich sie einfach loslegen lassen. Und der Sieger kriegte dann alles. Das wäre eine passende Art, diese Meinungsverschiedenheit beizulegen.

Silvio stieß mich mit dem Ellbogen an und kniff die grauen Augen zusammen, als wüsste er genau, was ich gerade dachte.

»Pass auf«, murmelte er. »Du sollst dir eigentlich die Fakten anhören, damit du eine faire, neutrale Entscheidung treffen kannst, schon vergessen?«

»Ich könnte fair und neutral sein, indem ich sie beide ersteche.«

Silvio warf mir einen missbilligenden Blick zu.

Ich seufzte. »Immer verdirbst du mir den Spaß.«

»Das ist mein Job«, antwortete der Vampir.

Ich ließ eines der Steinsilber-Messer aus meinen Ärmeln in meine Hand gleiten und zeigte es meinen Freunden unter dem Tisch, sodass die anderen Verbrecherbosse und ihre Männer es nicht sehen konnten.

»Komm schon«, flüsterte ich. »Lass mich wenigstens einen

von ihnen erstechen. Dann hält der andere sicher auch die Klappe.«

Phillip kicherte wieder, während Silvio ein leises, trauriges Seufzen von sich gab. Er schätzte meinen Führungsstil nicht besonders. Keine Ahnung, warum.

Meine Freunde richteten ihre Aufmerksamkeit wieder auf Dimitri und Luiz, die sich immer noch anschrien und mit den Zeigefingern vor dem Gesicht des anderen herumwedelten. Doch statt ihnen zuzuhören, sah ich zu der dritten Unterweltgestalt, die zu diesem Treffen erschienen war – Lorelei Parker.

Anders als Dimitri und Luiz, die beide schicke Business-Anzüge trugen, präsentierte sich Lorelei in schwarzen Stiefeln mit Stiletto-Absätzen, dunklen Jeans und einer schwarzen Lederjacke, genau wie ich. Ihr schwarzes Haar war zu einem Zopf geflochten und ihre blauen Augen waren auf ihr Handy gerichtet, weil sie damit beschäftigt war, Nachrichten zu schreiben. Hinter ihrer Schulter stand nur ein einziger Bodyguard: Jack Corbin, ihre rechte Hand. Auch er war in Stiefel, Jeans und Lederjacke gekleidet, doch seine kalten, blauen Augen glitten ständig über das Deck und alles, was sich darauf befand.

Corbin bemerkte, dass ich ihn beobachtete, und nickte mir kurz zu, bevor er näher an seine Chefin herantrat, bereit, sie vor jedem auf dem Schiff zu beschützen, auch vor mir. Ich erwiderte das Nicken. Mein verstorbener Mentor, Fletcher Lane, hatte eine dicke Akte über Corbin in seinem Büro gehabt, also wusste ich, dass er viel gefährlicher war, als er wirkte.

Andererseits galt das auch für mich.

Lorelei war hier, weil die fraglichen Waschsalons im Moment noch ihr gehörten und sie bereit war, sie zu verkaufen – an den Meistbietenden, natürlich. Ich wusste nicht, ob sie selbst wegen des Verkaufs an Dimitri und Luiz herangetreten war oder ob die beiden sich bei ihr gemeldet hatten. Und ich hatte bisher auch keine Chance bekommen, Fragen zu stellen, weil sich die beiden Männer die gesamten sechs Minuten meines Aufenthaltes auf der *Delta Queen* nur angeschrien hatten. Auf jeden Fall konnten sich die beiden Bosse nicht einigen, wer was bekommen sollte, und die Situation war inzwischen so eskaliert, dass Dimitri und Luiz kurz davor standen, sich gegenseitig den Krieg zu erklären. Das würde wilde Schießereien, Messerstechereien, Einschlagen von Kniescheiben und jede Menge andere schmutzige Verbrechen bedeuten.

Verstehen Sie mich nicht falsch. Als Spinne hatte ich im Zuge meiner Arbeit selbst jede Menge Dreck hinterlassen. In gewisser Weise war das sogar mein Markenzeichen.

Doch vor ein paar Wochen hatte ich Madeline Magda Monroe getötet, eine Säuremagierin, die sich selbst zur neuen Königin der Unterwelt von Ashland erklärt hatte, um damit in die Fußstapfen ihrer Mutter Mab zu treten.

Und genau, wie ich es vor ein paar Monaten mit ihrer Mutter gemacht hatte, hatte ich Madeline mit meiner Eis- und Steinmagie getötet. Und nachdem jetzt keine Monroe mehr übrig war, um die Kontrolle über die Unterwelt zu übernehmen, hatten die anderen Bosse mich quasi zu ihrem Oberhaupt erklärt. Zumindest, bis sie anfangen würden, darüber nachzudenken, wie sie mich ausschalten konnten, damit einer von ihnen den Thron besteigen konnte, nach dem sie sich alle so verzehrten.

Ich wünschte mir fast, einem von ihnen würde es gelingen, mich von meinem Elend zu erlösen.

Entgegen der allgemeinen Auffassung war es kein Zuckerschlecken, die Unterwelt von Ashland zu beherrschen. Es war nicht mal ein Salzschlecken. Es bereitete einfach nur jede Menge *Kopfschmerzen* – wie die, die im Moment in meinen Schläfen pochten. Ich hatte gedacht, ich wäre schon bisher ein begehrtes Zielobjekt gewesen, doch inzwischen belästigten mich die Bosse noch mehr als zuvor. Und sie wollten tatsächlich mit mir *reden. Ununterbrochen.* Über Geschäftsabschlüsse und Verträge und darüber, wer es seinen Gangmitgliedern erlaubte, ihre Rune im Territorium einer anderen Gang an die Wände zu sprühen. Als würde mich das tatsächlich interessieren. Doch ich war jetzt der Big Boss, also war es anscheinend mein Job, ihnen zuzuhören. Zumindest behauptete das Silvio.

Ich hätte am liebsten Leute erstochen, bis sie es endlich kapierten, mich in Ruhe ließen und ihre Probleme selbst lösten.

Lorelei war diejenige, die um dieses Treffen gebeten hatte, obwohl sie eigentlich nur an Phillip herangetreten war. Anscheinend wollte Lorelei meine neue Autorität nicht offen anerkennen oder riskieren, dass ich mich in ihre Angelegenheiten einmischte. Das, oder sie hasste mich aus irgendeinem Grund einfach. Spielte eigentlich keine große Rolle, weil ich sie ebenso wenig schätzte wie sie mich.

Doch Phillip war mein Freund und er hatte mir von diesem Meeting erzählt. Also saß ich jetzt hier, bereit, zum ersten Mal als Gin Blanco, die Spinne, neue Königin der Unterwelt von Ashland, einen Konflikt zu lösen. Jepp. Ich.

Trotzdem wäre ich vollkommen damit zufrieden gewesen, dieses Meeting abzublasen und zuzulassen, dass Dimitri und Luiz ihre Differenzen selbst auskämpften, bis einer von ihnen den anderen umbrachte. Doch Silvio hatte korrekterweise darauf hingewiesen, dass sie, wenn ich den Disput heute löste, nicht morgen in meinem Restaurant, dem Pork Pit auftauchen würden. Da ich nicht wollte, dass Kriminelle meine Gäste verschreckten, hatte ich entschieden, eine gute Königin zu sein und dem Meeting tatsächlich beizuwohnen.

Als ich mit Silvio an Bord gekommen war, hatten alle an dem Konferenztisch gesessen. Doch kaum hatten sie mich entdeckt, waren Dimitri und Luiz aufgesprungen und hatten angefangen, sich gegenseitig Beschuldigungen ins Gesicht zu brüllen, als würde ich denjenigen unterstützen, der am lautesten schreien konnte.

Inzwischen verfluchte Dimitri Luiz auf Russisch, während Luiz auf Spanisch vom Leder zog. Da es nicht so aussah, als wollten sie in nächster Zeit damit aufhören, nicht einmal, um Luft zu holen, blendete ich das Geschrei so gut wie möglich aus und sah über die Messingreling hinweg.

Der Aneirin floss am weißen Flussschiff vorbei und die schnelle Strömung sorgte dafür, dass die *Delta Queen* leise schwankte. Die Novembersonne glänzte auf der Oberfläche des blaugrauen Wassers und ließ sie glitzern wie einen Diamanten, während eine leichte Brise den Geruch von Fisch herantrug. Ich rümpfte die Nase. An den Bäumen auf der anderen Seite des Flusses hingen noch vereinzelt rote und orangefarbene Blätter, auch wenn der Wind sie schon bald zu Boden reißen würde …

In den Bäumen genau mir gegenüber blitzte etwas auf.

Ich runzelte die Stirn, lehnte mich zur Seite und konzentrierte mich auf die Stelle. Und tatsächlich, eine Sekunde später entdeckte ich den nächsten Lichtblitz. Die Sonne spiegelte sich auf irgendetwas, was zwischen den Bäumen versteckt lag …

Silvio stieß mich erneut mit dem Ellbogen an. Erst da wurde mir klar, dass Dimitri und Luiz ihr Schreiduell abgebrochen hatten und mich mit erwartungsvollen Mienen ansahen, die Arme vor der Brust verschränkt. Auf den gegenüberliegenden Seiten des Decks trugen ihre Bodyguards ähnlich feindselige Mienen zur Schau, die Hände immer noch zu Fäusten geballt.

»Also, Blanco?«, drängte Dimitri mit tiefer, rumpelnder Stimme. »Wie sieht deine Entscheidung aus?«

»Genau«, schaltete Luiz sich ein, wobei sein Tonfall viel höher war. »Wer bekommt die Waschsalons?«

Ich sah zwischen den beiden hin und her. »Ähm ...«

Dimitri runzelte die Stirn. Wut blitzte in seinen dunklen Augen auf. »Du hast uns nicht mal zugehört!«

»Nun, es war auch schwer, euch zu folgen«, gab ich zu. »Besonders, da ich kein Russisch spreche und meine Spanisch-Kenntnisse auch nicht gerade umfassend sind.«

Dimitri riss die Hände in die Luft und schoss die nächste russische Tirade ab, die verdammt nach Flüchen klang.

Phillip beugte sich vor. »Ich glaube, er hat gerade deine Mutter beleidigt.«

Ich stöhnte, doch dann hob ich die Hände, in dem Versuch, den russischen Mafioso zu beruhigen. »Okay, okay. Das reicht. Hör auf. Bitte.«

Dimitri verstummte, doch zugleich schenkte er mir einen angewiderten Blick. »Ich wusste, dass das hier Zeitverschwendung sein würde. Ich hätte Lorelei einfach töten und mir die Waschsalons auf diese Art schnappen sollen. Genau wie ich dir am Abend von Madelines Party einfach eine Kugel in den Kopf hätte jagen sollen, um mich selbst an die Spitze der Unterwelt zu setzen. Genau wie ich es jetzt auch tun sollte.«

Schweigen breitete sich auf dem Deck aus. Das einzige Geräusch stammte vom stetigen Plätschern des Wassers gegen den Rumpf des Schiffs.

Ich legte die Hände flach auf den Tisch und stand langsam auf. Das Kratzen meines Stuhls auf dem Boden erschien so laut wie Maschinengewehrsalven.

Ich starrte Dimitri an. »Das war genau die falsche Äußerung.«

Alle hörten die Kälte in meiner Stimme und konnten das Eis in meinen wintergrauen Augen erkennen.

Dimitri schluckte. Er war sich bewusst, dass er einen Fehler begangen hatte, doch er hatte nicht vor, vor Zeugen einen Rückzieher zu machen, also schob er das Kinn vor und nahm die Schulter zurück. »Ich glaube nicht. Du bist allein. Ich habe drei Männer dabei.«

Ich lächelte, doch dem Ausdruck fehlte jede Wärme. »Das liegt daran, dass du Wachen brauchst. Ich nicht. Habe ich noch nie gebraucht. Wenn ich also du wäre, würde ich mich entschuldigen. Und zwar pronto.«

Dimitri leckte sich die Lippen. »Oder?«

Ich zuckte mit den Achseln. »Oder deine Männer werden deine Überreste vom Boot schleppen und Phillip wird mir die Rechnung für die Deckreinigung zukommen lassen.«

Dimitri schnappte nach Luft, doch zeitgleich trat eine wütende Röte in seine Wangen. »Niemand bedroht mich.«

»Oh, Süßer«, meinte ich gedehnt. »Das ist keine Drohung.«

Dimitri starrte mich weiterhin an, wobei er schwer durch den offenen Mund atmete, als wäre er ein Stier, der mich niedertrampeln wollte. Phillip und Silvio neben mir standen ebenfalls auf.

»Versuch, dich ein wenig zurückzuhalten«, flüsterte Silvio, als er an mir vorbeiging.

Zurückhalten war nicht gerade eines meiner Lieblingswörter, aber ich nickte, um ihn wissen zu lassen, dass ich verstanden hatte. Wenn ich Dimitri und Luiz umbrachte, würde das die anderen Bosse nur davon überzeugen, dass ich sie alle tot sehen wollte, also würden sie erneut anfangen, Mordanschläge auf mich zu verüben. Ich hatte hart für ein bisschen Ruhe und Frieden gekämpft und ich wollte das nicht wegen ein paar untergeordneten Mafiosi aufs Spiel setzen.

Selbst wenn mir schwer danach war, auf die beiden einzustechen. Heftig. Grausam. Unzählige Male.

Phillip und Silvio gingen ans andere Ende des Tisches, wo immer noch Lorelei Parker saß. Lorelei hatte aufgehört, Nachrichten zu schreiben, und starrte mich inzwischen an, doch sie blieb auf ihrem Stuhl hocken, mit Jack Corbin an ihrer Seite. Die beiden waren nicht so dumm, sich mit mir anzulegen, zumindest nicht persönlich. Doch bei den anderen zwei Bossen war ich mir da nicht so sicher.

Dimitri war nicht mutig genug, sich allein mit mir anzulegen, also wandte er sich an Luiz. »Wenn du mir bei Blanco hilfst, kannst du die Waschsalons haben. Alle.«

Luiz kniff die Augen zusammen. »Ich will die Waschsalons und diesen Imbiss, den du auf der Carver Street besitzt.«

Dimitri seufzte, dann nickte er.

Ich verdrehte die Augen. Noch vor einer Minute hätten sie sich liebend gerne gegenseitig umgebracht, aber jetzt wollten sie zusammenarbeiten, um zumindest zu versuchen, mich zu töten. Nun, immerhin war Luiz klug genug, dem anderen Gangster so viel wie möglich abzuverlangen. Dafür musste man ihn bewundern. Selbst wenn er sich für die falsche Seite entschieden hatte.

Dimitri und Luiz schüttelten sich die Hände, um ihren eiligen Handel zu besiegeln, dann drehten sie sich beide zu mir um. Ihre Bodyguards standen hinter ihnen und ließen in Erwartung der Abreibung, die sie mir verpassen wollten, die Knöchel knacken. Narren.

»Also, was willst du jetzt tun?«, fragte Dimitri höhnisch. »Gegen uns alle?«

»Ich? Ich werde endlich ein wenig Spaß haben. Das habe ich mir verdient, nachdem ich dabei zugehört habe, wie ihr beide euch gezankt habt wie zwei Kinder, die sich um eine Eiswaffel streiten.«

Anscheinend hatte diese Beleidigung das Fass zum Überlaufen gebracht, denn Dimitris Wangen brannten noch heißer und er zeigte mit dem Finger auf mich.

»Schnappt sie euch!«, brüllte er.

»Tötet Blanco!«, rief Luiz.

Die beiden Bosse und ihre Wachen stürzten sich auf mich, wobei Dimitri sich über den Konferenztisch beugte und nach mir griff, als wolle er mich einfach erwürgen.

Ich trat mit dem Fuß gegen das Tischbein, sodass das ganze Ding nach vorne rutschte, direkt in den Schmerbauch des Russen. Er keuchte und klappte zusammen, sodass ihm fast sein wirklich schlechtes, wirklich offensichtliches und wirklich zerzaustes Toupet vom Kopf glitt.

Doch ich hatte mich bereits der nächsten Bedrohung zugewandt. Ich lehnte mich vor, schnappte mir den Metallstuhl, auf dem ich gesessen hatte, und rammte ihm dem nächsten Riesen-Bodyguard ins Gesicht. Er schrie auf und stolperte rückwärts, die Hände vor seine blutige Nase geschlagen. Dabei kam er an Silvio vorbei. Der Vampir stellte ein Bein vor und brachte ihn zum Stolpern. Der Riese knallte mit dem Kopf gegen die Reling. Die Messingstange gab ein lautes, volltönendes Geräusch von sich, als wäre gerade eine Glocke angeschlagen worden. Der Riese sackte bewusstlos auf dem Deck zusammen. *Ding-Dong*. Einer bereits außer Gefecht.

Silvio schenkte mir ein Lächeln und zeigte mit den Daumen nach oben. Ich grinste ihm zu, dann wandte ich mich zum nächsten Bodyguard.

Phillip war klug genug gewesen, dafür zu sorgen, dass niemand die *Delta Queen* bewaffnet betrat – außer mir –, also machte ich mir keine Sorgen darum, erschossen zu werden. Und selbst wenn es jemandem gelungen wäre, eine Pistole oder ein Messer an Bord zu schmuggeln, konnte ich immer noch meine Steinmagie einsetzen, um meine Haut zu verhärten und mich vor Kugeln und Klingen zu schützen.

Mit demselben Stuhl prügelte ich mich zwischen zwei weiteren Wachen hindurch und fügte ihnen Prellungen oder Schnitte im Gesicht, am Hals und den Armen zu. Als ich mit diesen Riesen fertig war, war die Sitzfläche aus Plastik in meiner Hand zersprungen, also riss ich zwei der Metallbeine ab und setzte sie als Kampfstäbe ein.

Plock-plock-plock-plock-plock.

Ich schlug mit den Metallstangen auf jeden Riesen ein, den ich erreichen konnte, knallte ihnen die Stuhlbeine gegen Knie und Kehle und Schläfen und zwischen die Beine. Stöhnen und Keuchen hallten wie Nebelhörner über das Deck und mehr als nur ein wenig Blut spritzte durch die Luft und ging in feinem Regen auf das glänzende Holz und die schimmernde Messingreling nieder.

»Zurückhaltung!«, rief Silvio, nachdem ich dem Riesen, der mir am nächsten war, das Ende des Stuhlbeins ins Gesicht gerammt hatte. »Zurückhaltung bitte, Gin!«

»Was?«, schrie ich zurück. »Ich schlitze sie nicht mit meinen Messern auf … noch nicht!«

Bei meinen Worten erstarrte der Riese, gegen den ich gerade kämpfte, die Faust noch zurückgezogen, um mich zu schlagen. Doch anscheinend wollte er meine Warnung ernst nehmen, denn statt mich tatsächlich anzugreifen, wirbelte er herum und eilte zur Landungsbrücke auf der gegenüberliegenden Seite des Boots. Alle anderen kauerten bereits auf dem Deck und versuchten, genug Kraft zu finden, um wieder aufzustehen oder die Welt davon abzuhalten, sich um sie zu drehen.

»Du!«, brüllte Dimitri, der endlich wieder Luft bekam. Eilig schob er sein Toupet wieder dorthin, wo es hingehörte. »Ich werde dich umbringen, und wenn es das Letzte ist, was ich tue!«

Mit einem lauten Aufschrei stürzte sich der Verbrecherboss auf mich. Doch statt ihn mit dem Stuhlbein zu schlagen, wie ich es bei all den Wachen getan hatte, ging ich einfach nur in die Hocke. Dann, als er direkt über mir war, richtete ich mich auf und warf ihn über die Reling.

»Aaaaah …«, schrie Dimitri auf dem Weg nach unten.

Platsch.

Schritte erklangen und aus dem Augenwinkel entdeckte ich Luiz, der auf mich zustürmte. Eilig ging ich wieder in die Hocke, um dann, als er mich erreicht hatte, schnell aufzustehen und auch ihn über die Seite des Schiffs zu werfen.

Ein weiterer, lauter Schrei, ein weiteres, sehr befriedigendes Platschen.

Meine Augen huschten von rechts nach links, doch es gab keine weiteren Feinde mehr zu bekämpfen. Also sah ich Lorelei Parker und Jack Corbin an, die sich nicht gerührt hatten.

»Wollt ihr beide auch ein wenig Spaß haben?«, fragte ich, wobei ich die Stuhlbeine in meinen Händen rotieren ließ. »Ich habe mich gerade warm gelaufen.«

Lorelei schnaubte abfällig und schüttelte den Kopf, während Corbin in gespielter Kapitulation die Hände hob.

Leise Schreie erklangen – »Hilfe! Hilfe!« – und ich ging zur Reling. Phillip und Silvio traten rechts und links neben mich, dann sahen wir gemeinsam nach unten.

Im Fluss klammerten sich Dimitri und Luiz aneinander. Beide strampelten wie wild und versuchten, sich über Wasser zu halten, indem sie den jeweils anderen Mann ertränkten. Dimitri hatte es irgendwie geschafft, sein Toupet festzuhalten, mit dem er jetzt auf Luiz' Gesicht einschlug. Beide sahen aus wie die nassen, schleimigen Ratten, die sie auch waren.

Ich grinste Phillip an. »Du hattest absolut recht. Leute über Bord zu werfen macht *wirklich* Spaß. Ich fühle mich bereits viel besser.«

»Habe ich dir doch gesagt«, erklärte Phillip selbstgefällig. In seinen blauen Augen funkelte der Schalk.

Silvio seufzte. »Ermutige sie nicht auch noch.«

Die ausgeschalteten Riesen auf dem Deck stöhnten und ächzten. Ich warf meine Stuhlbeine zur Seite, drehte mich um und lehnte mich gegen die Reling. Alle Bodyguards sahen mich an, weil sie sich fragten, was ich wohl als Nächstes tun würde.

»Also«, rief ich und deutete mit dem Daumen über die Schulter. »Möchte noch jemand ein Bad nehmen?«

Seltsamerweise wollte niemand mein freundliches Angebot annehmen.